Queen's Heart

Queen's heart 6
정원용 판타지 장편 소설

초판 1쇄 찍은 날 § 2004년 10월 13일
초판 1쇄 펴낸 날 § 2004년 10월 23일

지은이 § 정원용
펴낸이 § 서경석

편집장 § 문혜영
편집책임 § 권민정
편집 § 서지현 · 한지윤
마케팅 § 정필 · 강양원 · 이선구 · 김규진 · 홍현경

펴낸곳 § 도서출판 청어람
등록번호 § 제1081-1-89호
등록일자 § 1999. 5. 31
어람번호 § 제1-0553호

주소 § 경기도 부천시 원미구 심곡1동 350-1 남성B/D 3F (우) 420-011
전화 § 032-656-4452 팩스 § 032-656-4453
http://www.chungeoram.com
E-mail § eoram99@chollian.net

ⓒ 정원용, 2004

ISBN 89-5831-275-0 04810
ISBN 89-5505-988-4 (SET)

※ 파본은 본사나 구입하신 서점에서 교환하여 드립니다.
※ 저자와 협의하여 인지를 붙이지 않습니다.

정원용 판타지 장편 소설

Front Line
6 완결

FANTASY FRONTIER SPIRIT

Queen's Heart
퀸즈하트

도서출판
청어람

CONTENTS

Front Line

Chapter 21   협상 — 7
Chapter 22   Front Line — 49
Chapter 23   Firewood — 109
Chapter 24   Why We Are Fight? — 149
Chapter 25   Last Battle — 187
종장   Epilogue — 323

Chapter 21

협상

응? 유능한 협상가? 그런 것도 알고 싶어? 정말이지… 별의별 걸 다 알려고 든다니까. 아아~ 알았다고. 뭐… 협상하는 데 있어서 가장 중요한 건… 상대가 얼마나 만만한가 하는 거겠지. 응? 아니라고? 시끄럿! 내가 맞다면 맞는 거야. 하여간 목적에 충실하기 위해서는 비굴하게 굴기도 해야 하고 협박도 해야 돼. 그런 것도 못하는 녀석은 외교관 따윈 절대 될 수 없어. 잘 들어두라고. 뛰어난 실적을 보여주는 협상가는 유능한 협박가이자 거짓말쟁이야. 협상이라는 것은 말이야. 내가 뭔가를 퍼주기 위해서 하는 게 아니라 금화 한 개 밀 한 톨이라도 더 빼앗기 위해서 말로 싸우는 거니까.

　　―제2대 황실 서기관이자 궁중 역사학자인 후렌 경이 집필한 '황실 비사' 중.
　　―크레센트 제국의 황후이신 아넬리안 황후 마마와의 대담 중.
　　―주: 황후 마마처럼은 되지 말자. 정직하게 살자. 오늘부터 이걸 내 신조로 삼을 테다.

협상

―대륙력 999년 가을. 아크레넌의 수도 포트로얄.

피를 잔뜩 머금은 클레이모어의 끝이 조금 떨려왔다. 부들부들… 오른 팔목이 경련을 일으켰고, 턱 끝까지 차오른 숨을 내쉬자 뜨거운 김이 입에서 뿜어져 나왔다.

"허억… 허억……."

어깨가 제멋대로 들썩였다. 피곤해… 자고 싶어……. 하지만 아직 쉴 수야 없지.

"으… 괴물……."

내게서 몇 발자국 떨어지지 않은 곳에서 피 한 방울 묻히지 않은 롱 소드를 두 손으로 꽉 쥔 채 부들부들 떨고 있는 아크레넌의 보병 기사가 뒤로 주춤주춤 물러서면서 중얼거렸다. 후후… 괴물이라고? 하긴… 이 넓은 대전에 누워 있는 시체의 산을 보면 그런 소리가 나올 법도 하겠군.

"후우… 남은 건 너 하나뿐이다. 항복하든지 죽든지 멋대로 해."

"으으으으……."

투구 사이로 보이는 적 기사의 두 눈은 공포로 붉게 충혈되어 있었다. 몸을 부들부들 떨면서도 검을 놓치 않는다는 점에는 경의를 표해주고 싶지만 말이야… 난 시간이 없다고. 당장 여기 누워서 자고 싶을 정도로 피곤해.

"항복하기 싫으면… 죽엇!"

두 손으로 쥔 클레이모어를 머리 위로 치켜 올렸다. 그리고 왼발을 앞으로 힘껏 내디디면서 온 힘을 다해 클레이모어를 아래로 내려쳤다.

쉬익… 카각… 쾅!

롱 소드를 들어 어설프게 내 검을 막으려던 보병 기사는 왼쪽 어깨부터 가슴 부위까지 클레이모어의 검날에 뜯겨 나간 채 부들부들 떨면서 그대로 엉덩방아를 찧으며 쓰러졌다. 피가 사방으로 튀었고 일부가 바이져의 눈구멍 사이로 튀어 들어왔다. 마지막 적 기사를 쓰러뜨리고 한 손을 들어 바이져를 위로 올렸다. 그리고 막 손을 들어 눈가에 튄 피를 닦으려던 난 훗 하고 웃고 말았다. 흥건히 젖은 가죽 장갑 사이로 끈적거리는 검붉은 핏방울들이 아래로 뚝뚝 하고 떨어지고 있었기 때문이다. 이런 손으로 피를 닦았다간 더 번지겠군. 아아… 씻고 싶다.

"마마! 마마! 아넬리안 왕비 마마!"

"크렌인가… 여기야!"

"마마아!!"

"여기다! 문을 부숴!"

쾅! 콰앙!

굳게 닫혀 있던 나무 문이 크게 들썩이면서 부서질 듯 흔들렸다. 엔간하면 내가 가서 저 빗장을 열어주고 싶긴 하지만… 귀찮다. 난 문을 열어주기 위해서 나무 문 쪽으로 가는 게 아닌 그 반대쪽으로 몸을 옮겼다.

그리고 이제는 주인을 잃어버린 커다란 옥좌에 털썩 주저앉았다.

"후우……."

무거운 투구를 벗어 올리니 시원한 공기가—물론 피 내음이 진하게 섞인—나를 반겼다.

쿵… 쿠웅. 우지직.

나무 문의 한 면이 크게 갈라지면서 머리 하나가 들락거릴 만한 구멍이 생겨났다.

"마마! 괜찮으십니까?"

"아아……."

그 구멍을 통해 안으로 불쑥 들어온 손이 나무 문 정가운데 걸려 있던 빗장을 들어 올렸다. 빗장이 풀리자 문이 벌컥 열리면서 갑옷을 입은 사내들이 우르르 안으로 뛰어들어 왔다.

"우……."

"지독하군……."

물밀듯이 안으로 뛰어들어 온 크렌과 화격단 병사들은 대전 안의 광경을 보고는 그대로 굳어버렸다. 하긴… 좀 심하긴 심했지. 여유가 없었으니까. 잠시 뒤 정신을 차린 병사들이 사방에 수북이 늘어선 시체들 사이를 뒤지고 다녔다. 생존자를 찾는 듯했지만… 그런 게 있을는지는 모르겠는걸. 그런 병사들 사이를 헤치고 역시 붉은 피가 가득 묻은 크렌이 내게로 뛰어왔다.

"마마!"

"아아… 소리 지르지 마. 귀가 울려. 그렇지 않아도 머리가 아프다고"

"하나!!"

"조용히 말하라고. 소리 지를 힘도 없으니까. 왕은 놓쳤어. 병사들에게 국왕을 사로잡으라고 명령해."

"셰필 1세라면 항구를 점거한 3대대에서 생포했다는 소식을 방금 전령이 가져왔습니다, 마마. 그리고……."

"아아. 알았다고. 알았어. 혼자 무식하게 뛰어가서 미안해. 잘못했어. 됐지?"

"……."

"덕분에 여기서 적 보병 기사들의 매복에 걸려 데려왔던 중대 병력이 전멸했고 나도 이 모양이야. 다친 데는 없지만 부하들은 다 죽었어."

"……."

"뭐야? 그 눈빛은. 할 말 있으면 하라고."

"…아닙니다. 됐습니다."

"흥."

"그나저나… 꼭 미친 곰이 난동을 부린 듯한 모습이군요."

"내가 곰이냐?"

"비유입니다, 비유. 적들이 불쌍합니다. 대충 봤는데 온전한 시체가 거의 없더군요."

그렇게 말하면서 크렌은 슬그머니 고개를 돌려 버렸다. 체에~ 뭐… 나도 할 말 없긴 하군. 이런 내 모습을 보면 우리 로렌이 경기를 일으키겠어. 좀 자제해야 하는데… 쯧. 난 한때 셰필 1세가 앉아서 국정을 논의했을 옥좌에서 몸을 일으켰다.

"끄응… 피곤해. 난 좀 쉴 테니까 뒤처리는 알아서 해."

"예. 알겠습니다, 마마."

"아참. 그리고 셰필 1세는 죽여."

"예? 하지만… 생포까지 했는데 군이 죽이실 필요까지는……."

"죽여. 그리고 시체는 적당히 훼손시켜서 바다에 버려. 아~ 맞다. 셰필 1세는 작은 보트로 도망친 거야. 왕국민들을 버리고 혼자서만 도망간 거야. 내 말 알아듣겠어?"

"…예, 마마. 국왕의 목에 현상금을 걸고 수배 전단을 도시 내에 뿌리겠습니다."

"응. 널리 퍼질수록 좋겠지. 그럼 수고."

난 그 말을 끝으로 크렌에게 뒷일을 맡긴 채 시체들을 뒤적이고 있는 병사들을 헤치고 대전을 빠져나갔다. 막 밖으로 나가자 숏 소드를 든 붉은 머리의 병사가 갑자기 내 앞을 가로막았다.

"…카렌이냐?"

"응."

"어디 있었냐?"

"이거……."

내가 묻자 카렌이 갑자기 허리에 차고 있던 피가 묻은 천 주머니를 내게 내밀었다. 그 안을 보자… 욱… 사람 머리잖아!

"뭐야, 이건?"

"……."

내 말을 가볍게 무시한 카렌은 한 손을 주머니 속에 넣은 뒤 작은 목걸이 같은 걸 꺼내 들었다. 응? 저건 브리츠의 신물이군. 그렇다면 저 녀석이 바로 그 녀석인가? 흠…….

"수고했어, 카렌."

"응."

"여기 내가 쉴 만한 방이 있을까?"

내가 묻자 카렌은 아무 말도 없이 갑자기 몸을 휙 하고 돌리더니 복도를 터벅터벅 걸어갔다. 그렇게 몇 발짝 걸어가던 카렌이 갑자기 몸을 휙 하고 돌리더니 나를 바라본다. 뭐야 저 표정은… 설마 따라오라는 건가? 하여간……. 난 속으로 투덜투덜대면서 카렌의 뒤를 따라갔다.

카렌이 안내해 준 작은 방—아마도 시종이나 시녀가 썼을…—에 들어간 난 몸에 걸치고 있는 갑옷을 대충 집어 던진 뒤 딱딱한 침대 속으로 기어 들어 갔다.

눕자마자 곯아떨어진 내가 다시 눈을 떴을 때는 손바닥만한 창밖에 새까만 어둠이 내려져 있었다. 뭐야… 얼마나 잔 거지? 분명히 자기 전에 석양을 보면서 잠을 청했던 것 같은데… 새벽인가?

"하아암… 목말라. 거기 누구 없어?"

크게 하품을 하면서 몸을 일으킨 난 눈을 비비면서 문밖에 대고 외쳤다. 그러자 기다렸다는 듯이 작은 나무 문이 활짝 열리면서 크렌과 카렌이 동시에 들어왔다.

"깨어나셨군요, 마마."

"응. 응?"

뭐야? 이 녀석들 왜 우르르 몰려와서 남의 얼굴을 빤히 쳐다보는건데?

"왜? 무슨 일 있었어?"

"뭐… 그렇다면 그렇고… 아니라면 별일 아니긴 합니다만……."

"무슨 일인데?"

"마마께서……."

"응. 응."

"무려… 스물여섯 시간 동안 주무셨습니다."

"…콜록. 농담?"

난 크렌을 바라보며 진지한 눈빛으로 물어봤지만… 깔끔한 옷으로 갈아입은 크렌은 작게 고개를 저은 뒤 내 시선을 외면해 버렸다. 세상에나… 정말로 하루 하고도 두 시간이나 더 잔 거야? 어허허허허… 피곤하긴 피곤했나 보네. 정말로.

"아아… 뭐. 잠을 푹 잤더니 몸이 개운하긴 하네."

"어디 잘못된 건 아닌지 걱정했습니다, 마마."

"난 멀쩡하니까 걱정 마. 그보다 시킨 일들은?"

"아크레넌의 국왕 셰필 1세의 목에 5,000골드의 현상금을 걸고 점령지역에 수배 전단을 제작해서 배포했습니다. 특히 병사들을 통해 사방에 소문을 냈으니 아마 2~3일 안에 아크레넌 국 전체에 국왕이 기사들과 귀족들도 버린 채 홀로 도망쳤다는 소문이 퍼질 것입니다. 그리고 포트로얄을 점거하는 데 시간이 좀 걸렸지만 도시를 완전히 점령했습니다. 왕성 주변의 건물들을 소개해서 화격단의 숙소로 사용하고 있고, 현재는 시민들을 동원해서 시체를 도시 밖으로 치우는 중입니다."

"그래. 저항은?"

"초반에는 꽤 격렬했지만 국왕이 배를 타고 도망쳤다는 소문 이후로는 무기와 갑옷을 버리고 시민들 사이로 숨은 적들이 많아서 별다른 피해 없이 점령할 수 있었습니다. 또한 해가 진 뒤 통행을 통제하였고, 아크레넌의 귀족들을 수배, 색출 작업을 진행 중입니다."

"흠… 그런대로 깨끗하게 일을 처리했군. 수고했어, 크렌."

"감사합니다. 마마. 이건 제 의견이 아니라 화격단 3대대의 밀러 대대장의 건의를 따른 것뿐입니다."

"그래?"

"예. 그의 의견 덕에 시민들의 통제가 한결 손쉬워졌습니다."

"알았어. 나중에 로이드 폐하께 내가 말하도록 할게. 끄으응… 아~ 이 시간에 일어나서 뭘 하지? 좀 더 잘까?"

"하하하. 그건 좀 참아주십시오. 그렇지 않아도 마마께서 이곳에서 잠만 주무셔서 장교들이 불안해하고 있습니다. 어디 다치신 건 아닌지 걱정하는 대대장도 있습니다."

그럴 수도 있겠군. 어떻게 생각하건 말건 그리 신경 쓰이지는 않지만 뭐… 내가 건재하다는 건 보여줘야겠지. 자~ 대충 씻고 나가볼까나.

목욕을 할 여건이 아니어서 대충 세수만 하고 피를 닦아낸 뒤 옷을 갈아입은 난 크렌을 뒤에 달고는 장교들의 숙소이자 지휘소로 쓰이는 왕성 안의 대회의장을 방문했다. 전투 시에는 선두에 서서 검을 휘두르던 중대장급 이상 장교들이 모두 모인 회의실은 또다른 의미의 전쟁터였다.

"젠장! 우리 대대 7중대는 중상자를 빼고 겨우 열넷이라고요! 열넷! 이런 녀석들로 시민이 가장 많은 동쪽 지구 순찰을 맡으라는 게 말이 됩니까?"

"보급 담당! 보급 담당 누구야? 왜 우리 중대만 저녁 배식에 쓸 식량을 아직도 안 주는 건데? 앙?"

"지금 외각 성벽 경비는 어느 대대가 서고 있었지? 슬슬 교대할 때가 되지 않았던가?"

"전령! 어디 있나? 왕성으로 보낼 급보다! 전령! 전려어엉!"

한때 피가 잔뜩 묻었을 손에 대신 검은 먹물을 묻힌 중대장들이 손이 안 보이도록 보고 서류를 작성하고 있었고, 대대장급 인사들은 한곳에 모여 벽에 걸린 도시 지도를 보면서 자기 담당 구역을 손으로 가리키며 싸우고 있었다.

회의실 문가에 서서 그런 모습을 물끄러미 바라보던 난 문득 나와 눈을 마주친 한 중대장에게 입가에 손가락을 댄 채 조용히 하라고 눈치를 준 뒤 속으로 회의실 안에 있는 장교들의 숫자를 세기 시작했다. 화격단 7개 대대 77명의 대대장과 중대장이 있어야 하는 이 회의실 안에는 총 서른두 명의 장교들이 앉아 있었다. 조금… 가슴이 아프군.

"각하! 오셨습니까?"

이건 어느 눈치없는 자식이야? 에잉… 사람이 상념에 빠져 있는데 고래고래 소리나 질러대고 말이야! 소리를 친 녀석을 돌아보자 한쪽 눈가를 붕대로 감싼 한 중대장이 감격한 듯한 얼굴로 나를 바라보고 있었다. 덕분에 대회의실 안에 정적이 감돌기 시작했고 모든 시선이 내게 쏠렸다.

"아……."

뭐라고 해야 하지? 음… 으음… 으으으으으음…….

"수고했어. 계속 수고하도록."

그 말을 한 나는 곧바로 몸을 돌려 회의실을 빠져나왔다. 바보냐… 난… 나는……. 우에익! 얼굴이 화끈거린다. 쳇.

다음으로 크렌의 안내를 받아서 간 곳은 왕실의 창고였다. 거참… 이 조그만 나라에 뭔 놈의 밀과 야채가 이렇게 많은 건지… 수십만 명이 한 달은 먹고도 남을 만큼 엄청난 양의 밀들이 왕성의 지하 창고에 창고마다 가득가득 쌓여 있었고 훈제 고기와 햄, 소세지 등도 한가득이었다. 거기다 와인 창고에도 병이 아닌 통으로 된 와인 상자들이 어서 개봉해 달라고 날 유혹했고, 병사들이 좋아할 만한 흑맥주들과 보리맥주들도 창고 한 켠에 놓여 있었다.

"크렌."

"예! 마마."

"화격단 병사들과 그… 지원 온 기병들에게 오늘과 내일 이틀 동안 술과 먹을 것을 풀어주도록 해. 교대로."

"알겠습니다, 마마. 부하들이 기뻐하겠군요."

"있는 건 써줘야지. 대신 술에 취해서 행패 부리는 놈은 군법대로 다루도록."

"물론입니다. 걱정 마십시오."

"그리고… 다음은 어디야?"

"왕성 안 대부분의 공간을 폐쇄시켰기 때문에 가실 만한 곳은… 아! 이곳 지하에 금고가 있더군요, 마마."

"금고?"

"예. 여는 데 고생했습니다. 벽 한 면이 완전히 강철로 되어 있고, 금고의 열쇠를 가진 자가 없어서 아예 옆 창고의 벽을 뚫었습니다. 대단하더군요."

"흠… 가보자."

"예, 마마."

금고라… 대단하단 말이지? 그렇다면… 로이드랑 아르케네스가 좋아하겠군. 후후후.

입이 쩍 벌어졌다.

"와아아아아……!"

"굉장하지 않습니까, 마마?"

"으응……."

정말… 놀랍다. 금화의 산이라는 게 바로 이런 걸 말하는 거구나. 벽을 뚫고 들어간 금고 안에는 커다란 나무 상자들이 놓여 있었는데 그 상자들을 열 때마다 금화들이 가득히 쌓여 있었다. 거기다 한 켠에 놓인 가죽 자루에는 다이아몬드, 루비, 자수정 같은 보석들이 쌓여 있었고, 한쪽 벽면에 가지런히 쌓여 있는 상자들 안에는 금장식품들—왕관, 반지, 목걸이 등등—이 들어 있었다.

"이거 세어봤어?"

"아직입니다, 마마. 믿을 만한 부하들 외에는 얼씬도 못하게 하였습니다."

"그래? 헤에… 이 조그만 나라에 이만한 돈이 있다니 왠지 믿기지가 않는걸. 크레센트라 해도 이만한 자산을 모으기가 힘들 텐데 말이야."

"아크레닌도 아르츠반과 같이 중계 무역을 하던 국가였고 특히나 남부 지역에서는 저희 왕국의 밀을 거의 독점하다시피 했으니 보기보다 가난하지는 않습니다. 하지만… 확실히 이 정도의 재력이 있을 정도로 부유한 국가는 아니었습니다만……."

"그래? 그렇다는 건 여기 있는 돈들은 다른 어떤 녀석들이 이 나라에 지원해 준 것이라는 뜻일까?"

"그렇겠지요."

"흥. 뭐… 좋아. 어차피 우리 손에 들어온 거니 기쁜 마음으로 써주자고. 후후후후……."

족히 수백만 골드는 넘는—어쩌면 천만 골드 이상이 될지도—돈 상자들 앞에서 난 기쁘게 웃었다. 정말이지 아크레닌과 전면전을 벌일 때는 진짜로 이렇게까지 해야 할까? 하고 생각했었지만 여기 쌓여 있는 재물들과 식량들을 보니 급습으로 밀어붙인 게 천만다행이라는 생각이 든다. 여기에 쌓여 있는 이 돈들이 풀려서 아크레닌 국 소속 용병들과 징집병들이 밀려왔다면……. 그렇지 않아도 로세니아와 대결을 벌이느라 벅찬 크레센트는 남과 동으로 밀리는 형국이 되었을 거다. 흠… 그러고 보니 셰필 1세도 바보로군. 이 돈으로 좀 더 병사와 용병을 모았다면 앞으로 어떻게 되었을지 알 수 없었을 텐데 말이야. 뭐… 그런 가정 따윈 별로 하고 싶지 않지만.

하여간 이 돈으로 병사들을 모집하고 용병들을 사주지. 그리고 그것을 바탕으로 우리들을 물먹이려는 놈들에게 쓴맛을 보여주겠어. 누군지는 모르겠지만… 아크레닌을 뒤에서 밀어준 놈들… 후회하게 될 거다. 후후후.

아크레닌 점령 작업은 수도를 완전히 점거한 이후 순조롭게 진행되었다. 저항이 거셌던 아크레닌 남부의 해안 도시들과 주변 마을들이 사막을 넘어서 침공해 온 쿠레드 부족의 전사들에게 유린당하면서 더 이상 크레센트에 저항하는 자들을 이제는 볼 수 없게 되었다. 물론 어둠 속에서야 나라를 되찾고 싶어하는 애국심으로 똘똘 뭉친 녀석들이 음모를 꾸미고 있을지도 모르겠지만 이미 아크레닌의 군대라고 할 만한 놈들도 대부분 사라졌고, 서너 개의 성과 요새에 틀어박혀 포위당한 채 고사당하기만 기다리는 놈들뿐이었다. 조금 문제가 될 만한 놈들이라면 아크레닌의 해군들이었는데 포트로얄을 점령할 때 수십 척의 대형 상선을 획득—혹은 약탈? 아니, 강탈?—했다. 이 숫자는 아크레닌의 해군력 중 절반에 해당하는 수치로 보급 거점도 없는 아크레닌의 해군은 그야말로 유명무실해져 버렸다. 살아남은 놈들은 아리츠반으로 망명하거나 해적이 되었다고 하지만 이미 내 관심 밖으로 벗어난 데다가 그런 사소한 놈들을 소탕하기 위해서 힘쓸 시간 따윈 1초도 없다고.

아크레닌의 수도를 정복하고 나서 3일 뒤 서우드 남작이 이끄는 한 무리의 군대가 도시 안으로 들어왔다. 거의 오천 명 이상 되어 보이는 그 군대는 상당히 잘 무장되어 있는 선두 그룹과 그럭저럭 봐줄 만한—최소한 지저분한 옷차림에 달랑 나무 몽둥이나 장대 끝에 식칼을 묶어놓은 게 아닌—정규군 복장을 한 병사들이 뒤따르고 있었다. 서우드 남작이 돈 좀 썼나 보네. 훈련조차 제대로 받지 않은 듯한 농민병들을 저렇게 무장시키다니. 하긴 점령지를 관리할 병사라면 최소한 통일된 복장 정도는 챙겨야겠지만 말이야.

이후 도시의 모든 행정권을 서우드 남작에게 위임—준 것이 아니라 빌려준 것뿐이다—한 나는 크렌에게 화격단 한 개 대대를 넘겨준 뒤 아크레넌 내의 치안과 군통수권을 넘겨줬다. 이런 내 명령 때문에 셔우드 남작과 잠깐 설전이 오가기는 했지만 자작은 금세 항복했고 그가 끌고 온 병사들은 크렌에게 대여된 형식으로 통제권이 넘어갔다.

올 때는 먹을 것도 부족하고 힘들게 왔지만 갈 때는 발걸음도 가볍게 갈 수 있었다. 나와 내 부하들은 수십 척의 대형 상선에 나눠 타고 북상하였다. 힘들게 걸으며 행군하지 않아도 되어서 그런지 화격단 병사들은 다 죽어가던 몰골에서 화색이 도는 생생한—그래 봐야 수염이 텁수룩하고 냄새 나는 사내들이지만—모습으로 탈바꿈하였다. 배 위에서의 생활은 솔직히… 지겨웠지만 그런대로 견딜 만했고 무엇보다 오랜만에 아무 생각 없이 편히 쉴 수 있다는 것이 정말로 마음에 들었다.

그렇게 일주일 동안 북상하여 크레센트 왕국 내의 항구에 도착할 때까지만 해도 내 기분은 하늘을 날아갈 것만 같았었다. 크흑. 그때까지만 해도 행복했었는데…….

막 콧노래를 흥얼거리면서 항구 밖으로 통하는 대로를 따라 걷던 나는 갑작스러운 배들의 출현으로 사방에서 몰려나온 항구에 사는 시민들이 좌우로 주욱 갈라지는 광경을 보게 되었다. 그리고 갈라진 시민들 사이로 체인 메일을 걸쳐 입은 병사들이 창을 두 손으로 잡은 채 시민들을 길가로 밀어내는 모습이 보였고, 그렇게 만들어진 대로의 빈 공간 사이로 플레이트 메일을 입은 번쩍이는 기사들이 내 쪽으로 우르르 몰려왔다. 그리고 그 기사 중 한 명이 내 앞으로 달려와서는 고개를 숙였다.

"제, 제이크 경?"

"참.으.로. 오랜만이십니다, 마.마."

"아… 아하… 아하하. 여긴 웬일이죠? 경은 폐하의 호위를 맡고 있지 않던가요?"

"로얄가드의 단장인 제게는 국왕 폐하뿐만 아니고 왕비 마마와 왕자 전하의 안전 역시 책임질 의무가 있습니다, 마마."

 "에에……."

 "마차를 대기시켜 놓았습니다, 마마. 길거리에서 이러실 게 아니라 우선 궁으로 가시지요."

 "그전에 해야 할 일들이 아직 남았는데……."

 "뒷일은 하급자들에게 맡겨놓으십시오. 그리고 로얄가드 중 일부를 여기에 남겨놓을 테니 걱정 안 하셔도 될 겁니다."

 "그렇다면 뭐……."

 난 작게 고개를 끄덕인 뒤 눈썹을 한껏 치켜 올린 채 나를 노려보고 있는 노기사에게 동의의 표시를 보냈다. 덕분에 항구 구경 따윈 물 건너갔지만. 물론 힘으로만 하자면야 내가 이길 게 당연하지만 노련하고 숙련된 노기사에게 대들 정도로 난 교양머리없는 여자도 아닌 데다가 무엇보다 관록이라는 것에 위압당했달까? 그런 상황이어서 별수없이 그의 뒤를 따라가게 된 것이다. 물론… 푹신푹신한 침대와 성실한—카렌과 전혀 다른!!—시녀들의 시중을 받고 싶다는 속셈도 있었지만 말이야.

 제이크 경의 뒤를 따라 걷다 보니 항구 근처의 주민들이 나를 힐끔거리며 수군거리는 게 보였다. 물론 내가 누군지야 모르겠지만 왕국의 고관이 배를 타고 입항했다는 소문이 오늘 저녁이면 이 주변에 쫘악~ 퍼질 테고, 여러 가지 덧붙임이 얹혀진 말도 안 되는 해괴한 소문이 나돌 것 같다. 가령… 하늘에 뚝 떨어진 대선단을 이끌고 나타난 푸른 수염의 거한이라던지… 크흠… 그건 별로 상상하고 싶지 않아.

 "오르시지요, 마마."

 "응."

 난 왕실 문장이 마차 한 면에 커다랗게 그려진 사두마차 앞에 서서 문을 열어주는 제이크 경에게 살짝 고개를 숙여 보인 뒤 치맛자락을 두 손으로 잡고 마차 위에 한 발을 올렸다. 그때였다!

"윽……."

텅 비어 있을 것이라 추측했던 내 생각과는 달리 마차 안에는 누군가가 타고 있었고 어두운 마차 안에 무거운 공기를 내뿜고 있었다. 이 분위기는… 위험하다!

"아~ 나 갑자기 급한 일이……."

머리 속에 연신 위험하다는 경고 문구가 오락가락했기에 난 즉식 마차 위에 걸쳐 놓았던 발을 빼며 등을 돌렸지만 그보다 빨리 로얄가드 소속 기사들이 내 주위를 빙 둘러섰다. 그것도 등을 돌린 채 방패와 갑옷의 벽을 만들어 버린 것이다.

"으윽……."

"어서 오르지 못해!"

"크으… 네에……."

도주로는 차단된 데다가 등 뒤에서 들려오는 익숙하면서도 위압적인 목소리에 난 좌절했다. 으흑흑… 난 아직 마음의 준비가아… 준비가…….

하늘이 어떨 때 노래지는가… 하는 걸 몸으로 체험하면서 난 한숨을 푹푹 내쉰 뒤 마차에 올랐다. 그리고 최대한 조신하게 보이도록 그의 맞은편에 조심스럽게 앉았다. 그리고 마치 벌받는 학생처럼 두 손을 무릎 위로 가지런하게 모으고 고개를 푹 떨궜다.

"자기가 뭘 잘못했는지는 아나 보지?"

"네에… 폐하."

"홍. 당신은 언제나 그래. 무조건 사고부터 치고 난 다음에 미안하다고 말하지. 이젠 정말이지……."

"잘못했어요, 폐하."

팔짱을 낀 채 나를 노려보는 로이드. 그렇다. 이 세상에서 내가 진심으로 존칭을 사용할 수 있는 존재. 로이드 1세 국왕 폐하. 성격 더러운—나한테만 그런 것 같지만—내 남편이다. 그런 그가 왜 여기 있는지는 잘 모르겠지만… 중요한 건 로이드가 지금 내 눈앞에 있다는 것이다.

"그렇게 얌전하게 사죄한다고 내가 속을 줄 알아? 당신은 그래 놓고도 또 사고 치러 어디론가 사라질 거잖아! 안 그래?"

"그… 그건……."

"아아~ 안다고. 나도 잘 알아. 당신이 뭘 위해서 그렇게 밖으로 나돌아다니는지 나도 이해할 수 있어. 하지만! 당신은 여자야! 거기다 왕비라고. 후우… 이젠 좀… 그만 하지 않겠어? 당신을 대신할 장군과 관리들은 많아."

"하지만……."

"미안하지만… 난 내 부인이 전장에서 전사하는 걸 원치 않아. 그럴 리야 없겠지만 당신이 전사하기라도 했다간 역사에 기억되게 될걸. 대륙에서 유일하게 전쟁터에서 전.사.한 왕비라고."

"……."

"아무튼 데리러 왔으니 앞으로는 왕궁에서 날 도와주도록 해. 당신은 머리가 좋으니까 큰 도움이 될 거야."

"……."

"대답해!"

"…네에."

흑흑… 예전엔 안 그랬는데… 로이드도 왕 노릇 몇 년 하더니 사람이 변했어. 으흑흑흑… 나… 가출할 테야! 두고 봐!!

항구를 떠난 마차는 얼마 지나지 않아서 서부의 중소 도시 플로렌스에 도착했다. 석조 성벽이 굳건하게 세워져 있는 해안가 도시는 전시임에도 불구하고 평소보다 더 북적거리는 모습이었다. 아마도 전쟁을 피해 피난 온 시민들과 귀족들이 도시 내에 거주하면서 생산 및 소비 활동을 하고 있기 때문이겠지. 도시 내로 들어올 돈조차 없는 농노들과 유민들이야 도시와 도시 사이에 있는 마을들을 떠돌면서 살아갈 테니까.

마차는 북적거리는 시민들을 좌우로 밀쳐 버리며―역시 왕실 문장은 프리 패스라니까―영주의 성을 향해 빠르게 나아갔다.

다각다각.

작게 흔들리는 마차 안에서 로이드는 계속 나를 노려보고 있었고, 입이 있어도 대꾸할 만한 말이 없던 난 고개를 푹 숙인 채 발가락만 꼼지락거리고 있었다. 그렇게 한 10분쯤 마차 안에서 시간을 죽이고 있자 달리던 마차가 작은 마찰음을 내면서 멈췄고 곧 이어 마차 문이 열리면서 제이크 경이 나와 로이드에게 말했다.

"도착했습니다, 폐하. 마마."

"음."

고개를 끄덕인 로이드는 먼저 마차에서 내렸다. 내가 작게 한숨을 내쉬면서 그런 로이드의 뒤를 따라서 마차에서 내리려고 하는데 이미 영주의 성안으로 들어갔을 거라 생각했던 로이드가 마차 문 바로 옆에 서서 나를 노려보고 있는 게 아닌가?

"에에?"

"뭐 해? 손 줘."

"네? 아… 네."

당황스러워라. 이 남자가 왜 안 하던 짓을 하고 그러는 거지? 으음… 뭔가 더 불길한… 에잇! 잡생각은 내던져 버리고! 난 웃으며―왼쪽 볼이 저절로 실룩거리며 경련이 일어났다. 익숙하지 않아! 당황스러워!—로이드가 내미는 손을 살며시 잡으면서 마차에서 내렸다. 그리고 그의 에스코트를 받으면서 성안으로 들어섰다. 우리가 들어서자 예복을 차려입은 중년의 사내와 그의 부인으로 보이는 귀부인이 우리들을 맞았다.

"모시게 되어서 영광이옵니다, 국왕 폐하. 왕비 마마."

"고생이 많군, 플로렌스 자작."

"아닙니다. 귀하신 분들을 영접하게 되어서 오히려 영광이지요. 이리로 오르시지요, 폐하. 귀빈실을 마련해 두었습니다."

"음……"

로이드는 자연스럽게 플로렌스 자작의 안내를 받으면서 나를 끌고—여전히 내 손을 잡고 있었다—영주의 성안을 걸었다. 계단을 따라 두 개의 층으로 올라간 나와 로이드는 두 명의 병사가 경비를 서고 있는 방문 앞으로 안내되었다. 플로렌스 자작은 편히 쉬라는 말과 함께 복도 저편으로 사라졌다. 우리를 따라온 제이크 경은 로얄가드들에게 복도와 방문 앞 경비를 명한 뒤 지금껏 경비를 서고 있던 영주의 병사들을 돌려보내는 한편 자신이 문 한 켠에 우뚝 서서 나를 힐끔거렸다. 그렇게 쳐다보니 꼭 내가 도망치려는 걸 막기 위해 감시하는 것 같잖아! 에잇! 에잇! 확 신경질이나 내버릴까 보다!

"들어가지."

"네에……"

끼이익.

나무 문이 조용히 열리자 로이드는 내 팔을 잡아끌면서 안으로 들어갔다. 방 안은 예전 왕성의 침실과 비슷할 정도로 컸는데 접대용 귀빈실이라 그런지 장식품은 그리 많지 않았다. 심플하면서도 필요한 건 다 있는… 뭐 그런 정도랄까?

내가 방 안을 둘러보면서 거실을 거닐고 있을 때 여러 개의 방문 중 하나가 끼이익… 하는 소리를 내면서 열리더니 작은 그림자가 툭 튀어나와 내 쪽으로 다다다 하고 달려왔다.

"마마아아아아~"

"로렌?"

눈물을 그렁거리면서 달려온 녀석은 꿈에서도 잊지 못할 내 아이 로렌이었다. 난 두 팔을 앞으로 내밀면서 내게 달려오는 로렌을 향해 같이 양손을 뻗어주면서 살짝 무릎을 굽혔다. 곧 이어 달려와 내 품에 폭 하고 안긴 로렌은 내 가슴에 얼굴을 문지르면서 울먹거렸다.

"마마아~ 보고 싶었쩌요. 보고 싶었쩌요."

"그래, 우리 로렌. 밥은 잘먹었어?"

"네! 로렌은 마마 말대로 밥도 잘 먹고 키도 많이 컸어요. 봐요~ 봐요~"

"후훗."

조그만 녀석이 까치발까지 들어가면서 내 품 안에서 폴짝거렸다. 아아~ 깨물어주고 싶어. 난 작은 로렌을 품에 안은 채 몸을 일으켰다. 그리고 방 안을 둘러보니 로이드는 이미 테이블에 앉은 채 곰팡내가 풀풀 풍길 것 같은 두꺼운 책을 펼친 채 보고 있었다. 하여간… 좀 변했나 싶었는데 그 성격이 어디 가겠어? 쳇. 극적인 모자 상봉을 앞에 두고도 저렇게 무덤덤하게 책이나 보고 있는 인간은 아마 이 대륙 안에서 로이드가 유일할 거다. 확신할 수 있다니까.

"뭘 봐? 앉아. 헨켈!"

"예, 폐하."

"홍차 두 잔하고 우유. 따뜻하게 데워서."

"예, 폐하."

로이드와 똑같은 검은 머리의 시종―기분 나빠! 매우! 심히!―이 로렌이 뛰쳐나온 방에서 조용히 걸어나오더니 작게 고개를 숙인 뒤 밖으로 나갔다. 그러고 보니 저 시종… 헨켈이라고 했던가? 예전에 쫓아내려다가 이런 저런 일 때문에 놔뒀는데… 지금 와서 내쫓기는 힘들겠군. 아아… 빨리 처리해 버렸어야 하는 건데. 저 검은 머리, 눈에 거슬린단 말이야.

"아직도 저 시종이군요. 바꿀 때가 되지 않았나요?"

"…왜?"

"그냥요. 그렇지 않아도 일전에 대대적인 물갈이가 있었는데 잘도 빠져나갔구나 싶어서요."

"흠… 그런 거 난 귀찮아. 내가 편하면 그만이지, 신경 쓰고 싶지도 않고."

"그러신가요? 하긴 그러니 남색가라고 소문나죠."

"뭐?"

"흥. 설마 모르셨다고 하실 건가요? 왕이 되셨어도 바뀌지 않는 검은 머리 시종의 뒷배경에 관심을 가지는 왕실 사람은 아주 많다고요. 그것도 왕자 전하 시절부터 시중을 들어오던 시종이잖아요. 보통 그런 경우 노고를 인정받아 왕실 한곳의 시종과 시녀들을 다루는 직위를 가지기 마련인데 몇 년이 지나도록 폐하의 침실 시중을 혼자서 하니 이상한 소문이 돌 만도 하죠. 거기다 검은 머리이고."

"검은 머리가 어때서? 우리 로렌도 검은 머리라고."

"뭐… 그냥 그렇다는 거죠. 폐하도 검은 머리, 저 시종도 검은 머리. 뭔가 로맨틱한 기운이 맴돌지 않나요?"

"전혀!"

아니면 말고. 훗… 하긴 로이드가 자기 주변인에 신경 쓸 사람인가? 그냥 있으면 있는 대로 없으면 없는 대로 마이페이스를 고수할 인간인 걸. 물론 이거야 로이드라는 인간의 성격을 아는 사람들이나 아는 것이겠지만.

"마마아······."

"응? 왜 그래, 로렌? 심심해?"

"안아줘요. 안아줘요. 마마, 놀아줘요."

"음… 뭘 하고 놀까?"

"우웅······."

내 품에 안겨서 꼼지락대던 로렌이 손가락을 빨면서 고민한다. 후훗. 귀여워라. 정말 내 아이라서 하는 말이 아니지만 너무 귀엽고 깜찍하다니까. 이 녀석도 크면 여러 여자 눈에서 눈물나게 만들 것 같아. 뭐… 지금의 활발하고 뛰어놀기 좋아하는 로렌의 모습을 보자면… 로이드처럼 되지는 않겠지만. 아니, 절대 되어서는 안 돼! 저런 로이드의 끔찍한 성격은 나 정도가 되니까 상대해 주는 거지 보통의 여자들 같았으면 아마 오래전에 짐 싸 들고 도망쳤을 거야. 음음 절대적으로 그랬을 게 뻔해.

내가 그렇게 생각하고 있을 때 마침 헨켈 시종이 홍차가 놓여진 은 쟁반을 들고 방 안으로 들어왔다. 덕분에 우리들의 대화는 거기서 멈춰야 했다. 방 안의 기묘한 분위기에 고개를 살짝 갸웃거리던 헨켈 시종은 나와 눈이 마주치자 이내 고개를 숙이며 로이드와 내 앞에 홍차 잔을 내려놓았다.

"헨켈."

"예, 폐하."

헨켈 시종을 부른 로이드는 입을 닫은 채 로렌을 한번 힐끔 바라보았다. 그러자 헨켈 시종은 한 손에 은 쟁반을 든 채 내게로 다가와서는 로렌과 눈 높이를 맞추면서 작게 말했다.

"전하, 과자 드시겠습니까?"

"응? 과자? 응! 응!"

"그럼 이쪽으로 오십시오, 전하."

"응……."

내 무릎 위에 앉아 있는 로렌이 동글동글한 두 눈으로 나를 올려다본다. 난 입가에 미소를 지어 보이면서 로렌의 머리를 쓰다듬어 주었다.

"다녀오렴, 로렌."

"네, 마마!"

"바닥에 흘리지 말고. 그리고 단 거 먹은 다음에는 소금으로 양치하고. 알았지?"

"네!"

"있다가, 엄마랑 같이 자자."

"네, 마마! 헨켈, 과자 줘! 과자!"

내 무릎팍에서 폴짝 뛰어내린 로렌은 우유 잔이 놓여진 쟁반을 들고 있는 헨켈 시종의 바짓자락을 잡고 졸랐다. 그는 그런 상황에서도 여유로운 걸음걸이로 로렌을 데리고 방 안으로 들어갔다. 후룩… 차가 맛있군.

"할 말이 있으신가요?"

"물론. 없었다면 로렌을 들여보내지도 않았어."

"뭐, 저도 드릴 말씀이 있긴 했지만요."

"내가 먼저 할까? 아니면 당신이 먼저 할래?"

음… 선수 필승이겠지? 우선 내가 선수를 칠까? 난 그렇게 생각하면서 홍차를 한 모금 더 마셨다. 그리고 책을 덮은 채 나를 바라보는 로이드의 얼굴을 보며 머리 속으로 내 생각을 정리했다.

로이드는 내가 홍차 잔을 다 비울 때까지 꽤 오랜 시간 동안 침묵한 채 나를 노려보고 있었다. 평소 같으면 바로 책을 펼쳐서 읽기 시작했을 텐데 말이야. 뭔 말을 하려고 저렇게 무게를 잡는 건지 모르겠어.

"저는……."

"말해 봐."

"케셴으로 가려고 해요."

"…역시."

이미 예상했다는 표정이군. 나를 바라보고 있던 로이드는 한 손으로 이마를 짚으며 축 늘어졌다. 그리고는 허탈한 어투로 말했다.

"당신이라면 그럴 줄 알았지."

"알고 계셨어요?"

"아넬리안, 내가 당신을 만난 것도 이미 4년이 넘었다고. 당신의 성격을 아직도 파악 못할 것 같아?"

"……."

"뭐… 반대해 봤자 또 말도 없이 멋대로 굴 테니 마음대로 하라고."

"에에?"

웬일이야? 로이드가… 맨날 반대만 하고 택택거리는 로이드가 순순히 허락하다니 이거 불길한데, 뭔가 꿍꿍이속이 있는 것 같아. 불안해라.

"대신… 이라긴 좀 뭣하지만… 나도 로세니아 전선으로 출정한다."

"…예? 지금 뭐라고 하셨어요?"

"못 들었나? 나도 전쟁에 참가한다고 말했다."

"무슨 그런!!"

쾅!

나와 로이드 앞에 놓인 테이블이 우직 하는 소리를 내면서 금이 쩍쩍 갔다. 그 위에 올려져 있던 홍차 잔이 허공으로 튀어 올랐다가 테이블 위를 굴러다녔지만 나나 로이드나 그런 것에는 신경 쓰지 않았다. 아니, 신경 쓸 겨를이 없다는 게 더 정확할까?

"반대예요! 절대로 반대예요!"

"흠… 거참, 이상하군. 당신은 늘 전장을 쫓아다니면서 난 안 된다는 건가?"

"그야… 당신은 국왕이고… 또……."

"이 나라의 왕비에다가 여자인 당신이 전쟁터를 쫓아다니는 것보다는 훨씬 정상적이야."

"그래도!! 당신은 검 하나조차 제대로 못 들잖아요!"

"그야 그렇긴 하지. 하지만 국왕이 검을 손에 쥘 정도라면 더 볼 것도 없지 않은가? 그건 당신이 더 잘 알 텐데?"

"하지만… 전쟁터는 위험하다고요! 무슨 일이 일어날지 아무도 모르는……."

"지금 당신이 한 말 그대로 돌려주지. 하여간 내가 그렇게 정했으니 당신은 그리 알아두도록 해."

"싫어요! 대… 대신 내가 갈게요! 그… 그럼 되잖아요!"

"불가. 당신은 당신 멋대로 하라고. 난 나대로 행동할 테니까."

"으으……."

이놈의 남편 녀석! 갑자기 왜 이러는 거얏! 하여간 귀여운 구석이라고는 하나도 없다니까!

"여기 플로렌스에 온 것도 그 때문이기도 하고 말이야. 지금 제펠 요새 근교에서는 하루에 두세 번씩 국지전이 벌어지고 있어. 지금까지는 잘 막아내고 있지만 적의 증원군이 속속 도착하고 있고, 놈들의 공세도 더 거세지고 있지. 하루에도 수백 명씩, 많을 때는 천여 명씩 전장에서 죽어가고 있어. 이미 몇몇 요새는 적의 수중에 넘어가기도 했고."

"로세니아 놈들의 발악일 뿐이에요. 어차피 겨울이 되면 로세니아의 보급력으로는 더 이상 진군할 수 없어요. 이제 곧 겨울이란 말이에요. 눈이 내릴 거고… 더 이상 녹색산맥으로는 병력과 물자의 이동이 불가능해요!"

"당신은 아직 소식을 접하지 못했나 보군. 로세니아 군은 아넬 공국민과 우리 크레센트 왕국민들을 마구잡이로 붙잡아서 녹색산맥에 가도를 만들고 있어. 남녀노소를 막론하고 주민들을 투입하고 있지. 물론 단기간에 대충 만든 돌길 따위가 오래 버틸 수 있을 리는 없지만 당신의 생각대로 놈들의 공세가 멈추지는 않을 거야. 더군다나 아넬 공국에는 그간 로세니아 군이 비축한 물자가 모여 있지. 그것만 해도 최소한 육 개월은 공세를 펼 수 있을 것이라는 정보부의 판단이야."

"거짓말! 로세니아가 그런 능력이 있을 리가……."

"덕분에 전선 사기가 많이 떨어졌어. 애초에 단기전이라 생각했고 적을 막기만 하면 된다고 생각했는데 말이야. 의외로 로세니아의 공세가 거셌지. 거기다 우리는 지킬 곳이 많아. 적의 대군에 맞서기 위해 이쪽도 병력을 집중시켜 놓은 탓에 여기저기 허술한 지역이 늘고 있지. 그리고 그 틈새 사이로 로세니아의 별동대가 왕국 내로 침투하고 있어. 어차피 소수이니까 금세 격퇴할 수는 있지만 전장 주변 지역의 마을과 도시의 피해가 적지 않아."

"그렇다 해도!! 왕이 친히 전장에 나갈 정도로 위급한 상황은 아니에요!"

"위급한 상황이야. 당신은 아직도 이해 못했나 본데, 지금 크롬발에는 더 이상 가용 병력이 없어. 이미 1만 명의 시민병과 그 네 배에 달하는 사내들이 군에 징집되어서 전쟁터로 향하고 있어. 만 16세부터 40세까지의 왕국 남자들은 병사가 되어서 직접 검을 들고 나가서 싸우던지 혹은 거점 건설, 물자 수송, 예비대 등을 위해 징집된 상태란 말이야. 왕국 각지에 흩어져 있던 요새 수비군과 각 영주들의 사병들, 거기다 도시 수비대는 물론이고 조그만 마을의 자경단까지 모조리 끌어다가 전선에 투입하고 있어."

"우리가 그 정도라면 적은 그 상황이 더 심할 거예요. 이제 조금만 더 버티면……."

"그건 당신의 낙관적인 생각일 뿐이야. 이 상황에서 케셴이 남진한다면 솔직히 말해 난 두 손 들고 싶어."

"하지만……."

"이젠 이 나라에 가용군인 따윈 더 이상 없다는 뜻이야. 거친 북방의 전사들을 상대해야 하는 이들이 누구라고 생각하지? 굳이 알려줘야 하나?"

"……."

나도 바보는 아니라고 뭐… 남자들이겠지. 아직까지 전쟁터에 끌려가지 않은 사내들. 검은커녕 낫도 별로 만져 본 일 없을 소년들과 배 나온 아저씨들. 그리고 평생을 농사만 지어온 노인들이 전쟁터로 내몰리겠지. 전쟁을 경험하고 훈련을 받은 병사들은 로세니아를 상대로 싸우고 있으니까. 하지만…….

"그래도……."

"더 이상의 논의는 괜히 힘만 뺄 것 같군. 하여간 그렇게 알고 있으라고."

"싫어요! 폐하께서 그 위험한 전장으로 나간다는데 중신들이 가만히 있던가요? 모두들 바보가 된 거 아니에요? 어떻게……."

"말리기야 많이들 말렸지. 하지만 아넬리안, 지금 크롬발에는 로얄가드와 왕실 근위대 일부 외에는 아무것도 없어. 도시의 치안을 담당할 치안대조차 전쟁터로 달려간 상황이야. 수도라 해서 다를 게 없다는 뜻이지. 거기다 거리에 젊은 사내들은 거의 볼 수 없는 상황이야. 모두 징집되었던지 부역에 끌려갔으니까."

"그러니까… 폐하도 가서야 한다는 거군요."

"그래. 난 이 나라의 왕이기 이전에 크레센트 인이고 남자야. 전장에서 왕국을 위해 싸울 의무가 있어."

"그래도……."

"브래드릭 형님도 전선에서 싸우고 있어. 내 나이 또래의 사내들 역시 이 나라를 지키기 위해 전쟁터에서 목숨을 걸고 싸우고 있고. 나 역시 그럴 의무가 있다."

"하지만 당신은 왕이잖아요! 국왕이 그렇게 위험한 곳에 가서 목숨을 내놓고 싸울 필요가 있어요? 당신이 죽으면… 난… 아니, 이 나라는… 우리 로렌은……."

"그때는 당신이 로렌을 국왕으로 만들어주라고. 믿을 테니까."

"…왜. 왜 하필 당신인데… 왕이면서… 이 나라의 아버지이면서……."

"의무는 권리보다 우선한다. 크레센트 인이라면 다 아는 이야기야. 당신도 크레센트 사람이라면 머리 속에 각인시켜 두도록. 아~ 그리고 케센과의 협상은 당신이 알아서 하도록 해. 조심하도록 하고. 거기서 돌아온 뒤로는 수도를 부탁하지, 아넬리안. 당신을 믿을 테니까."

"……."

"사실 난 당신에게 내가 전장에 나가 있는 동안 수도와 후방의 치안을 부탁하고 싶었는데 아무래도 그건 다른 자에게 위임해야겠군. 전쟁 때문에 나라 꼴이 말이 아니야. 각 영지의 감옥에는 좀도둑들이 가득 들어차 있고 곳곳에서 산적들이 날뛰고 있어. 전쟁만 이기고 나면 모두 일소될 별 볼일 없는 놈들이긴 하지만 그동안 피해가 적지 않을 것 같아서 말이야."

"……."

"흠. 하여간 내가 할 말은 이걸로 끝이야. 그럼… 난 플로렌스 자작과 회의할 게 있으니 다녀오지. 늦을지도 모르니 로렌과 먼저 자고 있어."

"……."

"대답해."

"네, 폐하. 다녀… 오세요."

"그래."

그 말을 끝으로 로이드는 자리에서 일어선 뒤 나를 외면한 채 밖으로 나가 버렸다.

탁.

문이 닫히는 소리가 나면서 로이드의 검은 머리가 내 시야에서 사라졌다.

"마마아……."

"응? 로렌? 왜? 과자 다 먹었어?"

"우세요? 아파요?"

"으응? 아니, 엄마는 괜찮아. 우리 로렌 이리 오렴."

작고 앙증맞은 두 손으로 문가를 붙잡은 채 나를 바라보고 있던 로렌이 쪼르르 달려와서는 내 무릎을 두 손으로 붙잡았다. 난 그런 로렌을 들어 올려서 품에 안아주었다. 나쁜 사람. 싸움은커녕 말도 제대로 못 타면서 왜 위험한 전쟁터에 뛰어든다는 거야? 하여간 사람 속을 아주 시커멓게 태운다니까.

"마마아……."

"응. 엄만 괜찮아, 로렌. 우리 로렌……."

난 당장이라도 울 것처럼 눈물을 글썽이는 로렌의 머리를 쓰다듬어 주면서 한껏 미소를 지었다. 눈앞이 뿌옇게 변해서 우리 아이의 얼굴이 잘 안 보여.

로이드는 한밤중이 되어도 돌아오지 않았다. 아마 다른 곳에서 자는 것 같다. 뭔가 대화를 더 해야 할 것 같은데 왠지 찾아 나서기가 두려웠다. 그를 말려야 할지, 아니면 격려를 해야 할지 아직도 판단이 서지 않았고 강경한 로이드를 꺾을 자신도 없었다.

"후우……."

밤이 깊었는데도 잠이 안 와. 하긴 편하게 누워서 잠을 잘 정신도 못 되지만 말이야. 난 정말이지… 이런 건 싫은데. 왜 로이드는 고난을 사서 자처하는 걸까. 나야… 뭐… 다 로이드를 위해서 이렇게 위험을 감수하는 거지만. 그는 왕이기도 하고 싸움이랑 거리가 먼 사람이란 말이야. 로이드가 나처럼 위험한 일에 뛰어들 필요성 따위 어디에도 없는데…….

"우우웅……."

내 품에 안긴 채 세상 모르고 자고 있던 로렌이 꼬물거리면서 내 품으로 파고들었다. 아아… 그러고 보니 로이드랑 같이 잠을 자본 적이 언제더라… 까마득히 오래된 것 같아. 이런이런… 이래서야… 아내로서도 엄마로서도 실격이잖아. 하아… 오늘 밤도 잠자긴 틀린 것 같아.

다음날 로이드는 플로렌스와 주변 영지에서 끌어 모은 천여 명의 시민병과 그 두 배쯤 되는 짐꾼들을 끌고 아침 일찍 성을 나섰다. 기사들의 호위를 받으며 대열의 선두에 서서 병사들을 독려하며 떠나는 로이드를 난 멀리서 지켜보기만 했다. 로렌이 떠나는 로이드를 보면서 왜 난 같이 안 가냐고 잠깐 칭얼거렸지만 그 나이 또래답지 않게 감정을 읽는 데 익숙한—역시 모전자전이야. 음음—로렌은 한 손으로 내 치맛자락을 잡은 채 멀거니 떠나는 행군 대열을 바라보고 있었다.

그렇게 로이드를 보내고 나서 난 댄의 방문을 받았다.

"오랜만입니다, 마마."

"별로. 그리 오래된 것도 아닌걸 뭐."

"아하하. 하긴 이제 겨우 이 주밖에 안 되긴 했습니다만……."

"언제 온 거지, 여긴?"

"폐하와 같이 왔습니다, 마마. 그간 이런 저런 논의를 하느라 좀 정신이 없었거든요. 그래서 이제야 찾아뵐 수 있게 된 것입니다."

"그래? 용건은?"

난 헨켈과 놀고 있는—왜 저 녀석은 안 끌고 간 거야!!—로렌에게 손을 흔들어주면서 물었다. 그러자 댄은 매우매우 섭섭하다는 듯한 표정을 지으면서 대답했다.

"이거 충신을 너무 괄시하는 것 아닙니까, 마마?"

"시끄러워. 나 지금 기분 나쁘니까 용건만 간단히 말해."

"예이. 뭐… 별다른 일은 없습니다. 다만 마마께서 약탈… 아니, 회수해 오신 식량과 금화에 대한 것입니다만… 우선 식량류는 전선으로 향하게 될 것이고… 에또… 금화에 관한 것입니다만."

"응? 뭐가 잘못됐어?"

"아닙니다. 그게 아니라… 그게… 얼마나 떼먹으면 좋을지 확신할 수 없어서 말입니다. 아하하하……."

"아아. 그러고 보니 우리 쪽에도 돈이 좀 부족했지. 한… 10% 정도 어때?"

"음… 서류만 위조하면 그 정도는 별것 아닙니다만… 좀 많지 않을까요?"

"됐어. 어차피 내 군대가 회수한 자금이야. 중간에 얼마간 꿀꺽한다고 해서 뭐라 할 수 있는 인간도 없다고. 있다면 로이드 정도랄까? 거기다 어차피 그 자금들도 전쟁에 쓰일 거잖아."

"하긴… 그렇긴 합니다만. 그렇다면 우선 백만 정도만 뒤로 빼돌리기로 하고 나머지 자금 중 일부는 아리츠반과 모레니안에서 용병과 무기류를 수입해 오는 데 쓰도록 하겠습니다."

"아아… 멋대로 하라고. 귀찮으니까 알아서 해."

"후후. 마마께서는 절 너무 믿으시는 거 아닙니까? 혹시나 제가 부정 축재라도 하면 어쩌시려고……."

댄, 이 자식이 또 사람 속을 긁는구만. 확 패버릴까 보다. 찝찝… 뭐… 오른손도 없는 녀석을 패봐야 찝찝하기만 할 테니 그건 좀 참아야겠지만.

"그런 거라면… 죽인다. 됐지?"

"그거 끔찍하군요. 하하하."

"시끄러워. 아참, 깜빡했군. 헤쉬케린 늙은이하고 아크레닌 공성전에서 우리를 도와준 마법사들에게 포상을 내리도록 해. 그리고 될 수 있으면 그들을 오랫동안 이 나라에 잡아둘 수 있는 방법도 강구해 보도록 하고."

"음… 그건 예상외의 지출인데… 어느 수준으로 잡으면 되겠습니까?"

"알아서 하라고, 알아서. 내가 마법사들 보수까지 다 일일이 책정해야 돼? 그런 것쯤은 댄 선에서 끝내라고. 귀찮아."

"그럼 알아서 하도록 하겠습니다."

"그리고… 여기서 케센 수도까지 얼마나 걸릴까?"

"음… 한 3주쯤 걸리겠군요. 물론 육로로 말입니다. 중간에 케센에서 훼방만 안 놓는다면 그 정도쯤 걸릴 겁니다, 마마."

"그럼 배로는?"

"배로는… 지금 북풍이 불고 있을 시기이니… 한 7~8일? 그 정도면 충분하겠군요. 이 역시도 물론 중간에 방해가 없다고 가정했을 때의 이야기입니다만……."

"길어. 더 단축할 방법 없어?"

"글쎄요. 그 외에는 특별히……."

"그럼 댄이 정보부 요원들 풀어서 케센 측 이왕자와 접촉 좀 해봐."

"예?"

"거 있잖아. 수뇌부끼리의 비밀 회담 같은 거. 장소 선정과 날짜는 맡길 테니까 최대한 빨리 일정을 잡아. 음… 배가 좋겠군. 육지에서는 아무래도 훼방꾼이 출몰할 위험이 있을 테니까."

"예. 알겠습니다, 마마."

"그럼 가봐. 난 그동안 로렌하고 좀 놀아줘야겠어. 이 기회에 좋은 엄마 역할도 좀 해둬야지 나중에 로렌이 삐뚤어지지 않을 테니까."

"하하… 로렌 전하께서야 늘 마마의 편 아니십니까?"

댄은 하하하 하고 웃으면서 별것 아니라는 듯이 말했지만 난 심각하단 말이야. 아직은 로렌이 날 좋아하긴 하지만 나중에 내 얼굴도 잊어먹으면 어떡해. 그런 건 절대 용납할 수 없지. 암암.

그날 밤 난 카렌을 불렀다. 처음 가는 곳에서는 자기가 만족할 때까지 돌아다녀야 직성이 풀리는 카렌은 내가 부른 지 오랜 시간이 되어서야 내 앞에 나타났다.

"카렌."

"응……."

"로렌을 지켜줘."

"……."

"이건 부탁이지만 거절한다면 명령이라고 할 거야."

"…응."

"부탁이야, 카렌. 크롬발에 있는 모든 시민이 죽어도 상관없으니까 절대로 우리 로렌을 지켜줘."

"으응……."

"그래. 계속 수고하도록 해."

카렌은 뭔가 불만족스럽다는 듯이 작게 볼을 부풀렸지만 이내 고개를 끄덕인 뒤 창문을 넘어서 밖으로 나가 버렸다. 후우… 이걸로 우리 로렌이 이전과 같은 위험한 일에 노출되어도 안전할 수 있겠지. 카렌이라면… 믿을 수 있으니까.

로이드가 전선을 향해 떠난 지 3일이 지났다. 그동안 난 플로렌스 자작령의 성안에서 로렌을 상대해 주고 있었다.

"마마아~"

생글거리면서 나를 향해 손을 흔드는 로렌. 귀엽고 순진하고 순수하며 착하다고… 하고 싶지만 말이야, 솔직히 말하자면 좀 질렸다. 주변에서 미운 네 살, 미운 네 살 할 때는 뭔 소린지 몰랐는데 딱 3일만 시달리다 보니 눈물이 날 정도로 절실하게 깨닫게 되었다.

"마마아~ 마마아~"

"응? 왜 그래, 로렌?"

"놀아줘요. 놀아줘요."

"그래~ 뭐 하고 놀까?"

"움……."

우리 로렌이 또 손가락을 빨면서 고민한다. 그리고는 이내 숨바꼭질하자고 조른다. 그건 카렌이랑 한 걸로도 충분한데 말이야. 휴우. 그래도 안 놀아주면 또 뭔 땡깡을 부릴지 모르니 놀아줘야겠지.

"자~ 그럼 로렌, 엄마가 술래할게. 어서 숨으렴."

"네에~"

"백까지 센다. 하나… 두울… 세엣……."

로렌이 생글생글 웃으면서 성안의 정원을 가로지르며 뛰어갔다. 후에… 정말 지친다. 역시 아이가 천사같이 느껴질 때는 자고 있을 때뿐이려나…….

아이들은 순수하다. 음… 이건 로렌에게만 해당되는 건지도 모르겠지만… 뭐… 아이들은 순수하다고 하니까 순수한 거겠지. 하지만 그만큼 피곤하다. 로렌은… 내 관심을 받기 위해서 뭔 짓이든 한다. 우허허. 서류를 검토하느라 못 놀아주는 동안 내 시선을 돌리기 위해서 차를 내오던 시녀에게 일부러 부딪치거나 성안에 있는 어린 하인들이나 시종들과 흙탕물─이런 게 도대체 어디 있는 거야? 성안인데!!─을 뒤집어쓰고 성안을 돌아다니는 건 예사고 가끔은 내게로 전해진 서류 뭉치를 내가 보는 앞에서 들고 도망갈 때도 있었다. 이런 일들은 단 삼 일 만에 벌어진 것들이다. 아마 내 눈밖에서 벌인 일들은 셀 수도 없을걸.

이런 장난을 할 때마다 붙잡고 한바탕 힘껏 때려주고 싶었지만… 솔직히 나도 바빠서 로렌에게 관심을 많이 못 줬고, 로이드의 무심한 성격을 생각해 보자면 로렌이 왕성 안에서 얼마나 외롭게 지냈을지 뼈저리게 느낄 수 있기에 난 웬만한 일들은 눈감아주었다. 무엇보다… 내 팔에 매달려 초롱초롱한 눈망울로 날 올려다보는 로렌을 어떻게 때릴 수 있겠어? 그런 무식하고 야만적인 일은 절대로 못해.

이런 천방지축인 로렌 때문에 피해를 보는 건 플로렌스 자작과 자작부인, 그리고 성에서 일하는 시종, 시녀들이었지만 자작은 '활달하다' 라는 말 한마디로 웃어넘겼고, 그 말에 난 머리를 긁적이면서 같이 웃었다. 뭐… 달리 할 말이 있어야지.

"로렌~ 우리 로렌 어디 있니?"

에에… 귀찮긴 하지만 찾아줘야지. 안 그랬다간 삐쳐서 같이 안 잔다고 할지도 모른단 말이야. 난 어딘가에 숨어 있을 로렌을 찾아 성안을 돌아다녔다. 물론 성안에서 일을 하거나 지나가던 시종과 시녀들이 로렌이 어디 있는지 온몸으로―눈짓을 한다던가, 팔꿈치로 가리킨다던가―가르쳐 주고는 있지만 바로 찾으면 로렌이 재미없다고 한단 말이야.

"우리 로렌 어디 있을까아? 음……."

난 일부러 두리번두리번거리면서 로렌이 숨어 있는 방 주변을 오락가락거렸다. 그리고 살짝 문을 열어서 방 안을 들여다보자 조금 열려 있던 벽장이 탁 하고 닫히면서 검은 머리카락이 안으로 숨어버렸다. 후우.

"로렌아~ 어떡해. 우리 로렌을 못 찾겠어."

"마마아~"

벌컥.

벽장 문이 활짝 열리면서 내 키의 절반 정도밖에 안 되는 로렌이 내게로 다다다 달려와서는 등 뒤에서 내 허리를 껴안았다.

"어머나. 로렌… 거기 있었어?"

"네에~ 네에~ 이히히."

로렌은 연신 웃으면서 내게 매달렸다. 난 그런 로렌을 번쩍 안아 든 뒤에 붉게 상기된 로렌의 볼에 살짝 뽀뽀해 주었다.

"참 잘했어요, 로렌."

"에헤헤… 또 해요. 또 해요, 네? 마마."

"음… 로렌?"

"네, 마마."

"노는 것도 좋지만. 이제 티타임 시간이에요. 그러니까 이제 정원으로 가야지?"

"웅… 더 놀고 싶은데에……."

"그건 조금 있다 저녁 먹고 나서. 알았지?"

"네에~"

난 품에 안긴 로렌의 볼에 부비적거리면서 꺄르르 웃는 내 아이를 안고 정원으로 향했다.

이런 행복하고 평화로운 시간이 마냥 계속되었으면 좋겠지만 다음날 댄의 부하가 가지고 온 서류 한 장에 행복했던 모자는 타의(?)에 의해서 갈라서야 했다.

"로렌, 엄마는 또 나가봐야 하니까 왕성에서 기다리고 있어야 해. 알았지?"

"우… 우……."

눈물을 글썽이면서 내게 매달리는 로렌. 아… 마음이 약해지려고 한다. 안 돼. 이래서는 안 되지.

"뚝! 우리 로렌 착하지?"

"마마아… 싫어요. 싫어요. 마마아… 히잉……."

눈물을 참지 못한 로렌은 굵은 눈물방울들을 뚝뚝 흘리면서 치맛자락에 매달렸다. 하지만 난 단호한 몸짓으로 로렌을 떼어내고는 두 손으로 아이의 두 볼을 부드럽게 잡아주었다.

"로렌."

"마마아……."

"엄마는 이제 가봐야 해요. 그러니까……."

"에에엥……."

"로렌… 휴우……."

떼쓰는 거만 늘었다니까. 댄 자식을 대하듯이 엉덩이를 흠씬 때려줄까 보다.

"가지 마요. 가지 마요. 싫어요. 싫어요."

"안 돼요, 로렌."

"싫어요. 우에에엥… 싫어. 싫어."

급기야 바닥에 주저앉은 로렌은 칭얼거리면서 떼를 써댔다. 그런 로렌을 보면서 난 이마를 짚은 채 바라보다가 뭐라고 말을 하려 했다. 하지만… 어떻게 로렌을 이해시키고 설득하란 말이야. 음… 아이에게 논리가 통할 리도 없잖아. 거기다… 때린다고 될 일도 아니고……. 난 흙바닥에 주저앉아 울면서 떼를 쓰는 로렌을 그저 멍하니 바라보고 있어야 했다. 이럴 때 내 어머니는 어떻게 했을까? 모르겠다. 기억 안 나.

"아아아앙… 아아앙……."

목이 쉬도록 울던 로렌은 한참을 울고 나서야 히끅거리면서 눈물을 그쳤다. 하도 울어서 붉게 충혈된 눈으로 나를 올려다보는 내 아이를 바라보고 있자니 모든 걸 다 내팽개치고 로렌과 함께 조용한 곳에서 살고 싶다는 욕망이 마음속에 맴돌았다. 그럴 수 없다는 걸 누구보다 내가 더 잘 알지만… 아마도 그게 솔직한 내 마음일 거야.

"마마아아……."

"……."

"마마아… 가지 마요. 가지 마요. 로렌이랑 있어요."

"후우……."

절로 한숨이 나왔다. 난 여전히 눈물이 그렁그렁한 로렌의 머리를 쓰다듬어 주면서 아이의 귓가에 나직하게 속삭였다.

"미안하구나, 로렌아."

"훌쩍."

그러자 바닥에 주저앉은 채 투정을 부리며 울던 로렌이 눈물이 그렁그렁 맺혀 있는 눈으로 나를 올려다보다가 손으로 눈가를 훔치면서 조그만

입술을 꽉 깨문다.

"쿨쩍. 일찍… 쿨쩍. 오실 거죠?"

"응, 그럼. 우리 로렌을 두고 엄마가 오래 있을 수 있니? 그렇지?"

"네에… 쿨쩍."

땅바닥에 털썩 주저앉아 당장이라도 눈물을 쏟을 것 같은 표정을 지어 보이면서도 로렌은 주먹을 꼭 쥔다. 그리고는 히죽 웃으며 내게 말했다.

"빨리 오세요. 기다릴 거예요. 로렌 기다릴 거예요."

"응, 그럼 엄마 갔다 올게."

난 그렇게 말하면서 아이의 머리를 쓰다듬어 주었다. 그리고는 여전히 땅바닥에 주저앉아 있는 로렌에게 손을 흔들어주면서 마차에 올랐다. 내가 마차에 오르자마자 뒤에서는 성이 떠나가라 울어 젖히는 로렌의 울음소리가 들려온다. 떼를 쓰며 울고 싶을 텐데도 억지로 웃으며 나를 전송하다니…….

"후우……."

"아이들은 때론 부모가 깜짝 놀랄 정도로 성장해 있는 법이지요. 마마."

"누구? 아아… 댄이냐. 언제 탄 거야?"

"아까부터 있었습니다만. 전 잊혀진 거로군요. 슬픕니다."

"나 장난칠 기분 아니야."

"뭐, 그러시다면야. 흠흠."

"로렌은 언제 왕성으로 돌아가는 거지?"

"내일 오전 중으로 출발하실 겁니다, 마마. 물론 왕성까지의 경비는 물론이고 수도 내의 경비에도 만전을 기하고 있으니 걱정 안 하셔도 될 겁니다."

"호오~ 수도 내에 병력이 없다고 하지 않았던가? 폐하께 듣기로는 그랬던 것 같은데 말이야."

"물론 부족하긴 합니다만. 왕자 전하 한 분을 지키는 데 근위대 1천여 명과 로얄가드 서른다섯이면 충분하고도 남지 않겠습니까? 무엇보다 이 일대 수천 킬로미터 내로는 스무 살 이상의 남자는 거의 씨가 말랐을 정도이니까요."

"흐음. 뭐, 댄이 그렇다면 그렇겠지. 맡겼으니까."

"하하하. 이렇게 신뢰해 주시니 참으로 영광입니다, 마마."

"뭘. 실수하든 실패하든 문제가 생기면 죽여 버리면 그만이니까 말이야."

성 쪽을 바라보며 작게 중얼거린 혼잣말을 댄이 들은 것 같다. 찔끔거리면서 입을 닫는 걸 보면 말이야. 물론 들으라고 말한 거니 못 들었으면 섭하지.

이튿날 난 댄과 소수의 호위만을 거느리고 배에 올랐다. 이 빌어먹을 전쟁의 판세를 뒤엎어 버리기 위해서 케센으로 향했다.

Chapter 22

Front Line

전선에 대열을 이루고 서면 말이다. 처음엔 손발에 떨려오지. 그 다음엔 어깨가 떨리고 마지막으로 이빨들이 딱딱 하고 부딪쳐. 그리고 적이 무시무시한 기세로 달려오거나 돌격 명령이 떨어져서 창대를 꼬나 쥐고 있는 자식들을 향해 뛰어갈 때는 거시기까지 오그라들어. 캬~ 정말이지 사람이 할 짓이 못 된다고. 하여간 전쟁을 일으키는 자식들은 전쟁터는커녕 밀밭에도 나와본 적 없는 자식들이라니까. 그 새끼들이 여기 나와서 창대 들고 서 있으라고 해봐. 아마 1분도 안 돼서 두 손으로 거시기를 쥐고 꽁지 빠지게 도망칠걸? 킬킬킬.

—제2대 황실 서기관이자 궁중 역사학자인 후렌 경이 집필한 '황실 비사' 중.
—크레센트 제국 북부 원정군에서 만난 입이 거친 소대장과의 대담 중.
—주: 거시기가 뭐지? 새로운 인체명인가?

Front Line

―대륙력 999년 겨울. 케센 왕국. 케이프 협곡.

춥다아아. 바람이 휭휭 하고 불어오고 있고 얼어붙은 땅바닥에 쇠망치로 박아놓은 말뚝이 부르르 떤다. 질긴 소가죽으로 만든 천막이 파라락 하는 소리를 내면서 펄럭이고 있었고, 그 안에서 추위를 이기기 위해서 피워놓은 모닥불마저도 당장이라도 꺼질듯 사방으로 불똥을 튀기며 흔들리고 있다. 거참, 말 그대로 타오르는 불꽃마저도 꺼뜨려 버릴 정도로 엄청난 추위로구나.

펄럭.

누름돌로 단단히 막아놓은 천막의 휘장이 펄럭거리면서 열렸다.

"어떤 자식이야?! 들어올 거면 얼렁 튀어 들어오고! 나갈 거면 썩 꺼져! 바람 들어오잖아!"

따닥… 따닥…….

이가 부딪치는 소리가 나면서 손에 무언가를 쥔 남정네들―라기보다는 눈 뭉치들—이 내가 기거하는 막사 안으로 후닥닥 뛰어들어 왔다.

"크아… 춥다아……."

"뭐냐. 네놈들이야? 왜 왔어?"

"그래도 여기가 가장 따뜻할 것 같아서요, 마마."

"후우… 귀가 얼어버린 것 같아. 으……."

"너무 그러지 말아주십시오, 마마. 정말로 얼어 죽겠단 말입니다."

"끄응. 시끄릿! 막사 안 온도 떨구지 말고 다 나가! 여기서 눈 털지 마! 눈덩어리가 튀잖아! 이 멍충이들아! 나가서 털고 들어와!"

"밖에… 나가면 또 이 꼴이 될 것 같습니다만……."

"꼬박꼬박 말대꾸하지 마! 댄! 크렌, 닐크, 아르케네스! 네놈들… 당장 안 나가면 엉덩이를 걷어차서 내쫓아 버릴 테다!!"

크르릉… 가뜩이나 추워 죽겠는데!! 눈덩이들이 왜 사람 사는 데로 기어들어 오는 거얏! 눈덩이면 눈덩이답게 밖에서 놀란 말이다! 지휘관용 막사 안에는 사람이! 밖에는 눈덩이가! 크아아악!!

"드십시오."

"응? 뭐야?"

묵묵히 막사 한 켠에 서서 머리와 어깨에 쌓인 눈을 털어낸 아르케네스가 모닥불을 등지고 있는 내게 다가와서는 원통형의 컵을 건넸다. 추워서 겨드랑이에 끼워 넣은 양팔을 빼내기는 싫었지만 아르케네스가 건네는 컵을 받기 위해서 난 어쩔 수 없이 손을 뽑았다.

"으응?"

뚜껑이 달린 철제 컵을 손으로 쥐자 차가운 한기가 양손을 타고 몸속으로 흘러든다. 으어어어… 영혼까지 얼어붙는 것 같아. 난 부들부들 떨리는 몸을 다시 모닥불 쪽으로 돌리며—하도 추워서 몇 분마다 몸을 돌려주지 않으면 냉기가 뼛속까지 파고든다—컵의 뚜껑을 열었다. …이건 뭐라고 불러야 할까?

"아이스 티냐? 응?"

"……."

"허참… 살얼음까지 끼었네? 추워 죽겠는데… 이걸 마시라고? 누굴 얼려 죽일 속셈이야? 응?"

절로 눈썹이 하늘을 찌를 듯 솟구쳐 오르고 양미간에 주름이 진다. 크으으으으으으!! 펄펄 끓는 뜨거운 물을 퍼마셔도—물론 진짜로 마신다는 건 아니고…—이 얼어 죽을 듯한 망할 날씨를 버틸까 말까인데… 이 인간들이 지금 장난하는 건가!! 내가 이렇게 신경질을 부리자 아르케네스가 머리를 긁적이면서 말했다.

"뜨거운 홍차였는데……."

"과연… 살인적인 추위라는 건 바로 이럴 때 쓰는 거군."

"그렇군. 역시… 음음."

"시끄러워! 네 녀석들도 어서 네놈들 막사로 꺼져 버려!"

난 손에 쥐고 있던 컵을 내던져 버리려다가 참았다. 진짜… 정말로! 얼마 남지도 않은 인내심을 쥐어짜서 참은 거다! 신경질이 나긴 했지만… 그래도 아르케네스가 성의를 보인 건데… 좀 그렇잖아.

"으음……."

나와 컵을 물끄러미 바라보던 아르케네스는 이내 강철 컵을 다시 가져가더니 작게 뭐라고 중얼거렸다. 그러자 아르케네스의 오른손에서 붉은 빛이 조금씩 뿜어져 나왔고, 곧 이어 컵의 가장자리에 붙어 있던 서리들이 물방울이 되어서 바닥으로 뚝뚝 떨어졌다.

"헤에… 마법인가?"

"Burning Hands 마법이로군요, 마마. 물 끓이기 좋은 마법이죠."

"시끄럽다, 열혈바보 녀석."

닐크가 사족을 달자마자 아르케네스는 그런 닐크에게 퉁명스럽게 말했다. 이 녀석들은 하나도 변한 게 없다. 정말.

"헹~ 네놈의 마법 같은 건 가사일 외에 쓸 데나 있냐? 아니, 가사 외에 마법을 쓴 적이 있던가? 훗."

"홍. 상대하는 내가 바보지. 여기 있습니다, 마마. 두 번 끓여서 맛과 향은 덜하겠지만."

그렇게 말한 아르케네스는 김이 모락모락 피어오르는 강철 컵을 내게 건네줬다. 난 그것을 소맷자락으로 잡은뒤 호~ 하고 불었다. 새하얀 김과 내 입에서 나온 입김이 만나서 허공을 맴돌았다.

후룩.

"괜찮네. 고마워, 아르케네스."

"별말씀을."

내가 고맙다고 말하자 아르케네스는 입가에 작은 미소를 지으며 씨익 웃었다. 으음… 사람은 좋은데… 역시 저 무기나 다름없는 얼굴은 어쩔 수 없구나. 웃어도 섬뜩해지는 미소라니… 안됐어. 쯧쯧. 저래서는 아무리 사람 좋고 능력이 있어도 여자한테는 인기가 없을 거야. 특이 취향이 아니라면 말이지.

"오늘따라 신경질이 느셨는데. 역시 그날일까?"

"음음… 아무래도 그날에는 신경질이 느는 법이니까. 나이가 먹을 수록 더욱."

"오오~ 잘 아는군. 역시 전 카사노바."

"훗. 현 카사노바에게 비할 바가 있겠나."

"와하핫… 이것참. 살아 있는 전설, 사교계의 신화인 그대에게 칭찬을 받으니 몸 둘 바를 모르겠는걸?"

저 닐크 자식과 댄 자식… 남의 천막 안에서 뭐라고 나불대는 거야?

아… 죽여 버리고 싶다. 죽여 버리고 싶다.

"댄… 닐크… 막사 밖에다 묻어줄까? 그간의 공을 생각해서 머리는 묻지 않아주마. 뿌득."

"무… 무슨 그런 무서운 말씀을… 지금 묻혔다간 얼어 죽습니다, 마마."

"재고해 주십시오, 마마. 아하하하……"

"다 들었어! 이 자식들아! 크렌! 가서 삽 가져와! 삽!"

"예… 예?"

크윽. 미친다, 정말. 크렌 자식은 자기 상관이 뭔 죽을죄를 짓건 말건 모닥불 앞에 앉아서 꾸벅꾸벅 졸고 있다. 크아아악!! 왜 내 부하라는 잡것들은 다 이런 녀석들뿐이냐고!! 나 안 해! 안 한다고! 이 빌어먹도록 추운 나라랑도 빠이빠이할 거고! 귀엽고 예쁘고 새침하고 발랄한 우리 로렌이랑 싸바싸바~ 룰루랄라~ 즐거웁게 따뜻한 남쪽 나라에서 여유만만한 꽃놀이 다닐 거야아!!

"…마마, 진정하십시오."

"으어……."

머리 속으로는 오만 가지 잡생각이 마구 스쳐 지나갔지만 정작 입에서는 단 한 마디의 제대로 된 말조차 나오지 않는다. 머리 속까지 얼어붙었나 봐. 크엑.

"프휴휴휴… 뭐 좋아… 어차피 여기까지 와서 돌아갈 수도 없는 법이니까. 그래… 저 빌어먹을 폭설은 언제쯤 그친대?"

"길 안내인으로 데리고 온 주민의 말에 따르면 아마 2~3일쯤 갈 것이라 합니다, 마마. 매해 이맘때쯤 되면 자주 찾아오는 한파로 길어도 일주일이면 그치지만 행군에는 지장이 클 것이라 생각됩니다."

"월동 준비가 미흡한 부대에서는 벌써 동상자가 생기고 있습니다. 문제는 이들 병사들에 대한 마땅한 조치를 취할 만한 의료물품이 턱없이 부족한지라……."

"쓰읍… 추운 것도 추운 거지만… 어서 빨리 남쪽으로 내려가야 하는데… 크렌, 새로 들어온 정보 없어?"

"…쿠울."

"크렌!!"

"예… 옙? 아… 후아암. 별다른 건 없습니다, 마마. 크레센트 동부의 전선은 첫눈이 내리면서 완전히 동결된 상태입니다. 적들은 제펠 요새를 중심으로 하는 아군의 방어 라인을 돌파하지 못한 채 겨울을 맞았고 소수의 로세니아 군과의 작은 접전이 몇 번 있었지만 그리 신경 쓰실 건 없습니다. 후아암……."

저 자식은 또 왜 저러는 거야? 밤에 잠 안 자고 뭔 짓을 했길래.

"흐음… 댄, 현 위치가 어떻게 되지?"

"예, 마마. 지금 저희의 위치는 케센 국 남부 지방에 속하는 케이프 협곡 안에 주둔하고 있습니다. 이곳은 수백 년 동안 케센-로세니아의 국경선 및 관문으로 통하는 곳으로 이곳에서 남쪽으로 수킬로미터만 진군하면 바로 로세니아의 북부 지방으로 진군할 수 있습니다."

"보안 상태는?"

"만전을 기하고 있습니다, 마마. 걱정 마십시오. 저희가 이곳에 있다는 걸 로세니아 측에서 눈치 챘다면 최소한 저희 쪽에서 흘린 정보는 아닐 것입니다. 이것은 확신할 수 있습니다."

"아아. 케센이 우리를 팔아넘기지만 않는다면 현재로서는 안전하다는 뜻이군."

"예, 마마. 이 시기에는 로세니아와 케센의 무역도 거의 동결된 상태인데다가 이 주변은 군사 지역인지라 민간인의 출입이 통제되는 곳입니다. 저희의 존재가 알려진다면 그들에 의해서지요."

"뭐… 사이릭 이왕자도 우리에게 협력한다고 했으니까. 지금은 믿어 줘야겠지."

지금은 말이야. 훗. 나중에는 어떻게 될지 모르겠지만… 최소한 지금은 그들을 믿는 수밖에 없겠지.

"아참. 그리고 사이릭 이왕자 측과는 연락해 봤어?"

"그게… 어제부터 내린 폭설로 연락이 끊긴 상태입니다. 아마 며칠 동안은 이런 상태일 것 같습니다. 이런 날씨에는 전서구를 보내는 것도 불가능하고 전령을 내보냈다간 가다가 얼어 죽기 딱 좋을 날씨이니까요."

"좀 불안한데. 부하들에게는 미안하지만 주변 경계를 좀 더 철저히 하라 전하고 야간에도 경계의 끈을 느슨하게 풀지 않도록 각 군 장교들에게 단단히 일러둬. 여긴 적지나 다름없는 곳이니까. 주의에 주의를 거듭해도 모자라."

"알겠습니다, 마마. 경계병을 사교대로 두 시간씩 돌리도록 하겠습니다. 하지만 이런 날씨 탓에 외각 초계병을 내보내는 것은 불가능하니 생략하겠습니다."

"아아. 아참, 아르케네스."

"예, 마마."

"헤쉬케린 경과 다른 마법사들은?"

"이쪽으로 오신다는 연락이 어제저녁에 도착하긴 했습니다만……"

"마법으로?"

"예, 마마. 하지만 이런 날씨라면 아마 날이 풀릴 때까지는 도착하시기 힘들 것입니다."

"아아. 그런가. 그렇다면 할 수 없지. 그럼 다들 가서 일 보도록 해."

사람이 많아서 그런가? 아니면 이들 중에 열혈에 죽고 열혈에 사는 열혈바보가 있어서 그런가… 천막 안의 공기가 좀 따뜻해진 것 같긴 하다. 하지만 말이야… 나같이 정숙하고 아릿따운 여인네가 냄새 나는 남정네들이 넷이나 우글거리는 천막 안에서 어찌 같이 있을 수 있겠어? 안 그래? 흠흠.

"마마, 여기 따뜻한데 좀 더 있다가 가면 안 되겠습니까? 예? 다른 막사들은 환기가 제대로 되는 게 없어서 불도 못 피운단 말입니다."

"시끄럿! 어서 나가! 꺼져 버렷!"

"그렇게 신경질만 부리시니 꼭 노처녀 히스테리 같습니다."

"닐크!"

"…저. 열혈바보. 결국 저놈이 입 때문에 죽게 될 줄 알았지."

뭐어? 노처녀? 히스테리? 이 몸이? 하… 하하… 하하하… 으하하하하!! 웃겼다. 닐크. 정말 웃겼다. 푸.하.하.하.

"대엔……."

"예에… 마마."

난 눈을 가늘게 뜨면서 자기 말실수에 놀라서 히끅 하고 딸꾹질을 하는 닐크를 노려보면서 낮은 어조로 말했다.

"저 자식… 묻어버려! 아니… 삽 가져와! 닐크으! 네놈! 이 몸이 친히 묻어주마!"

"우아아악!!"

정말로 닐크 자식을 묻어버리기 위해서 난 진짜로 삽을 찾아다녔고 그런 나를 피해 닐크는 좁은 지휘관용 막사―사이릭 이왕자가 필요할 거라면서 선물한 거다. 정말… 이것만큼은 고마웠다―안을 뛰어다녔다. 나… 지금 뭐 하고 있는 거래. 정말이지.

초반에 주변 국들로부터 단기전이라 평가되었던 크레센트―로세니아 전쟁은 결국 해를 넘기고 말았다. 우리 쪽이야 애초부터 장기전으로 끌어갈 생각이었지만 로세니아 측으로서는 의외였을 거다. 물론 그에 대한 대비를 저쪽도 하긴 했겠지만—이에 대한 대비를 안 했다면 이미 크레센트 군대가 로세니아의 수도로 진격하고 있었을 거다—전황을 이렇게 결판 안 나고 지지부진한 상태로 끌고 가게 될 줄은 몰랐을 거다. 더군다나 근 20km에 걸친 긴 전선에는 그간 동원된 수많은 농민과 시민들 덕에 많은 목조 요새가 새로 건설되었고, 그곳에 혈기 넘치는 젊은 청년들이 검을 잡고 로세니아 군에 맞서고 있다. 물론 그들은 애국심이라는 일반인들에겐 거추장스럽고 귀찮기만 한 표어에 내몰린 채 억지로 검을 들게 된 것이겠지만. 어쨌든 사이릭 이왕자와의 회담 이후 2개월 동안 크레센트의 군은 점점 조직화되고 동부의 평야는 요새화되었다. 그 탓에 한곳에 전력을 집중시킬 수 없는 로세니아 군은 현재 전장에서 3~4km쯤 후퇴한 채 기회를 노리고 있다고 한다. 하긴 하도 야전 막사와 요새를 지어대서 전선 부근의 밀밭이 추수조차 못하고 몽땅 갈아엎어졌다는 보고였다.

덕분에 쌍수를 들고 반기는 건 우리 크레센트와 로세니아 양측에 무기와 용병들을 팔아먹는 아리츠반이다. 전쟁터에서는 뭐든지 아무리 많아도 부족한 법이고, 수만 명이나 되는 병력이 한곳에 밀집되어 있으면 하루에 소모하는 식량의 양만 해도 장난이 아닌지라 식량과 무기들을 아무리 후방에 쌓아놨다 해도 언제나 부족한 법이다. 거기다 새로 만들어내는 것보다는 그냥 외국에서 사오는 편이 훨씬 빠르기 때문에 통상가보다 더한 웃돈을 주고라도 있는 대로 긁어모으고 있다. 우리나라나 로세니아나 말이다. 심지어 아직 싸움 한 번 안 한 케센 국조차도 아리츠반산 밀과 절인 생선, 무기류를 다량으로 사들이고 있다.

아리츠반의 상인들은 아마도 금화 더미 속에서 헤엄치고 있을걸. 외국으로 빠져나가는 돈을 생각하면 눈물나도록 아깝긴 하지만… 시기가 시기인만큼 어쩔 수 없지 뭐.

　아크레닌 국은 이제 완전히 지도에서 지워져 버렸다. 내가 그곳을 점령한 뒤로 몇몇 영주와 요새 주둔군이 결사 항전의 뜻을 내세웠지만 정통 후계자도 없는 데다가 왕의 행방조차 찾지 못한 저항군은 얼마 지나지 않아서 내부 분열로 해체되어 버렸고, 곧 이어 크레센트 남부 귀족들에 의해서 각기 고립된 채 항복하거나 몰살당했다. 그리고 난 아크레닌 국의 동부 지역을 쿠레드 부족들에게 넘겨주기로 한 약속을 지켰고 초기에 있었던 사소한 무력 충돌은 이젠 더 이상 일어나지 않았다. 남부의 정세는 아직도 불안하긴 하지만 대충 힘으로 아크레닌 국의 국민들을 억누른 상태이고 위협적이라 생각될 정도의 저항군은 조직되지 못했다. 아마 그 나라 국민들로서는 괜히 전쟁을 벌였다가 져서 도망친 자기네 왕이나 침략자인 우리들이나 그놈이 그놈이라고 생각할 거다. 반감은 가지겠지만 침략군으로서 그건 당연한 거고 솔직히 그 편이 점령지의 주민들을 다루는 데는 편하지. 음음. 거기다 서우드 남작은 무능하지도 않고 만만한 상대도 아니니 웬만한 저항군들은 알아서 처리할 터라 당분간은 크레센트 남부 지방과 구 아크레닌 왕국 영토에 대해서는 특별히 신경 쓸 게 없을 것 같다. 뭐… 덕분에 남부에서 올라왔어야 할 지원군이 오지 못하게 되긴 했지만… 영토를 넓힌 걸로 만족해야겠지. 로이드에게도 그렇게 말해 뒀고 말이야.

　우리와의 비밀 회담 이후 케센은 크레센트와 손을 잡았다. 정확히는 크레센트의 나와 케센의 사이릭 이왕자 간의 담합이었지만 난 평범한 왕비가 아니었고 사이릭 이왕자도 케센에서는 한 군단을 이끄는 지휘관이었기에 조금 확대 해석하자만 두 나라가 협정을 맺은 거나 다름없었다.

　길고 긴 협의 끝에 서로 간의 타협안을 내놓아 절충하긴 했지만 무인도에서 한 회담의 골자는 간단했다. 두 나라가 손잡고 한 나라를 반씩 공평하게 집어삼킨다. 끝. 그뿐이었다. 케센으로서도 상대적으로 덩치 좋고 힘 좋은 크레센트보다는 악을 쓰고는 있지만 비리비리해 보이는—실제로 비리비리한지 어떤지는 직접 싸워봐야 알겠지만—로세니아를 더 만만하게 보았고, 또 녹색산맥이 중간에 가로막고 있는 동쪽 평원이나 서쪽 평원이나 케센이 원하는 평원인 건 마찬가지였던 것이다. 어느 쪽을 얻어도 비슷비슷하다면 좀 더 쉽고 편한 쪽을 고르는 게 일반적이었고, 사이릭 이왕자에겐 로세니아와 크레센트 중 더 만만한 쪽이 로세니아였던 것 같다. 그리고 무엇보다⋯ 회의를 시작하기 전에 내가 던진 한마디가 그의 마음을 굳히는 데 결정적인 공헌을 했던 것 같다. 역시 사람 속은 직접 들여다봐야만 알 수 있다니까. 하긴 뭐⋯ 잘생겼지, 능력 좋지, 배경 좋지, 인맥 넓지, 병사 많지, 케센의 왕세자보다 못한 건 늦게 태어났다는 것 하나뿐인 사이릭 이왕자가 언제까지고 왕자 자리에 만족할 거라는 생각은 그리 신빙성이 없다고. 난 그런 사이릭 이왕자의 결심을 결정적으로 흔들어놓고 그의 야심을 수면 위로 끌어올린 것뿐이라고.

하여간 그러한 사정이 오고 가면서 자세한 계획이 잡혔고, 그 계획에 따라서 우리들이 여기 케센 땅에 주둔하고 있는 것이다. 원래는 이미 이곳을 통과했어야 하지만⋯ 솔직히 이런 혹한에 밖으로 내몰면 그게 인간이냐? 피도 눈물도 없는 냉혈한이지.

"아아⋯⋯."

한숨이 절로 나오는구나 쳇. 케센의 기후에 무지한 탓에 여기서 발이 묶여 버렸다. 원래대로라면 로세니아의 북부 국경을 넘어 남서쪽으로 진군하고 있어야 하는데 말이야. 기껏 크레센트 북부에서 병력을 모아 케센 서부로 진출한 뒤 동쪽으로 빠져나와 로세니아로 진출하는 작전 계획을 짜놨는데. 이래서야 일정이 완전히 틀어지잖아. 에잉. 할 일도 없고 심심하고 짜증나서 미치겠네. 거기다 더럽게 추워서 나돌아다니긴커녕 모포 속에서 기어나오기도 싫어! 우워어어어! 따뜻한 남쪽 나라로 날 보내주우.

 내가 짜증을 부리건 신경질을 내건 시간은 모두에게 공평하게 흘러갔다. 이 세상이 끝날 때까지 절대로 그칠 것 같지 않던 폭설은 혹한의 추위가 몰아친 지 만 이틀 만에 멈췄다. 천막 사이로 새어 들어오는 차가운 바람에 오들오들 떨면서 선잠을 자고 일어나 부스스한 몰골로 두꺼운 모포를 몸에 걸친 채 천막의 휘장을 젖히고 밖으로 나온 난 나도 모르게 저절로 입이 벌어졌다.

 "와아……."

 눈에 보이는 모든 곳에 새하얀 설정이 펼쳐졌다. 언제 눈을 뿌렸냐는 듯이 높고 푸른 하늘과 그와 대조적으로 반짝거리는 새하얀 눈들이 산이고 언덕이고 손바닥만한 평지고 할 것 없이 모두 새하얀 색으로 가득 메워 버린 것이다. 눈이 아플 정도로.

 "눈부셔라. 호오……."

 아직도 붉은 코끝을 얼어붙게 만들 것처럼 차가운 바람이 간간이 몰아치긴 했지만 이 정도 추위는 폭설이 몰아칠 때와 비교하면 정말이지 애교나 다름없었다. 거기다 내 천막 주변과 사령부 막사로 사용되는 곳 주변은 이미 다른 병사들이 눈을 치우기 시작했는지 바닥에만 흰눈이 조금 쌓여 있었을 뿐 걸어다니는 데 특별한 문제가 없었다. 음. 몸도 좀 찌뿌둥하고 하니 산책 삼아서 한 바퀴 거닐어볼까나.

 와아아아아. 산이다, 산. 산처럼도 아니고 정말로 산이다. 그것도 눈산. 간이로 구축한 야전 진지 곳곳에 삽이나 너까래로 밀어놓은 눈산이 쌓여 있었고, 진자 밖에는 눈벽을 만들어도 될 만큼 높다란 눈의 산이 쌓여 있었다.

"거기! 빨리빨리 움직여! 아침 먹을 때까지는 다 치워야 할 것 아니야?!"

에? 댄인가. 긁적긁적. 난 머리를 긁적이면서 소리가 들려온 곳으로 터덜터덜 걸어갔다. 거기에는 두터운 가죽 방한복을 껴입은 댄이 오른손은 주머니에 넣고 왼손에 작달만한 지휘봉을 든 채 열심히 눈을 퍼 나르고 있는 병사들을 독려하며 소리치고 있었다.

"어이. 댄."
"아. 일어나셨습니까, 마마."
"응. 근데 뭐야, 이건? 성이라도 짓는 거야?"
"하하하. 별것 아닙니다. 그저 막사 주변 정리라고나 할까요."
"굳이 그럴 필요 있을까? 아침 먹고 바로 출발하자고."
"그건 힘들 것 같습니다만… 마마, 저쪽을 보십시오."
"응?"

난 댄이 가리킨 곳을 바라보았다. 목책 너머로 두 명의 경계병이 뒤뚱거리면서 걷고 있는 게 눈에 들어왔다. 그렇다. 뒤뚱거리고 있다. 한 발 한 발 힘겹게 눈밭 위에서 어기적거리면서 걸어다니고 있다. 놀랍게도… 눈은 건장해 보이는 사내들의 허벅지 위까지, 어떤 곳은 허리 깊이까지 쌓여 있었다. 우에. 내가 살던 곳에서는 이렇게 많은 눈이 내린 곳은 없었는데. 기껏해야 1~2cm 정도, 많이 내려도 발목 부근 정도가 다였는데. 왠지 저런 모습을 보니까 끔찍하다. 역시 이곳은 사람이 살 데가 못 돼.

"행군은 불가능합니다, 마마. 물론 길을 헤치면서 전진하면 되긴 합니다만… 행군 속도는 평소의 1/5도 못 될 것입니다. 병사들의 피로도 빠르게 쌓일 테고요. 거기다 야전 진지도 없는 상태에서 야영이라도 하게 되면 동상자들이 대량으로 생길 것입니다."

"그래서?"

"음… 최소한 이 눈이 녹을 때까지, 혹은 다른 이동 방법이 생길 때까지 이곳을 거점으로 주둔하고 있는 게 좋다고 판단했습니다, 마마."

"흐음… 뭐… 지금 크레센트 동부 전선이 암묵적인 휴전 상태라지만 말이야, 우린 아직도 전쟁 상태라고. 거기다 시간이 지나면 케센이 태도를 바꿀지도 모른단 말이야."

"그렇다 해도… 지금 상태로는……."

댄 녀석이 어깨를 으쓱거리며 나를 내려다본다. 쳇. 하늘도 안 도와주는군. 비젠 신도 자기 고향을 쑥대밭으로 만들려는 패륜녀를 외면하는 건가? 하긴 상관은 없지만 말이야. 신이 무시를 하건 천벌을 내리건 훼방을 놓건 난 내가 하고자 하는 일을 무슨 일이 있어도 이루고 말 테니까.

"아아. 김이 모락모락 피어오르는 욕조에 길게 누워서 뜨거운 홍차를 마시며 한가롭게 시집이라도 낭송하고 싶어."

"큭. 준비해 드릴까요, 마마?"

"됐네. 됐어. 누굴 바보로 아는 거야? 그저… 그랬으면 좋겠다는 거지. 아… 졸려. 밤에 잠을 설쳐서 그런지 졸립다. 난 좀 더 잘 테니까 사소한 일은 댄이 알아서 해. 웬만한 일로 날 깨우지 말라고. 알았어?"

"물론입니다, 마마. 거기! 눈을 그쪽으로 치우면 어떡해! 축대가 부러져서 막사 안에 누워 있는 자식들을 모조리 압사시키고 싶어? 엉?"

냉큼 대답한 댄은 삽으로 눈덩이를 퍼 나르고 있는 병사들에게 버럭버럭 소리를 질러대면서 지휘봉을 휘둘러 댔다. 음… 왼손으로 지휘봉을 휘두르며 소리치는 댄의 뒷모습이… 조금 불쌍하다.

오른손 손목부터 잘려 버린 댄은 기사로서는 폐업해 버렸다. 그전부터도 검을 좀 쓰기는 했으나 그리 특출난 실력을 보여준 것은 아니지만 크레센트의 남자라면, 그것도 귀족이라면 당연히 검이나 창 등의 무구를 다룰 줄 알아야 하는 게 당연했다. 왼손의 외팔이 기사 따윈 중장의 갑옷을 입는 기사들에게 있어서는 거추장스러운 짐일 뿐이었다. 아마 엔간한 기사였다면 오른 손목을 잃었다는 상실감에 자살을 해도 전혀 이상할 것이 없을 정도로 큰 충격일 게 분명한데도 댄의 태도는 언제나와 같았다.
"늘 웃고 있지. 뭐가 그리 좋은 건지… 쯧."
뭐… 저 인간의 속마음을 내가 알아볼 방법이 없으니 뭔 생각을 하는지 알 수는 없지만, 이곳으로 오기 전에 잠깐 만난 에린이나 내 주변을 맴도는 카렌을 시켜서 알아본 바로는 댄이 부하들과 술을 마시는 시간이 좀 늘었다는 것 외에는 별로 바뀐 점이 없다고 한다. 뭐… 바보 에린 녀석에게 댄이 어떻게 대해주는지야 알아볼 방법도 없고 관심도 없지만 둘의 딸인 예니에게는 지금도 성실한 아버지 역할을 해주고 있고—나보다 더 성실한… 이란다. 망할! 나도 좋아서 이 짓 하고 다니는 게 아니란 말이야!!—로이드의 측근으로 근무하면서 이전과 다름없는 철두철미한 일 처리로 하급자들로부터도 칭송이 자자하다고 한다. 거기다 카사노바 짓을 폐업한 지도 벌써 4년이나 되었는데도 아직도 사교계에서 인기가 식을 줄 모른다고 하고. 음… 어쩌면 마흔 살도 되기 전에 왕국 재상 자리에 오를지도. 나나 로이드의 신임을 한 몸에 받고 있는 자타 공인 2인자이니까.

이런 저런 생각을 하면서 걷다 보니 어느새 내가 쓰는 천막 앞에 도착하였다. 정사각형 모양으로 구축한 진지의 정중앙에 마련된 내 막사는 주변의 커다란 막사들 사이에 혼자서만 특이한 모양으로 세워져 있어서 멀리서도 쉽게 찾을 수 있었다. 침입자들에게도 좋은 표식이 되려나? 흠… 암살자 같은 놈들이 들어오면 때려눕혀서 잡아버리면 그만이지 뭐.
"하아암… 겨울잠 자는 곰도 아닌데 왜 이렇게 졸리지… 하암."

난 연신 하품을 하면서 목조 침상 속으로 기어들어 갔다. 아… 졸려… 쿠울.

곤히 자고 있을때 누가 깨우면 아무리 사람 좋은 성인군자라도 기분이 나쁠 거다. 그것도 깨우는 손이 투박한 남자의 손이라면 더욱 그렇고, 더 더군다나 잠의 유혹을 뿌리치고 눈을 뜨니 목에 차가운 금속의 감촉이 느껴지면 기분은 더 이상 나쁠 수 없을 만큼 최악으로 치닫는다. 한마디로 말하자면, 기분 더러워. 젠장할.
"눈을 떴군. 잠꾸러기 아가씨는 왕자님들에게나 인기가 있다고."
"이거 치워."
"호~ 강해 보이는 연녹색 눈동자만큼이나 딱딱한 어조로군. 후후후."
"나 기분 더러우니까 좋게 말할 때 치워."
난 낮게 으르렁거리면서 내 목가에 단검의 날을 겨누고 있는 사내를 향해 말했다. 그러자 그자는 두 손을 어깨 높이로 들어 올리면서 뒤로 두어 걸음 물러섰다.
"뭐, 좋아. 나도 굳이 싸우고자 여기까지 온 건 아니니까. 소리만 지르지 않는다면 나도 특별히 해를 끼칠 생각은 없다고. 알겠어?"
"내가 소리치지 않는다고 약속하면 믿을 건가? 닥치고 용건이나 말해."
"푸흡… 정말이지. 소문으로 들은 만큼… 아니, 그보다 더할 정도로 안하무인에 재수없는 성격이군."
"뭔 소문을 들었는지 몰라도 난 자다가 목덜미에 단검 날이 내뿜는 서늘한 감촉에 억지로 깨게 되어도 예의를 지켜줄 만큼 성격이 좋은 편은 아니야. 넌 누구지?"

난 침상에서 상체를 일으키면서 여유만만한 태도로 팔짱을 낀 채 나를 내려다보고 있는 사내를 노려보면서 물었다. 여차하면 모포를 놈에게 던질 태세로 두 손으로 모포 자락을 꽉 쥔 채 말이다.
 "알파. 그렇게만 알아두라고. 내 이름은 여러 가지가 있지만 그것들을 가르쳐 주면 널 죽여야 할 테니까. 후훗."
 "목적은?"
 "이런이런… 재미없는 아가씨로군, 정말. 당신같이 놀라지도 않고 냉기가 철철 흘러넘칠 정도로 무뚝뚝한 여자는 처음 보는걸?"
 "나도 너처럼 말이 많은 암살자 자식은 처음 봐. 이걸로 비긴 셈인가?"
 난 그렇게 말하면서 최대한 자연스럽게 보이도록 침상에서 두 다리를 바닥에 대었다. 차가운 흙바닥의 감촉이 양발을 타고 흘러들어 왔다. 으… 추워.
 "내가 너를 찾아온 목적은 그리 대단한 건 아니야. 그저 오래전에 잊어버린 물건 하나를 돌려받으러 왔다고나 할까?"
 "어떤?"
 "흠… 키는 한 이만하고… 붉은 머리카락을 가진 성깔 더러운 새끼 고양이지."
 놈은 자기 가슴 높이 정도로 손을 들어 올리면서 말했다. 붉은 머리에 성깔 더러운 새끼 고양이라면, 나도 알고 있는 녀석 같은걸?
 "벌써 4년이나 지났으니 좀 더 컸을지도 모르겠군. 하여간 이제 웬만큼 써먹었으니 돌려줬으면 좋겠는데 말이야."
 "카렌을 말하는 건가?"
 "아아… 카렌. 코드네임 카렌. 홍염의 그림자. 바로 그 녀석이지."
 "왜지? 이제 와서 그 녀석을 찾다니."

"그건 우리 쪽 실수로 녀석이 죽은 걸로 되어 있었거든. 덕분에 너를 암살하러 갔던 우리 쪽 요원 다섯을 그 계집애한테 잃었어. 뭐… 그걸 보상받자는 건 아니고 말이야, 어쨌든 우리 물건이었으니 이제 좀 돌려달라… 라는 것이지."

"거절한다. 난 내 것을 누구에게 주는 걸 정말로 싫어하거든."

휘이잉… 펄럭펄럭.

천막의 끄트머리가 바람에 휘날리면서 작은 소리를 냈다. 오늘따라 내 전용 천막이 참 넓게 느껴졌다. 아니, 그 천막 정중앙에 저 알파라는 자가 서 있어서 그런 것 같다. 화격단 병사들이 입는 평범한 복장에 조금 커 보이는 둥근 투구를 쓰고 있는, 얼핏 보면 아무런 개성도 느껴지지 않는 평범한 얼굴인데 지금 내 앞에 팔짱을 낀 채 나를 바라보고 있는 그자에게서 느껴지는 위압감은 절대 저자가 만만한 상대가 아니라는 것을 알 수 있게 해주었다. 위험해. 그것도 극히 위험해. 보통 상대가 아니야. 그는 무언가를 생각하는 듯이 꽤 오랜 시간 동안—그래 봤자 2~3분 정도였겠지만 엄청 길게 느껴졌다—무언가를 생각하는 듯하다가 불쑥 입을 열었다.

"…설마, 그 아이가 널 주인으로 인정한 건가?"

"그 애의 태도를 보자면 그렇다고 해야겠지."

"후우… 그런가. 후후후."

"뭐가 웃기지?"

"거참. 이래서 세상이 재미있나 보군. 근 10년 동안 온갖 공을 들여서 조련한 암살자를 어디서 굴러먹었는지도 모를 말뼈다귀 같은 계집한테 통째로 뺏기다니. 후후… 후후후."

"……"

"거기다 그것도 모잘라 암살자 주제에 주인을 정했다? 이것참. 돌아버리시겠군. 뭐… 좋아. 그렇다면 할 수 없지."

 그자는 연신 싱글거리면서 팔짱을 풀었다. 그리고 뒤로 두어 발짝 물러나더니 내게서 등을 돌렸다. 알파라고 한 그자의 시선이 내게서 떨어지자 내 몸을 잔뜩 긴장시키던 위압감이 조금씩 사라졌다. 그 뒷모습을 보면서 난 작게 안도의 한숨을 내쉬었다. 그때!

"죽엇!"

파악!

 그자가 서 있던 바닥의 단단한 흙들이 허공으로 튀어 오르면서 놈의 몸이 내 쪽으로 날아왔다. 덜컥. 놀란 심장이 주저앉는 것 같았다. 그 상황에서 내가 놈을 향해 아직도 쥐고 있던 모포를 내던진 건 순전히 본능적으로 행한 일이었다.

 펄럭… 좌아악…….

 허공으로 날아오른 모포는 그대로 공중에서 반으로 갈라지면서 좌우로 펄럭였고 그 사이를 뚫고 그자가 내 쪽을 향해 쇄도해 들어왔다. 난 두 발로 바닥을 강하게 차면서 등을 둥글게 말았다. 내가 앉아 있던 자세 그대로 뒤로 한 바퀴를 굴러 침상 반대편으로 떨어질 때쯤 그자의 손이 내가 굴러갔던 자리를 강하게 후려쳤다.

 퍼걱.

 나무 파편이 튀어 오르면서 목제 침상이 반으로 부서졌다.

"큭. 제법 눈치는 좋은걸?"

"시끄럿!"

 난 팔랑거리며 거치적거리는 속치마를 한 손으로 잡고 찢으면서 소리쳤다. 젠장할. 누가 좀 듣고 달려와 주라. 이 자식… 맨손으로 상대할 수 있을 정도로 만만한 놈이 아니란 말이야!

"흥. 도움을 청하는 건가? 미안하지만 이 근방에서 경계를 서던 놈들은 지금쯤 하늘나라에서 춤을 추고 있을걸?"

"갑자기 왜 이러는 거야? 젠장."

"그런 경우가 거의 없긴 하지만… 주인을 정한 암살자를 다시 조직으로 불러들일려면 역시 그 주인을 죽여 버리는 편이 가장 좋지. 어차피 암살자는 암살자. 일반 생활에 적응할 수 있을 리도 없고 결국 돌아올 곳은 우리 조직뿐일 테니까. 그러니까 죽어라. 고통없이 보내주마."

"웃기지 마! 개자식아! 누가 네놈 말 따위를 들을 것 같아?"

악을 써가면서 소리친 난 최대한 몸을 낮추면서 무기로 쓸 만한 것이 있나 하고 바닥을 더듬거렸다. 하지만… 이 자식들 어떻게 청소를 했길래 흙바닥에 굴러다니는 돌맹이 하나 없냐? 응? 젠장할.

싸한 정적이 감돌았다. 저 빌어먹을 알파인지 알바인지 하는 놈이 진짜로 주변의 경계병들을 모두 해치웠는지 그렇게 난리를 피우고 소리를 질러대도 아직까지 아무도 달려오지 않았다. 그렇다 해도 이건 너무 늦잖아! 거점 경계병들이 모두 당했다 해도 진지 내 구역 순찰병들이 낌새를 눈치 챘어야 하는 거 아니야? 저런 자식을 막기 위해서 순찰을 돌고 경계를 하는 거잖아! 이것들, 나중에 두고보자! 감히 저런 녀석이 내 막사로 숨어들 정도로 근무를 허술하게 했단 말이지! 뿌득.

"거참. 포기라는 걸 모르는 여자네. 이 각박하고 힘들기만 한 세상 뭐 아쉬운 게 있다고 그렇게 바락바락 살려고 발버둥 치는지 모르겠군. 그냥 간단히 목만 내주면 나도 편하고 너도 편안해지고 얼마나 좋아? 누이 좋고 매부 좋고. 좋은 게 좋은 거잖아? 안 그래?"

"그럼 니가 죽어, 자식아! 내가 죽여줄 테니까."

"음… 그건 좀 곤란한데. 내가 돌아오기를 기다리며 짹짹거리는 어린 녀석들이 많아서 말이지. 골이 빈 그 멍청이 녀석들은 다 굶어 뒈지던지 아니면 개죽음을 당할 테니 아무래도 난 좀 더 살아야 할 것 같은걸?"

"그렇게 따지면 나도 나한테 목을 메는 식충이들 때문에 눈 못 감아!"

"호오~ 네가 죽으면 쌍수를 들고 환영할 인간들이 참 많을 것 같은데 말이야. 몇 년 전에 있었던 크레센트 내전, 왕자의 난이라던가? 그때도 너의 명령에 많은 사람들이 죽었지 아마? 거기다 반란분자 색출이라는 명목으로 별별 귀족 놈들을 다 쳐 죽였고. 그 밑에서 일하는 병사는 물론이고 필요하면 마을 전체를 산적들의 습격으로 위장해서 잿더미로 만든 적도 있지? 그리고 몇 달 전에는 아크레닌을 지도상에서 지워 버렸지. 그동안 얼마의 인간들을 죽인 거야? 응? 피의 마녀 아넬리안."

"…시끄러!"

"훗. 한 명을 죽이면 살인자요, 만 명을 죽이며 영웅이라고 했던가? 전장의 사신, 피의 마녀, 살육의 대가. 꽤 멋들어진 수식어들이로군. 너같이 나약해 보이는 계집이 얻기에는 좀 부적합해 보이지만 말이야. 크레센트에는 영웅이 없나 보군. 훗."

"……."

이 자식. 어쎄신이 아니라 스토커 아니야? 남의 과거사를 아주 통째로 꿰고 있잖아. 기분 나빠.

"왜? 설마 그런 사실을 아무도 모를 거라고 생각했나? 훗. 세상에 완벽한 비밀 따윈 없다고."

"그렇다 해도 살인으로 먹고사는 네놈 따위에게 그런 소리 듣고 싶지 않아!"

"휘유~ 하긴 그렇게 생각할 수도 있겠지. 하지만 이래 뵈도 난 손에 피 묻힌 적이 그리 많지 않다고. 비싸거든. 후후후. 그에 반해… 넌 네 손에 직접 묻힌 피만 얼마나 되지? 백? 이백? 어쩌면 삼백쯤? 오호~ 역사에 유래없는 학살자로 꽤나 오랫동안 남겠는걸? 그것도 여자의 몸으로 말이야. 저런 피에 절은 마녀를 엄마라 믿고 따르는 순진한 로렌 왕자가 불쌍하군. 후후."

"닥쳐!!"

죽인다! 죽인다! 죽여 버릴 테다!

콰앙!

숏 소드의 검날에 반쯤 부서졌던 목제 침상이 반으로 갈라지면서 놈에게 날아갔다. 난 녀석 쪽으로 집어 던진 침상을 따라 앞으로 튀어 나갔다. 죽여 버릴 테다! 개자식!

"훗."

하지만 놈은 피할 줄 알았던 내 예상과는 달리 제자리에 버티고 서서 자기한테 날아오는 반 토막 난―그렇다 해도 상당히 육중하고 커다란 나뭇조각이다!―목제 침상을 바라보고 있더니 거의 부딪칠 때쯤 손을 들어 올리는 게 보였다.

쾅! 우직.

나무 쪼가리가 부서지는 소리가 들리면서 놈에게 날아갔던 목제 침상이 다시 내 쪽으로 날아왔다. 우윽! 난 날아간 만큼이나 빠르게 내 쪽으로 날아오는 침상을 오른손으로 올려쳤다.

뻐억.

"아으윽……."

쿠당탕!

내 머리 위로 지나간 반 토막 난 침상은 커다란 소리를 내면서 흙바닥 위를 굴러다녔다. 젠장… 오른손 손목이 부은 것 같다. 화끈거리면서 찌릿한 통증이 느껴진다.

"저런… 타점이 안 좋았나 보군. 주먹이든 검이든 무기를 쓸 때는 말이야, 정확한 타점을 잡아서 확실하고 빠르게 한 번에 찔러 넣어야 한단 말이야. 안 그러면 너처럼 부상을 당할 수 있지. 초심자들이 저지르기 쉬운 실수이기도 하고 말이야. 후후후."

"닥쳐! 빌어먹을 자식아!"

"후후후. 남은 생각해서 충고해 준 건데. 역시 입이 거친 계집이라니까. 너 그 성격 고치지 않으면 이혼당할걸?"

"상관… 웃!"

쉬익… 막 놈에게 한마디 쏘아붙여 주려던 난 왼손으로 손목을 쥔 자세 그대로 몸을 최대한 낮게 숙였다. 내 머리 위로 검이 바람을 가르는 소리가 나면서 지나갔고, 간신히 숏 소드의 검날을 피하자마자 낮게 몸을 숙인 내 얼굴 쪽으로 검은 가죽 장화가 날아왔다. 으윽… 양팔로 얼굴을 가리자 금세 둔탁한 소리가 나면서 양 팔뚝 부근에 통증이 느껴졌다.

"크윽……."

지익.

난 몸을 뒤로 젖히면서 뒤로 한 바퀴 굴렀다. 그러면서 곧바로 몸을 일으킨 뒤 놈을 노려보았다. 아… 발바닥이야. 다 까진 거 같아. 젠장. 신발이라도 신었어야 하는 건데… 쯧. 그럴 경황이 없긴 했지만. 역시 후회는 아무리 빨라도 늦는…….

"헙!"

몸을 왼쪽으로 틀자마자 방금 전까지 내가 있던 빈 공간에 빛에 반짝이는 작은 단검이 휙 하고 지나갔다. 망할… 누가 카렌 녀석을 키운 놈 아니랄까 봐. 정말이지, 암살자 자식들은 상종하기 싫어! 제기랄. 무기로 쓸 만한 거 어디 없나?

"쳇."

"훗. 저걸 찾나?"

놈은 자기 바로 옆에 세워져 있는 내 육중한 갑옷과 그 옆에 곱게 놓여져 있는 클레이모어를 가리키면서 말했다. 그래, 바로 그거야. 그러니까

나 그 갑옷 다 입고 검을 들 때까지 기다려 줄래? 응? 그럴 리가 없겠지? 우우.

"미안하지만 난 일부러 일을 어렵게 꼬아놓는 마조히스트가 아니거든."

놈은 씨익 웃으면서 그렇게 말했다. 저렇게 말하니까 더 재수없어! 죽여 버리고 싶을 정도로! 크악! 저 빌어먹도록 여유만만한 태도! 건들거리는 자세! 히죽거리는 저 면상! 전부 마음에 안 들어! 교수형! 아니, 단두형감이야! 목을 잘라 버린 다음에 시체를 난도질해도 화가 풀릴 것 같지 않아! 아아악!! 돌아버리겠다!

"호~ 아직도 눈빛이 죽지 않았는걸? 내가 너무 편하게 대해준 건가? 그럼… 이제 나도 장난은 그만 하고 끝내야겠는걸? 시간도 시간이고 말이야. 후훗."

"……"

그렇게 말하면서 놈은 나를 향해 한 걸음 한 걸음 천천히 걸어왔다. 진지한 눈빛으로 변한 놈의 눈을 보고 있자 나도 모르게 몸이 위축된다. 적병들에게 둘러싸인 전장 한복판에서도 이런 적은 한 번도 없었는데. 으윽… 나도 모르게 한 발짝 뒤로 물러섰다.

터억.

등에 무언가가 닿았다. 황급히 곁눈질로 뒤를 돌아보니 아까 놈이 내게로 날렸던 목제 침상이 거꾸로 뒤집힌 채 굴러다니고 있었다. 난 잽싸게 손을 뻗어서 침상의 다리를 한 손으로 잡았다. 그리고 힘을 주어 뜯어냈다.

우지직.

"호… 의외로 힘이 좋은걸? 아니면 나무가 삭았던 것? 후훗. 어느 쪽이든 그런 걸로 날 막을 수 있을 거라고 생각하는 거냐? 정말 웃기는군.

후후후."

"당하고 나면 그 딴 소리는 못할걸?"

놈이 피식거리면서 날 비웃었지만 나 역시 그런 놈을 비웃어주면서 두 손으로 길쭉하고 두꺼운 나무 몽둥이—라기엔 좀 무리가 있지만……—를 들고 일어섰다. 막 내가 자세를 잡고 일어서자마자 놈이 내 쪽을 향해 달려왔다. 거의 열 걸음 정도 떨어져 있었는데 눈 한 번 깜빡일 사이에 놈이 거의 코앞까지 근접했다.

"흐윽……."

머리보다 몸이 먼저 반응한다. 오른손으로 손잡이를, 그리고 왼손으로는 검의 폼멜 부위를 잡고 안쪽으로 당긴 채 나를 향해 찔러 들어오는 숏 소드의 날을 나무 몽둥이의 중간 부분으로 간신히 막자 놈의 왼손이 얼굴 쪽을 향해 날아들었다. 머리를 뒤로 젖히면서 피하자 눈앞에 길쭉한 송곳을 잡고 있는 놈의 손이 휙 하고 지나갔다. 등 뒤로 식은땀이 주르륵 흘러내린다. 망할, 뭐가 이렇게 빨라! 뒤로 젖혔던 고개를 다시 들어 올리는데 갑자기 왼쪽 발목 부근에 강한 통증이 느껴지면서 몸이 뒤로 확 하고 젖혀졌다.

쿵.

"아악!"

아윽… 뒤통수야… 엉덩이야. 젠장! 멍들겠잖아! 히익. 바닥에 누운 나를 바라보던 놈이 숏 소드의 검날을 거꾸로 쥐는 걸 보자마자 옆으로 힘껏 굴렀다.

파악.

바닥에 숏 소드의 날이 10㎝는 파고든 것 같다. 무식한 놈. 젠장. 한 바퀴 반을 구르며 엎드린 내가 양팔에 힘을 주어서 몸을 일으키려는데 그새를 못 참은 녀석의 가죽 장화가 다시금 내 얼굴 쪽으로 날아온다. 우아악……!

퍼억!!

"끄윽……."

고개가 뒤로 확 하고 젖혀지면서 저절로 입이 열렸다. 으윽. 난 일어서려는 자세 그대로 다시 뒤로 엉덩방아를 찧으면서 주저앉았다. 절대적으로 멍들었다. 확신할 수 있다. 하지만 그전에 목숨이 먼저라고! 난 다시 내 쪽으로 날아오는 숏 소드를 옆으로 굴러서 피한 뒤 비틀거리면서 일어섰다.

"거참… 이제 좀 짜증나는데. 그만 좀 죽어주지 그래? 응?"

"너 같으면 죽으란다고 죽을래? 빌어먹을 자식아!"

"음… 생각해 보니 그렇긴 하군. 하지만 그걸 권하는 내 입장도 생각 좀 해달라고. 훗."

그렇게 말하면서 빌어먹을 자식이 내 쪽으로 다시 바닥을 박차며 뛰어왔다. 난 그런 놈의 움직임을 보자마자 생각하고 자시고 할 것도 없이 재빨리 왼쪽으로 몇 바퀴나 데굴데굴 구르며 직선으로 달려드는 놈에게서 멀찌감치 떨어졌다. 어지러워. 하도 굴러서 그런지 눈앞이 뱅글뱅글 도는 것 같잖아.

텅…….

응?

"큭……."

"후훗. 이거 고마운걸? 이럴 땐 감사의 인사라도 해야 하나?"

저 빌어먹을 자식의 불유쾌한 침입을 받은 이후로 처음으로 난 진심으로 참을 수 없는 기쁨에 미소를 지었다. 내가 속옷 차림으로 흙바닥을 몇 바퀴나 데굴데굴 굴러다니는 남 보여주기 처참한―내 이름을 걸고 맹세하는데, 이런 내 몰골을 본 놈은 죽인다. 절대로!―몰골로 멈춰 선 곳은 내 침상에서 약간 떨어진 곳, 그러니까 내 갑옷과 검이 예쁘장하게 놓여 있는 바로 그곳이었다. 다시 말하자면 놈과 나의 위치가 바뀐 것이다. 난 씨익 웃으면서 갑옷 옆에 가지런하게 놓여 있는 클레이모어의 손잡이를 두 손으로 붙잡고 벌떡 일어섰다.

"쿡… 쿡쿡쿡……."

"엉? 뭐가 웃기냐?"

한쪽 눈썹을 찡그리며 갑자기 쿡쿡거리며 재수없게 웃는 녀석을 노려보는데 콧등을 타고 뜨뜻한 액체가 윗입술을 타고 입 주변으로 흘러내렸다. 설마… 콧물은 아니겠지? 미친놈처럼 제자리에 서서 어깨를 들썩이면서 쿡쿡거리는 놈을 노려보면서 손등으로 콧잔등 주위를 훔쳤다. 한데 손등에 묻은 것은 맑은 콧물이 아니라 붉고 찝찔한 맛이 나는 피였다.

"……."

"쿡쿡. 기세 좋게 일어난 것치고는 몰골이 말이 아닌걸? 크크크……."

"시끄럿! 죽엇!"

얼굴이 새빨갛게—화끈거리는 걸 보면 더 이상 붉어질 수 없을 만큼 달아올랐을 거다—달아오르는 걸 애써 무시한 난 놈을 향해 뛰어가면서 클레이모어를 수평으로 강하게 휘둘렀다.

"휘잉…….

하지만 놈은 가볍게 뒤로 세 발짝 물러서는 것으로 내 클레이모어의 검날을 슬쩍 피한 뒤 숏 소드를 내 얼굴을 향해 찔렀다.

"피잇.

고개를 옆으로 틀자마자 숏 소드의 검날이 쉬익 하고 귓가를 스쳐 지나갔고 나와 놈이 뒤로 한 발짝씩 물러나자 검날이 스쳐 지나간 귓가에 화끈한 느낌과 함께 머리카락이 축 늘어지면서 볼에 달라붙었다. 젠장. 기분 나쁜 감촉.

"쯧.쯧.쯧. 안 된다니까."

"죽엇!"

"홋. 개성이 없는 기합 소리로군."

빌어먹을! 쳐 죽일 암살자 자식은 내가 휘두르는 클레이모어의 검날을 손가락 두세 마디 차이로 피하면서 슬슬 뒤로 물러섰다. 맞을 듯 맞을 듯 하면서 안 맞고 뒤로 물러설수록 난 점점 더 기분이 나빠졌다. 저 개자식이 지금 날 놀리는 거 맞지?

"……"

입가에 미소까지 지어 보이면서 여유만만한 자세 그대로인 놈은 내가 클레이모어를 들고 있건 말건 상관없다는 듯이 나를 비웃고 있었다. 그게 더 기분 나빠! 젠장!

놈이 봐주는 듯한 대치 상황이 대략 30여 초간 지속되었다. 어쩌면 평생 그럴 것 같기도 했지만 그런 대치 상황은 금세 깨지고 말았다. 그것도 우리 둘 중 하나에 의해서가 아니라 천막 밖에서 들려온 소리 때문이었다.

"얼레? 이놈들 다 졸고 있는 거야? 교대 시간인데 왜 이렇게 조용해? 이놈아, 이렇게 추운 게 잠이 오냐? 잠이 와?"

"……"

"어라? 이놈 봐라… 어… 어……?"

쿠웅…….

무슨 나무토막 쓰러지는 소리가 나면서 밖에서 놀란 듯 새된 목소리가 들려왔다.

"어어?"

"주, 죽은 거야?"

"이, 이거 어쩌지?"

밤이라 두터운 천막 밖에서 두런두런 떠드는 소리도 참 잘 들리는군. 기뻐 죽겠다. 우훗. 나와 놈의 눈동자가 거의 동시에 소리가 들려온 천막 밖을 바라보았고 역시 거의 동시에 서로를 노려보았다.

"우웃……."

살을 바늘로 콕콕 찌르는 듯한 기분 나쁜 느낌이 놈에게서 풍겨져 나오고 있다. 입을 열어도 소리조차 나지 않을 정도로 무시무시한 기운이 내 몸을 휘감았고, 몸의 근육들이 제멋대로 수축하였고, 등골을 타고 흐르는 차가운 식은땀의 감촉이 생생하게 느껴진다. 클레이모어의 손잡이를 잡고 있는 두 손이 축축하다. 쳇… 인정하긴 싫지만… 저놈은 시퍼렇게 갈린 검날이야. 맨몸으로 상대할 만큼 만만한 놈이 아니기도 하고. 실수였어.

"…나갈 땐 좀 시끄럽겠군."

"누… 누가… 보… 보내줄 줄 알아?"

"시간이 없으니… 그대로 죽어."

쉬익…….

무언가가 눈앞에서 번쩍거리는가 싶었는데 그놈의 숏 소드의 검날이 내 목을 향해 휘둘러져 들어왔다. 반사적으로 두 손으로 쥐고 있는 클레이모어의 검날을 숏 소드 쪽으로 밀치자마자 까앙!! 하는 소리와 함께 클레이모어의 검날이 반대쪽으로 튕겨 나갔고, 내 목을 벨 듯이 날아들었던 숏 소드의 날 역시 반대쪽으로 튕겨 나갔다. 하지만 어느새 숏 소드의 검날이 살짝 닿았는지 목덜미 부근에 붉은 피가 주르륵 흘러내리고 있었다.

"허? 허참… 내 실력도 녹슨 건가?"

"크윽……."

목덜미가 따끔따끔거린다. 젠장. 미치겠다. 그때 천상의 천사들의 노랫소리와도 같은 감미로운 소리가 밖에서 들려왔다.

"삑… 삐익… 삑삑… 비상!! 비상!!"

"각하! 괜찮으십니까? 각하!!"

"뭘 소리 지르고 있어?! 어서 들어가!! 어서!'

펄럭.

천막의 휘장이 젖혀지면서 알파라는 암살자와 똑같은 복장─이라고 하지만 화격단의 기본 복장이니 당연한 거겠지?─을 한 병사가 막사 안으로 뛰어들었다. 그리고 죽었다.

콰득…….

"크억……."

검을 들고 기세 좋게 뛰어들었던 그 용감한 병사는 목 정중앙─결후라던가? 바로 그곳!─에 맨질맨질한 가죽 손잡이가 달린 단검을 깊숙이 꽂은 채 그륵거리면서 툭 하고 쓰러졌다. 그리고 그 바로 뒤로 뛰어들어 온 다른 병사는 심장 부근의 가슴을 두 손으로 쥐면서 방금 전에 쓰러진 그 병사 바로 위에 포개진 채 쓰러졌다. 비명조차 못 지른 채로.

"아……."

절로 힘이 쭉 빠지는 느낌. 쓰러지는 병사들을 보고 있을 때 갑자기 그놈이 내게 뛰어왔다. 깜짝 놀라서 뒤로 한 걸음 물러서면서 난 반사적으로 클레이모어를 휘둘렀다. 자세를 낮추고 나를 향해 달려오던 그자의 숏 소드가 내 검을 튕겨낼 듯 강하게 찔러 들어왔지만 어설프게 휘두른 내 클레이모어에 검날의 중간 부분이 부딪쳤다.

카앙!

놈의 손에 들려 있던 숏 소드의 중간 부분이 뚝 하고 부러지면서 천막 한쪽으로 날아갔다. 거기다 나를 향해 달려오던 놈 역시 급히 자세를 바꾸며 뒤로 물러섰고, 반 토막 난 숏 소드를 툭 하고 떨어뜨리면서 왼손으로 떨리고 있는 오른손 팔목을 붙잡았다.

"젠장… 이거였나? 역시 전장의 사신이라 불릴 만한 게 있긴 했군. 쳇."

"흥! 이제 전세 역전인걸? 후후. 네놈은 특별히 내가 손수 그 주둥이를 길게 찢어줄 테니 영광으로 알라고."

"후훗. 웃기는군. 너 쥐새끼가 찍찍거린다고 고양이가 겁먹을 것 같냐?"

뭐라고? 저 자식이 궁지에 몰린 쥐가 고양이를 문다는 속담도 모르는가 본데? 어디 맛을… 아이씨! 내가 쥐냐? 망할 놈!

"죽어버렷! 개자식아!"

부웅… 퍼억!

위에서 아래로 크게 휘두른 클레이모어가 놈이 있던 자리를 뚫고 지나갔지만 알파는 이미 뒤로 물러선 상태였고, 내 검은 애매한 땅만 파 올렸다. 난 즉시 검을 들어 가슴 주변을 가리면서 놈의 반격에 대비했지만 의외로 그자는 오히려 뒤로 물러서면서 내게서 떨어졌다.

"거기서! 누가 도망치게 둘 줄 알아!"

난 천막 끝까지 물러선 그자를 향해 뛰어가려 했다. 그때 내 등 뒤와 좌우의 천막 벽이 찌이익… 하는 긴 소리를 내면서 찢겨져 나갔고 그 사이로 병사들이 뛰어들어 왔다.

"마마! 무사하십니까?"

"닐크?! 저 자식 붙잡아! 당장!"

"예! 마마를 호위하라! 몸으로 지켜!"

막사 안으로 뛰어들고 나서 단번에 상황을 파악한 닐크는 즉시 같이 뛰어든 병사들에게 명령을 내리면서 알파에게 뛰어갔다. 하지만 놈은 나보다 더 어설픈—몸놀림만 빠른—닐크의 검날에 맞아줄 만큼 호락호락한 상대가 아니었다. 이에 난 겹겹이 내 주위를 둘러싼 병사들을 뒤에서 밀치면서 소리쳤다.

"비켜! 저 자식은 내가 죽여 버릴 거야! 어서 비……."

쉬익… 퍽!

막 눈앞에 딱 가로막고 있는 두 병사를 좌우로 밀치며 앞으로 나서려는 내 배에 무언가 딱딱한 이물질이 파고드는 느낌이 들었다.

"아……."

왼손으로 배 부근을 만져 보니 붉고 따뜻한 피와 맨질맨질한 단검의 손잡이가 만져졌다. 처음엔 뼛속까지 시린 차가운 느낌… 그 다음엔 활활 타오르는 불길 속에 들어간 듯한 뜨거운 느낌과 함께 끔찍한 통증이 등을 타고 솟구쳐 올랐다.

"커흑……."

허리가 저절로 굽혀질 정도로 지독한 통증이 느껴졌다. 난 그대로 새우처럼 허리를 한껏 굽히면서 앞으로 쓰러졌고 입을 벌린 채 뻐끔거렸다. 내 입가로 고여 있던 침들이 주르륵 흘러내렸지만 머리 속은 끔찍한 고통으로 가득 차서 아무런 생각도 안 났다.

"너 이 새끼!!"

"큭. 심장을 노린 건데… 쯧. 다음에 두고 보자!"

"비… 빌어먹을… 다… 다음에 보… 보자는 놈… 치… 고 콜록… 콜록… 무… 서운 놈… 없……."

내장이 꼬이는 것 같은 지독한 통증을 견디며 땅바닥에 머리를 처박은 추한 몰골이면서도 난 끝까지 놈에게 말대꾸를 했다. 그렇게라도 안 하면 지는 것 같아서. 그리고 난 놈이 닐크의 검을 손쉽게 피하면서 찢겨진 막사 밖으로 뛰쳐나가는 걸 마지막으로 결국 눈을 감고 말았다. 아아… 바닥이 시원해…….

두런두런거리는 작은 소리에 눈이 떠졌다.

"크흑······."

신음 소리조차 잘 안 나온다. 입에서 나온 소리가 내 귀에도 들리지 않을 정도라니··· 우··· 세상에··· 살면서 내가 이렇게 나약한 신음 소리를 내면서 끙끙거릴 줄이야. 내 몸은 서서히 선명해지는 정신과는 다르게 여전히 힘이 들어가지를 않았다. 손가락 하나 까딱하기 힘들 정도로. 정말로 젖 먹던 힘까지 쥐어짜 가면서 간신히 고개를 들자 가장 먼저 내 눈에 띈 것은 거의 벌거벗은 것 같은 내 몸이었다. 가슴을 가리는 얇은 브래지어와 부드러운 털이 가득 나 있는 속바지 외에는 아무것도 입고 있지 않았다. 거기다가 배 부분에는 두터운 붕대가 몇 겹으로 감겨져 있었다. 그 붕대에는 내 것임이 분명한 붉은 피가 한가득 배여 있었다.

"그래서 군의관, 그대의 의견은 뭔가?"

"각하의 상세는 지극히 위중합니다. 당장 안전하고 따뜻한 곳으로 옮겨야 합니다."

"하나··· 현재 우리의 상태로는······."

"다행히 지금이 겨울이라 상처가 심각하게 훼손되지는 않겠지만 벌써 환부가 곪고 있습니다. 겉에 난 상처는 우선 봉합하긴 했지만 아마도 내장까지 손상되었을 게 분명합니다. 이대로 방치하다간······."

"그런가··· 아르케네스."

"···음?"

"여기서 마마를 모시고 본국으로 돌아가는 데 얼마나 걸릴까?"

"스승님이라면 금방이겠지만 난 무리다. 최소한 일주일 이상. 그것도 방해가 없다고 가정할 때겠지만."

"우리가 왔던 길로 우회하면 한 달은 족히 걸려. 흐음··· 별수없나? 마마께서 중상이니 더 이상 전진할 수도 없고…….”

댄의 목소리다. 아아… 저 자식도 멀쩡한 걸 보면 그 알파라는 놈은 혼자서 왔나 보군. 그것도 정말로 카렌을 되찾기 위해서. 미친놈. 겨우 암살자 하나를 위해서 주변에 수많은 병사가 우글거리는 야전 막사로 기어들어 오다니 제정신이 아니야. 끄응.

"할 수 없지. 닐크와 아르케네스, 그리고 크렌은 발빠른 녀석들과 함께 마마를 모시고 본국으로 돌아간다. 난 남은 부하들과 함께 다시 케센을 우회해서 본국으로 돌아가도록 하지. 무엇보다 마마의 상세가 더 중요하니까.”

"그건… 콜록…콜록… 안 돼.”

"마마!!”

"정신이 드십니까?”

이제야 내가 눈을 뜬 걸 눈치 챈 거냐? 하여간… 남자 놈들은 둔감한 데다가 바보 같다니까. 내가 침상 위에서 힘겹게 버둥거리자 막사 안에 모여 앉아 음침한 이야기만 주고받던 녀석들이 내 쪽으로 우르르 몰려왔다.

"크윽…….”

눈치 빠른 아르케네스가 내 등 뒤에 푹신한 베개를 두어 개 받쳐서 나를 일으켜 주었다. 하지만 몸을 일으키자마자 배 쪽에서 지독한 통증이 느껴졌다. 으… 아파아……. 난 눈물을 찔끔거리면서 내 옆에 서서 나를 내려다보는 댄에게 손을 내뻗었다.

"대…에엔…….”

"예! 마마!”

"회군은… 절대 안 돼. 크흑…….”

정말 눈물이 난다. 으흑. 아파 죽겠어.

주르륵.

이마에 맺혀 있던 몇 개의 땀방울이 볼을 타고 뚝뚝 떨어져 내렸다.

"하지만… 마마, 지금의 상세로는 도저히……."

"그래도… 안 돼. 로이드가… 아니, 폐하가… 우리를 기다리고… 있어."

"그렇다 해도… 군의관!"

"예! 지금 각하의 몸으로는 군의 행군을 버틸 만한 체력이 없습니다. 거기다 겉으로 드러난 상처는 우선 봉합했지만 내장이 상했습니다. 당장 신성력을 사용할 수 있는 신관을 찾아가야 합니다."

"이런 사정이니 어쩔 수 없습니다, 마마. 우선 부상에서 회복되신 뒤에……."

"불가."

"하나……."

댄은 걱정스러운 표정으로 나를 내려다보고 있다. 그뿐만 아니고 그 뒤에 서 있는 다른 사내들 역시 비슷한 표정으로 나를 바라보고 있다. 하지만… 왜 다 우락부락한 사내들뿐인 거야? 쳇. 모두 합쳐 봐도 로이드의 반의 반도 못 될 것들이면서. 흥. 아야야야…….

"끄으으응… 하여간… 안 된다면 안 돼. 내 몸이 이러니… 내일 당장 진군한다."

"예? 하나… 마마!"

"시끄러워! 내 말 못 들었어? 아야야. 시키면… 시키는 대로… 하란… 말이야! 이 머저리들아!!"

아윽… 소리를 질렀더니 배가 당긴다. 눈물이 줄줄 나올 정도로 아파. 흐윽. 난 눈물을 찔끔거리면서 배를 움켜쥐었고 그 때문에 망치와 톱을 들고 있던 중년의 군의관이 상처를 본다고 호들갑을 떠는 걸 엉덩이를 걷어차 내쫓은 뒤 내 부대의 핵심이라 할 수 있는 사내들—아니, 크레센트의 중신이라고 할수 있는—을 가까이 모았다.

"잘 들어… 지금 상황에서 우린 물러설 수 없어. 절대로."

"그건 그렇습니다만……."

"시끄러. 말할 때마다 배가 쿡쿡 쑤신단 말이야. 토달지 마, 패줄 거야. 하여간… 예정대로 로세니아를 친다. 최대한 빠른 속도로 남진해서 아넬 공국으로 통하는 녹색산맥 접경 지역을 장악하고 공국 주변에서 우리 군과 대치하고 있는 놈들의 후방을 끊어야 돼."

어느새 가져온—역시 아르케네스는 눈치가 빨라—지도를 활짝 펼친 난 손으로 우리가 있는 위치와 로세니아 왕국의 남단 지역을 가리켰다. 예정보다 일주일 정도 늦어지긴 했지만 그 정도는 별문제가 못 된다. 하지만…

"만약… 우리가 지금 로세니아의 기세를 끊지 못하면… 우리와 로세니아 양국은 케센의 눈치를 봐야 해. 케센이 어느 쪽에 가세하는가에 따라서 한쪽 나라는 지도에서 사라질 테니까."

"하지만 케센 국은 저희와 밀약을 맺지 않았습니까?"

"케센의 국왕과 맺은 협약도 아니야. 겨우 이왕자 한 명의 사인이 들어간 협정서 따윈 언제든지 불쏘시개로 쓸 수 있는 것이지. 지금은 우리 쪽과 손을 잡는 게 더 유리하다고 생각돼서 같이 싸우는 것뿐이야. 이 상황에서 전황을 알 수 없게 된다면… 혹은 우리가 우세한 기세로 몰아붙이지 못한다면 케센 국에만 좋은 일을 하게 되는 거야. 알겠어?"

"예… 마마. 하지만 그 몸으로는 행군조차 힘들다고 군의관이 말하지 않았습니까. 무리입니다."

"그러니까… 더욱더 빨리 진군해야 돼. 나도 이런 추운 데서 개죽음하고 싶은 생각 따윈 없다고."

"그럼 어서 본국으로 돌아가시는 게…….''

"아니, 안 돌아가. 몇 번을 말해도 마찬가지야. 그보다는 어서 로세니아 침공 루트나 찾아봐."

"상처가 위중합니다."

"시끄러워. 그건 내가 더 잘 알아. 그러니까! 남진하면서 비젠 신의 신전이 있는 도시와 마을들도 찾아보도록 하고!! 머리를 쓰란 말이야, 멍청이들아!"

아윽… 또 배가 아파온다. 내장이 끊어지는 듯한─실제로 끊겼던가?─고통이 물밀듯이 밀려와서 난 결국 자세를 바로 하고 누웠다. 내 외침에 아~ 하고 무언가를 깨달은 듯한 표정을 지은 댄은 침대에 누워 있는 내게 대충 예를 표한 뒤 안에 있던 닐크에 아르케네스 등을 끌고 허둥지둥 밖으로 나가 버렸다. 하여간… 바보들뿐이라니까. 에휴.

다음날 해가 뜨자마자 내가 속한 화격단 병력이 진군을 시작했다. 폭설은 멈추었지만 그간 쌓인 눈 때문에 길을 개척해 나가야 할 정도로 도로 사정이 엉망이긴 했지만 한 개 군단, 1만 명에 달하는 화격단 병사들은 선두의 정찰 및 도로 개척을 담당하는 한 개 대대의 뒤를 따라 천천히 행군을 개시했다. 그래 봐야 하루에 10㎞도 제대로 이동하지 못했지만 그 정도면 뭐… 크흑… 아파.

행군을 시작한 날부터 난 열 때문에 제정신이 아니었다. 온몸이 화끈거리고 땀이 줄줄 흐르고 있어서 하루 종일 마차 안에 누워서 보내야 했다. 군의관이 가져온 해열제는 전혀 소용이 없는 듯 들지 않았고 그나마 나를 편하게 해준 건 마약에 가까운 진통제였다. 하지만 그것도 약효가 돌 때뿐이었고 시간이 조금 지나서 약효가 약해지면 이전의 몇 배에 달하는 지독한 통증에 나도 모르게 비명을 지르곤 했다. 입술이 쩍쩍 갈라지고 입 안에는 침조차 고이지 않았다. 죽을지도 몰라……. 난 정말로 내가 죽을지 모른다는 생각에 공포감을 느꼈다. 밤에 잠들기가 무서워… 다시는 깨지 못할 것 같아서.

죽음에 대한 공포와 고통 때문에 제정신이 아닌 상태로 로세니아의 국경을 넘어섰다. 그동안 내 마차 주변에는 동상과 독감에 걸린 병사들이 하나둘 늘기 시작하더니 어느새 수백에 달하는 환자들이 생겨났다. 제대로 전투 한 번 못해봤는데. 마차 밖에서 신음 소리를, 혹은 고통을 호소하는 병사들의 비명에 가까운 소리가 들려올 때마다 가슴이 철렁 내려앉는 것 같았다. 저들에게 나도 똑같이 느껴질까? 크흑… 아파… 아파…….

"엄마… 흐흑… 아파……."

근 십여 년 만에 난 내 어머니를 불렀다. 죽을 때까지 다시는 입에 담지 않을 거라고 맹세했었는데… 난 그만큼 약해져 있었다.

바깥의 상황이 어떻게 되어가는지 하나도 알 수 없다. 하루의 절반을 누워서 보냈고 그 대부분의 시간에 난 잠을 잤다. 아무것도 하지 않고 마차 안에 누운 채 당번병의 시중을 받으며 보낸 것이다. 배를 다친 탓에 한두 스푼 정도의 아주 묽은 수프와 한 잔도 채 될까 말까 하는 물이 내 식사의 전부였다. 겨우 그 정도를 먹고도 버틸 수 있다니 인간의 몸이란 참 대단하다는 생각이 든다. 물론 그것도 진통제로 쓰이는 약초 죽을 조금 먹고 난 뒤에 드는 생각이지만. 댄은 잘하고 있으려나? 아마 잘하고 있겠지. 직책은 부사령관이긴 하지만 남자인데다가 귀족이니까 내가 모습을 드러내지 않아도 병사들을 잘 이끌 거다. 아마… 그래도 기사였던 녀석이었고 유능하기도 하니까.

눈앞이 안개가 낀 듯 흐릿하다. 거기다 머리 속도 몽롱한 것이 지금 내가 깨어 있는 것인지 꿈을 꾸고 있는 것인지 판단이 되지 않았다. 그런 상태로 멍하니 마차의 천장을 올려다보고 있는데 밖에서 커다란 함성 소리가 들려왔다. 무엇일까? 으음… 생각하기 싫다. 피곤해. 졸려. 난 눈을 감으려 했다. 그때 끼이익… 하고 마차의 문이 열리면서 검은 그림자들이 우르르 마차 안으로 뛰어들어 왔다. 그들은 저항은커녕 손가락 하나 까딱 못하는 나를 모포 더미 속에서 꺼낸 뒤 들어 올렸다. 그리고 나를 마차 밖으로 들고 나왔다. 누군가가 나를 안아 드는 것 같긴 한데 눈앞이 흐려서 누군지 알 수가 없다. 거기다 뭐라고 떠들어대는 그들의 목소리 역시 멀리서 울리는 듯 확실히 들리지 않았다. 그렇게 난 누군가의 품에 안긴 채 커다랗고 하얀 건물 안으로 들어갔다.

　건물 안의 하얀 천장을 바라보면서 난 멍하니 있었다. 천장의 흐릿한 문양을 바라보고 있자니 마치 여기가 천국인 것 같은 착각이 든다. 피식. 난 웃었다. 하지만 그 웃음이 제대로 표현되었는지는 모르겠다. 입술조차 떼기 힘들었으니까. 그러는 동안 내 몸은 어느 커다란 방 안으로 안겨 들어갔고 곧 이어 방의 정중앙에 놓인 네모난 침상 위에 올려졌다.

　펄럭.

　나를 감싸고 있던 모포가 떨어져 나가자 공기 중에 감돌고 있던 한기가 내 몸을 헤집고 다닌다. 추워……. 하지만 덕분에 정신이 조금 든다. 몽롱하던 시야가 조금 선명해졌고 주변에서 웅웅거리던 목소리가 좀 더 또렷하게 들려왔다.

　"뜨거운 물 가져와! 메스도!"

　"관계자 외에는 나가시오! 밖에 나가 있어요! 어서!"

　"하지만……."

　"어서! 치료 중에는 그 누구도 들어올 수 없소!"

　댄이 건장한 체구의 사제들에게 질질 끌려 나가는 게 보였다. 헤에…

나 외에는 약한 모습을 보여주지 않던—아니, 에린과 에니도 있군—댄이 변변한 말조차 제대로 못하고 쫓겨나다니 신기해라. 하지만 그 신기함은 금세 무시무시한 격통으로 바뀌었다.

"끄아아악!!"

"이런… 기절한 게 아니잖아! 누구 마취제 가져와!"

"우선 술이라도……."

"뭐든지 좋으니까 어쨌든 몸을 붙잡아! 어서!"

건장한 팔뚝을 자랑하는 흰옷의 사내들이 우르르 몰려와서는 내 팔다리를 단단히 붙잡았다. 그리고 그 사내 중 한 명이 내 입에 냄새만 맡아도 기절할 듯한 독한 럼주를 쏟아 붓는다. 아악… 고문하는 거냐? 나 죽어어…….

"지독하군… 이런 상태로 어떻게 살아 있는 거지? 거참… 기적이로군."

어느새 풀려 나간 붉은 붕대가, 고개를 도리도리 저으며 술병을 피하던 내 눈에 들어왔다. 바닥에 떨어져 나간 붉은 붕대가 마치 미래의 내 모습 같다. 우우…….

"크학……."

꿈틀. 지독한 통증이 등줄기를 타고 머리 속을 강타했다. 나도 모르는 사이에 난 팔다리를 휘저으면서 그 고통으로부터 벗어나려고 버둥거렸다.

"끄응……."

"다 죽어가는 반시체 주제에 뭔 힘이 이렇게 센 거야? 거기! 꽉 누르라고!"

내 팔다리를 부여잡고 있던 자들이 아예 내 위에 올라타듯이 온몸으로 날 억누른다. 아아악!! 아파! 아파! 죽겠어! 아아아악!!

"꺄아아아아아… 쿨럭. 쿨럭……."

뱃속에서 꿈틀거리던 덩어리 같은 게 입에서 튀어나왔다. 붉은 핏덩어리… 으으윽……. 내 머리맡에 서 있던 자가 얼굴을 억지로 옆으로 돌린 뒤 젖은 수건으로 입가로 흘러내린 피를 닦아냈다. 거기다 그걸로 모자란지 양 볼을 잡고 억지로 입을 벌린 뒤 입 안에 손가락을 집어넣고는 고여 있는 핏덩어리들을 헤집어댔다.

"아흑… 아아… 아아악!!"

"꽉 잡아! 에잇… 왜 취하지도 않는 거야? 망할……."

내 배 쪽에 손을 댄 채 무언가를 하던 사내가 악을 써대면서 소리 질러댄다. 나도 차라리 기절하고 싶다고… 아니… 죽고 싶다. 그냥. 고통없이 편하게.

그런 생각을 하면서 숨을 헐떡이고 있을 때 갑자기 아랫배 부분에 뜨끔한 통증이 느껴지더니 이내 뼛속까지 시린 느낌이 들었다. 그때 누군가가 내 머리와 어깨를 살짝 들어 올렸다. 덕분에 난 내 배 쪽을 바라볼 수 있었다.

"아……."

"이 멍청아! 뭐 하는 짓이야?!"

"하… 하지만… 기도가 막힐 것 같아서……."

"당장 눕혀! 환자를 쇼크로 죽일 셈이야?"

"예… 예……."

하지만 난 이미 다 보고 말았다. 배꼽 바로 아래 있는 상처 부위가 타원형으로 절개되어 있는 것을. 그리고 그 사이로 보이는 백색의 내장들. 타인의 것을 많이 봐와서 그런지 난 그것이 무엇인지 단번에 알아차렸고—차라리 모르고 싶다—내 몸 상태가 얼마나 엉망이었는지 알 수 있었다. 몸이 다시 침상 위에 눕혀진 탓에 다시 보지는 못했지만 검붉은 핏덩어리들과 대조적으로 흰 백색의 내장들, 그것만으로도 난 죽은 것이나 다름없다. 거기에 긴 창상이 나 있는 상처가 없더라도 말이지.

"으으으음……."

길고 가는 신음 소리를 내면서 난 그대로 눈을 감았다. 난 누군가의 손이 내 뱃속으로 들어오는걸 느끼면서 생각했다. 아마… 강간당하는 기분이 바로 이런 게 아닐까? 크훗. 웃기지도 않는 소리. 전신의 감각이 조금씩 무뎌지는 것 같은 기분이 든다. 아니, 실제로 무뎌진 것인지 모르겠다. 아랫배 쪽에서 쩔꺽쩔꺽거리는 소리나 예리한 메스로 무언가를 서걱서걱 자르는 소리가 들려오는데도 몸에는 아무런 느낌이 없다. 방금 전까지만 해도 그렇게 고통스러웠는데도 불구하고 지금은 누군가가 내 몸속을 헤집고 다니는 중인지도 확실하게 알 수 없다.

"죽은 피와 고름은 빨아냈다. 됐으니까 다들 모여! 어서! 시간을 끌다간 진짜 시체 치울지도 모른다."

팔다리의 압박감이 사라졌다. 내 주위에 서 있던 사내들이 뒤로 물러서면서 역시 흰 옷을 입은 다른 사내들이 그 자리를 채웠다. 그들은 각자 손을 피와 고름으로 얼룩졌을 내 배 위에 올려놓고는 작은 목소리로 기도를 하기 시작했다.

"Cure Critical Wounds!"

맨 처음 내 상처 부위에 손을 올려놓은 자가 높게 소리치면서 말했다. 밝은 빛이 누워 있는 내 배의 위쪽에서 빛나기 시작했다. 흰 빛의 무리가 주변을 떠돌면서 내 상처를 치료하는 것… 같지 않은걸? 왜 아무런 느낌도 없는 거지?

"이, 이건?"

"상처가 낫지 않다니……."

"시끄럽게 굴지 마라! 환자가 있잖나!!"

소란스러운 사내들—아마도 신관들이겠지?—중 중년의 사내가 다른 이들의 입을 닫아버린 뒤 내 이마에 피에 전 붉은 손을 대고는 눈을 감았다. 그리고 조금씩 달싹이는 듯한 작은 소리를 내다가 이내 눈을 뜨며 크게 소리쳤다.

"Cure Disease!"

이번에는 푸른색의 빛덩어리들이 내 이마에 대고 있는 그의 손에서 방출되면서 내 몸을 감싼 뒤 사라졌다. 하지만 별로 달라진 건······.

"Heal!!"

쿠웅.

주변의 공기가 무겁게 변하는 게 눈에 보이는 것 같다. 이전과는 비교도 할 수 없을 정도로 밝은 빛무리가 내 몸을 관통하고 지나갔다. 하지만 단 몇 초 뒤 난 역시 아무런 변화도 느낄 수 없었다.

"대신관님··· 이건······."

"소란 부리지 말라고 하지 않았나?! 레이드 신관! 당장 뛰어가서 성수와 힐링 포션들, 그리고 저장되어 있는 약초들을 가져오게! 어서!"

"예옛!!"

뭐가 뭔지는 모르겠지만··· 아무래도 나··· 다음에 눈 떴을 때는 관 속일 것 같다. 음··· 영혼이 있다면··· 이겠지? 아마도······.

아······.

"으음······."

따뜻한 이불의 감촉에 뒤척이던 난 작은 신음 소리를 내면서 눈을 떴다. 푸르른 하늘과 새파란 초원··· 그리고 짹짹거리면서 날아다니는 이름 모를 산새··· 따윈 없군. 쳇. 천국이라도 온 줄 알았는데 몸을 일으켜 주변을 돌아보니 아무리 봐도 천국 같지는 않다. 대신 천사랑 친구할 만한 녀석이 내가 눈을 뜨자마자 화들짝 놀라면서 내가 누워 있던 침대로 뛰어왔다.

"아… 정신이 드십니까?"

"여긴?"

"정말 다행입니다. 삼 일 동안이나 혼수상태에 빠져 있어서 정말 걱정을 많이 했는데 이제야 눈을 뜨셨군요."

"그러니까… 여긴 어디야?"

"아아~ 정말 신의 도움이 컸습니다. 결코 자애롭다고는 할 수 없는… 앗차. 이건 못 들은 걸로 해주세요. 우훗. 그래도 무력한 일반 백성들을 너그러운 마음으로 보살펴 주시는 저희 신의 은총이 아니었다면……."

"닥쳐 줄래?"

"예? 예에……."

그제야 내 앞에서 쟁알쟁알 떠들어대면서 두통을 유발시키던 녀석의 입을 닫을 수 있었다. 흠… 목소리를 들어보니 여자인 듯해서 슬쩍 올려다보니 나랑 비슷한 백금발의 긴 머리카락을 휘날리며 서 있다. 나랑 눈을 마주치자 '헤~' 하고 생긋 웃는다. 아아… 미안하지만 말이야. 내가 남자였다면 한눈에 반할 정도로 성스럽고 아름답다고 해주겠지만 난 여자는 관심없어.

"그럼… 여긴 어디지?"

"예? 아… 전 크리스티나라고 해요. 빛과 정의를 수호하시는 비젠 신을 모시는 프리스트입니다. 아가씨께서는 무려 삼 일간이나……."

"끄응……."

주절주절. 쟁알쟁알. 짜증난다. 사람 좋은 얼굴로 눈앞에서 내가 묻지도 않은 자기소개나 하면서 내 몸이 어떻네 저떻네 하고 있는 소리를 듣고 있자니 확 돌아버릴 듯한 기분이 들었다. 아아… 그냥 진짜로 돌아버릴까? 확!! …이라고 생각하고 있을 때 때마침 크리스티나인지 크리스틴인지 하는 여사제와 비슷한 흰색 신관복을 입은 사제가 내 시야 안에 들어왔다. 어라? 저 얼굴은 어디선가 본 듯한……

"대, 대신관님……"

"크리스티나, 그대는 잠시……"

"네, 대신관님."

신관 주제에 얼굴을 살짝 붉히며―어이어이, 그대들은 신과 결혼한 몸 아니었어?―대신관의 곁을 스쳐 지나간 그 여신관은 아쉬움이 남는지 자꾸 뒤를 돌아보면서 우리 쪽을 바라보다가 나와 대신관의 시선에 화들짝 놀라면서 방 밖으로 나갔다. 그리고 나서야 난 그 대신관의 얼굴을 똑바로 쳐다볼 수 있었다. 확실히… 어디선가 본 듯한 얼굴인데…….

"우리… 언젠가 본 적 있지 않던가?"

나를 치료했다면 댄과 별 볼일 없는 바보들도 주변에 있을 터, 당연히 내 신분에 대해서도 알고 있을 것이 분명했다. 그렇기에 난 거리낌없이 하대를 하면서 대신관에게 말을 걸었다.

"두 번째로 뵙는군요. 테세온이라 합니다, 아넬리안 왕비 마마."

"아!! 당신이?!"

테세온… 아주 오래전… 아마도 4년 전이던가? 로이드와 만나기 전에 이 사람 덕분에 목숨을 건진 적이 있었다. 확실해.

"기억해 주시니 영광입니다, 마마."

"하아~ 인연이란 참 신기한 거군요. 같은 분에게 두 번이나 목숨을 빚지다니 말이죠."

나도 모르게 존칭이 나왔지만 다시 번복할 생각은 없다. 어쨌거나 상대는 내 목숨을 구해준 생명의 은인! 이 빚은 결코 작은 게 아니니까.

"우연일 뿐입니다. 또한 죽어가는 생명을 살리는 것은 신관으로서 당연한 일이기도 합니다… 만… 솔직히 마마를 회생시킨 것이 정녕 잘한 일인지는 저도 잘 모르겠습니다."

"에?"

반가운 기색이 역력한 나에 비해 그는 오히려 침울한 얼굴을 한 채 복잡한 눈빛으로 나를 바라보고 있다. 뭐… 뭐지? 내가 실례라도 한 건가?

"왜… 왜 그런 말을 하는 거죠?"

난 정말로 모르겠다는 표정으로 그를 올려다보았다. 몸이 건강했을 때보다는 훨씬 무겁긴 했지만 그래도 통증에 의한 고통이 전혀 느껴지지 않았고, 조금 몸이 찌뿌둥한 것을 제외하면 멀쩡했기에 난 상체를 일으켜 앉은 뒤 여전히 복잡한 눈빛으로 날 내려다보는 그를 마주 바라보았다. 뭐야? 정말… 내가 뭘 잘못했다고…….

"마마께서는 의식이 없으셨을 테니… 아니, 어차피 군대의 상징적인 의미를 가지고 있었을 테니 아넬리안 왕비 마마께 따지는 것이 좀 억울하시긴 하겠군요."

"에에?"

"하지만… 비록 제 목이 날아간다 해도 한말씀은 드리고 싶습니다. 마마께서 끌고 온 군대, 그 군대가 이 일대의 마을을 파괴하고 도시의 시민들을 학살하고 있으며 약탈과 방화를 서슴지 않고 자행하고 있습니다. 수많은 농민이 오랫동안 살아가던 농토에서 쫓겨나 유민으로 떠돌고 있고 노인과 어린아이들이 추위와 굶주림 속에 죽어가고 있습니다."

"무, 무슨 소리를……."

"전 신관이니 나라가 전쟁을 하든 망하든 기본적으로 중립을 취해야 하는 입장입니다만… 그렇다 해도 수많은 왕국의 백성들이 창칼에 억압된 채 이리저리 쫓겨다니고 고통 속에서 죽어가는 것은 차마 눈 뜨고 볼 수 없습니다. 한 가지만 묻겠습니다. 마마께서는……."

"……."

"아넬리안 왕비 마마, 마마께서는… 어느 나라 사람입니까? 이곳은… 당신의 고향이 아닌 것입니까? 어찌… 어찌 이런……."

비젠 신전의 하이 프리스트, 대신관 테세온의 꽉 쥐어진 두 주먹이 내 눈앞에서 부르르 떨린다. 격한 감정의 기운을 온몸으로 내뱉는 그는 마치 원수를 보는 듯한 눈빛으로 나를 노려보고 있었다. 화격단이겠지. 하긴 애초에 목적이 침공이었고 진군 루트 안에 있는 대부분의 마을을 파괴한다는 작전 계획도 이미 오래전에 세워져 있었다. 로이드가 있는 본대와 합류한 뒤라면 모를까 녹색산맥을 우회해서 들어온 화격단 병력만으로는 점령과 통치를 계속해 나갈 수 없었으니까. 비록 그것이 상당수의 젊은이들을 우리 크레센트와 마찬가지로 전장으로 내몰아 군사력이 거의 공백지나 다름없는 로세니아 북부라 해도 마찬가지다. 점령할 수 없다면 최대한 챙긴 뒤 불태운다. 평화롭던 고향에서 쫓겨난 유민들은 살기 위해 사방으로 흩어질 것이고 가뜩이나 치안 유지도 힘들 만큼 전력이 바닥나 있는 로세니아 북부는 그야말로 무법 지대로 변할 것이다. 그만큼 적의 자원과 인력을 더 소모시킬 수 있고, 어디도 안전한 곳이 없다는 위기감은 가뜩이나 전쟁으로 어지러운 로세니아 국민들의 불안한 마음을 한층 더 공포에 떨게 만들 것이다. 그런 파급 효과와 실질적인 효과를 예측해서 세운 계획. 댄은 내가 부재중임에도 그 계획대로 충실히 임무를 완수한 듯했다. 그 때문에 내 앞에 서 있는 이 테세온 대신관이 화를 내고 있는 것일 테고.

"후우……."

절로 한숨이 나왔다. 한겨울에 따스한 집에서 쫓겨난 이들이 굶주림과 추위에 고통받다가 천천히 죽어갈 것이라는 것은 나도 잘 알고 있다. 애초에 그것을 목적으로 하기도 했고. 전장에 나가 있는 젊은 병사들에게

Front Line 97

고향이 파괴당하고 있다는 소식이 전해지면 흔들리지 않을 리가 없을 거다. 이것도 예측 가능하다. 하지만… 내가 어느 나라 사람이냐는 질문, 고향을 이렇게 무자비하게 파괴할 수 있는가 하는 질문은 정말로 예상외였다. 이들에게 난… 아직도 로세니아 사람으로 받아들여지는 것일까?

"대신관……."

"……."

"난… 그러니까… 나는……."

나약한 아넬리안이 또 내 마음속에서 튀어나온다. 아니… 이래서는 안 돼. 난 아넬리안이야. 절대 약한 마음으로 먹어서는 안 되는 강인한 여자여야 돼. 로이드와 로렌을 위해서라도! 두 주먹을 불끈 쥐었다. 그리고 이를 악문 난 여전히 나를 차가운 눈빛으로 노려보고 있는 테세온 대신관을 마주 노려보면서 입을 열었다.

"이제 기억나는군요. 내가 가는 곳에 검이 있고 내가 가는 곳에 빛이 있나니. 나의 길이 곧은길이 될 것이다… 라는 게 그대가 나에게 예언한 문구였지요?"

"…예."

"그렇다면… 전 지금 곧은길을 걸어가고 있습니다."

"무고한 이들의 피와 죽음을 바닥에 깔고서 말입니까?"

"그래요. 나의 길을 위해서 난 그 몇십 배에 달하는 시신을 밟고서라도 나아갈 겁니다. 아니, 나아가야만 하죠. 난 그러기 위해서 존재하니까."

"어떠한 희생을 치러서라도? 그것이 그토록 중요한 일입니까? 수천… 아니, 수만 명의 목숨보다도 더?"

"그 죄에 대한 대가는 나중에 받기로 하죠. 하지만 지금은… 내게 보이는 빛을 향해… 내 손에 들린 검으로 모든 방해물을 제거해 가면서 내

길을 걸어갈 거예요. 설령… 그것이 무고한 왕국민이라 해도… 내가 태어난 고향이라 해도 말이죠."

"……."

"난 물러서지도 되돌아가지도 않아요. 한 발짝이라도 뒤로 물러선다면 더 이상 내가 있을 자리 따윈 존재하지 않을 테니까."

"마마께서는… 아니… 됐습니다."

그는 무언가 말을 꺼내려다가 고개를 절레절레 저으면서 시선을 돌렸다. 그런 테세온 대신관의 행동에 약간 찔리는 기분이 든 나 역시 고개를 슬며시 돌리면서 말했다.

"그래도… 신전과 그 주변에는 피해가 안 가도록… 노력해 보죠."

"말씀만은 감사드립니다. 하지만 이젠 그리 신경 쓰실 필요 없을 것입니다. 이 신전 주변 수십 킬로미터 안에 제대로 된 도시나 마을 따윈 존재하지 않으니까요."

그 정도인가? 댄 녀석 정말 일을 너무 철저하게 한 거 아니야? 이걸 칭찬해야 하는지 아니면 너무 심하다고 화를 내야 하는지 헷갈린다. 쳇.

난 말을 마친 테세온 대신관을 보고 있다가 문득 몸을 일으켰다. 팔다리가 좀 저리면서 늘어지는 듯한 느낌이 들었지만 그럭저럭 몸을 움직일 만했다. 그런데 막 내가 침대 위에서 벗어나려고 할 때 대신관이 날 저지했다.

"무리하지 마십시오. 아직 안정을 취해야 합니다."

"에? 하지만……."

"마마께서는 심각한 저주에 걸린 상태였고 현재 신전의 모든 신관이 전력을 다해서 이곳을 유지하는 중입니다."

"응?"

테세온 대신관의 말에 난 고개를 들어서 주변을 둘러보았다. 하얀색인 것을 제외하면 달랑 침대 하나뿐인 크기만 하고 썰렁한 방이었다. 어디에서 특별한 것은…

"아?!"

그리고 보니 이 방 안의 공기가 무겁다는 느낌이 든다. 미묘한 위화감. 거기다 단 하나뿐인 창으로 내다본 밖은 그림자가 드리워진 상태. 햇볕이 방 안으로 한껏 들어온다 해도 그리 밝지 않을 것 같은 곳인데도 불구하고 사방은 촛불을 수백 개쯤 켜놓은 듯 굉장히 밝았다. 눈이 부실 정도로 강한 빛은 아니었지만 건물 안임에도 불구하고 햇볕 아래 서 있는 듯한 착각이 든다. 어라? 그림자가 없어? 농담이 아니다. 정말로 그림자가 없다? 빛이 있는 곳엔 언제나 그림자가 존재하는 법. 그게 자연의 법칙이고 당연한 건데 이곳은 어디에도 그림자가 없다. 은은하게 빛만 존재할 뿐. 그런 주제에 주변의 사물이 또렷이 보이다니 신기하기도 해라.

"여긴 어디죠? 나 정말 죽은 거 아니에요? 이곳은 사후 세계이고… 설마… 그런 건 아니겠죠?"

"하하하……."

"웃지 말라고요. 난 지금 심각해요. 아직 할 일도 많은데 벌써 죽을 수는 없다고요."

"걱정 마십시오. 마마께서는 분명히 살아 계시니까요. 다만… 이곳이 저희 비젠 신의 강림지이기에 조금 특별한 곳이 된 것뿐입니다. 아까도 말씀드렸듯이 마마는 아직도 저주에 걸린 상태입니다. 어떤 효과의 저주인지는 아직 확실히 판명되지 않았지만 우선 두 가지 정도의 저주 효과는 알아내었습니다."

"어떤?"

"첫째는 특정 신을 제외한 타 신의 신성력을 거부하는 것입니다. 덕분에 신성 마법 자체가 효과를 보지 못해서 상당히 위험했었습니다. 그리고 두 번째로는 상처의 악화입니다. 마법적인 치유는 물론이고 물리적인 치료법 역시 효과가 없었습니다. 힐링 포션은 물론이고 약초도… 그리고 자연적인 치유력을 올려주는 법구조차도 효과가 없더군요."

"흐음……."

"이 신전 안에 있는 신관 전부가 달려들어서 신성력을 쏟아 부어도 아무런 효과가 없었습니다. 그래서 이곳 신전의 정중앙, 저희 신이 가장 강하게 느껴지는 이곳에 마마를 모셔놓고 강림지를 생성한 것입니다. 그 탓에 지금 신전 내의 신관 중 신성 마법을 사용할 수 있는 신관은 거의 없게 되었지만요."

"그럼 내 몸은 누가 치료한 거죠? 신성 마법을 쓸 수 있는 신관이 없다면서요? 거기다 저주에 걸렸다면서요?"

"마마의 몸에 걸린 저주는 특정 신의 힘을 빌려서 타 신의 신성 마법을 방해하는 것입니다. 아마도… 사악한 브리츠의 신도들이 일을 벌인 듯합니다만… 물론 이것은 추측일 뿐입니다, 마마. 그렇다 해도 지금에 와서 저주와 같은 것을 사용할 신관은 브리츠의 신도들뿐입니다만… 하여간 암흑 신이라 해도 신의 힘은 저희 같은 미약한 신관들이 어찌할 정도로 약한 것이 아닙니다. 그렇기에 저희 신의 힘을 빌려서 저주의 효과를 중화시키고 그사이에 신성 마법과 약초 등을 사용해서 치료를 해드린 것입니다."

"그럼 이제 내 몸은 다 나은 건가요?"

"예. 우선은… 그렇습니다만……."

나았으면 나은 거고 아니면 아닌 거지, 우선은… 이라니. 뭐야? 정말.

"그건 무슨 뜻이죠? 확실하게 대답해 줬으면 좋겠군요."

"이곳 안에서 저희 비젠 신을 제외한 다른 힘은 간섭할 수 없습니다. 겨우 십 평방미터 정도의 작은 공간이지만 이곳은 저희 신께서 직접적으로 간섭하는 구역, 그렇기에 마마의 저주도 이 공간 안에서는 효력을 상실하는 것입니다. 하지만 당장 이곳을 벗어나시면 그 저주의 효력이 다시 효과를 발휘할 것입니다, 마마. 몸은 다 나으셨지만 저주를 해소할 방법을 찾을 때까지 이 지역을 벗어나시는 것은 말리고 싶습니다."

"……."

아아아아아!! 정말이지!! 망할 브리츠 놈들! 최후의… 최후의… 최후까지!! 내 발목을 움켜잡고 발광을 하는구나. 몽땅 쳐 죽이고 싶어!! 캬앗!!

"그렇게 말해도 난 여기서 오래 머물 수 없어요."

"하나… 당장 이곳을 벗어나시면 저주로부터…….'

"그 저주가 그렇게 대단한 건가요? 시름시름 앓다가 죽는 것도 아니고 갑자기 늙거나 외모가 추해진다는 것도 아니잖아요."

"그런 효과가 있는 것은 아닙니다만… 저주에 걸린 마마께서는 아주 작은 상처, 그러니까 작은 찰과상이나 못이나 돌에 긁힌 상처로도 목숨을 잃으실 수 있습니다. 하루에도 자그마한 상처 한둘쯤은 생기는 게 당연하고, 그런 것으로도 오랜 시간 동안 고생을 하다가 목숨을 잃으실 수 있다는 뜻입니다."

"그럼 그때마다 테세온 대신관의 도움이 필요하겠네요."

"그것도 힘듭니다. 강림지라는 것… 쉽게 생성할 수 있는 것이 아닙니다. 신께서는 세상을 관리하는 것만으로도 힘드십니다. 거기다 신의 힘을 빌려서 쓰는 것이 아닌 힘 그 자체를 끌어온다는 것은 엄청난 노력이 필요합니다. 굳이 하자면… 아니… 아닙니다."

흠… 뭔 말을 하려다가 입을 다무는 거지? 설마 산제물이라도 바쳐야 한다는 건가? 어린아이와 같은……. 우에… 그건 나로서도 좀 꺼려지는데.

"그럼 그 저주 자체를 해소시키면 되잖아요. 안 돼요?"

"시도는 해보았습니다만… 효력을 일시적으로 약화시키긴 했지만 그것뿐입니다. 이 방을 벗어나는 즉시 저주의 효과가 다시 나타날 것입니다."

"휴우……."

절로 한숨이 나오는구나. 정말이지… 이 신이고 저 신이고 신이라는 분들은 왜 그렇게 날 싫어하는지 모르겠다. 21년의 인생 동안 '신이여, 감사드립니다. 정말 감사드립니다' 따위의 말을 할 수 있었던 적이 단 한 번도 없다니 이건 좀 심하잖아? 에휴… 뭐, 특별히 신탁이라도 내려서 나를 잡아 족쳐라~ 라는 식은 아니지만 안 좋은 일이 있을 때면 꼭 무슨 신이든 하나가 걸리니 원… 누구라도 직접 당해보면 나랑 같은 기분일 거야. 음음… 그렇다 해도 역시 기분은 더럽지만. 누구라도 직접 당해보면 나랑 같은 기분일 거야.

결국 결론은 난 이곳을 벗어나면 죽은 목숨이라는 뜻이었다. 거기다 더욱 충격적인 건 저주에 걸린 상태에서 아이를 잉태하고 출산한다는 건 자살이나 다름없다는 판정이었다. 찰과상에도 죽네 사네 하는데 정말 반쯤 저승 문턱에 발 한쪽을 들여놓는 출산 행위 같은 걸 했다간 정말로 죽게 될 거란다. 거기다 감기 같은 가벼운 병부터 돌림병 같은 병에라도 걸렸다간 그대로 꼴까닥. 참으로 피곤한 저주다. 정말… 프휴……. 더욱 가관인 건 저주의 해소 방법. 없다. 저주를 건 시전자가 개심해서 내게 걸린 저주를 풀어주거나 그자보다 더 강한 신관이 저주를 풀어야 한다는데 강림지를 생성─비록 다른 신관들의 힘을 빌리긴 했지만 어쨌든─할 정도로 신성력이 강한 테세온 대신관조차 저주를 풀지 못했다면 아마 대륙 내에 내 저주를 해소할 만한 신관은 전혀 없다는 뜻이다. 신이 직접 강림하지 않는 한… 인간의 힘으로는 불가능하다나? 망할이지 뭐. 망할. 망할. 빌어먹을!!

"프휴……."

한숨을 내쉬면서 침대에 누워서 천장만 올려다보고 있었다. 지금 내가 할 수 있는 일이라곤 아무것도 없었다, 한숨을 내쉬는 것 외에는. 그렇게 거의 좌절에 가까운 감정─아니, 좌절 그 자체인가?─을 맛보면서 내가 침대에 누워서 천장을 올려다보고 있을 때 갑자기 문이 벌컥 열리면서 누군가가 방 안으로 데굴데굴 굴러 들어왔다. 그리고는 허둥거리면서 내 쪽으로 뛰어왔다.

"마마아아아!!"

달려온 녀석은 충신이라면 충신이라고 할 수 있을 만한─그리 믿음직스럽지는 못하지만─댄 녀석이다. 저 녀석, 허둥대다가 바닥에 목제 의수를 떨궜는데도 눈치 채지 못한 것 같다. 바아보~

"아아, 시끄러워. 나 귀 안 먹었으니까 조용히 말해, 조용히."

"마마아……."

"그런 표정 짓지 마. 겨우 살아났는데 시체를 보는 듯한 얼굴이잖아. 날 두 번 죽일 셈이야?"

"…정말 마마가 맞으시군요. 흠흠."

그러니까 뺀질거리고 건들건들거리는 불량한 모습이 더 어울린다고, 넌. 알았냐? 댄, 그러니까 간이고 쓸개고 다 빼줄 것 같은 충신 연기 따위 하지 말라고.

"그래, 소식은 들었겠지?"

"예, 마마. 지금 당장 본국에 그 강림지라는 것을 만들도록 연락하겠습니다."

"됐어."

"예? 하지만……."

"댄, 하나만 묻지."

"예, 마마."

"지금 대륙에서 가장 교세가 높은 신전이 어디야?"

"그야… 당연히 비젠 교이죠."

"그렇다면 그 비젠 교가 가장 성세를 이루고 있는 곳은?"

"그야 로세니아……."

내 질문에 반사적으로 대답을 하던 녀석이 흠칫거리면서 몸을 작게 떨었다. 훗. 바보.

"그래. 비젠 교의 본산이라고 할 수 있는 이곳에서조차 겨우 방 하나 정도의 강림지를 만들 수 있었는데 수많은 신전과 신관이 득시글거리는 크레센트에 과연 이런 곳을 만들 신관이 있을까? 있다 해도… 그건 얼마나 될까? 관짝 정도? 그런데 처박혀서 평생을 살아야 될지도 모르겠군. 후훗."

"마마……."

"아아… 나도 이런 궁상은 별로 마음에 안 들어. 하지만… 뭐, 사정이 사정인지라 말이지. 그건 됐고. 그래, 보고해 봐. 지금 상황은?"

"어제부로 케센 군이 남하를 개시했습니다. 정확히는 사이릭 이왕자가 이끄는 원정군 일부뿐입니다만 어쨌든 그들이 로세니아를 침공했고 조만간 로세니아 왕실에 정식으로 선전 포고가 전해질 것입니다."

"그래? 그거 잘됐군."

로세니아 놈들로서는 뒤통수를 맞은 격이겠군. 후후후. 욕설을 내뱉고 있을 커트렌 그 자식의 얼굴이 눈앞에 선하다. 아~ 고소해.

"그리고 이곳 신전 일대의 주민들 소개가 완전히 끝났고, 총 스물세 곳의 마을을 파괴하였으며, 일곱 군데의 도시를 완전히 파괴했습니다. 그동안 지방 영주군과 적들이 조직한 저항군 등과의 전투가 몇 건 있었지만 아직까지는 별다른 피해는 없습니다. 또한 국경을 넘은 지 오 일째인 지금까지 로세니아 정규군과의 접전은 아직 단 한 건도 없었습니다."

"그래? 우리 군은 지금 뭘 하고 있지?"

"각 대대와 중대별로 로세니아 북부 지방에 흩어져서 잔당 색출과 거점 확보에 힘을 쏟고 있는 형편입니다. 마마의 상세도 걱정되고 또한 이제 슬슬 로세니아의 정규군도 나타날 때가 되었기에 피해를 최소화시키기 위해서 우선 사방에 흩어놓은 채 대기 중입니다. 그래도 하루 정도면 전부 한 지역으로 집결시킬 수 있도록 연락망을 가동시키고 있으니 걱정은 안 하셔도 될 것입니다."

"흐음… 동부 전선 쪽 상황은?"

"적들 내부에 작은 소요 사태가 벌어졌지만 별다른 일은 없었다고 합니다. 아마도 이제야 저희의 침입을 눈치 챘을겁니다, 마마."

"그렇다면 놈들이 위기감을 느끼고 녹색산맥을 넘어서 후퇴하기 전에 뒤통수를 후려갈겨 줘야겠군."

"예. 그렇긴 합니다만… 다만… 로세니아 국경을 넘은 케센의 군대가 예상외로 적은 숫자라는 것과 적의 예비대가 어느 정도인지 확실치 않습니다, 마마. 잘못하면 저희가 녹색산맥 사이에 갇힌 채 앞뒤로 공격당할 수도 있습니다. 이런 사태를 최대한 막기 위해서 주민들을 남쪽으로 몰아내고는 있지만 그것이 어느 정도 효과를 보여줄지는… 거기다 긴 원정 때문에 사기도……."

"내 밑에 있는 산도적 녀석들이 마음껏 약탈과 방화를 벌이지 않았나? 그걸로는 모자란가 보지? 후훗."

난 쓴웃음을 지으면서 말했지만 가슴이 아려왔다. 말로는 정규군이지만 단 몇 년 전까지만 해도 화격단원 대부분은 산적질을 하던 놈들이다. 그러니까 도둑이나 다름없는 범죄자 집단인 것이다. 그런 녀석들이 상관의 허락을 받고 벌이는 약탈과 방화라면 허술하게 일을 처리하지는 않았을 터. 아니, 오히려 직업 정신에 입각해서 철저하게 빼앗고 죽였을 거다. 푸훗… 그런 명령을 내린 난… 악마일까? 아무래도 그쪽이 더 가깝겠지. 아하하하… 젠장.

"뭐… 투덜거리고 있어도 바뀌는 건 없지."

"…예?"

"자자. 댄, 가서 내 갑옷이나 가져오라고."

"예에? 하지만 마마……."

"됐어. 잔소리는 아까 대신관에게 지겹도록 들었으니까 그 정도로 해둬. 나도 바보는 아니니까 말이야. 하지만… 지금 내가 있을 곳은 이곳이 아니야. 침대 위에서 유유자적 시간을 죽이면서 고상하게 차나 마시는 건 딴 나라 왕비들이나 하라고 해. 최소한 난… 전장에서 싸우다가 기사답게 죽을 거야."

"하지만……."

"시끄러워. 로이드 폐하조차 나선 전쟁이다. 왕이 선두에서 싸우는데 내가 여기서 죽치고 앉아 있을 수는 없잖아? 국왕이 왕으로서의 의무를 다하고 있는데 그의 부인이자 왕의 기사인 내가 이런 곳에서 노닥거리고 있을 수는 없어. 당장 전 병력을 이곳으로 집결시켜. 단숨에 남진해서 녹색산맥을 넘는다. 그리고 우리의 왕에게 이 별 볼일 없는 나라를 바치도록 하자고."

"……."

"그런 표정 짓지 마. 괜히 나까지 마음이 약해지잖아. 알았어? 댄, 지금 내가 있어야 할 곳은 침대 위가 아니라 전선(Front Line) 한복판이야. 우린 이곳에 휴양차 온 것이 아니잖아?"

마치 아이를 달래는 듯한 어투로 그렇게 말한 난 우물거리면서 말을 꺼내려는 댄의 엉덩이를 걷어차서 내쫓은 뒤 침대 위에서 완전히 일어섰다. 그리고 침대보의 끝을 잡고 힘을 주었다.

지이익……

내 손에 잡힌 길쭉한 천 조각. 난 길게 늘어진 머리카락을 한 손으로 붙잡고 다른 손으로 강하게 묶으면서 고개를 들었다. 이런 곳에서 시간을 죽이고 있을 수는 없단 말이지. 이제 조금만 더… 아주 조금만 더 발을 뻗으면 손에 닿을 듯한 거리에 찬란하게 빛나는 빛이 있는데 어떻게 조급하지 않을 수 있겠어? 자~ 조금만 더 힘내자, 아넬리안. 내 이 두 손으로… 빌어먹을 운명을 뒤엎어 버리는 거야. 그래… 그러면 되는 거야. 후후후후…….

Chapter 23

Firewood

모닥불 피우는 법 알아? 모른다고? 하긴… 척 보기에도 황성 안에서만 데굴데굴 굴러다닐 녀석이니 모를 법도 하지. 하여간 요즘 어린 것들은 근성이 부족하다니까. 근성이. 자자. 잘 들어봐. 혹시나 나중에 홀로 대지에 서서 모닥불을 의지한 채 밤을 지새울 때가 올지도 모르니까 말이야. 불을 피우기 위해서는 불씨가 필요하지? 당연하다고? 그야 물론 당연하지. 생나무를 비빈다거나 부싯돌 같은 걸 쓰는 건 너무 원시적이잖아? 안 그래? 하여간 불씨랑 잘 마른 장작이 필요해. 그리고 나무 덤불이든 종잇조각이든 불을 붙일 만한 것도 필요하지. 하지만 그런 걸 대충 쌓아 올린다고 모닥불이 활활 타오르지는 않아. 오히려 불붙기 전에 꺼질 거다. 그러니까 구덩이를 파는 거야. 구덩이를 팔 때는 바람 방향을 잘 생각해서 숨구멍을 만들어주고 그 위에 장작을 차곡차곡 쌓아 올리는 거지. 조심스럽게 말이야. 얇고 잘 마른 건 아래로. 무겁고 덜 마른 장작은 위로. 마치 나무 집을 짓듯이 그렇게 쌓아 올린 다음에 밑에다 불이 잘 붙는 나무 덤불 같은 걸 밀어넣는 거야. 그리고 불씨를 확! 그러면… 후후후. 단번에 세상을 집어삼킬 정도로 어마어마한 불이… 어이어이~ 과장이 아니라니까. 진짜야. 진짜.

―제2대 황실 서기관이자 궁중 역사학자인 후렌 경이 집필한 '황실 비사' 중
 ―크레센트 제국 초대 해군성 장군으로 임명된 제로 제독과의 대담 중
 ―주:뱃사람이면서 뭔 모닥불이고 장작불일까? 음… 어쩌면 저건 비유일지도… 아니다! 제로 제독님의 성격으로 봤을 때 절대로 다른 의미는 없다. 그냥 자기 캠프 파이어 비법을 자랑하고 싶었던 것뿐이다. 이건 자신할 수 있다.

Firewood

―대륙력 999년 겨울. 로세니아 서부. 녹색산맥 초입.

덜컹덜컹.

마차가 상하로 크게 요동쳤다. 웃차… 아아~ 정말이지 가만히 앉아 있는 것도 체력 소모가 크구나. 신전을 나오고 나서부터는 가만히 반쯤 누운 채로 있는 것만으로도 눈이 감길 정도로 피로감이 몰려온다. 훗. 마차 여행만 하다가 안락사하면 그것도 참 꼴볼견일 것 같아.

덜컹… 쿵.

"아얏. 쓰읍……."

헤~ 하고 반쯤 벌리고 있던 입이 딱 소리가 나도록 부딪쳤다. 아파라. 쓰으… 마차 몰고 있는 병사 녀석의 목을 잡아서 아래위로 길게 늘여줄까 보다. 하아… 그것도 귀찮아. 아직 목적지까지는 멀었을 텐데 잠이나 더 잘까.

"하도 자기만 해서 잠도 안 오지만……."

말똥말똥. 마차 천장의 무늬를 세는 것도 솔직히 이제 질렸다. 한두 번까지는 그럭저럭 할 만했지만 대여섯 번쯤 되면 무늬를 세는 것 자체가 지겨워지고, 열댓 번쯤 되면 천장의 무늬만 봐도 혐오감이 들 정도란 말이야. 거기다 난 절대 안정이라는 무시무시한 선고를 받은 몸인지라 혼자서 커다란 6인승 마차를 독차지하고 있다. 이는 즉… 말상대조차 없다는 뜻이다. 우… 심심해. 난 심심함에 몸을 배배 꼬면서 마차에 하나뿐인 마차 창문 쪽으로 기어갔다. 말 그대로 기어갔다. 이 넓은 마차는 의자를 뜯어내고 그 위에 두터운 메트리스와 가죽 시트, 그리고 모포를 한 무더기나 밀어넣은 대니어스 드 워렌 자작 특제품! 한마디로 움직이는 침대. 침대. 그렇기에 난 덜컹거리는 마차 안에 나 있는 창문을 향해 기어가야 했다. 물론 서서 가도 되긴 하지만… 솔직히 일어서기도 귀찮았거든.

"아……."

창밖의 풍경은 여전히 흰색이다. 하지만… 그 흰색의 양이 상당히 줄었다. 확실히 남쪽으로 내려오긴 한 건가 보네. 거기다 드문드문 보이는 농가와 흰색으로 뒤덮인 밀밭이 보인다. 한때 황금빛으로 물들었을 넓은 밀밭은 지금은 갈색과 흰색이 뒤섞여 황량함만을 보여주고 있다. 그리고 그 한가운데… 사람들이 모여 있었다. 나를… 아니, 우리를 바라보며… 서 있다.

넓은 들판에 옹기종기 모여서 우리를 보고 있는 이들은 지저분하고 초라해 보인다. 그도 그럴 것이 이 추운 겨울에 멀쩡한 옷을 걸치고 있는 이가 거의 없는 데다가 군데군데 검댕이가 묻은 건지 검은색으로 얼룩진 옷들을 입고 있기 때문이었다. 난민들… 저들은 지금 우리를 보면서 무슨 생각을 하고 있을까?

포장도 제대로 되지 않은 거친 흙길을 2열로 길게 늘어선 채 행군하는 병사들에게 넓은 들판에 모여 있던 난민들의 시선이 꽂힌다. 마차 옆에 바짝 붙어서 길을 걸어가고 있던 한 병사는 그런 시선이 거슬리는 헛기침을 하면서 고개를 돌려 버렸고, 그 뒤에서 걷던 다른 병사는 괜히 창대로 땅바닥을 신경질적으로 쿵쿵 치면서 겁을 준다.

"아앙… 아앙……."

난민들 사이에 한 여인이 품 안에서 바둥대면서 우는 아이를 달래느라 진땀을 빼고 있는 모습이 보였다. 저 아이는… 올해 겨울을 무사히 보낼 수 있을까? 아마 힘들겠지. 돈도 먹을 것도 없어서 뒤처진 자들이니까. 가진 자들은 우리가 나타나기도 전에 가산을 싸 들고 도망쳤을 테고 남은 건 저들처럼 피난 갈 곳조차 없어 추위와 굶주림에 죽을 날만 기다리고 있는 무기력한 난민들뿐일 테니까. 그나마 다행이라면 저들이 한순간의 분노에 몸을 맡긴 채 우리에게 달려들지 않는다는 점이다. 만약 저항한다면… 아니, 행군에 방해가 된다면 난 저들을 몰살하라고 명령해야 할 테니까.

내가 막 상념에서 현실로 돌아왔을 때 땟국물이 줄줄 흐르는 얼굴로 나를 바라보고 있는 두 쌍의 눈이 내 시야 안에 가득 들어왔다. 열 살쯤이나 되었을까? 추운지 양손으로 어깨를 움켜쥔 채 몸을 부들부들 떨고 있던 작은 소녀와 시선이 마주쳤다. 당장이라도 눈물이 주르륵 흐를 것 같은 그 눈을… 난 외면했다.

덜컹덜컹. 마차는 내 속마음과는 전혀 상관없이 앞으로 나아간다. 그리고 추위에 몸을 움츠린 채 행군을 하는 병사들 역시 나와 마찬가지의 심정을 마음속에 담은 채 발걸음을 빨리하고 있을 것이다. 그렇게 1km쯤 나아갔을까? 거기까지 이어지던 난민 대열—아마도 화격단의 행군을 위해 길 위에서 쫓겨난 것일 테지—에서 몇몇 어른과 아이가 행군 대열 쪽으로 쭈뼛거리면서 다가왔다. 그리고… 구걸을 하기 시작했다. 처음엔 아이들이었다. 퉁퉁 부은 얼굴로 울면서 지나가는 화격단 병사들에게 꼬질꼬질하고 갈라진 작은 손을 내밀면서 '배고파요… 배고파요…' 하고 작게 종알거리면서 손을 내민다. 그리고 그 뒤로 비굴한 표정의 어른들이 굽신거리면서 밀 한 톨이라도, 헌 옷 한 벌이라도 얻어보고자 빌기 시작한다. 두 무릎을 바닥에 꿇은 채 아이들과 마찬가지로 눈물을 줄줄 흘리면서 '자비를…' 이라고 중얼거리는 반대머리의 아저씨와 앙앙거리면서 우는 아이를 품에 안은 채 처량한 눈으로 무심하게 지나가는 병사들을 바라보며 서 있는 여자. 외면… 할까? 그래도 상관없긴 하지만… 왠지 시선이 떨어지지 않는다.

난 한 일가로 보이는 그 가족을 계속 지켜보았다. 행군 중이던 병사들 중 한 명이 갑자기 대열에서 빠져나가더니 그 난민들에게 다가갔다. 그리고는 등에 지고 있던 배낭에서 가죽 주머니 하나를 꺼내더니 허리에 차고 있던 물 주머니와 함께 그 가족에게 넘겨주었다. 그리고는 아무 말도 없이 등을 돌리고는 자기가 빠져나온 대열을 향해 뛰어갔다. 그 병사의 뒤로 난민 가족들이 '감사합니다. 감사합니다' 하고 연신 고개를 숙였다. 그 병사는 금세 대열 속으로 들어가 버렸기에 내 시야 밖으로 사라졌다.

그리고 주머니 안에서 나온 육포 조각과 조그만 보리빵 조각을 손에 쥔 채 떠들어대는 가족이 내 마차 창문에 한가득 들어왔다가 뒤로 밀려나갈 때 난 살짝 웃었다. 그래도 저들은… 어… 어?

"마차 멈춰! 안 들려? 멈추라고!"

쾅! 쾅쾅!

난 마부가 있는 앞쪽의 마차 벽을 한 손으로 치면서 소리쳤다.

끼익… 끼이익……. 덜컹.

잘 나가던 마차가 갑자기 그 자리에 멈춰 섰다.

"선두 제자리! 선두 제자리!!"

"걸으면서 졸지 마! 새끼들아! 멈추라는 소리 안 들려?"

"대열에서 벗어나지 마! 거기! 멋대로 주저앉지 말라고 했지? 앙?"

웅성웅성.

갑작스러운 내 외침 소리에 마차뿐만 아니고 지친 얼굴로 길을 걷던 병사들까지 멈춰 섰다. 그리고 주변에서 갑작스러운 정지 명령에 작은 소란이 일었다. 하지만 내 시선 안에 그런 병사들의 모습은 눈에 들어오지 않았다.

"무슨 일입니까, 마마?"

"비켜. 안 보이잖아!"

난 버럭 화를 내면서 창가를 가린 크렌에게 꺼지라고 손짓했다. 내 무례한 행동에 기분이 상했는지 크렌은 머리에 쓰고 있던 투구의 바이져를 밑으로 내리면서 말을 몰아 창가에서 떨어졌다. 하지만 내 시선은 작게 투덜거리면서 마차 앞으로 나아가는 크렌이 아니라 아까 전의 그 난민 가족에게 향했다.

"……."

크렌이 시야를 가리기 직전 연신 고개를 조아리는 난민 가족 뒤로 역시 같은 난민처럼 보이는—…이 아니라 난민이겠지—중년의 사내 대여섯이 서 있는 게 보였고, 막 크렌이 비키고 난 뒤에 보니 그 가족들이 사내들에게 붙잡힌 채 난민 무리 쪽으로 질질 끌려가는 게 보였다. 그리고 그들이 들고 있던 가죽 주머니가 바닥을 구름과 동시에 육포 조각과 빵 조각들이 흙바닥 위에 떨어졌다. 한 사내가 그 가족의 아버지로 보이는 사내의 멱살을 잡고 그를 윽박지르고 그 뒤에 서서 무서운 기세를 풍기던 다른 사내들이 땅바닥에 굴러다니는 먹을 걸 거칠게 밟으면서 차버렸다. 곧 이어 멱살을 잡힌 그 가족의 아버지가 멱살을 쥐고 있던 사내의 주먹에 얻어맞아서 바닥으로 굴렀다. 그의 등 위로 주변에 둘러선 다른 사내들의 발이 내리꽂혔다. 아이를 안고 있던 여인은 한 사내가 내지른 손에 뺨을 얻어맞고 엉덩방아를 찧으며 주저앉았고, 그녀의 주변에 둥글게 선 난민 여자들이 손가락질을 하면서 침을 뱉는 게 보였다. 그리고… 아버지를 때리는 사내들에게 조막만한 주먹을 쥐고 울면서 달려들던 소녀가 한 사내의 발길질에 채여서 딱딱하고 차가운 바닥 위에 굴렀다.

"매국노! 매국노! 매국노!"

"죽여! 죽여! 죽여!"

한껏 두들겨 팬 일가족을 한곳으로 몰아넣은 난민들이 손가락질을 하며 합창을 하듯 외쳐 댔다.

"……."

멍하니 광기에 휩싸인 난민들을 보고 있을 때 누군가가 또다시 내 시야를 가로막았다.

"날씨가 춥습니다, 마마. 창을 닫겠습니다."

"…비켜, 댄."

"쓸데없는 건 안 보셔도 됩니다. 마차를 출발시켜라! 갈 길이 멀다. 선두부터 이동하도록."

"대엔……."

마치 짐승이 그르렁거리는 것처럼 내 목소리가 낮게 울렸지만 댄은 내 말을 싸그리 무시한 채 마차를 출발시켰다. 곧 이어 덜컹거리면서 다시 이동을 개시한 마차는 한곳으로 몰려든 난민들을 뒤로한 채 앞으로 나아가기 시작했다.

"꺼져라!"

"너희 나라로 돌아가!"

"가버려! 가서 죽어버려!"

듣기 싫어도 싫은 소리들이 야유와 함께 내 귓가를 강타한다. 후우…
피곤하다.

근 일주일간 이어진 긴 행군 동안 세 번의 작은 전투가 있었지만 그 전투들은 내가 나서기는커녕 댄이 나설 필요도 없을 정도로 작은 전투였다. 그것도 몇 개 중대 정도만 차출해서 내보내도 압승—이라기보다는 모여 있던 적들이 싸우기도 전에 도망치는 수준이었다—이었기에 제대로 된 싸움이라고 할 수도 없었다. 내가 이끄는 화격단은 이전과는 다르게 한곳에 뭉쳐서 도로를 따라 일직선으로 남하했고, 병력을 모으는 중인지 아니면 우리의 보급 한계까지 기다리는 것인지 알 수 없는 로세니아의 군대는 눈앞에 나타나지 않았다.

하긴 지금 크레센트 동부 전선에만 근 칠만여 명에 달하는 적군이 모여 있으니 여력이 없다고 봐도 되겠지. 로세니아의 인구라고 해봐야 겨우 500만 명이 조금 넘는 수준이고, 그중에서 20대 초중반의 젊은 사내라고 해봐야 10만 명 정도일 테니 함부로 나설 수 없는 거겠지. 건장한 사내들도 잘 훈련된 정규군과 싸우면 엄청난 피해를 내게 되는데 열대여섯의 소년들이나 서른 이상의 남자들을 내보내 봐야 아군의 실전 경험을 늘려주는 정도밖에 안 될 거다. 거기다 훈련도 무장도 형편없을 게 뻔하니 죽으라고 화살받이로 내보내는 것 이외는 의미가 없다. 병사라는 게 무기를 쥐어주고 하루이틀 훈련시킨다고 뚝딱 하고 만들어지는 게 아니니까 말이야. 물론 실전을 거치면서 단련될 수도 있지만 그것도 살아남았을 때 이야기, 급조된 농민병이나 시민병의 생존률은… 열에 한둘 정도려나? 나가서 죽으라는 소리다.

거기다 보급도 각 마을과 도시를 점거하면서 철저하게 약탈을 계속해왔기에 한두 주 정도는 보급선없이도 버틸 수 있다. 그 시기가 지나가면

굶어 죽든지 또다시 약탈을 하든지 해야겠지만. 하여간 로세니아가 잠잠하게 웅크리고 있는 건 다행이야. 아직까지는 병사들의 피로가 적어 보이니까. 동사자가 전사자의 몇 배나 되기는 하지만… 이러다가 싸우기도 전에 다 얼어 죽는 거 아닌지 모르겠다. 휴우.

똑똑.

"들어와."

"식사 가져왔습니다, 마마."

"흐음… 그래도 명색이 부사령관인데 내 식사를 직접 들고 오는 거야? 그렇게 일손이 부족해?"

"하하하……."

댄은 작게 웃으면서 뚜껑이 덮인 둥근 쟁반을 들고 허리를 굽히며 마차 안으로 들어왔다. 그리고는 내가 다리를 꼬고 앉은 바로 앞에 쟁반을 내려놓았다. 어디 보자… 흐음…….

"또 수프야? 이러다 영양실조로 죽겠다."

"아직은 조금 무리지 않겠습니까?"

"난 멀쩡해. 괜히 환자 취급하지 말라고."

작게 투덜거리면서 한마디 해줬지만 댄은 쓴웃음만 지을 뿐 별다른 말은 하지 않는다. 쳇. 이죽거리면서 반항하는 녀석을 패는 게 스트레스 해소에 좋은데. 저런 얼굴을 하고 있으면 장난으로라도 주먹질을 할 수 없잖아. 아아… 우울해라. 난 스푼을 오른손으로 들어 올리면서 물었다.

"후룩. 목적지까지는 얼마나 남았지? 우에… 맛없어."

"약초가 들어가서 좀 쓴맛이 날 겁니다, 마마. 참으십시오. 그리고… 앞으로 반나절 거리입니다만……."

"응? 왜? 문제있어?"

"예, 좀. 이제야 적들이 모습을 드러냈습니다. 규모는 저희보다 훨씬 적습니다만……."

"어느 정도인데?"

"정찰병의 보고로는 대략 오천여 명 수준이라고 합니다. 적은 숫자는 아니지만 실제 정규병으로 보이는 병력은 극소수이고 대부분은 민병이라 파악하고 있습니다. 지금 상황이라면 그리 어렵지 않게 이길 듯합니다만……."

"웬만하면 전투는 피하고 싶은데……."

"하지만 막상 로세니아의 웨스트 게이트에 도착했을 때 적들이 등 뒤를 노릴 수도 있습니다. 위치상으로 보나 시기적으로 보나 말입니다. 물론 적들도 그런 점을 노리고 평지로 저 병력을 내몬 듯합니다만……."

"만약에… 만약에 말이지. 지금 적들이 녹색산맥을 넘어서 돌아온다면 얼마나 걸릴까?"

"전군이 회군하는 데는 시간이 많이 걸립니다. 특히나 적들의 훈련도는 부족한 편이니까요. 하지만… 정규군, 그것도 젊고 숙련된 병력이라면 충분한 장비를 갖추었다고 했을 때 열흘이면 웨스트 게이트까지 도착할 것입니다. 그것도 눈이라는 장애물을 고려해 최대한 잡았을 때 이야기입니다만……."

"그래… 하긴 그렇겠지. 평소라면 열흘이 아니라 사오 일이면 가능한 거리니까. 산길이긴 하지만 완만한 언덕들도 많고 길도 그럭저럭 잘 닦여 있다고 들었으니까 말이야. 흐음. 시간상으로 봤을 때 좀 위험해. 내가 누워 있느라고 시간을 꽤 끈 데다가 로세니아 북부 지방을 쓸고 다닌다고 잡아먹은 시간까지 생각하면 적들이 대비를 할 시간은 충분했을 거야."

"차라리 로세니아의 왕성으로 진격하는 것은 어떻겠습니까, 마마? 그 주변 지역을 점령하고 왕성을 포위하고 있으면 적들도 아넬 공국에서 시간을 죽이고 있을 수는 없을 것입니다."

댄은 내가 반쯤 먹다가 내려놓은 수프 그릇에 무례하게 손가락을 살짝 집어넣어서 맛을 보더니 미간을 살짝 찌푸렸다가 다시 하하하 하고 작게 웃었다.

"맛이… 좀 특이하군요, 마마. 아하하……."

"응. 좀 특이하지. 이거 만든 자식을 불러다가 하루 종일 이 수프를 처 먹이는 고문을 하고 싶을 정도로 말이야."

어떻게 만들어야 한 스푼씩 떠먹으면 떠먹을수록 쓴맛이 배가될 수 있지? 두 번 다시 먹고 싶지 않은 그런 맛이다. 우우… 물 주전자를 입에 대고—에레니아 시녀장이 봤다면 거품을 물겠군—벌컥벌컥 마셔도 입 안에서 맴도는 쓴맛이 사라질 생각을 하지 않는다. 어떤 의미로는 무서운 맛이야. 난 손에 들고 있던 스푼을 쟁반 위에 내려놓으면서 댄의 의견에 반박했다.

"로세니아 수도로 진군하는 건 안 돼. 영토를 성과 요새로 도배한 크레센트 수준은 아니라 해도 로세니아 자체의 성과 요새 숫자도 무시할 수 없고, 거기에 상주하는 병력 수도 적은 게 아니야. 지금은 지킬 곳이 많으니 각 거점에 뭉쳐서 우리를 주시하고 있겠지만 수도로 향한다면 그들 전부를 격파한 뒤에야 왕성을 두 눈으로 볼 수 있을 거야. 거기다 로세니아는 수도 근교에 인구가 집중되어 있으니 이 정도 숫자로는 로세니아 인들을 통제할 수 없어. 그건 기각. 그보다 케센 군은?"

"저희가 휘젓고 다닌 로세니아 북부 지방에 거점을 세우고 천천히 남하 중입니다만… 솔직히 그들은 이 전투에 참가한다기보다는 눈치만 보고 있다가 실속만 챙기고 빠질 듯한 분위기입니다. 저희가 이기면 그 기세를 따라 로세니아를 압박하고 예정대로 안 되면 지금 점거하고 있는 영토 정도에 머물 태세인 것 같았습니다."

"흐음… 사이릭 이왕자가 그렇게 소극적이던가? 아니, 그보다는 케센 왕성 쪽에서 제동을 건 것일지도 모르겠군. 로세니아와 크레센트가 서로 피 터지게 싸우는 동안 손가락 빨고 있다가 결정적인 때 나서겠다는 심보겠지?"

"예."

댄 역시 케센 측의 행동이 마음에 안 들었는지 크게 고개를 끄덕이면서 바로 대답했다. 하긴 우리로서야 불만이지만… 아마 나라도 같은 상황이라면 똑같이 했을 거다. 그쪽이 훨씬 이득이니까. 그렇다 해도 북쪽에서 꾸물대는 야만족 놈들의 엉덩이를 걷어차 주는 편이 좋겠지?

"케센 측, 아니, 사이릭 이왕자에게 진군을 재촉하는 전령을 보내. 이틀… 아니, 매일 보내. 조속한 시일 내에 그 굼뜬 엉덩이를 땅바닥에서 떼어놓지 않으면 협정을 파기하겠다고 협박해 버려. 도로 사용료로 밀 10만 톤이면 넘치고도 남으니까. 나머지도 받고 싶으면 움직일 테지."

"그래도 되겠습니까? 너무 강하게 나서면 싫어할 텐데요."

"상관없어."

"하지만… 사이릭 이왕자는 마마께 호의를 가지고 있는데…….'

"그러니까 더 많이 윽박질러야지. 만만해 보이는 녀석에게 조금이라도 더 착취하는 건 외교술의 기본이라고."

"하… 하하……. 그… 그래도 저쪽에서 호의를 보여주는데 이쪽도 같이 맞장구를 쳐주시는 편이 장기적인 안목으로 봤을 때 좀 더……."

"시끄릿! 지금 나보고 바람이라도 피우라는 소리야? 사이릭 녀석… 흠흠. 아니, 사이릭 이왕자는 내가 조금이라도 약한 모습을 보이면 당장에 잡아다가 벽장 속에 넣어놓고 혼자서만 감상할 타입이라고. 아무튼 안 돼. 최대한 독촉해!"

"예. 여부가 있겠습니까? 후후후."

참을까? 참아야겠지? 에라!!

퍼억!

"크흑… 뭐… 뭡니까? 갑자기……."

손에 잡히는 베개―오리 털이 잔뜩 들어 있다. 가벼울 것 같지만 전.혀. 안 그렇다. 높은 데 물건을 납품하는 인간들은 '적당히'라는 단어를 잊는 경우가 많으니까―를 힘껏 집어 던지자 일직선으로 바람을 가르며 날아간 베개는 그대로 댄의 면상을 후려갈긴 뒤 퉁~ 하는 소리와 함께 마차 벽에 부딪친 뒤 바닥에 떨어졌다. 난 코를 문지르는 댄을 노려보면서 다른 베개를 들어 올렸다. 후.후.후.

"많이 컸구나, 댄. 꼬박꼬박 말대답에다가 이젠 비꼬기까지 해? 요즘 안 맞았더니 온몸이 근질거리나 보지? 아참. 그리고 보니 네 녀석 부하놈들도 요즘 해이해진 게 조금 조여줄 필요가 있을 것 같은데? 어떻게 생각해? 응?"

"그… 그건… 사양하고 싶습니다만……."

"그럼 입 닥치고 시키는 대로 해."

"예… 마마.

댄은 고개를 푹 숙이면서 기구한 자신의 운명 어쩌고저쩌고 하면서 신세타령을 하기 시작했지만 난 가볍게 무시해 버렸다. 그리고 뒤로 풀썩 쓰러진 뒤 데굴데굴 굴러서 마차 벽에 찰싹 달라붙었다.

"…남들이 볼까 두렵습니다, 마마. 부디 체통을 지켜주십시오."

"뭐 어때서? 지금 내가 이러고 있는 거 아는 녀석은 하나뿐이잖아? 소문나면 한 놈만 죽도록 패면 되고 말이야. 그놈도 제 수명대로 살고 싶으면 알아서 입 닫을 게 분명하잖아. 안 그래?"

"…그건. 그렇군요. 휴우……."

한숨 쉬지 마! 우이익! 역시 저놈은 좀 더 손을 봐줘야 할 것 같다. 그렇게 결론을 내린 난 무언가 던질 게 없을까 해서 엎드린 채로 팔을 뻗어 주변을 더듬거렸다. 웬만하면 네모나고 단단한 것이었으면 좋겠는데 말이야. 저기서 궁상을 떨면서 은근히 내 신경을 긁는 댄 녀석의 이마를 깨 버릴 만한 경도를 가진 거 없으려나?

막 내가 가죽 시트 밑으로 손을 집어넣어 바닥에 깔린 판자를 뜯을까 말까 고민하고 있을 때 갑자기 댄 녀석이 낮고 진지한 어조로 물었다.

"마마, 지금… 잘되어가고 있습니까?"

"으응? 뭐가?"

"그게… 그거 있지 않습니까? 그것."

"그렇게 말하면 뭔 줄 내가 어떻게 알아?"

"끄응… 그… 제국화… 계획… 말입니다."

"아아~"

뭐 그런 게 비밀이라고 작게 소곤거리고 그래? 남자가 말이야, 포부 정도는 당당히 밝힐 정도는 되어야 하지 않겠어? 물론… 나나 댄 정도의 지위를 가지고 있는 인간이 저런 이야기를 공석에서 해댔다간 당장에 난리나겠지만… 뭐…….

으음… 제국이라…….

"댄, 그거 알아?"

"예?"

"캠프파이어 하는 법."

"음… 글쎄요. 기사 수업할 때 요령은 배웠습니다만…….."

"헤에… 댄이 모르는 것도 있네?"

"모르는 게 아닙니다! 단지 해본 적이 없는 것뿐입니다."

"하긴. 그런 작고 사소한 일들은 다아~ 아랫사람들이 해주겠지? 부럽다아~"

Firewood

"…왠지 말속에 숨어 있는 가시가 콕콕 찌르는 듯한 기분이 듭니다, 마마."

"기분 탓이야."

"…기분 탓이로군요."

"응, 그래. 하여간 들어봐. 캠프파이어를 할 때는 우선 구덩이를 파야 한대. 그 다음에 주변에 화덕으로 쓸 만한 돌을 쌓아 올리고 공기가 통할 만한 숨구멍을 만들지. 그리고 그 위에 굵은 장작 두어 개로 기둥을 만들고 땔감들을 쌓아 올리는 거야. 웬만하면 잘 마른 나무 장작이 좋겠지? 덜 마른 나무는 연기가 맵고 그을음이 많이 난다니까 말이야."

"흐음……."

"차곡차곡 잘 쌓아야지 돼. 잘못하면 기둥이 폭삭 주저앉아서 엉망이 될 수도 있으니까. 될 수 있는 한 오래가는 화톳불을 만들어야 하니까 말이야. 물론 나중에도 계속 장작을 넣어줘야겠지만, 우선 처음에 불을 잘 키워야 하니까 바람 부는 방향도 고려하고 연기와 재가 날리게 될 곳에는 구워 먹을 음식을 올리면 안 되겠지? 아참, 이게 아니지. 하여간 그렇게 장작을 쌓은 다음에는 불씨를 가져오는 거야. 물론 부싯돌이나 다른 것도 있지만 역시 소뿔이나 그런 데 넣어둔 솜에 불씨를 넣어두는 편이 더 편할 거야. 손이 좀 가기는 하겠지만. 그리고 불이 붙을 만한 종이나 마른풀을 모아서 불을 키운 다음에 화톳불에 불을 당기는 거지. 그럼 화악… 은 아니겠고. 타닥타닥. 잘 타겠지. 아아~ 따뜻할 것 같아. 무지무지 행복할 것 같지 않아?"

"으음……."

댄이 내가 한 말의 의미를 파악하기 위해서 한 손으로 턱을 괸 채 고민하기 시작한다. 흐응, 역시 비유가 너무 간접적이었나? 에이에이, 그냥 평소대로 하자, 평소대로.

"그러니까 말이야."

"예에……."

"이제 장작은 다 쌓았으니까 불만 놓으면 된다는 거야. 한… 천 년쯤 가는 화톳불을 만들어볼까?"

"…물론입니다, 마마. 그럼 전 불을 당길 준비를 하러 가겠습니다."

"응, 그래. 수고해."

난 선선히 자리에서 일어선 댄에게 손짓하며 일을 보러 나가라고 허락했다. 댄은 나가면서 '장작이라…' 하고 작게 중얼거렸다. 입가에 작은 미소를 단 채로 말이다. 후훗.

댄과 크렌이 막사 안으로 들어왔다, 피 냄새를 풍기면서.

"어? 왔어? 결과는?"

"압승은 아니었습니다만… 그럭저럭 완승이었습니다. 마마께서 말씀하신 대로 도주하는자는 추격하지 않고 곧바로 병력을 추슬러서 돌아왔습니다."

"응, 그래. 잘했군. 전과는?"

"적 사상자는 천여 명 정도입니다. 포로는 모두 처리하였고 중상을 입은 부상자는 내버려 뒀습니다. 무기와 갑옷의 회수로 약간의 시간이 걸리기는 했지만 명하신 대로 오전 중에 끝장낼 수 있었습니다."

"으음… 기습이 잘 먹혔나 보지?"

"예. 수색조는커녕 경계병조차 제대로 안 세웠더군요. 덕분에 초반에 아주 손쉽게 적을 밀어붙일 수 있었습니다. 아군 사망자는 이백여 명, 중상자는 삼백여 명 정도로 진지 내로 후송해 놓았습니다."

"적이 재집결해서 다시 위협적인 세력이 될 때까지 얼마나 걸릴까?"

"잘 훈련된 정규병이라면 반나절도 안 돼서 다시 군을 이룰 수 있겠지만 이번 적은 대부분의 병력이 농민병과 시민병으로 이루어져 있었으니 사방으로 도주한 민병들이 군의 명령에 따라 제대로 모일지도 의문이고, 그전에 집결지를 미리 정해놨을지도 의문일 정도로 지휘 체계가 엉망이었습니다. 아마 다시 모여서 재편한다 해도 수백 정도일 듯합니다. 도주한 적병의 대부분은 그대로 탈영할 것이 분명하니까요."

"음. 하긴 적병의 대부분은 나라를 지킨다는 대의명분으로 끌려온 것이니까. 그게 힘으로 꺾여 버렸으니 도망가는 것도 당연하겠지. 물론 나중에 또 전장으로 끌려 나올 테지만 그만한 시간만 벌면 충분하니까. 좋아. 이제 웨스트 게이트를 친다."

"곧바로 말입니까?"

"그래, 지금도 충분히 늦었어. 바로 공략해야 돼. 더군다나 대규모의 전투로 승리감을 맛보고 있을 테니 조금 피로하다 해도 지금 밀어붙이는 게 좋을 거야. 그런 감정은 쉽게 식어버리니까."

"예, 알겠습니다, 마마. 바로 준비하겠습니다."

댄은 내 말이 끝나기 무섭게 다시 밖으로 나갔다. 나 역시 사령부로 사용하는 막사에서 나온 뒤 내 천막으로 돌아갔다. 이번 전투에서는 나도 손가락만 빨고 있을 수는 없으니까.

오랜만에 입어보는 슈트 아머는 무거웠다. 입고 있는 것만으로도 체력이 쭉쭉 빠져나가는 듯한 기분이 들 정도로 갑갑하고 무겁다. 우… 늙은 건가? 쳇. 난 한 손으로 말고삐를 쥐고 다른 손으로 투구를 든 채 길게 이어지는 행군 대열을 내려다보았다.

방금 전에 전투를 치르고는 늦은 아침 식사를 끝마친 병사들은 남쪽으로 이어지는 긴 대열을 따라서 이동하기 시작한다. 연속적으로 내려오는 명령에 투덜거리는 병사들도 일부 있었지만 그런 불만은 장교들의 윽박

지름에 금세 쑥 들어갔고 방패와 활통을 어깨에 멘 병사들은 앞서 떠난 정찰조의 뒤를 따라 행군 대형으로 이동 중이다. 나 역시 댄이 말을 몰아 내 쪽으로 다가오자마자 그런 병사들 속으로 들어갔다.

 요새 외부에 있는 같은 편 군대가 당하고 있는데도 요새 속의 적은 나오지 않았다. 그렇다는 것은 두 군대의 지휘 체계가 이원화되어 있거나 공조 체계가 엉망이라는 소리. 거기다 게이트를 지키는 병력의 수가 많지 않다는 반증이었다.

 "마마."

 "왜?"

 "웨스트 게이트에 가보신 적이 있으십니까?"

 "당연히 없지. 나 같은 여자가, 그것도 왕녀가 그런 군사 요새를 방문할 일이 평생에 몇 번이나 있겠어?"

 "하긴 그렇군요. 이곳이 고향이시니 혹시나 해서 물어본 것뿐입니다."

 "음… 단지 왕성 안에 있던 책에서 본 지식은 약간 있지. 로세니아는 기본적으로 웨스트 게이트와 미들 게이트만 막으면 어느 나라의 침공이라도 막아낼 수 있다고 했어. 미들 게이트는 세 개의 도시와 두 개의 요새를 동에서 서로 이어주는 대형 성벽으로 이루어져 있고 이곳에는 상주군의 숫자도 꽤 되지. 케센 군에 기마병의 비율이 상당히 높기 때문에 그 기병의 위협을 막기 위해서 수십 년에 걸쳐서 건조한 인조 성벽이야. 반면에 웨스트 게이트는 크레센트의 위협을 막기 위해서 건축한 성벽이지만 정확히 말해 웨스트 게이트라는 건 녹색산맥 그 자체를 말한다더군. 소수라면 모를까 다수의 군대가 이동할 수 있는 길이라는 건 그리 많지 않은 법이고, 특히나 그것이 산맥 속이라면 더욱 그렇지. 그리고 그 길들이 모이는 한 점에 건축한 요새가 웨스트 게이트야. 규모와 상주 병력은 미들 게이트에 비해서 훨씬 적은 편이지만 천연의 방벽이 요새 주변을 둘러싸고 있어서 오히려 미들 게이트보다 공략이 힘들다고 해."

"흐음… 이번 전투는 힘들지도 모르겠군요."

"응. 자세한 지도나 지형도를 본 적은 없지만 아무리 산세가 험하지 않은 녹색산맥이라 해도 산은 산이니까."

"하긴 진입로가 일정하고 범위가 작다면 이쪽에서 투입할 수 있는 병력의 숫자도 뻔하니 장기전이 되기 쉽겠군요. 거기다 산맥을 넘어야 하니 투석기 등의 공성 장비와 물자의 운송도 힘들 테고요."

"그렇지. 그나마 다행이라면 우리는 웨스트 게이트의 정면이 아닌 뒷면을 치려는 것이기 때문에 사정이 좀 나은 편이야. 아무래도 뒤쪽이 좀 더 허술하지 않겠어?"

"그렇겠죠. 마마. 아~ 저곳이로군요."

나와 대화를 나누던 닐크가 갑자기 손을 뻗어서 한곳을 가리켰다. 그곳에는 봉화를 피우는지 산봉우리 위에서 검은 연기가 꼬리를 물고 하늘로 향하고 있다. 그리고 그 산봉우리 바로 아래 적회색의 높다란 성벽 일부가 눈에 들어왔다. 아직 2~30분은 더 행군해야 요새의 근처까지 다다르겠지만 벌써부터 저런 걸 보고 나니 왠지 싸우러가기 싫은걸. 에에… 정말 이번 전투는 힘들겠군.

손을 들었다. 그리고 내렸다. 그러자 장교들이 움직였다.

"4대대 돌격!!"

"돌겨억! 뛰어라! 돌격!!"

"주춤대지 마! 뒷열이 못 나가잖아! 어서 뛰어!"

"와아아아아아!!"

시끄러운 전장 한복판에서 쩌렁쩌렁 울리는 장교들의 고함 소리와 함께 병사들이 내지르는 커다란 함성 소리, 그리고 두두두두… 하는 발 구르는 소리와 함께 내 앞에 모여 있던 천여 명의 병사가 완만하게 경사진 언덕 위를 향해 뛰어올라 가기 시작했다. 막 선두에 선 병사가 언덕 중간쯤 오르자 곧바로 화답이 왔다. 화살이 새까맣게 날아온 것이다. 나무 방패나 갑옷 쪼가리 혹은 천 조각이라도 머리 위에 들어 올린 채 언덕 위를 향해 내달리던 화격단 4대대 소속 병사들 중 앞 열에 있던 병사들이 줄줄이 쓰러졌다. 그 뒤를 달리던 한 병사가 화살을 맞고 쓰러지는 병사와 부딪쳐 앞으로 넘어졌고, 그 위로 달려가던 병사들 일부가 한데 엉킨 채 우르르 넘어졌다. 화살에 투구를 꿰뚫린 한 병사가 그대로 뒤로 쓰러지면서 서너 명의 동료를 깔아뭉갰고, 한 떼가 된 병사들이 데굴데굴 구르며 뒷열의 병사들과 함께 언덕 아래로 굴러 떨어졌다. 저건… 죽지는 않더라도 팔다리 한두 개는 부러지고도 남겠군.

"이번에도 틀린 듯합니다, 마마."

"으응……."

완만하다고는 해도 언덕은 언덕. 거기다 저 빌어먹을 웨스트 게이트로 통하는 중앙의 길을 제외한 양 측면은 울퉁불퉁한 바위들이 산재해 있다. 그런 곳이라 해도 지나가려고만 하면 못할 것도 없지. 단지 머리 위로 화살이 새까맣게 날아들고 투석기에서 날아오는 엄청난 양의 자갈들만 없다면 말이야.

"아……."

눈살을 찌푸리며 주변 지형을 돌아보는 사이에 4대대가 언덕 위까지 도달했다. 경사가 훨씬 줄어들어 평지라고 해도 될 만한 정상이었지만 그 뒤에는 높다란 성벽이 가로막고 있었다. 물론 그 앞에 목책과 해자 비스무리한 구덩이도 있었다. 갖출 건 다 갖췄다는 건가? 쳇. 언덕 위에 올라선 4대대의 머릿수는 내가 있던 이곳에서 출발할 때의 절반 숫자도 안 돼 보인다. 반수 이상이 저 언덕길을 올라가다가 화살이나 동료에 걸려서 낙오된 것이다. 그것도 대다수는 중상. 하긴 언덕 위부터 굴러 떨어졌으니 멀쩡하면 그게 더 이상하겠지.

"후퇴 명령을 내릴까요?"

"……"

마음에 안 들어. 쉽지 않을 것이라는 건 알고 있었다. 하지만… 이건 너무 일방적이잖아. 4대대 병사들은 쏟아지는 돌과 창, 그리고 화살에도 굴하지 않고 성벽 앞을 가로막고 있는 목책을 뜯어내고 사다리를 들어서 성벽 위에 걸치고 있긴 하지만 1분도 안 되는 시간 동안 일방적으로 공격당해 수십 명씩 쓰러지고 있었다. 화력의 우세를 통해 적을 압도한 뒤 일방적으로 몰아내는 방식은 화격단의 장기이자 특기인데 여기서는 그런 게 하나도 안 먹힌다. 후우… 할 수 없지.

"다음."

"예! 후퇴 명령을 내려라! 5대대 전투 준비!"

"5대대 전투 준비! 5대대 전투 준비!"

둥둥둥.

전장에 커다란 북소리가 울려 퍼지면서 목책을 뜯고 사다리를 걸치고 있던 4대대 병사들이 언덕 위에서 뛰어 내려오기 시작했다. 그리고 후퇴하는 4대대 병사들이 언덕을 완전히 내려와 본진에 합류하자 곧바로 5대대 병사들이 함성을 지르며 동료들의 피와 시체로 포장한 언덕길을 향해 뛰어올라 가기 시작했다.

"이 짓도 이제 지겨워."

"별수없지 않습니까? 방법이 있어야죠."

"물량 공세라니. 효과적이라는 건 인정하겠지만… 이래서는 막상 저 웨스트 게이트를 점령한 뒤가 걱정이야."

난 엄폐물 하나 없는 일직선의 언덕 위를 향해 뛰어올라 가는 병사들을 보면서 투덜거렸다. 그때 요새 안쪽에서 날아오른 엄청난 숫자의 자갈들이 5대대의 후미를 덮쳤다. 여기까지 들리는 끔찍한 비명 소리와 함께 힘겹게 언덕 위를 향해 기어오르고 있는 5대대 병사 수십 명이 그대로 바닥에 쓰러지면서 가뜩이나 좁고 가파른 언덕길 위에 시체와 부상자의 벽을 쌓았다. 망할. 배틀 램은 물론이고 투석기조차 쓸 수 없다니. 심하잖아. 저쪽은 아래를 향해 쏴대는 거니 충분히 닿겠지만 이쪽은 놈들 사정거리 안으로 한참 들어가야 하는 데다가 투석기를 배치할 만한 공간은 뻔하다. 언덕길 정중앙. 완전히 적의 표적이 되고 싶어 환장한 거지. 후우.

"그래도 성벽 위에서 날아오는 화살의 숫자가 많이 줄었습니다, 마마."

"당연하지. 근 한 시간 이상 이 짓을 하고 있는데 줄어야지. 적 궁수들의 체력보다 화살이 먼저 떨어지길 빌어야겠지? 저 게이트의 사령관이 게으르고 무사안일주의에 빠진 녀석이었으면 좋겠어."

"하하하……."

"농담 아니야. 저놈들, 우리의 십 분의 일도 안 되는 숫자로 일방적인 학살을 감행하고 있다고. 여기다 적측 사령관까지 똑똑하고 능력있는 자식이라면 난 그냥 짐 싸 들고 돌아갈 거야."

진심이야. 저 웨스트 게이트를 점령 못한다면 우리가 이곳에 온 이유가 사라지는 건 물론이고 오히려 적들의 포위망에 걸려서 학살당하거나 굶어 죽거나 둘 중 하나일 거다. 그런 일이 벌어지기 전에 일찌감치 손 털고 집에 가는 게 낫지.

"그래도 5대대가 선전하는군요."

"으음?"

내 측근이자 부사령관인 댄의 말에 난 고개를 들어 언덕 위를 올려다보았다. 댄의 말대로 5대대는 거치적거리는 목책을 도끼로 부숴서 뜯어내고는 성벽 위에 사다리를 걸친 채 위로 기어올라 가고 있었다. 아마 적들도 화살 숫자는 물론이고 체력에도 슬슬 한계가 온 듯하다.

"다음 내보내. 이번에 승부를 봐야지."

"예, 마마. 제6대대. 전투 준비!"

"6대대 전투 준비! 6대대 전투 준비!"

"길을 치우라고 해둬. 이 기회에 바로 몰아친다."

"알겠습니다, 마마."

고개를 끄덕인 댄이 근처에 있던 장교에게 몇 마디 지시를 했고 곧 이어 대열을 갖추고 정렬하는 6대대 앞으로 2개 중대의 병사들이 나섰다. 그 병사들은 언덕길을 따라 뛰어올라 간 뒤 두세 명이 한 명의 부상자나 시체를 들쳐 메고 뛰어 내려왔다. 그렇게 몇 개 중대가 화살비가 날아오는 전장 한복판에 서서 부상당한 동료나 이제는 거치적거리는 장애물이 된 시체들을 끌고 내려오자 언덕 중간까지 붉게 물든 흙바닥이 나타났다. 그 광경을 바라보고 있던 내가 고개를 살짝 끄덕이자 댄이 손을 들면서 소리친다.

"6대대 돌격!"

"돌격 앞으로!!"

"달려라! 달려! 화살보다 빠르게 달려! 죽기 싫으면 달리는 거다!"

"절대 쓰러지지 마라! 밟혀 죽는다!"

"우아아아아아!!"

제6대대 소속 천여 명의 병사가 다시금 길고 긴 언덕 위를 향해 뛰어올라 갔다. 아직 적의 투석기는 준비가 덜 되었는지 이번엔 자갈 무더기가 날아오지 않았다. 거기다 성벽 바로 아래서 싸우는 5대대에 정신이 팔린 성벽 위의 궁수들은 6대대를 저지하기 위해서 화살을 날리지 못했다. 그 덕에 제6대대는 내가 이끌고 온 10개 대대 중에서 아직 투입되지 않은 대대 녀석들을 제외하고 가장 적은 사상자를 낸 채 성벽 앞에 도달한 부대가 되었다. 이걸 영광으로 생각할지는 알 수 없지만 말이야.

상황이 호전되는 것 같은 것 같았는데도 불구하고 적들의 저항은 필사적이었다. 하긴 당연한 건가? 목숨이 달려 있으니까. 필사적이지 않은 게 더 이상하겠군. 사다리를 타고 올라간 병사들 중 몇 명이 성벽 위에 올라선 게 보였다. 하지만 잠깐 동안 성벽 위를 점령했던 그 병사들은 금세 적병들에게 묻혀 버렸고 그들이 올라갔던 사다리는 뒤로 쓰러지면서 그 위에 올라타고 있던 두어 명의 병사를 바닥에 내팽개쳤다.

"다음 준비시켜."

"예, 마마. 7대대! 제7대대!"

"7대대 전투 준비! 7대대 전투 준비!"

불안한 눈으로 혹은 불만에 찬 눈으로 나를 힐끔거리던 병사들 중 일부가 또다시 저 피로 가득한—그나마 부상자들과 시체를 치우고 나니 그래도 좀 넓어 보였다—언덕 앞에 집결하기 시작했다. 덜덜 떨면서 혹은 건들거리는 몸짓으로 불만을 온몸으로 내보이면서 내 앞에 모이는 병사들을 바라보던 난 말안장에 걸어둔 투구를 들어서 머리에 썼다.

"마마?"

의아한 눈으로 나를 바라보는 댄. 난 그런 댄의 시선을 외면한 뒤 투구의 바이져를 내렸다. 쇳덩어리의 차가운 감촉이 느껴지자 머리 속으로 한기가 뻗어 들어오는 것 같았다.

"나도 간다."

"예? 하지만 아직……."

"댄은 여기서 상황을 지켜보다가 예비대를 투입시켜. 만약 사태가 불리해질 것 같으면 곧바로 병력을 후퇴시키라고. 그리고… 만약에… 내가 죽거나 돌이킬 수 없을 정도로 피해가 커지면 그대가 지휘권을 양도받아서 부하들을 이끌고 본국으로 돌아가. 방법은… 맡기지."

"하나……."

난 타고 있던 말에서 내렸다. 지금 내가 타고 있는 전마는 저런 경사 길을… 그것도 피에 절어서 질퍽거리는 흙길 위를 나와 내 무거운 갑옷을 등에 태운 채 달려 올라갈 만큼 힘이 좋은 말이 아니다. 좋은 표적만 되는 데다가 내 뒤에서 달릴 병사들에게 방해가 될 확률이 높기에 말을 버린 것이다. 난 말안장에 매어놓은 검집에서 클레이모어와 카이트 실드를 손에 들고 앞으로 걸어갔다.

"기다리십시오! 마마! 제기랄! 크렌! 닐크! 기사들을 이끌고 마마를 호위해! 어서!"

등 뒤에서 댄의 째지는 듯한 고함 소리가 들려왔다. 귀에 거슬려.

댄의 명령에 황급히 내 호위 기사들 대여섯을 끌고 달려온 크렌과 닐크가 등 뒤에 서자 난 오른손에 들고 있던 클레이모어를 높이 들어 올렸다.

"국왕 폐하 만세!"

"크레센트 만세!"

"와아아아아아!!"

고막이 찌르르 울릴 정도로 커다란 함성 소리가 터져 나왔다. 내 바로 왼편으로 달려온 닐크는 한 손에 카이트 실드를, 그리고 다른 손에는 4m에 달하는 커다란 장창을 들고 있다. 그리고 그 창의 끝에는 크레센트 왕실 기가 푸른 하늘 위에 휘날리고 있었다. 잠시 펄럭거리며 휘날리는 깃발을 바라보고 있던 난 병사들이 함성이 잦아들 때쯤 검을 앞으로 내밀면서 언덕 위를 향해 뛰어오르기 시작했다. 내 뒤로 다시금 '와아아아아!!' 하는 함성 소리가 들리면서 화격단 7대대 병사들이 뒤따라 올라왔다.

"허억… 허억……."

언덕길의 중간쯤을 지났을 때 내 몸이 처지는 걸 느낄 수 있었다. 확실히 약해졌어.

"끄응……."

"와아아아아!! 와아아아!!"

"진격하라! 함성을 질러라! 물러서지 마라!"

등 뒤에서 들려오는 한 장교의 고함 소리가 지치기 시작한 내 몸을 질타한다. 난 미끄러지는 흙길을 비틀거리면서도 위를 향해 뛰어올라 갔다. 그때 쉬익… 하는 바람 가르는 소리가 나더니 고개를 치켜든 내 눈앞에 검은 점 몇 개가 들어왔다.

따당… 타앙…….

몇 개의 화살이 어깨와 배 쪽을 두들기면서 튕겨 나갔다. 난 황급히 왼 팔뚝에 묶어놓은 카이트 실드를 들어 올려 얼굴과 상체를 가리면서 뛰었다.

"커헉… 아아악……."

비명 소리에 고개를 돌려보니 내 왼쪽에서 뛰던 한 기사가 가슴 한복판에 꽂힌 화살을 두 손으로 잡은 채 비틀거리고 있었다. 그 기사는 뒤에서 쫓아온 한 병사에게 옆으로 밀려 길의 구석에 쌓인 시체 위로 엎어졌고 곧 이어 그 자리를 메꾼 다른 병사들 때문에 내 시야에서 사라졌다.

"칫……."

이를 악물었다. 찝찔한 피 맛이 입 안에서 느껴졌지만 난 무시하고는 다시금 양발에 힘을 주면서 언덕 위를 향해 뛰어올라 갔다. 겨우 수십 미터에 불과한 길이 지금은 수킬로미터는 되는 것 같은 기분이 든다. 멀어…….

"마마! 거의 다 왔습니다. 힘내십시오!"

내 등에 한 손을 댄 채 뒤에서 나를 지탱해 주던 닐크가 나에게 바싹 붙어서 소리쳤다. 그 소리에 난 다시 비틀거리며 뛰기 시작했다. 왼발. 오른발. 왼발. 오른발. 다 왔다!

"후우……."

투구의 숨구멍 사이로 흰 입김이 뿜어져 나온다. 힘들어. 자고 싶어. 하지만 이런 내 마음과는 다르게 내 몸은 평지를 내달리기 시작했다. 바닥에 겹겹이 깔린 시체들을 피해 발을 움직이면서 난 성문 쪽을 향해 죽자고 달렸다. 뒤따르던 기사들과 병사들이 내 속도를 못 쫓아올 정도로 말이다. 난 앞을 가로막고 있던 5대대와 6대대 병사들의 어깨를 밀치면서 앞으로 뛰어갔다.

"비켜어엇!!"

목에 핏줄이 서는 게 느껴질 정도로 크게 소리친 난 클레이모어를 높이 치켜들면서 일직선으로 뛰었다. 위에서 떨어진 돌 무더기와 시체들이 수북이 쌓인 해자를 단번에 넘어선 난 문에 도끼질을 하고 있던 병사들이 나를 보고 좌우로 물러서는 것을 보면서 커다란 성문 앞으로 온 힘을 다해서 뛰었다. 그리고 성문 바로 앞에서 왼발로 강하게 바닥을 치면서 머리 위로 들고 있던 클레이모어를 강하게 내려쳤다.

콰아아앙!!

두텁고 단단해 보이는 웨스트 게이트의 성문이 앞뒤로 출렁이면서 커다란 광음을 내었다. 내 클레이모어의 검날은 끝부분의 20㎝ 정도가 강철로 보강된 성문을 뚫고 안으로 비집고 들어가 있었다.

"크윽……."

클레이모어를 쥐고 있던 오른손의 가죽 장갑이 찢어지면서 피가 주르륵 흘러내렸다. 피로 물든 클레이모어의 손잡이를 놓아버린 난 입을 쩍 벌린 채 나를 바라보고 있는 주변의 병사들을 돌아보다가 한 병사가 들고 있는 육중해 보이는 배틀 헤머를 빼앗아 들었다. 그리고 카이트 실드를 바닥에 버린 채 양손으로 배틀 헤머를 들고는 그것으로 성문을 치기 시작했다.

쾅! 쾅! 콰앙!

"어… 어어어……."

내 부하들뿐만 아니고 적들도 내가 휘두른 배틀 헤머의 위력에 놀랐는지 '어어…' 하는 소리만 들려올 뿐이다. 그동안 난 성문의 정중앙을 향해 온 힘을 다해 배틀 헤머를 미친 듯이 마구 휘둘러 댔다.

퍽퍽… 아니, 쾅쾅거리는 시끄러운 소리를 수십 번쯤 들었을 때 성문에 대어놓았던 쇳조각들이 사방으로 파편을 날리면서 후두둑 떨어졌고 쩍쩍 금이 가면서 속살을 드러낸 성문이 빠지직 하는 소리를 내면서 좌우로 갈라졌다.

"무, 물러서……."

"성문이… 부서진다아!!"

성문 뒤에 걸어둔 두터운 빗장이 반으로 부러지면서 안쪽으로 조금 열렸다. 하지만 그보다 성문을 단단하게 고정하고 있던 위쪽 경첩이 먼저 부서져 나갔다. 주먹만한 돌덩어리를 단 채 끌려 나온 경첩은 적군들이 있는 안쪽으로 기울었고, 곧 이어 제 무게를 견디지 못한 성문의 윗부분이 적들 쪽으로 떨어졌다.

콰아아앙!

수킬로미터 밖에까지 들릴 듯한 커다란 소리가 나면서 떨어진 문짝은 몇몇의 불운한 적병을 깔아뭉갠 채 쪼개졌다. 내가 발을 들어 강하게 내지르자 아슬아슬하게 걸려 있던 빗장이 좌우로 뜯겨져 나가면서 성문이 활짝 열렸다.

"……."

"…괴, 괴물……."

"악마다… 악마야… 인간이 아니야……."

성문 앞에 둥글게 포진한 채 우리와 대적하고 있던 적병들의 눈에 공포의 빛이 아른거렸다. 난 그런 적들의 앞으로 걸어나갔고 아직도 성문에 박힌 채 부르르 떨고 있는 클레이모어의 손잡이를 왼손으로 잡고 힘주어 뽑았다. 그리고 오른손에 쥐고 있던 배틀 해머를 적들이 모여 있는 쪽으로 힘껏 던졌다.

부웅부웅. 콰득.

뼈 부러지는 소리가 들려오면서 내가 던진 배틀 해머에 얻어맞은 적과 그 주변에 있던 적병 몇이 그대로 뒤로 날아오르며 자기 동료들을 덮쳤다.

쿠웅…….

한 덩어리가 되어서 쓰러진 운없던 적병들 아래로 붉은 피가 둥글게 퍼져 나간다. 피가 흘러내리는 인간 무더기 주변에 있던 적들이 신음 소리를 내면서 뒤로 몇 걸음이나 물러선다. 난 그런 적들을 보면서 클레이모어를 두 손으로 쥐고는 그대로 성문의 잔해를 넘어서 뛰어들어 갔다.

"와아아아!!"

"성문이 열렸다!!"

"돌격! 5대대 돌격!"

"승리가 눈앞에 있다! 돌겨어억!!"

화격단 병사들이 열린 성문을 통해 속속 안으로 뛰어들어 왔다. 홀로 적들 사이에 뛰어들어 싸우고 있던 내 주변에 어느새 화격단 병사들이 하나둘씩 나타났고, 얼마 지나지 않아서 더 이상 내 앞에는 적이 보이지 않았다.

"후우……."

주변을 돌아보며 길게 숨을 내쉬며 몸을 추스르고 있자 닐크와 크렌이 그런 나를 발견하고는 급히 내 쪽으로 달려왔다.

"마마! 괜찮으십니까? 마마! 마마! 정신 차리십시오!"

"응? 아… 난 괜찮아. 그보다 상황은?"

"웨스트 게이트의 동쪽 성벽은 완전히 점령했습니다. 워렌 자작께서 이끄는 본대가 지금 언덕 위로 오르고 있는 중입니다."

"요새 내부의 적들이 서쪽 성문 쪽으로 후퇴 중입니다. 아군이 추격 중인데 어떻게 할까요?"

"흠… 밀어버려. 이제 이 요새는 우리 것이다. 전 주인은 집 밖으로 쫓아내는 게 이치겠지."

"예! 마마!. 가자!"

닐크와 크렌은 한 무리의 병사들을 이끌고 주변의 건물들을 수색하기 시작했다. 난 내 뒤에 여덟 명의 기사를 이끌고 마치 산보를 하듯이 천천히 요새 안을 걸었다. 후후후. 이게 바로 승리자의 여유인가? 나쁘지는 않군.

병사들의 호위를 받으면서 요새 중앙의 내성으로 들어섰을 때였다.

"꺄악!"

"케헤헤… 꽤나 귀여운 비명 소린데 그래?"

"어이~ 이봐 그만 하라고. 중대장한테 들키면 혼나는 걸로 끝나지 않는다, 너."

"뭐 어때서 그래? 지금 윗사람들은 다들 전장 정리로 정신없잖아. 거기다 내가 뭐 잡아먹기라도 했냐? 조금 만졌다고 제멋대로 비명을 질러대는 것뿐이잖아. 안 그래?"

내성의 성문을 지나 안으로 들어섰을 때 내 귀에 들려온 소리는 여자의 비명 소리였다. 소리가 난 곳을 바라보자 내성 안의 조그마한 정원—이라고 불리기도 민망할 만큼 작다. 손바닥만한걸?—한구석에 열댓 명의 여자가 몸을 웅크린 채 모여 있었고 그 주위에 서너 명의 화격단 병사가 경비를 서고 있었다. 내가 그곳을 바라보자 곁에서 호위하고 있던 3대대 소속 중대장이 급히 그 병사들을 향해 뛰어간다.

"어이! 너희들!"

"히익!"

"그, 근무 중 이상 무!"

이제야 내가 나타난 걸 알아챈 경비병들이었다. 창대로 여자들을 툭툭 치던 병사와 그걸 말리던 병사는 이내 중대장에게 잡혀서 어디론가 끌려갔다. 쯧쯧. 불쌍하게 되었군.

"저들은?"

"옛?"

"저 여자들은 뭐냐고."

"그게… 다… 당장 알아보고 오겠습니다!"

내 곁에서 호위를 하던 병사 중 하나가 급히 여자들이 모여 있는 쪽으로 뛰어갔다. 그리고는 경비를 서는 병사와 몇 마디 말을 나눈 뒤 내게 달려왔.

"알아왔습니다, 각하. 저들은 이곳 요새 사령관의 부인과 딸, 그리고 시녀들이라고 합니다. 크렌 장군의 명에 따라서 따로 격리해 두었다고 합니다."

"그래?"

여기 요새 사령관이 아마 네르 폰 노베른. 내가 죽인 그자라고 했었지, 아마? 흐음… 도망치지 못했던 건가? 하긴 평범한 여자가 전장을 뚫고 도망친다는 건 불가능하겠지. 그러고 보면 저 여자들도 불쌍하군. 남편과 아버지를 잘못 만나서 저 꼴이 되다니. 나라면… 가족을 먼저 피신시켰을 거다. 그놈이 우물을 파괴한 탓에 일이 꼬이긴 했지만. 쳇. 가족보다는 국가라 이건가? 하여간 사내놈들은 이래서 싫다니까.

"어떻게 하시겠습니까? 각하, 명하신다면 요새 안에 가두어둘 수도 있습니다만……."

자리를 비운 중대장을 대신해 선임 소대장이 은근슬쩍 내 눈치를 살피면서 그렇게 말했다. 아마도 내가 여자라서 그런 거겠지? 내 앞에서 여자들에게 손댈 수는 없을 테니까. 훗. 만약 내가 남자였다면 이 소대장은 뭐라고 했을까? '방으로 들일까요?' 라고 물어봤으려나? 피식.

"다른 포로들과 똑같이 대해라. 예외는 없다. 설령 그것이 여자라도 말이야."

"하… 하나……."

"그대의 이름은?"

"쉴츠입니다. 화격단 3대대 3중대 1소대장 직을 맡고 있습니다, 각하."

"그래, 쉴츠 소대장. 여자들은 그대가 생각하는 것만큼 약하지 않다. 남자들이 다 죽어도 살아남는 게 여자거든. 말이 길어졌군. 들어간다. 안내해."

"예! 각하!"

내가 발걸음을 옮기자 병사들이 우르르 붙어서 뒤따라왔다. 정원을 지나가면서 나는 한구석에 모여 있는 여자들을 돌아보았다. 그리고 그들 중 한 명과 눈이 마주쳤는데 그녀의 눈에는 적대감이 어려 있었다. 이 내가 증오스럽겠지? 잘 먹고 잘살고 있는 자기네 집에 쳐들어와 몽땅 빼앗고 다 죽여 버렸으니까.

촤악. 주르륵…….

눈앞에 놓인 놋쇠 대야의 물이 붉게 물들어간다. 찢어진 가죽 장갑을 벗어 던지고 손을 씻던 나는 살갗이 벗겨진 붉은 손바닥을 내려다보았다. 몇 시간이 지났는데도 불구하고 검붉은 피딱지 사이로 핏방울이 새어 나오고 있다.

"흐음……."

그래도 이 정도 상처라면 얼마간 버틸 수 있을 것 같아. 출혈이 심한 것도 아니고 뼈나 근육을 다친 것도 아니니까. 단지 손바닥 살이 찢어진 것뿐이다. 죽을 만한 상처는 아니야. 아직은.

똑똑.

"누구야?"

"댄입니다, 마마. 들어가도 되겠습니까?"

"기다려."

난 그렇게 말하면서 붉은색으로 물든 놋쇠 대야를 들고 창가로 걸어갔다. 그런 뒤 그것을 아무 망설임 없이 창밖으로 내던졌다. 곧 이어 쿠당탕 하는 시끄러운 소리가 아래서 들려왔지만 난 상관하지 않고 붕대를 꺼내 손바닥에 단단히 감았다. 그리고 새로 가져온 질긴 가죽 장갑을 낀 뒤 문에 대고 소리쳤다.

"들어와."

벌컥.

댄과 닐크, 아르케네스, 크렌들이 우르르 몰려왔다. 그 뒤로 천인장급 장교들도 보였지만 그들은 감히 내 침실에 들어오지 못하고 밖에서 대기하고 있었다.

"무슨 일이야? 이렇게 우르르 몰려오다니. 작전 회의 때까지는 아직 시간이 좀 있지 않아?"

"마마, 이후 작전은 어떻게 하시겠습니까?"

나의 오른팔이자 2인자인 댄이 의수를 달고 있는 손을 슬며시 바지 속으로 집어넣으면서 되물었다. 내 시선이 신경 쓰였던 걸까? 아니아니…

지금은 이런 쓸데없는 생각을 할 때가 아니지. 어쩐다…….
"원래 우리는 이곳을 점령하여 적의 보급선을 차단한 뒤 버티는 것이었지?"
"예, 마마. 그러면서 덤으로 주변 영지를 압박하여 물자를 약탈할 예정이었습니다. 하지만……."
"아아. 알고 있어. 이 웨스트 게이트는 크레센트의 침공을 막기 위해 건설된 요새야. 요새치고는 규모가 굉장히 크지. 평시 상주군만 3천 명이 넘고 외부 보급 없이도 6개월 이상 버틸 수 있는 곳이야. 솔직히 말해서 커트렌 그 개자식이 여기 병사 중 상당수를 차출해 가지 않았다면 웨스트 게이트 함락은 말도 안 되는 소리였을 거야."
"상황이 변했습니다. 결단을 내리셔야 합니다, 마마."
"그래. 오래 버티고 있을 수 없게 되었으니까. 하아……."
우리가 케센을 손잡고 로세니아 북부를 넘어서 이곳까지 진격한 이유는 전황을 단번에 바꿔 버릴 수 있는 웨스트 게이트를 점령하기 위해서였다. 제대로 된 공성 장비도 없이 최대한 몸을 가볍게 한 채 마치 도박을 하듯이 이곳까지 내달려온 것이다. 그런데 큰 피해를 입어가면서 막상 점령하고 나니 쓸모없는 바위덩어리가 되어버렸다.
"칫. 아넬 공국으로 넘어간 로세니아 녀석들을 완전히 포위할 수 있는 상황인데. 아깝군."
"이곳을 점령하고 파괴하신 것만으로도 충분히 큰 공을 세우셨습니다, 마마."
"공 따윈 알 바 아니야. 중요한 건 로세니아 군이 아직 건재하다는 사실이지."
"그렇다 하여도 본국으로부터 보급이 끊긴 상태로는 오래 버티기 힘들 것입니다. 식량이야 가을에 추수한 것이 있다 해도 무기와 병력의 보충이 불가능할 테니까요."

"아니. 커트렌 그 빌어먹을 자식이라면 우리가 여기를 떠나는 즉시 보급선을 다시 연결할 거다. 그렇게 되면 우리가 여기까지 피를 흘리며 달려온 게 모두 쓸데없는 짓이 되어버려."

"차라리 이곳을 포기하시고 주변 성들을 점령하시는 것이 어떠십니까? 지금 로세니아 왕국 내에는 제대로 된 군대가 거의 없는 상황입니다."

"안 돼. 이쪽 영주들의 반발도 만만치 않고. 성을 점령하기 위해 병력을 분산시켰다가 저 산맥 너머에서 기어다니고 있는 놈들이 돌아오면 우리는 꼼짝없이 갇히게 돼. 물자, 병력 부족은 우리 군이 놈들보다 더 심해. 놈들은 이제야 보급선이 끊어졌지만 우린 보급선 자체가 아예 없었으니까. 닐크! 병사들의 화살 잔량은 얼마나 되지?"

"바닥났다고 보시면 됩니다. 전장에서 화살과 무기를 수거하고 요새 내의 무기 창고에서 약간 얻어냈지만 요새 무기고 중 상당수가 불타 버렸고 화살촉과 살대를 만들 장인도 없습니다. 재료 역시 턱없이 부족합니다, 마마. 우선 어떻게 해서든 만들어내라고 명령해 놓기는 했지만 만족할 만한 수량에는 훨씬 못 미칠 것입니다. 그나마 검, 창, 갑옷류는 많이 수거했습니다."

"수성전은 꿈도 꾸지 말라는 거군. 빌어먹을. 댄, 아군 병력 상황은?"

"전사 1천여 명에 부상 2천여 명. 추정치입니다. 하지만 최소한 이 정도의 사상자는 나올 것이라 예상되고 있습니다. 비교적 부상이 가벼운 경상자들을 집어넣어도 전투가 가능한 대대는 겨우 6개 대대 정도일 것입니다."

"6천 명이라. 턱도 없이 부족하군."

"단지 요새를 지키는 것뿐이라면야 많은 숫자입니다만……."

"물이 없지. 할 수 없다. 우리가 살기 위해서는 녹색산맥을 넘어야 돼.

아넬 공국으로 향해서 거기에 주둔하고 있는 적들을 몰아내고 커트렌 그 망할 자식이 있는 로세니아 군 주력의 후미를 친다."

난 그렇게 단정적으로 말했다. 댄이나 다른 녀석들도 내 의견에 달리 말을 꺼내지 않았는데 아마 더 나은 대안을 내놓지 못해서일 거다. 아무리 생각해도 여기를 지키고 있는 건 불가능하다.

"댄, 케센 군의 움직임은?"

"여전한 것 같습니다. 전령이 돌아와 봐야 확실히 알 수 있겠지만 그놈들은 로세니아를 침공하는 데 소극적이었으니까요."

"그 망할 자식들이 조금만 더 날뛰어주면 편할 텐데 말이야."

빌어먹을 북부 야만인 자식들. 저렇게 겁쟁이들처럼 고개를 처박고 굼뜬 엉덩이를 움직이려 하지 않으니 도저히 방법이 없다. 놈들이 이 일대의 영지를 점령해 주거나 하다못해 근처에 부대를 주둔시켜 압박해 주기만 해도 내가 지금 이런 고민을 하고 있지는 않을 텐데. 쯧. 하긴 어차피 이익을 위해서 손을 잡은 상대이니 이 정도가 한계겠지. 잠시 눈을 감고 생각하던 난 결단을 내렸다.

"좋아! 녹색산맥을 넘는다. 아무리 생각해 봐도 그 수밖에 없어. 댄!"

"예! 마마."

"당장 병사들에게 성벽 보강과 함께 성문을 폐쇄하라고 명령해. 요새의 절반을 태워먹었으니까 석재는 남아돌겠지? 아예 막아버려. 로이드 전하가 계신 본대가 이곳에 도착하기 전까지는 그 성문을 쓸 일이 없을 테니까. 그리고 전투가 가능한 병사들을 모아서 각 대대를 재편해. 부상자들은 최대한 이 요새에 수용하고 치료하도록."

"알겠습니다, 마마."

"사령관 재량으로 댄을 이 요새의 임시 사령관으로 임명한다. 보고 따윈 안 해도 되니까 알아서 잘해봐. 닐크! 크렌!"

"예!"

"말씀하십시오, 마마."

"둘은 각 대대장들을 데리고 부대를 재편해. 앞으로 삼 일 동안 이곳에서 쉰다. 그 다음 곧바로 녹색산맥을 넘을 거니까 그때까지 재편을 끝내도록. 그리고 아르케네스는 헤쉬케린 늙은이에게 연락해서 그 마법사들을 이곳으로 불러올 수 있도록 손써봐."

"알겠습니다, 마마."

"그럼 나가봐. 작전 회의는 이걸로 대체한다. 필요한 게 있으면 알아서들 가져다 쓰고 중요한 일이 아니면 보고 안 해도 돼. 각 장교들과 병사들에게 우리가 가야 할 방향에 대해서 충분히 숙지시켜 놓도록. 살고 싶으면 녹색산맥을 넘어가야 한다는 걸 강조해 둬. 알겠지?"

"예! 마마!"

내 앞에 서 있는 네 사내가 거의 동시에 대답했다. 그들의 우렁찬 외침에 피식 웃던 나는 갑자기 피곤함이 몰려오는 듯한 느낌에 손을 들어서 댄과 닐크 등에게 나가라고 손짓했다.

끼이익……. 탁.

그들이 나가고 나서 곧바로 문밖에서 커다란 외침이 들려왔고 잠시 뒤 역시 커다란 복창 소리와 함께 타다닥 하는 발소리가 들려왔다. 좀 쉬고 싶었는데… 아무래도 난 따뜻한 난로가에 앉아서 편히 쉴 만한 팔자는 아닌가 보다. 피식. 괜히 헛웃음이 나온다. 아넬리안아, 아넬리안아, 넌 아직 쉬려면 멀었어. 이제 겨우 스무살이 넘은 녀석인데 벌써부터 쉬겠다는 소리를 하기엔 너무나도 이르잖아?

"늙은… 건가? 킥. 쿡쿡쿡."

괜히 헛웃음이 나왔다. 정말이지… 내가 생각해도 웃긴다니까. 한창 팔팔한 젊은 나이에 인생 다 산 늙은이처럼 말하다니. 아아~ 피곤하긴 피곤한가 보네. 잠이나 자둬야지. 최대한 체력을 보충해 둬야 하니까 말이야.

겉옷도 다 집어 던지고 속옷 차림으로 침대에 누웠다.
타닥. 타닥.
벽난로 속에서 불타고 있는 모닥불 소리가 유난히 크게 들리는 밤. 잠이 안 와. 좀 전까지 잊고 있었던 손의 상처가 은근히 욱신거린다.
"하아아……."
자기 위해 누웠는데 오히려 눈앞이 뚜렷해지고 정신이 더 맑아진다. 바로 얼마 전까지만 해도 피곤해서 미칠 것만 같았는데 막상 쉬려고 하니까 잠이 안 오다니 너무하잖아.
스륵.
난 천천히 몸을 일으켰다. 그리고는 붉은 빛을 내뿜으며 타오르고 있는 벽난로가로 걸어갔다. 차곡차곡 쌓여 있는 장작들은 붉은 빛을 내뿜으며 조금씩 재로 변해가고 있었다. 그런 장작들을 보고 있자니 문득 조금씩 바스러져 재로 변하고 있는 장작들이 황혼기에 접어든 인간 같다는 생각이 들었다. 내 인생의 황혼기는 언제쯤일까? 30년 뒤? 15년 뒤? 아니면… 내일?
"훗."
불이 붙은 장작은 언젠가 재로 변하는 법. 그게 이치이고 순리이며 당연한 것이겠지. 손을 들었다. 그리고 벽난로 가에 높이 쌓여져 있는 장작 몇 개를 집어서 벽난로 안으로 밀어넣었다. 장작만 넣어주면 불은 계속 불타오르는 법. 이것도 또 인생이겠지. 에이. 궁상은 이제 그만두고 와인이나 몇 잔 마시고 자야겠다. 될 대로 되라지. 어차피 한 번뿐인 인생인걸.

Chapter 24

Why We Are Fight?

내가 가장 많이 들은 질문이 뭔 줄 알아? 왜 여자의 몸으로 그 치열한 전쟁터를 누비고 다니면서 사투를 벌이냐는 질문이었어. 솔직히 나도 알고는 있다고. 굳이 내가 전장에 나가지 않아도 된다는 걸 말이야. 댄도 있고, 크렌도 있어, 밀러 기사단장도 있지. 나보다 유능하고 싸움 잘하는 남자들은 많았거든. 헤쉬케린 늙은이에게 강탈한 마법 아이템이 없으면 난 그저 성질 더러운 여자일 뿐이니까. 그래도 말이야. 난 가만히 앉아 있을 수 없었거든. 뭐든지 직접 뛰어다니고 선두에서 병사들을 이끌고 달려야만 직성이 풀려서 참을 수가 있어야지. 사실 나도 무서워. 내가 죽인 적병이 피를 질질 흘리면서 떼로 몰려나오는 악몽을 꾸고 나면 온몸이 식은땀으로 축축하게 젖는단 말이야. 그런 날은 지독한 두통까지 날 힘들게 하지. 하지만 난 나를 위해서 싸우는 거란 말이야. 나와 나의 왕, 그리고 나의 로렌을 위해서 싸우는 거야. 그런 싸움에 내가 빠질 수야 없잖아?

―제2대 황실 서기관이자 궁중 역사학자인 후렌 경이 집필한 '황실 비사' 중.
―영광스러운 크레센트 제국의 황후 마마이신 아넬리안 마마와의 대담 중.
―주: 황후 마마의 기백에는 정말 두 손 다 들었다. 하긴 그 나이가 되셨어도 일선에서 뛰시고 있으니 더 말할 필요도 없겠지만…….

Why We Are Fight?

―대륙력 999년 겨울. 로세니아 동부 녹색산맥 안.

결국 여기까지 온 건가. 후우……

"아파. 치잇."

찢어진 오른손 손바닥은 역시나 아물지 않았다. 아니, 오히려 심하게 곪고 있다. 가죽 장갑을 벗고 피고름에 흥건히 젖어 있는 붕대를 바꾸어도 그때뿐 얼마 지나지 않아서 금세 젖어버린다. 말 많은 녀석들에게 잔소리 듣기 싫어서 혼자 약초를 으깨서 상처 부위에 바르고 한 손으로 붕대를 감는 데도 꽤나 익숙해졌다. 이럴 때는 여자라는 게 좋다니까. 함부로 내가 쉬고 있는 막사로 들어올 녀석이 없으니까.

"하아아……"

송곳으로 쿡쿡 찌르는 지독한 고통이 팔꿈치를 타고 몰려온다. 웨스트게이트 요새를 떠나올 때 군의관에게 몰래 받아온 말린 대마 잎사귀도 이제 얼마 안 남았다.

털썩.

나무 침상에 걸터앉은 난 쓰기만 한 대마 입사귀를 질겅질겅 씹으면서 침상에 드러누웠다. 역한 맛에 구역질이 올라왔지만 이제 조금은 익숙해져서 그런지 참을 만하다. 후우. 이러고 조금만 더 있으면 통증은 많이 가라앉겠지.

침대에 누운 채 천장을 올려다본 지 얼마나 되었을까? 멋대가리없는 갈색 천장이 좌우로 일렁이면서 흔들린다. 그리고 눈앞에 또렷하지만 눈부시지 않은 빛덩어리들이 떠다닌다.

파라락.

바람이 심하게 부는 걸까? 밖에서 들려오는 깃발 나부끼는 소리가 마치 북소리처럼 커다랗게 울려 퍼지고 있다.

쿵. 쿵. 쿵.

커다란 심장 소리. 엄청나게 예민해진 내 귓가로 주변의 작은 소음이 마치 진군 나팔처럼 커다랗게 들려왔다. 피곤해… 자고 싶어.

뽀득 뽀드득.

막사 밖에서 누군가 발목 깊이까지 쌓인 눈을 밟으면서 다가오고 있다. 점점 커지고 있는 그 발소리에 참기 힘들 정도로 짜증이 밀려오고 있다.

"마마!! 들어가도 되겠습니까?!!"

으윽… 귀가 울려! 시끄러워! 닥치라고!

"마마?!! 주무십니까?!!"

"우……."

두통이 밀려온다. 눈앞에서 오락가락하는 빛덩어리들이 점점 더 밝게 빛나고 있는 것 같다. 끊임없이 흔들리는 천장 때문에 멀미가 날 것 같

아. 눈을 감았다. 하지만 그럼에도 눈앞에서 떠다니던 빛덩어리들은 사라지지 않는다. 미칠 것 같아.

"마마?!!"

시끄러워! 그렇게 바락바락 소리치지 마!

"들어가겠습니다!! 마마!!"

멀리서 들리는 것 같지만 또 한편으로는 바로 귓가에 대고 소리치는 듯한 목소리에 난 두 손으로 귀를 틀어막았다. 하지만 손으로 귀를 막고 있음에도 밖에서 들려오는 끔찍한 소음은 더 커지기만 한다.

펄럭.

막사의 휘장이 젖혀지는 소리가 들려왔다.

"마마?!!"

"끄……."

"마!! 마!!"

"시끄러워! 소리 지르지 마! 머리가 울리잖아!!"

"예?!!"

삐이이이.

갑자기 주변의 소음이 사라졌다. 귀를 울리는 이명이 계속 나를 괴롭히고는 있었지만 그래도 세상이 떠나갈듯이 커다랗게 울려대던 소리가 평소처럼 돌아왔다. 눈을 떠보니 댄 녀석이 날 내려다보고 있었다.

"뭐야?"

"괜찮으십니까? 안색이 안 좋아 보입니다."

"별것 아니야. 신경 쓰지 마."

머리가 깨질 듯한 두통이 밀려왔지만 그래도 짜증을 유발하던 시끄러운 소음이 사라지고 나니까 한결 살 것 같다. 난 내게 바싹 붙어서 내 얼굴을 내려다보고 있던 댄의 가슴을 밀쳐 내면서 몸을 일으켰다. 우… 어지러워. 거기다 토할 것 같아. 젠장.

"무슨 일이야?"

"마법사들이 도착했습니다. 그리고 정찰병들의 정찰 결과 아넬 공국에 속해 있던 주변 지역에 적병은 거의 없다고 합니다."

"……."

아넬? 공국? 그게 뭐더라… 생각이 날 듯한데 마치 안개 속에 있는 것처럼 아무런 생각도 안 떠올라. 아… 아넬 공국. 그래, 바로 거기지. 그런데 내가 왜 여기 와 있는 거였지? 난… 난… 아! 짜증나!

"마마?"

"…알았어. 나가봐."

"저……."

"나가라고 했잖아!"

"예. 알겠습니다, 마마."

내 외침에 댄 녀석이 주저주저하다가 몸을 일으켰다. 그리고는 날 힐끔거리며 바라보다가 내게서 등을 돌리고 밖으로 나가려고 했다.

"댄."

"예?"

"일단 댄이 알아서 해. 난 피곤해서 좀 더 쉬고 싶어. 알았지?"

"알겠습니다. 푹 쉬십시오, 마마."

댄은 고개를 끄덕인 뒤 막사 밖으로 나갔다. 젠장. 통증이 덜한 건 좋은데 진짜 기분 나빠. 역시 아무리 진통 효과가 좋아도 좀 자제해야 할 것 같아. 우욱… 또다시 손목이 쑤셔온다. 아까보다는 훨씬 덜하지만 그래도 바늘로 손바닥을 쿡쿡 찔러대는 느낌이야. 졸려…….

두런두런.

누군가 옆에서 떠들어대는 소리에 잠이 깨버렸다. 어라? 나 언제 잠이 든 거지?

"어떻습니까? 스승님."

"음… 내가 보기엔 대마초 중독 증상 같다. 하지만 약효가 다 되면 금방 정상으로 돌아올 테니 걱정할 것까지는 없다. 그보다 이 손이 문제인데 말이야."

"…이런 상처를 지금까지 잘도 숨겼더군요."

"고집으로 똘똘 뭉친 계집이니까. 하여간 귀여움이라곤 눈곱만큼도 없는 계집애라니까. 쯧쯧."

슬며시 실눈을 뜨고 바라보니 헤쉬케린 늙은이랑 아르케네스가 침대가에 앉아서 이야기를 나누고 있는 게 보인다. 거기다 댄과 크렌도 있네. 쳇. 들킨 건가.

"어떻게 치료가 안 되겠습니까?"

"틀렸어. 그 저주인지 뭔지 그것 때문에 아무것도 안 먹혀. 차라리 독이라면 중화를 시키든 늦추든 할 수 있겠는데 약물도 안 듣고 약초도 안 통하는데 수가 있어야지. 쯧쯧. 이 정도면 꽤나 고통스러웠을 텐데 지금껏 잘도 참았군. 예사 계집은 아니라니까. 흥."

"아……."

목말라. 몸에 힘이 안 들어간다. 마치 내 몸이 아닌 것 같아. 난 천천히 몸을 일으켰다. 그러자 침대 주위에 의자를 가져다 놓고 앉아서 자기들끼리 떠들던 사내 녀석들이 우르르 몰려왔다.

"마마, 괜찮으십니까?"

"목말라. 물 가져와, 물."

역시나 가장 먼저 내 눈앞에 얼굴을 들이미는 댄 녀석에게 힘없는 목소리로 물 내놓으라고 명령했다. 그러자 댄은 부하나 병사에게 시켜도 될 걸 자기가 직접 가져온다고 단번에 막사 밖으로 뛰어나가 버렸다. 흐릿한 눈가를 비비고 주변을 둘러보니 익숙한 얼굴들이 나를 바라보고 있다. 어라?

"카렌, 너도 왔냐?"

"응."

"로렌은?"

"왕이 안 놔줘. 기사들도 가까이 못 가게 해."

"그래도 너라면 지킬 수 있을 텐데? 내 명령을 무시하는 거야?"

도리도리. 붉은 머리의 꼬맹이가 작게 고개를 도리질치면서 나를 빤히 바라본다.

"그럼 왜 여기 있는 거지? 당장 돌아가."

"…싫어."

"내 말을 거역하겠다는 거야, 카렌?"

"아니."

"그럼 돌아가! 당장!"

"…싫어."

울컥. 이 고집쟁이 꼬맹이가 지금 사람 놀리는 거야? 꽉 쥐어 패버릴까 보다!

"내 말을 안 듣겠다면 너 따윈 필요없어! 당장 눈앞에서 사라져!"

"저… 마마."

"시끄러워! 닥쳐!"

내가 말하고 있는데 끼어들지 말라고! 닐크! 슬며시 끼어들려고 하는 닐크에게 한마디 한 난 곧바로 붉은 머리의 꼬맹이를 노려보았다. 그러자 카렌은 나를 마주 노려보다가 갑자기 밖으로 나가 버렸다.

"후우……."

"쯧쯧. 하여간 성질머리 하고는……."

"나 별로 기분 안 좋아요. 시비 걸지 말아줘요."

"흥! 이 위대하신 대마법사께서 너같이 하찮은 계집애에게 시비를 걸까 보냐? 웃기지 말아라, 계집애야."

"스… 스승님."

"왜? 내가 못할 말 했냐? 기껏 자기 생각해서 달려온 아이에게 잘해주지는 못할망정 오히려 화를 내며 내쫓다니. 저런 성질머리 더러운 계집애는 그저 정신 차릴 때까지 패줘야 하는 건데. 아쉽구나, 아쉬워."

"크으… 다 나가!! 나가란 말이야! 눈앞에서 사라져!"

젠장! 왜 집어 던질 게 없는 거야! 베개와 이불이 허공을 날아갔다. 내 서슬 퍼런 기세에 아르케네스와 크렌이 밖으로 뛰쳐나갔지만 헤쉬케린 늙은이는 그 자리에 꼿꼿이 서서 클클거리고 있다. 짜증나!

"클클클. 그런 걸로 어디 사람 잡겠냐?"

"시끄러워요!"

"흥. 하여간 성질머리 하고는. 쯧쯧. 국왕도 참 고생이로구나. 이런 성질 더러운 계집을 부인으로 됐으니 얼마나 고생일꼬."

"뭐요?"

"하긴 그건 내가 상관할 바가 아니겠군. 옛다. 받아라."

툭.

갑자기 헤쉬케린 늙은이가 품속에서 자그마한 가죽 주머니를 내 무릎 위에 던졌다. 그 주머니의 입구를 열어보니 속에는 새하얀 가루가 가득 차 있다. 마치 잘 빻은 밀가루 같은걸.

"뭐죠, 이건?"

"진통제다. 양귀비 열매에서 추출한 수액을 건조시켜서 가루로 만든 거지. 거기에 몇 가지 약초를 첨가해 뒀으니 진통 효과는 그만일 게다."

"그럼 이것도 마약? 잘되었군요. 그렇지 않아도 약이 떨어져서 걱정이었는데."

"클클. 너무 먹어대면 중독될걸? 그러면 나야 좋지. 그 주머니 하나를 위해서 수만 골드도 쓸 테니까."

"적당히 먹어두죠."

"자주 복용하면 효과가 반감된다. 도저히 견디기 힘들 때만 소량씩 흡입하는 게 좋을 게야."

"……."

"그럼. 어서 빨리 자리를 털고 일어나라. 이 전쟁이 빨리 끝나야 나도 편히 돈 받으며 놀 수 있을 테니까 말이다."

그렇게 말하면서 헤쉬케린 늙은이는 천막 밖에서 안을 힐끔거리며 들여다보고 있는 사내들 쪽으로 걸어갔다.

펄럭.

휘장이 젖혀지며 안을 힐끔거리는 댄의 눈길이 느껴졌지만 피곤해진 나는 더 이상 신경 쓰지 않고 눈을 감았다. 앞으로 싸우려면 힘을 비축해 둬야 하니까.

푹 자고 일어났는데도 몸이 무겁다. 자는 동안에도 몇 번이나 손목의 통증 때문에 깼다. 이렇게 잠을 설쳐서야 어떻게 싸울지 걱정이야.

"끄응……."

힘겹게 몸을 일으킨 난 침상에서 일어선 뒤 어느새 가져다 놓은 대야의 물로 세수를 했다. 그리고 막사 한구석에 반짝반짝 닦여 있는 내 갑옷을 집어 들어 하나하나 조립해 가면서 입기 시작했다.

"카렌, 나와서 갑옷 입는 거나 도와줘."

"……."

이 망할 꼬맹이가! 반항기냐?!

"어서 안 나와! 썩!"

내가 버럭 소리를 지르자 그제야 침대 밑에서 기어나온다. 그리고는 내 등 뒤에 찰싹 달라붙어서는 내 시중을 들어준다. 그러면서도 내 눈앞에 모습이 드러나지 않게 이리저리 움직이는 걸 보면… 이 녀석 날 놀리는 걸까? 눈앞에서 사라지라고 눈 옆에서 알짱거리냐? 이건 날 놀리는 게 분명해!

"빨리해."

"응."

카렌 녀석의 손놀림이 빨라졌다. 덕분에 갑옷을 빨리 입을 수 있었지만 내가 완전 무장을 하고 몸을 일으키는 동안에도 이 꼬맹이 녀석은 내 등 뒤에 찰싹 달라붙어 있다. 니가 거머리냐?

"후우. 카렌 내 앞으로 나와."

"…응."

한숨을 길게 내쉰 내가 달래듯 말하자 그제야 카렌 녀석이 내 앞에 섰다. 이 녀석 잔뜩 주눅 든 표정으로 고개를 푹 숙이고 있군.

"카렌, 왜 내 명령을 어겼지? 대답해."

"……."

"시간없다. 어서 말해. 안 그러면 난 널 용서하지 않을 거야."

"그냥… 이상한 기분이 들어서… 그래서……."

"겨우 그것뿐이야?"

"하지만!"

"하지만이고 뭐고! 너 같은 아이가 그런 말도 안 되는 이유를 들어서 임무를 포기했다고? 어서 제대로 대답하지 못해? 어디서 거짓말이야?!"

"거짓말 아니야……."

Why We Are Fight? 159

"이게 자꾸!"

"지, 진짜야. 아넬리안이 죽는 꿈을 꿨어. 피… 피를 흘리면서 쓰러져 있었단 말이야. 진짜로 죽었어."

"휴우."

이 빌어먹을 꼬맹이의 머리 속은 도대체 어떻게 되어 처먹은 건지 도저히 짐작이 안 간다. 망할. 그렇지 않아도 여러 가지 일들 때문에 머리가 아픈데 이 꼬맹이 자식은 또 왜 이러는 거야. 정말이지… 난 머리를 벅벅 긁다가 울 듯한 표정으로 내 앞에 서 있는 꼬맹이─라고 하기엔 이제 너무 커버린 녀석이지만─의 머리를 툭툭 쳤다. 그리고 씨익 웃으면서 말했다.

"카렌아, 카렌아, 네가 보기엔 이 몸이 죽을 것 같냐? 웃기지 마! 설사 신이라 해도 난 못 죽여. 훗. 알겠냐? 그러니까 쓸데없는 생각 하지 말고 당장 로렌에게 달려가!"

"…싫어. 작은 주인도 중요해. 하지만 아넬리안이 더 중요해. 내 주인이니까."

"이익! 이 고집불통 꼬맹이 자식! 그래, 네 멋대로 해라! 멋대로 해! 젠장."

정말이지. 두 손 다 들었다. 에이. 여기서 시간 낭비하지 말고 어서 댄 자식의 뻔뻔한 면상이나 보러 가야겠다.

막사의 휘장을 젖히고 나가보니 이제 겨우 해가 뜨고 있는 이른 아침인데도 불구하고 주변의 막사들은 한창 철거 중이었다. 곳곳에서 흰 연기가 치솟고 있었고 음식 냄새가 차가운 바람 속에 섞인 채 사방으로 퍼지고 있었다. 몇몇 병사는 경계를 서고 있었지만 대부분의 병사들은 모닥불가나 공터에 옹기종기 모여 앉아서 짐을 꾸리고 있다. 빠르긴 빠르다니까. 막사 주변을 둘러보던 난 지휘관용 막사로 사용되는 커다란 천막을 향해 발걸음을 옮겼다. 등 뒤에서 카렌 녀석이 쫄래쫄래 따라오는 게 느껴졌지만 더 이상 말하는 것도 귀찮으니 멋대로 하게 놔두지 뭐.

펄럭.
경계를 서고 있는 두 병사 사이를 지나쳐 휘장을 젖히며 안으로 들어가 보니 장교들과 댄 등이 지도를 보며 무언가 열띤 토론을 하고 있었다.
"아. 오셨습니까, 마마."
"전체 차렷!"
"됐어. 편히들 쉬어. 작전 회의 중이야?"
막사 안을 둘러보던 난 손을 저으면서 꼿꼿이 서 있는 장교들에게 대답하면서 앞으로 나아갔다. 내가 다가가자 댄이 자신이 앉아 있던 의자를 내게 내어주고는 옆에 섰다. 커다란 테이블 위에는 아넬 공국과 크레센트 동부 지역이 그려진 커다란 지도가 펼쳐져 있었고, 그 지도 위에는 붉은색과 푸른색 기호들이 빽빽하게 그려져 있었다.
"예, 마마. 행군 루트에 대해서 토론 중이었습니다."
"그래. 상황 설명해 봐."
나의 말에 댄은 크레센트 동부 평원 지역에 그려진 붉은 기호 세 개를 손으로 짚었다.
"이곳, 이곳, 그리고 이곳 이 세 곳에 각기 1만 명 내외의 로세니아 군이 주둔 중입니다. 좌측부터 헤이츠, 로젠버그, 빈 요새로 규모는 작은 편이지만 이 세 요새를 거점으로 적이 전선을 형성하고 있습니다. 그에 반해 아군인 크레센트 군은 신펠 요새를 거점으로 좌우로 전개한 채 적들의 침공을 저지하고 있습니다. 그리고……."
"여긴 뭐야?"
난 적들의 거점이라는 세 요새 뒤로 조금 떨어진 붉은 기호를 가리켰다.

"그곳은 적의 주력이 주둔 중인 평원입니다, 마마. 대략 2만에서 3만 사이의 적군이 반경 1km에 달하는 진지를 형성하고 있습니다. 이곳이 적군의 실질적인 주력이자 망치 역할을 하는 부대입니다. 아마도 적의 사령관인 노베른 공작이 위치하고 있을 것이라 예상됩니다."

"그래? 호오~"

"지금 저희 병력으로는 적 주력군에 큰 피해를 주기 힘듭니다."

"알아, 알아. 그런데 아넬 공국 쪽은?"

"그것이… 공국 쪽에는 적군이 거의 없습니다. 대략 천여 명 내외 수준이라고 하는데 이곳 빈 요새에서 아넬 공국의 가장 큰 도시이자 수도인 아넬 시까지 겨우 20km밖에 안 되기 때문에 병력을 주둔시키지 않은 것이라 생각됩니다. 기병이라면 하룻밤이면 도착할 테니까요."

"우리가 공국을 해방한다면?"

"스파이들의 보고에 따르면 아넬 공국에는 식량이 거의 없습니다. 빈민가에서는 벌써 아사자들이 수천 명이나 나왔다고 합니다. 거기다 로세니아 군의 암묵적인 동의를 얻어 활동하는 치안 유지군이 있기는 하지만 대부분 부유한 귀족이나 상인들만 지킬 뿐이라 치안이 엉망입니다. 이런 도시들과 마을들을 점령해 봐야 물자의 소비만 커질 뿐 얻을 만한 이득이 없습니다."

"그래도 우리가 해방시킨다면 주민들이 꽤 동요하지 않을까?"

"아마 힘들 것입니다. 그들은 아넬 공국민이지 크레센트 국민이 아니니까요. 로세니아든 크레센트든 타국인일 뿐입니다. 먹을 것을 준다면 인심은 얻겠지만 현재로서는 낭비일 뿐입니다."

"그래? 흠. 그래서 우리들의 진군 루트는?"

"이곳으로 향할 예정입니다, 마마."

댄이 가리킨 라인은 녹색산맥 기슭에서 출발하여 아넬 공국의 남단을 통과한 뒤 크레센트 동부 평야로 이어지는 작은 무역로였다. 그리고 그 끝은 빈 요새로 이어지고 있다.

"과연. 적의 거점 하나를 급습해서 빼앗아 버리자?"

"성공만 한다면 로세니아 군은 반포위를 당하게 됩니다. 이렇게 되면 적은 측면을 열어놓은 채 대규모 전투를 벌이던지 후퇴를 해야 할 겁니다."

"하지만 적 주력군의 측면을 우회해야 하잖아? 괜찮겠어?"

"제 예상일 뿐입니다만 적들도 이미 웨스트 게이트가 저희 손에 넘어간 건 알고 있을 것입니다. 거기다 웨스트 게이트의 하나뿐인 우물이 파괴된 것도 알고 있을 것이라 생각됩니다. 아마도 웨스트 게이트 앞뒤로 병력을 포진시키고 저희가 알아서 밖으로 나오거나 식수가 떨어질 때까지 기다릴 것입니다."

"예상이야? 확신인 것 같은데?"

내 말에 댄이 피식하고 웃는다.

"만약 저라면 당연히 그렇게 합니다. 아마도 적 병력은 저희와 비슷한 숫자에 노련한 중장보병을 포함한 한 개 군단일 것입니다. 기사나 기병대가 싸우기엔 녹색산맥과 웨스트 게이트의 성벽은 너무 높으니까요. 저희는 그 군대를 격파하고 빈 요새를 포위합니다. 이렇게요."

그렇게 말하면서 댄은 북쪽으로 빙 돌아서 우회하는 반원을 그리면서 지도에 선을 주욱 그었다.

"저희가 여기에 도착하면 곧바로 신펠 요새에 주둔 중인 국왕 폐하의 주력군이 헤이츠, 로젠버그, 빈 요새 이 세 곳을 동시에 공략합니다. 평원에 주둔 중인 적 주력군이 어느 한 요새를 지원하러 오면 그곳을 포기하고 다른 두 요새를 점거하는 것이죠. 이렇게 적의 거점을 분쇄하고 적을 한곳에 몰아넣는 것이 이번 작전의 요지입니다."

"그렇군. 과연 우리가 뒤를 끊었다는 것을 확실히 알려줘야겠군."

"그렇습니다, 마마. 적들에게 저희가 녹색산맥을 넘어서 배후로 돌아왔다는 것을 확실히 알려줘야 합니다. 도망칠 곳이 없는 놈들은 사기가 급격히 꺾일 테니 승기를 잡을 수 있을 것입니다."

"좋아, 댄. 그대의 작전대로 하도록. 그리고 웨스트 게이트로 향하는 적의 병력을 어디쯤에서 요격하는 게 좋을지 파악해서 보고해. 그런데 언제부터 행군을 개시할 거지?"

"회의가 끝나면 곧바로 출발할 예정입니다. 이미 명령해 뒀으니 언제라도 출발이 가능할 것입니다."

"그래? 그럼 병사들을 한곳에 모아둬."

"연설하시겠습니까?"

"응. 녀석들도 많이 지쳐 있을 거야. 조금은 힘을 북돋아줘야겠지."

"그럼 준비해 두겠습니다, 마마."

내가 고개를 끄덕이자 댄 이하의 사내들이 곧바로 사방으로 흩어졌다. 그런데 헤쉬케런 늙은이와 다른 마법사들은 없네. 어디 간 거야, 이 인간들은? 쯧.

십여 분 뒤. 지휘관용 막사에서 지도를 보면서 기다리다가 밖으로 나가보니 이미 연설 준비가 끝났는지 병사들이 공터 정중앙에 빽빽이 모여 있었다. 서로 어깨를 맞댄 채 서 있는 병사들의 옆모습을 보면서 발걸음을 옮겼다.

철컹. 철컹.

내가 몸을 움직일 때마다 갑옷의 이음새에서 쇠 부딪치는 소리가 난다. 그 덕분에 외각에 서 있던 몇몇 병사가 나를 힐끔거리며 바라보고 있었다.

탁. 쿵.

단상 대용으로 쌓아둔 나무 상자 위로 뛰어올라 갔다.

웅성웅성.

"주목! 사령관님 훈시다!"

"모두 주목! 주목!"

"아가리 놀리지 마! 이빨을 몽창 뽑아버린다!"

카리스마 넘치는 대대장 이하 장교들의 설득력 넘치는 외침에 주변이 삽시간에 침묵에 잠겼다. 고개를 숙인 채 힐끔거리며 나를 쳐다보는 내 부하들을 보면서 난 머리에 쓰고 있던 투구를 벗었다. 그러자 투구 속으로 말아 넣었던 백금발 머리카락이 등 뒤로 샤르륵 흘러내린다.

"오오……."

아직 여유있는 녀석들이 있나 보군. 간덩이리가 부어 터진 녀석들이로군. 하긴 어차피 사신과 팔짱 끼고 사는 놈들이니 당연할지도 모르겠다. 병사들의 산만했던 시선이 모두 내게로 모였다. 난 그런 화격단 병사들을 한 번씩 쓰윽 살펴본 뒤 천천히 입을 열었다.

"들어라, 쓰레기들아."

"……."

"네놈들은 쓰레기다!"

탕.

발을 구르며 초롱초롱한 눈망울로 날 올려다보고 있는 병사 놈들을 가리켰다. 몇몇은 '하하하' 하고 웃었고 일부는 노골적으로 얼굴을 찌푸린다. 대다수의 병사들은 '그런데?'라는 표정이었지만.

"내 말이 틀렸냐? 어디 대답해 봐?! 여기 있는 놈들은 모두 산도적에 도둑놈, 그리고 강간범에 살인자들뿐이지. 아니면 영지에서 도망쳐 온 머저리들이라던가 말이야."

Why We Are Fight? 165

"우우우……."
"맞습니다아!! 우리는 쓰레기들입니다아!"
"와하하하하하!"
병사들 중 나서기 좋아하는 몇몇 놈이 휘파람을 불면서 대답한다. 후훗.
"그래. 거기 너! 너 말이야! 이름이 뭐냐?"
"셔우드 영지 구석에 처박혀 있는 사우스 우드 마을에서 온 비벤입니다!"
"비벤? 이름도 괴상하군."
"와하하하하."
"좋아. 비벤! 너 영주의 저택이나 왕성에 들어가 본 적 있냐?"
"있습니다!"
"오오오오."
당당하게 외치는 비벤이라는 놈에게 시선이 쏠린다. 호오~
"뭣 때문에 들어갔었지?"
"영주의 사냥터에서 사슴 잡다가 걸려서 저택 지하 감방에 갇혀봤습니다!"
"와하하하!"
"그럼 그렇지."
삽시간에 병사들 사이로 웃음이 번져 나갔다. 피식. 나 역시 그 비벤이라는 병사를 보면서 웃고 있었다.
짝짝.
난 박수를 쳐서 웃고 있는 병사들의 입을 다물게 만든 뒤 다시 말을 이어 나갔다.
"좋아. 다른 놈 없어? 한번 말해 봐."

"기사님 말을 훔쳤다가 던전에 갇혀봤습니다!"
"빈집 털다가 잡혀서 들어가 봤습니다!"
"아그들 모아서 영주 저택도 털어봤습니다!"
"오오오~"
"저놈 어떻게 아직도 살아 있대?"
"재수도 좋은 놈이네. 정말."
웅성웅성.

완전 시장바닥 같이 되어버렸다. 간이 부은 이 병사 녀석들. 눈앞에서 장교들이 눈을 부라리는데도 자기들끼리 웃고 떠들어댄다. 역시 이게 화격단이라는 거지. 음음.

"너희들! 다 그런 경험뿐이냐? 좋아! 내가 하나만 약속하지! 앞으로 이 전쟁이 끝날 때까지 살아남은 녀석, 그중에서도 공훈을 세운 녀석은 방금 전에 네놈들이 도둑질하거나 귀족의 사냥터에서 몰래 짐승을 잡다 걸려서 들어갔던 바로 그 저택! 그걸 하사받게 될 거다! 알아듣겠냐?"

"우오오오오!!"
휘이이익~

"귓구멍 똑바로 열고 잘 들어라! 이 쓰레기들아! 네놈들도 잘만 하면 귀족이 될 수 있다! 그게 힘들다 해도 너희들 모두 내가 책임지고 먹고사는 데는 걱정없게 만들어주겠다! 이것이 나 아넬리안이 너희들에게 해줄 수 있는 약속이다!"

"와아아아아!!"
쿵쿵쿵.

창대를 잡은 병사들이 바닥을 힘껏 치면서 함성을 질러댄다. 바닥이 꺼져라 발을 굴러대는 화격단 병사들은 목청이 터져 나갈 듯이 소리를 지르면서 열광하고 있었다. 사회에서 맨 밑바닥 최하층의 쓰레기들로 구성된, 그래서 더 질기고 더 잔혹하며 더 치열하게 싸우는 내 병사들이 지금 내 눈앞에서 나를 보면서 환호하고 있다.

"조용! 조용! 아직 각하의 연설은 끝나지 않았다!"

"거기! 대열에서 이탈하지 마! 이 새끼야!"

"제자리로 안 가?! 죽어볼래?"

급기야 도저히 통제가 불가능하다고 판단한 댄이 서로를 부둥켜안고 발광을 하는 병사들 사이로 장교들을 투입했다. 곧 이어 일반 병사보다 더 거칠고 사나운 장교들을 주먹과 발로 발광하는 병사들을 통제했고 그 걸 가만히 보고 있던 난 그제야 다시 입을 열었다.

"하지만 기억해 둬라, 나의 자랑스러운 부하들이여. 너희들의 주인은 여기 있는 이 지휘관들도 나도 아닌 영광스러운 크레센트 왕국의 국왕 폐하이신 로이드 1세 폐하시다! 그분의 영광이 바로 너희들의 영광이고 그분의 승리가 바로 너희들의 승리이다!"

허리에 차고 있던 클레이모어를 뽑아 들었다. 날이 서 있지 않아서 번쩍이지는 않았지만 내가 검을 뽑아 들고 하늘을 가리키자 병사들은 그 검을 따라 시선을 집중한다.

"너희들에게 하사할 땅과 돈과 영광! 이 모든 건 국왕 폐하께서 내려 주시는 것이다! 왕의 승리가 곧 너희의 승리이고 왕의 영광이 곧 너희들의 영광이다! 이런 영광과 승리를 땅이나 갈아먹다가 슬렁슬렁 잠깐 훈련받고 전장으로 기어나온 멍청한 농민들에게 빼앗길 수는 없겠지?"

"그렇습니다!"

"맞습니다!"

"좋아! 그러니까 우리는 싸운다! 전장에서 가장 위험하고 가장 치열한 곳에서 최고의 영광과 승리의 기쁨을 맛보기 위해서 그 누구보다 가장 앞에 서서 가장 먼저 적을 벨 것이다! 너희들은 국왕 폐하의 첫 번째 검이 될 것이다! 국왕 폐하 만세! 로세니아 산도적들을 산으로 내몰자!"

"와아아아아아!!"

"국왕 폐하 만세!"

"적들에게 죽음을! 산도적들의 배를 갈라 버리자!"

"국왕 폐하 만세! 사령관 각하 만세!"

"우아아아아아아!!"

흥분한 병사들이 제자리에서 펄쩍펄쩍 뛰면서 무기를 흔들어댔다. 대륙의 절반을 가로지르는—최단거리로 진행하기는 했지만 나라를 세 개나 지나쳤다.—길고 험난한 여정 동안 지치고 힘없는 기색이 역력했던 화격단 병사들이 광기에 가까운 흥분에 휩싸여 있었다. 왕이 인정한 정예라는 자부심, 승리 후 얻어질 부와 명예, 그리고 농민병 따위 간단히 격파할 수 있다는 오만. 이 모든 것이 한데 어우러져서 병사들은 열광했다.

"부대 앞으로! 1대대 선두에 선다! 1대대 앞으로!"

"행군 나팔을 불어라!!"

뿌우우우우우.

긴 나팔 소리와 함께 흥분한 병사들이 씩씩한 발걸음으로 나아가기 시작한다. 선두의 병사들이 내 앞을 지나쳐 가면서 무기를 하늘 높이 치켜든다. 거수경례를 하면서 지나가는 1대대장에게 답해준 난 상자 위에서 내려왔다.

행군이 시작되고 근 2시간 정도까지는 별다른 일 없이 지나갔다. 출발할 때 이미 아넬 공국—로세니아령이 되긴 했지만—으로 들어선 화격단 부대는 처음보다는 조금 식은 분위기였지만 그래도 아직까지는 연설의 효과가 남아 있는지 두런두런 떠들어대는 잡담조차 없이 울퉁불퉁한 흙길을 따라 진군해 나가고 있었다. 하지만 앞서서 걷고 있는 병사들의 어깨가 조금씩 처지는 걸 봐서 이제 조금 쉬었다가 가야 할 것 같은데.

"마마, 휴식을 명할까요?"

"음… 아니. 저 언덕 위까지만 진행하고 그 뒤에 쉬도록 하지."

"예. 알겠습니다. 전령!"

내 옆에 찰싹 달라붙어 있는 댄이 곧바로 전령을 불렀다. 말을 몰아서 달려온 전령은 댄의 명령을 듣고는 앞서서 행군하고 있는 1대대장을 향해 말을 몰아갔다. 그리고 명령을 전달한 전령은 그 다음 내가 있는 곳을 지나쳐 뒤로 달려갔다. 병사들의 행군 속도가 조금 빨라져 말 위에 타고 있던 난 그 속도에 맞춰서 말을 좀 더 빨리 몰았다.

"저 앞 언덕 위에서 휴식한다!"

"언덕 위에서 휴식한다! 빨리 걸어! 빨리!"

"대열 이탈하지 마! 처지는 놈은 버려두고 간다!"

소란스러운 소리와 함께 중대장 이하 장교들이 뛰어다녔고 병사들은 그런 장교들의 독설과 발길질에 고무되어 길을 따라 걸어나갔다.

그렇게 야트막한 언덕을 반쯤 올라가고 있을 때였다. 갑자기 맨 선두에서 행군 중이던 1대대의 앞열이 소란스러워졌다.

"무슨 일이야?"

"지금 곧 알아보고 오겠습니다, 마마."

"그래. 어서 가……."

"적이다!!"

"적이다! 적이 나타났다!"

뭐야? 무슨 소리야? 이게! 갑작스럽게 울려 퍼지는 비명과도 같은 외침 소리에 정신이 번쩍 든 내가 고개를 들어 언덕 위를 올려다보자 위쪽에서 우리를 내려다보고 있는 적들이 눈에 들어왔다. 젠장. 정찰조? 아니, 보병인데? 어떻게 된 거지?

"마마! 기사들은 마마를 호위해라! 1대대! 1대대 언덕을 점령한다! 젠장! 전령! 전령 어디 갔나? 전령! 아무나 가서 1대대장보고 언덕을 점령하고 명령해! 당장!"

깜짝 놀란 나와 다르게 댄 녀석은 신경질적으로 소리치면서도 차근차근 명령을 내렸다. 곧 이어 행군 대형에서 좌우로 길게 뻗은 전투 대형으로 바꾼 1대대가 '와아아아' 하는 외침과 함께 언덕 위를 향해 뛰어올라가기 시작했다.

"마마! 다른 대대도 얼마 안 있으면 도착할 것입니다. 우선 화살 사정거리 밖으로 물러나시는 것이……."

"이익! 하아!"

히히히힝!!

1대대가 언덕 위를 향해 올라가는 동안 적들의 숫자는 점점 늘어나고 있었다. 그걸 본 난 나도 모르게 말 배를 걷어차면서 앞으로 달려나갔다.

"마마! 젠장! 또야?! 뭐 해?! 크렌! 기사들을 이끌고 당장 마마를 쫓아가!"

"예!"

두두두두.

완만한 경사라 다행이야. 급경사였으면 말에서 내렸어야 할 텐데. 나를 태운 말이 어렵지 않게 올라갈 만한 경사였기에 난 얼마 지나지 않아서 1대대 후미로 따라붙을 수 있었다. 등 뒤로 크렌과 몇명의 기사가 달려오는 소리가 들려왔다. 그걸 느낀 난 앞에서 위를 향해 함성을 지르며 달려가고 있는 화격단 병사들에게 외쳤다.

"비켜어어어엇!!"

"우와아악!"

내 외침에 깜짝 놀라 뒤를 돌아본 한 병사가 급히 자신 옆에 있는 다른 병사의 목덜미를 붙잡고 옆으로 비켜섰다. 그렇게 좌우로 갈라지는 병사들 사이를 뚫고 앞으로 나선 난 벌써 거품을 물고 힘겨워하는 말의 배를 힘껏 차면서 앞으로 뻗어 나갔다. 그러자 어느 순간 갑자기 주변의 시야가 탁 하고 넓게 커지면서 촘촘히 모여 있는 인간들이 눈에 들어왔다.

"하아아앗!!"

아직 대열을 잡지 못하고 서너 명씩 모여 있는 적들 사이로 말 머리를 들이민 난 말안장에 걸어놓았던 클레이모어를 뽑아 든 뒤 오른쪽으로 스쳐 지나가는 적의 머리를 힘껏 후려쳤다.

퍼억!

"……!!"

머리가 우그러지면서 뒤로 쓰러지는 그 병사는 허공으로 피를 뿌리면서 나가떨어졌다. 그러면서 말고삐를 왼쪽으로 힘껏 당기자 갑자기 말이 앞발을 치켜든다.

히히히히힝!

"이 빌어먹을 말대가리야!"

퍼억!

아래로 늘어뜨렸던 클레이모어로 어설프게 창을 들고 달려오는 적병의 양팔을 분지른 난 말고삐를 쥐고 있는 왼손으로 말의 목 부위를 힘껏 밀어 젖혔다. 내 힘에 몸을 위로 들어 올렸던 전마는 다시금 바닥에 네 발을 디디며 섰다.

뿌직.

젠장.

"끄아아아악……!"

내게 다가섰던 재수없는 적병 중 하나가 말의 앞발에 밟혔다. 뒈졌겠군. 그때 1대대 병사들을 헤치고 앞으로 나온 크렌이 긴 장창의 끝으로 내게 달려드는 병사 중 하나를 그대로 허공으로 튕겨 오르게 만든 후 좌우로 밀려나는 적병들 사이로 기사들을 이끌고 파고들었다.

"와아아아아아!!"

그리고 때맞춰 화격단 1대대 병사들이 언덕 위로 뛰어올라 온 뒤 적들을 향해 돌격해 들어가기 시작했다.

카라락.

흠칫. 적병의 긴 창날이 어깨 갑옷을 스치고 지나갔다.

"죽엇!"

몸을 한껏 옆으로 내밀면서 창대를 들고 있는 적병을 향해 클레이모어를 휘두르자 그자의 어깨가 뼈 부러지는 소리가 나면서 우그러들었다. 놈은 다른 적병들 사이에 파묻혀 버렸다.

"하아!"

난 말 배를 걷어차면서 앞으로 나아가려 했지만 이놈의 말 녀석 군마로 훈련도 안 받은 건지 아니면 원래 겁쟁이라서 그런지 앞으로 나아가려 하지 않는다. 오히려 뒷걸음을 치다니! 이런 쓸모없는 말을 누가 가져 온 거야! 망할!

"우와아아아악!!"

"입 닥쳐, 개자식아!"

나무봉에 쇳덩어리를 달아놓은 어설픈 메이스를 들고 달려들던 적병의 면상을 강철 부츠로 후려갈긴 난 말대가리를 손바닥으로 힘껏 후려쳤다.

뻐억!

"히히히힝!"

"앞으로 안 나가면 자근자근 져며서 말고기로 만들어 버릴 테다! 이 빌어먹을 말대가리야!"

젠장! 로이드 3세—말이다—녀석은 겁대가리를 상실한 놈인데 이놈은 왜 이따위야! 왼쪽에서 다가오는 또다른 적병의 가슴에 클레이모어를 쑤셔 넣은 난 검날에 가슴이 꿰인 채 버둥거리는 놈을 한 손으로 들어 올린 뒤 그놈을 적병들 한가운데로 집어 던졌다.

쿠당탕.

한데 몰려 있던 적들 중 대여섯이 와르르 쓰러졌다. 내가 말 배를 다시금 걷어차자 이 말대가리 녀석이 더 이상 얻어맞는 게 무서웠는지 다다닥, 달리면서 쓰러진 적들을 밟으며 앞으로 내달렸다.

"우… 우와아아악!"

빠직. 빠드득.

바로 발 아래서 듣기에도 소름 끼치는 뼈 부러지는 소리가 들리면서 마치 썰물처럼 적들이 좌우로 밀려나 난 그 사이로 파고들었다. 그런 내 뒤를 따라 기사들이 더욱 공간을 넓히면서 달려들고 그 기사들의 바로 뒤로 화격단 병사들이 적들을 밀어내면서 뒤따라오고 있었다. 그렇게 강을 거슬러 올라가는 것처럼 적병들을 말로 밀치고 밟으며 앞으로 진행하던 내 눈앞에 내가 올라온 언덕 맞은편이 눈에 들어왔다.

"젠장……."

까맣다. 바글바글하다. 저게 도대체 얼마나 되는 거야? 언덕 맞은편에는 적들이 자기들끼리 밀리면서 언덕 위를 기어오르기 위해서 발악하고 있었다.

쉬이익… 카라랑.

큭. 등짝이 아려온다. 어떤 놈이?

"으… 으으……."

"이 빌어먹을 새끼야!"

고개를 옆으로 홱 하고 돌려보니 용감하게 앞으로 나서서 창을 내지른 적병이 나와 눈이 마주치고는 그대로 바들바들 떨고 있다. 난 곧바로 피와 살점이 잔뜩 묻어 있는 클레이모어를 들어서 놈의 머리통을 내리쩍었다.

픽!

적병의 투구가 으스러지면서 붉은 피가 주르륵 흘러내린다. 쓰러지는 적병에게서 클레이모어를 회수한 난 고개를 돌려 등 뒤를 바라봤다. 내가 달려온 피의 길에는 적들과 아군이 섞여서 치열하게 싸우고 언덕을 올라온 1대대는 언덕 위의 작은 공터 중앙에서 적들을 조금씩 밀어내고 있었다. 하지만… 저 언덕 아래 있는 놈들이 위로 올라온다면… 사정이 뒤바뀌겠지? 젠장. 도대체 뭐가 어떻게 된 거야? 칫. 말 위에 올라타 있던 난 몸을 기울여서 옆에 있는 적병 중 하나의 투구를 왼손으로 움켜쥐었다.

우득.

"이야아아아아!!"

"아악! 아아악……."

비명을 지르는 그놈을 한 손으로 들어 올린 난 그놈을 언덕 아래로 힘껏 집어 던졌다.

쿵. 쿠웅.

한데 뭉쳐서 언덕을 뛰어올라 오던 적들 중 일부가 내가 던진 그 병사와 엉킨 채 아래를 향해 굴러 떨어진다. 그리고 그때 등 뒤에서 긴 나팔 소리가 울려 퍼지면서 왕실 문장이 그려진 커다란 깃발이 모습을 드러냈다.

"와아아아아!"

"산도적 새끼들을 다 쳐 죽이자!"

"크레센트에 영광을! 로세니아에 죽음을!"

"죽여! 죽여 버려!"

"전원 돌격!"

아주 시기 적절하게 댄이 부대를 이끌고 언덕 위에 도달했다. 이 전투… 이겼어!

"우하하하하!! 밀어붙여! 숨 쉴 틈도 주지 마!"

"와아아아아!!"

느껴진다. 기세가 역전되었다. 흐름이 우리 쪽으로 돌아섰다. 언덕을 뛰어올라 오느라 지쳤을 텐데도 화격단 병사들의 눈빛에는 광기가 서려있다. 난 미친 듯이 웃으면서 수많은 인간 사이에 서서―뒤에 기사들의 말이 있지만 이놈은 다리를 부들부들 떤다―겁을 먹은 듯 눈을 껌뻑이는 말의 뒤통수를 후려치면서 앞으로 달려나갔다. 단숨에 언덕을 주파하여 적들을 밀어버릴 테다!

"우아아아아!!"

두두두두두.

언덕 꼭대기에서 말을 몰아 달리기 시작한 나는 적들이 빽빽히 밀집해 있는 언덕 아래쪽을 향해 내달렸다. 눈앞에 서 있던 적들이 좌우로 갈라지면서 말발굽을 피했다. 어설프게 내 쪽을 향해 창날 몇 개가 불쑥 튀어 나왔지만 어차피 노리고 찌른 것도 아니고 모두 갑옷에 튕겨 나갔기에 난 아예 무시하고 오른손에 들린 클레이모어를 무작정 휘두르면서 아래를 향해 미친 듯이 달려 내려갔다.

터덩. 따앙~

바닥에 닿을 듯 아래로 내리고 있던 클레이모어의 검끝에 미처 물러서지 못한 적병의 허벅지에 닿았다.

우드득.

검을 앞으로 당기자 뼈 부러지는 소리가 나면서 그 적병이 허공으로 날아올라 어설픈 자세로 서서 창대를 겨누던 적들과 한데 엉킨 채 바닥을 굴렀다. 휙휙 지나가는 반짝이는 창날들이 눈앞을 스치고 지나갔지만 과감히 무시한 난 타고 있는 말을 더욱 혹사시키면서 죽죽 내달렸다. 완만한 언덕을 끼고 올라오던 적병들이 좌우로 갈라지면서 길이 만들어져 그 좁은 길을 주파하면서 난 언덕 끝자락에 높다랗게 세워져 있는 깃발을 향해 달려갔다.

"비켯!"

빠각!

앞길을 막고 있던 적들 중 하나를 머리 위로 들어 올렸던 클레이모어를 후려치고 앞으로 고꾸라지는 적병의 등을 말발굽으로 밟으며 내달린다. 그렇게 단숨에 수십 미터를 주파하고 나자 투구도 쓰지 못한 채 당황한 얼굴로 나를 바라보고 있는 적 사령관─영주일까? 아니면 기사일까?─의 모습이 눈에 들어왔다. 플레이트 아머를 입고 말 위에 올라 있던 적 사령관이 당황한 듯 말고삐를 잡아당기며 말 머리를 돌린다. 그리고 그 앞을 사령관과 비슷한 갑옷을 입고 있는 기사들이 막아섰다.

"막아라!"

"벽을 만들어! 물러서지 마라!"

"우아아아아!!"

롱 소드를 앞으로 길게 뻗으며 나를 향해 마주 달려오는 적 기사를 향해 고함을 지르며 달려들었다. 확실히 기사는 기사인 듯 일반 병사들처럼 겁을 먹거나 하지는 않았지만 놈의 롱 소드는 내 왼쪽 어깨를 스치며 위로 튕겨져 올라갔고 텅 빈 놈의 배에 클레이모어의 검날이 파고들었다.

빠가각.

반원형으로 튀어나와 있던 그 기사의 흉갑이 우그러지면서 투구의 숨구멍 사이로 붉은 핏방울이 튀어나왔다. 손목에 힘을 주고 힘껏 앞으로 밀치자 그 기사가 붙잡고 있던 말고삐가 뚝 끊어지며 기사의 몸이 허공으로 날아가 버렸다.

쿵.

무거운 물체가 떨어지는 소리가 나면서 바닥에 쓰러진 그 기사는 더 이상 움직이지 못했다. 하지만 내가 거기서 시선을 떼자마자 세 개의 창날이 나를 향해 찔러 들어왔다. 긴 장창을 들고 있는 적 기사 놈들이 말을 달리며 내게 창을 내지른 것이다.

쾅!

"크으윽……."

어깨를 스친 창날에 몸이 휘청거리자마자 곧바로 투구 사이의 작은 눈구멍 사이를 창날이 후려친 뒤 위로 튕겨 올라갔다. 고개가 획 하고 뒤로 젖혀지면서 하마터면 그대로 뒤로 쓰러질 뻔했지만 말고삐를 쥐고 있던 왼손으로 말갈기를 움켜쥐며―말이 '히히힝~' 하고 비명을 질러댔다―힘겹게 버텨냈다. 그리고는 창날을 내지른 뒤 내 옆으로 스쳐 지나가는 적 기사의 말 머리를 클레이모어의 폼멜로 힘껏 후려쳤다.

뻐억!

히히히히힝…….

"우와악!"

쾅. 쿠당.

고개를 숙이며 엎어진 말은 그대로 등 위에 태우고 있던 기사를 깔아 뭉개며 그 뒤에 서 있던 병사 몇 명을 몸으로 덮쳤다. 곧 이어 비명 소리와 신음 소리가 터져 나왔다. 고개를 돌리고 다시 앞을 보자 적 기사 중 한 명이 바로 코앞에서 불쑥 튀어나왔다.

"어… 아앗!"

쾅!

히히히힝!!

빌어먹을 자식! 온몸이 떨려오잖아! 젠장. 어지러워! 미친놈! 말로 말을 들이박다니! 내 말이 본능적으로 피하고 자시고 할 시간도 없이 놈의 말이 가슴으로 내 말을 들이박았다. 덕분에 큰 충격을 받은 내가 자세를 수습하는 동안 내가 탄 말이 뒷발을 주저앉으며 뒤로 쓰러졌다.

쿠웅.

"크아악!"

"아악! 젠장할……."

왼발이 말에 깔렸다. 난 말의 몸을 밀면서 일어서려고 했지만 충격 때문인지 온몸이 저릿저릿하면서 힘이 들어가지 않았다. 쓰러진 내 말 옆에는 자기 말로 내 말을 들이박은 미친놈이 쓰러져 있었는데 목이 반으로 꺾인 걸 봐서 즉사했을 것 같다. 막 내가 말의 몸체를 밀쳐 내면서 일어서려고 할 때 그때까지 뒤로 물러서서 보고만 있던 적병들이 나를 향해 우르르 달려왔다.

"죽여! 죽여 버려!"

"개자식! 죽여 버릴 테다!"

"밟아! 눌러!"

우르르르. 큭. 몇몇 놈이 내 몸 위에 올라탔다. 젠장 힘이 안 들어가.

"이 개자식아! 뒈져라!"

쾅. 쾅.

창자루로 나를 내리찍는 놈, 발로 차는 놈, 그리고 손가락질을 하면서 욕설을 내 뱉는 놈… 내 위에 올라탄 놈들은 내 갑옷을 열기 위해 거칠게 손을 움직였지만 이 갑옷은 그렇게 쉽게 벗겨지는 게 아니다. 난 숨을 골랐다. 온몸이 저릿저릿하고 눈앞에서 욕설과 발길질이 이어졌지만 단단하고 두꺼운 갑옷은 내 몸을 지켜주고 있었다.

따당. 땅.

발목이 뒤틀린것 같아. 아파. 젠장.

"우아아아악!!"

"우왓."

"뭐야? 이건. 괴물 아니야?"

팔을 들어서 내 몸 위에 올라타고 있던 놈들을 밀쳐 냈다. 상체를 일으킨 난 눈앞에서 아직도 알짱대는 적병 중 하나의 정강이를 한 손으로 움켜쥐었다.

우득.

"으아아악!"

뼈가 부러졌나? 홍. 난 놈의 다리를 붙잡고 힘껏 눈앞에서 얼쩡거리는 다른 놈들에게 집어 던졌다.

콰당. 쿠당탕.

대여섯의 적병이 한데 엉크러진 채 쓰러진다. 난 그사이에 말을 들어 올려 끼어 있던 다리를 빼낸 뒤 몸을 일으켰다. 큭. 발목이 아파. 바닥에 떨어진 클레이모어를 집어 들고 몸을 일으키자 적병 중 도끼를 든 놈이 갑자기 내게 달려들었다.

"이야아아아!"

고함을 지르며 달려온 적병은 머리 위로 들어 올린 도끼를 힘껏 내려 쳤다.

따앙.

팔목의 건틀렛으로 도끼날을 막아내자 맑은 쇠 부딪치는 소리가 들렸다. 난 도끼를 든 채 놀라는 적병에게 손을 뻗어서 도끼 자루를 움켜쥐었다. 그리고 클레이모어를 쥔 오른손 주먹으로 놈의 면상을 후려친 뒤 내 주위를 둥그렇게 빙 둘러서 있는 적들 중 한쪽을 향해 도끼를 힘껏 집어 던졌다.

윙윙윙. 파각.

빙빙 돌면서 날아간 도끼날에 맨 앞에 서 있던 적병의 가슴이 반으로 갈렸다. 그리고도 힘이 남은 도끼는 그 뒤에 서 있는 다른 병사의 가슴팍에 틀어박혔고, 두 인간의 몸체를 가르고도 힘이 남은 도끼날은 그 뒤에 서 있는 다른 병사들을 한데 엉키게 만들면서 쓰러뜨렸다. 난 그쪽을 향해 온 힘을 다해 뛰었다.

파밧.

바닥이 파이면서 흙덩이가 발 뒤로 밀려 나갔다.

"으… 어… 어?"

"죽엇!"

쾅!

사방으로 물러서는 적병들 사이로 떨어져 내린 난 바닥에 발이 닿자마자 두 손으로 쥔 클레이모어를 앞으로 힘껏 찔러 넣었다.

콰득.

눈앞에 서 있던 적병의 배를 가볍게 뚫고 들어간 클레이모어의 검날이 거의 검자루 부분까지 파묻혔다. 난 어깨로 배에 구멍이 난 그 병사의 가슴팍을 밀면서 앞으로 뛰어나갔다. 크윽… 걸을 때마다 발목이 시큰거린다. 젠장.

적병의 몸을 방패 삼아 무작정 앞으로 내달렸다. 그렇게 죽자고 달리다 보니 어느새 난 적들 사이에서 빠져나와 있었고 내 클레이모어에 꿰여 있는 자는 하나가 아니라 둘이라는 사실을 그제야 알 수 있었다. …기분 나빠. 구역질이 나올 것 같아.

"휴우……."

시체들 사이에서 검날을 뽑아 든 난 검날을 바닥에 박으면서 그것에 기대어섰다. 그때였다. 갑자기 언덕 위에서 붉은 불덩어리 수십 개가 적들이 모여 있는 언덕 아래쪽을 향해 떨어져 내렸다.

"쾅! 콰광!"

구덩이가 생길 정도로 커다란 폭발이 일어나면서 그 근처의 적병들이 공중으로 날아오르거나 좌우로 밀려났다. 몇몇은 몸에 불이 붙은 채 허우적거리고 있었다. 그렇게 몇 번의 마법이 펼쳐지고 나자 언덕 위에 대형을 갖춘 채 서 있던 병사들이 함성을 질러댔다.

"와아아아아!!"

화격단 병사들은 창이나 검 등을 앞에 세운 채 언덕 위에서부터 뛰어 내려오기 시작했고 언덕 중간에서 우왕좌왕하면서 밀리던 로세니아 병사들을 밀어붙이기 시작했다. 곧 이어 두 부대가 언덕 중간에서 부딪쳤다. 비명 소리와 고함 소리, 그리고 무기 부딪치는 소리가 들리기 시작하더니 얼마 지나지 않아서 적병들이 내가 있는 언덕 아래쪽부터 한두 명씩 도망치기 시작했다. 곧 이어 긴 나팔 소리가 울려 퍼진 뒤 적병 대부분이 등을 돌린 채 도망치기 시작했다. 그 뒤를 따라서 언덕을 뛰어 내려온 화격단 병사들이 등을 돌린 채 도주하고 있는 적들을 쫓아서 달리기 시작했고, 한 무리의 적병들이 내가 있는 방향으로 도망쳐 오다가 나를 발견하고는 몸을 돌려 옆으로 도주하기 시작한다. 그리고 그 사이로 위에서 뛰어 내려온 화격단 병사들이 파고들었다.

"사, 살려줘. 사……."

빠악!

바닥에 쓰러진 채 뒷걸음질을 치면서 부들부들 떨던 적병의 머리가 화격단 병사의 메이스에 박살이 나면서 뒤로 쓰러졌다. 쓰러지는 시체를 타 넘은 그 화격단 병사는 잔인한 미소를 지어 보이면서 옆에서 도망치는 다른 병사의 무릎을 메이스로 후려쳤고, 고꾸라지는 그 적병의 몸 위에 올라타서는 머리를 마구 내려쳤다. 그 옆에는 창대에 꿰인 로세니아 병사를 발로 차면서 창날을 뽑고 있는 내 부하들이 보였고, 바닥에 버려둔 무기를 집어 들어 던지는 녀석들도 있었다.

"마마."

"왔어? 늦었네."

"……."

"왜? 할 말 있나, 댄?"

"…휴우. 됐습니다. 그냥 입을 다물기로 하죠. 어차피 떠들어봐야 들으실 분도 아니니까요."

"훗. 그걸 이제야 안 거야?"

"사 년 동안 난 뭘 한 건지……."

따각따각.

여유로운 자세로 말을 타고 온 댄은 바로 내 옆에 바싹 붙어 서서 나를 내려다보며 고개를 젓는다. 한 대 때려주고 싶은걸.

"댄."

"예? 말씀하십시오."

"내려."

"…예?"

"내리라고. 맞을래? 하긴 맞아야 말을 잘 듣지, 댄은."

내가 그렇게 말하자마자 댄이 화급히 말에서 내리고는 말고삐를 붙잡는다.

"어서 오르시지요, 마마. 아무래도 이 근청에서 야영을 해야겠습니다."

"좀 더 앞으로 나가서. 그리고 부하들에게 최대한 많은 적을 포획하라고 명령해. 아참. 지휘관 놓쳤으니 적이 재집결할지도 몰라."

"병사들을 풀어서 정찰하겠습니다."

"그리고……."

난 말에 오르면서 아까 전 무언가 말을 하려던 것을 곰곰이 생각해 봤다. 뭐였지? 아! 그거로군

"정찰조는 어떻게 된 거야? 1대대가 맞부딪칠 때까지 적의 출현을 모르다니!"

"그게… 말이 부족해서……."

"그걸 말이라고 하는 거야? 댄!"

"죄… 죄송합니다, 마마."

젠장. 이 자식도 나사가 풀렸어. 아군 지역도 아니고 적군이 어디서 튀어나올지 모르는 이런 전장 한복판에서 척후조도 없이 부대를 이동시킨 거란 말이야? 아주 지고 싶어서 발악을 하는구나. 적 사령관도 척후도 없이 움직여서 이길 수 있긴 했지만 놈들이 언덕 위에 진을 치고 기다리고 있다가 기습이라도 했다면… 상상만 해도 끔찍하다. 젠장. 적이 머저리였기에 살았어.

"댄!"

"예! 마마."

"한 번만 더 이런 실수를 하면 네 목부터 치겠다. 이 점 잘 새겨두도록!"

"명심하겠습니다, 마마."

내가 오른 말의―방금 전까지 자신이 탔던―말고삐를 움켜쥔 댄은 큰 소리로 대답했다. 이 정도로 봐줄까? 댄은 쓸 데가 많으니까. 다른 녀석이었다면 죽여 버려도 상관없겠지만 댄의 지휘력이나 행정 능력은 쉽게 구할 수 없으니 좀 더 두고 봐야겠다.

도망치는 적병을 따라 앞으로 달려가던 화격단 병사들이 갑자기 무기를 치켜들고 함성을 질러댔다.
"무슨 일이야?"
"마마, 저쪽을……."
내 앞에 서서 말고삐를 잡고 있던 댄이 평원 한쪽을 가리키자 난 그쪽으로 고개를 돌렸다.
"호……."
아까 전에 봤던 적 장군의 깃발. 흰 백합이 그려진 그 깃발이 반으로 꺾인 채 바람에 나부끼고 있었다. 그리고 그 주위에 모여 있던 화격단 병사들이 함성을 지르고 있었고, 그 함성은 주변의 다른 화격단 병사들에게 전염되면서 퍼져 나갔다. 곧 이어 넓은 벌판 한복판에는 두 손을 들고 항복한 적 병사들과 무기를 높이 치켜들고 목이 터져라 함성을 질러대는 화격단 병사들로 가득 찼다.
말을 몰아서―댄 녀석 뛰어오느라 고생 좀 했다. 이 정도로 용서해 주는 거면 매우 싼 거지―그 깃발이 있는 곳까지 달려가 보니 말에 탄 한 병사를 둘러싸고 화격단 병사들이 와자지껄 떠들고 있었다. 그런 병사들을 헤치고 앞으로 나아가 보니 남자치고는 작은 체구인 병사가 눈에 들어왔다. 막 내가 이름을 묻기 위해 앞으로 나서자 그 병사가 머리에 쓰고 있던 투구를 벗었다. 목 위를 살짝 덮는 붉은 머리카락.
"카렌?"
"응."
녀석이 고개를 살짝 끄덕인다. 그리고는 말 엉덩이에 걸쳐져 있는 갑옷 입은 기사를 가리키며 말했다.
"잡았어."

"적 사령관이야?"

"응."

"잘했다, 카렌."

아까 전 결사적으로 나를 막아서는 기사들을 놔두고 도망쳤던 바로 그 사령관인 것 같다. 카렌이 하는 말이니 맞겠지. 그런데 저 녀석은 언제 여기까지 들어와서 저 사령관을 암살한 거지? 하여간 신기한 녀석이라니까. 난 말 위에 타고 있는 카렌에게 고개를 끄덕여 준 뒤에 소리쳤다.

"자! 승리다! 마음껏 즐거워해라!"

"와아아아아!!"

"국왕 폐하 만세!"

"사령관 각하 만세!"

주위에 몰려든 병사들이 더욱더 열광하면서 소리쳤다. 어서 빨리 이동해야 하지만… 조금쯤 이렇게 승리에 취하는 것도 좋겠지.

난 말 배를 살짝 걷어차면서 카렌에게 다가가 어깨를 작게 움츠리는 녀석의 머리를 손으로 쓱쓱 문질러 주었다.

"수고했어."

"…응."

기분 탓일까? 녀석이 희미하게 웃는 듯한… 아무래도 기분 탓이겠지. 아… 근처에 강이라도 있었으면 좋겠는데 말이야. 갑옷 사이로 흘러 들어온 핏물과 땀 때문에 몸이 끈적거려. 거기다 잠깐 잊고 있었지만 긴장이 풀리니까 손바닥과 발목의 통증이 다시금 욱신거린다. 쉬고 싶다.

Chapter 25

Last Battle

커트렌? 아~ 그 자식? 어떻게 생각하냐고? 뭐… 별로 대단할 건 없어. 그냥 사랑에 빠진 소녀가 백마탄 왕자님을 그리는 정도? 뭐? 위험한 거 아니냐고? 와하하~ 그런 일은 절.대. 없을걸? 난 그 빌어먹을 개자식을 보면 놈의 살점을 잘게 저며서 잘근잘근 씹어 먹고 배를 가르고 속에 들어 있는 내장을 끄집어내서 놈의 모가지를 졸라 버리고 싶으니까. 크흐흐… 제발 죽여달라고 울부짖으며 애원할 때까지 고문해서 죽여 버리고 싶어. 그래… 바로 그거야! 어떻게 죽여야 잘 죽였다고 할까? 응? 어떻게 생각해?

—제2대 황실 서기관이자 궁중 역사학자인 후렌 경이 집필한 '황실 비사' 중.
—영광스러운 크레센트 제국의 황후 마마이신 아넬리안 마마와의 대담 중.
—주:…무섭다.

Last Battle

―대륙력 1000년 겨울. 빈 요새 1km.

"와아아아아!!"

거친 함성을 지르며 크레센트 정규군 병사들이 목조 성벽을 향해 달려간다. 그들의 머리 위로 엄청난 숫자의 화살들이 타원형의 곡선을 그리며 하늘을 갈랐고 그 화살들이 요새 벽에 닿기도 전에 상대 쪽에서 거의 비슷한 숫자의 화살들이 방패를 머리 위로 치켜든 채 달리는 병사들을 향해 날아올랐다.

"열성적이네? 추울 텐데."

"땅바닥보다는 건물 안이 더 따뜻할 겁니다, 마마."

"흐응~"

아~ 눈이다. 하늘에서 하얀 눈송이들이 떨어져 내리기 시작한다.

"보아하니 전투가 장기전으로 돌입할 것 같은데 이만 돌아가시겠습니까?"

"아니, 그래도 명색이 예비대인데 자리는 지키고 있어줘야지. 안 그러면 저 앞에서 싸우는 녀석들이나 이 눈발을 맞으며 서 있는 화격단 부하들에게 미안하잖아."

난 언제라도 전투에 투입될 태세를 갖춘 채 서 있는 화격단 부하들을 가리키면서 그렇게 말했다. 그러자 댄—어깨에 붕대를 감고 있다. 부상 탓인지 갑옷은 안 입었지만 그 대신 두터운 망토를 두르고 있다—이 고개를 끄덕이면서 말했다.

"하긴 그도 그렇겠군요."

"그보다… 폐하의 위치는?"

"본대라면 여기서 12㎞ 떨어진 평원에 위치하고 있습니다. 아직 저 로세니아 본대가 움직이지 않아서 이쪽도 움직이지 못하고 있다 하더군요."

"그래? 흐음……."

"부대를 이동시킬까요? 지금 저희가 빠져도 큰 문제는 없어 보입니다만……."

"아니야. 됐어. 이번 작전에서 우리의 목적은 빈 요새를 점령하는 것이니까 거기에나 집중해야지. 폐하는 그 뒤에 뵈어도 돼."

난 고개를 저으면서 그렇게 답했다. 내 멋대로 케센의 국경을 지나 적국 영토까지 넘어갔다 돌아왔는데 빈손으로 갔다간 로이드가 얼마나 잔소리를 해댈지 상상조차 안 가니까. 확실히 눈에 '보이는' 실적을 가져가야 돼. 음음. 그래 실적이 필요하지. 화가 난 로이드가 우리 로렌을 못 보게 할지도 모르니까. 그러면 난 정말 가슴 아파서 죽어버리고 싶을 거야.

"요새 안의 적은 얼마나 되지?"

"대략 천여 명쯤 된다고 합니다. 요새 주변에 주둔하고 있던 적 병력은 아군 부대가 도착하자마자 적의 본대 쪽으로 도주해 버렸고 남은 건 요새 수비군 일부입니다."

"그런 것치고는 저항이 너무 격렬한 것 같지 않아?"

질척해진 땅바닥에 긴 홈을 파면서 앞으로 나아간 배틀램이 성문을 두드리고, 수천 명의 크레센트 병사가 사다리를 타고 성벽 위로 기어올라가기 위해서 안간힘을 쓰고 있는데도 불구하고 별로 크지 않은 목조 성은 함락될 기미가 보이지 않는다. 작은 요새 위에서 버티고 있는 로세니아 군은 결사적으로 항전했다. 아군만큼이나 그들도 필사적이었다.

"버티면 원군이 올 줄 아는 것이겠죠. 로세니아 놈들은 이런 요새들을 각 지역에 세워서 조금씩 야금야금 크레센트의 영토를 잠식해 들어왔으니까요."

"그래? 하긴 등 뒤에 요새를 남겨두고 적의 주력을 치는 것도 불안한 일이긴 하지. 하지만 저놈들도 제정신이 아니야. 겨우 몇 달 사이에 저만한 요새를 남의 영토 안에 떡하니 건설하다니."

"인력과 물자는 남아돌 겁니다."

"어디에? 아……."

"그렇습니다. 굳이 험한 산맥을 넘어 물자를 실어 나를 필요도 없습니다. 아넬 공국에서 약탈하면 그만이니까요. 목조 가옥의 기둥은 좋은 통나무 재료가 되어줄 테고, 거기다 수만 명의 인부에게 강제 노역을 시킬 수 있을 테니 마음먹고 요새 하나 세우면 얼마 걸리지도 않을 것입니다. 성벽으로 쓸 만한 석재가 주변에 많지 않다는 것이 다행이죠."

"지루한 싸움이 되겠네."

"현재 전투의 양상도 지루한 소모전이 계속되고 있는 형편이라고 합니다, 마마. 그것도 아군 측과 적군이 건설한 요새와 목책을 빼앗고 뺏기는 공성전 양상이더군요."

"남의 땅까지 넘어온 녀석들이 왜 여기서 우물거리는 걸까?"

"케센 왕국 때문이겠죠. 크레센트도 로세니아도 가용할 수 있는 병력의 대부분이 이곳에 몰려 있으니 두 군대가 교전을 벌이면 한쪽 주력군은 사라지게 될 테고, 그렇게 되면 진 쪽은 케센 국의 침공을 당하게 될 테니까요."

"그런가. 흠, 그도 그렇군. 그래서 이렇게 지루한 땅따먹기나 하고 있는 거지?"

"뭐… 그런 작전도 마마 덕분에 박살났습니다. 로세니아 놈들은 이제 본국으로 도망치던가 아니면 전 병력을 이끌고 몰려나오던가 둘 중 하나를 선택해야 할 것입니다."

"잘 아네?"

"하하. 제가 좀 잘나긴 했습니다."

"……."

아~ 아~ 댄 녀석은 원래 이런 놈이었지. 그 정도는 나도 지도만 보면 충분히 알 수 있는 거라고. 흥!

부우우우우우웅.

시끄러운 전장의 소음을 뒤덮는 커다란 나팔 소리가 울려 퍼졌다.

"퇴각 신호군요."

"아, 그래. 우리도 이만 돌아가자."

"예, 마마."

말고삐를 잡아당겼다. 그동안 나를 태우고 묵묵히 서 있던 검은 털을 가진 말—카렌 녀석이 적 사령관과 함께 가져온 전리품이다—은 고삐를 당기자 순순히 고개를 돌리며 움직였다.

"부대! 진지로 복귀한다! 해가 지기 전에 식사를 마치고 각 중대별로 경계에 임한다. 이동!"

내 뒤를 따라 말을 모는 댄을 대신해서 화격단 선임 대대장이 된 밀러 대대장이 크게 소리쳤다. 그의 구호에 맞춰서 각 대대별로 진지를 향해 발걸음을 돌렸다. 음… 역시 크렌과 닐크가 빠진 게 크긴 크구나. 그 자식들 겨우 연약한 나한테 몇 대 얻어맞았다고 드러눕다니 말이야. 하여간 허약하기는… 쯧쯧. 덕분에 밀러 대대장만 고생하는구나.

말뚝 장애물들과 목책을 지나쳐 부대 진지로 돌아온 나는 우선 거추장스러운 갑옷부터 벗어 던졌다. 그리고 헤쉬케린 늙은이가 주었던 그 흰 가루약을 입 안에 털어 넣었다. 효능이 미심쩍긴 했지만 진통 효과는 확실했기 때문에 입에서 뗄 수가 없는걸. 내 막사 안에서 대기하고 있던 군의관에게 손바닥의 상처를 치료받고 퉁퉁 부운 발등의 붓기를 빼는 약초를 붙인 뒤 난 다시 막사를 젖히고 밖으로 나왔다. 상처는 낫지 않고 있다. 더 심하게 악화되지 않기 위해서 치료를 받아야 한다니 왠지 좀 처량한걸.

"으응?"

막 막사를 나서서 밖을 내다보니 석양을 등진 채 진지로 복귀하는 한 무리의 병사들이 눈에 들어왔다. 오늘 공성전에 투입되었던 정규군 병사들이로군. 둘씩 혹은 셋씩 서로 부축을 해가면서 돌아온 병사들은 진지 입구를 통과하자마자 금세 사방으로 흩어져 버렸다. 곧 이어 주위에서 끙끙 앓는 신음 소리와 비명 소리, 그리고 고함 소리가 들려왔다.

"휴우……."

어쩌겠어, 전쟁이란 원래 이런 것을. 어서 빨리 끝내 버리는 게 낫겠지. 상처가 쑤셔온다.

우울한 광경을 보게 된 나는 진지 주변을 거닐며 기분 전환하려던 생각을 내던져 버리고 다시 막사 안으로 들어왔다. 막사 구석에는 카렌 녀석이 짐 더미 사이에 주저앉아서 동글동글한 눈동자로 나를 지켜보고 있었지만 난 녀석의 존재를 무시해 버리고는 그대로 침대에 드러누웠다.

털썩.

아… 이제 어떻게 해야 할까? 난 언제까지 싸워야 하는 걸까? 그리고 언제쯤이면 우리 로렌을 안고 따뜻한 햇살을 받으며 소풍을 나갈 수 있는 걸까.

"하아……."

울고 싶다.

잠이 안 와. 한밤중이 되도록 침대에 누워서 뒤척거려 봤지만 잠이 안 온다. 평소에는 눕기만 하면 기절하듯 잠이 들었는데 오늘은 왜 이러는 거야. 정말이지… 쯧.

"아아……."

머리를 벅벅 긁으면서 몸을 일으켰지만 이 시간에 마땅히 할 일이 있는 것도 아니고 또 놀러 다닐 처지도 아니니 정말 지루하다. 에휴… 댄 자식들에게 시비나 걸러 갈까? 음… 그것도 지은 죄가 있으니 별로 내키지가 않아.

"저… 정말로 아… 안 됩니다아~"

응? 뭔 소리야? 막사 밖에서 들리는 듯한데 이 밤중에 누가 저렇게 떠들어대는 거야? 그것도 내 막사 앞에서 말이야. 간도 크구나. 너 잘 걸렸다. 후후후. 누군지는 모르겠지만…….

"우와~"

펄럭.

침대에서 막 빠져나오려고 할 때 밖에서 반짝이는 플레이트 메일을 입은 사내가 안으로 튀어 들어왔다.

"뭐야?"

"예? 예? 아니… 그게 아니라. 저기… 마마……."
"랭스턴 자작! 누구 허락을 받고 멋대로 내 침소에 들어온 건가?"
"그, 그러니까……."

에잇! 짜증나! 로이드는 왜 저런 술주정뱅이를 신하로 삼은 거야? 그렇게 인재가 없었나? 내가 자신을 쏘아보자 어쩔 줄 몰라 하면서 허둥대던 랭스턴 자작은 말까지 더듬으면서―그것도 양손을 허공에 휘저으면서―당황한 모습으로 무언가를 말하려 했지만 갑자기 휘장 밖에서 툭 하고 튀어나온 발바닥이 그의 허리를 힘껏 걷어차 버렸다.

퍽.

"우아아… 아야야야……."
"길 막지 말고 비키라고 했지? 젠장. 짜증나게시리……."
"어… 어?"
"뭘 그렇게 보는 건가? 아넬리안, 사람 얼굴 처음 봐?"
"예에… 그게……."

말 더듬는 것도 전염되나 봐. 아니아니, 이게 아니잖아!

"폐하!"
"그렇게 소리 안 질러도 다 들려. 작게 말해."
"그게 아니잖아요! 폐하께서 어찌 이곳에……."

로, 로이드가 갑자기 나타나다니. 이거 뭔가 잘못된 거 아니야? 어떻게 그가 여기 있을 수 있는 거지? 말도 안 돼!

"왜? 당신이 여기 숨어 있으면 내가 못 올 줄 알았나?"
"어, 어떻게 오신 거예요?"
"어떻게 오긴! 말 타고 왔지! 지도상으로는 그리 멀지 않은 것 같았는데 막상 말을 몰고 달려보니 한 시간이나 걸리더군."
"아니! 그게 아니잖아요! 왜 여기 오신 거예요? 네?"

"내 얼굴만 보면 집 밖으로 가출하는 여편네 잡으러 왔다! 망할."

하… 하하… 하하하……. 로… 로이드가 과격해졌어. 아니야. 저건 과격한 게 아니라 신경질쟁이가 된 거야! 우아… 나의 로이드가… 그 귀엽고 상냥하던 로이드가―추억이란 원래 각색되는 법이다―저렇게 미간을 찌푸리며 신경질을 부리는 못된 남편이 되다니! 이것도 저주인 건가? 아하하… 기가 막힌다.

"랭스턴 자작!"

"예옛! 폐하!"

"나가봐, 왕비랑 단둘이 나눌 말이 있으니. 그리고 경비병들도 멀찍이 보내놔! 당장!"

"옛! 폐하!"

로이드의 외침에 허리를 부여잡고 끙끙거리던 랭스턴 자작이 갑자기 벌떡 일어서더니 뒤도 안 돌아보고 허겁지겁 밖으로 뛰쳐나갔다. 랭스턴 자작을 내보낸 로이드는 이어서 여전히 짐 더미 사이에 쪼그리고 앉아서 우리들을 빤히 바라보고 있던 카렌에게 소리쳤다.

"너도 나가!"

"……."

과연 카렌. 자랑스러운 크레센트 왕국의 국왕 폐하이신 로이드 1세의 명령에도 굴하지 않고 꿋꿋하게 자리에 앉아서 로이드를 빤히 올려다본다. 그리고는 고개 돌려 나를 바라본다. 내가 살짝 고개를 끄덕이자 카렌은 아무 말 없이 몸을 일으키고는 바지에 묻은 흙을 툭툭 털면서 밖으로 나가 버렸다.

"자! 이제 우리 대화 좀 할까? 부.인."

"그러… 죠."

왠지 잠은 다 잔 것 같은 분위기다.

"본론에 들어가기 전에… 나한테 사과할 것 없나? 아넬리안."
"에……."

없기는. 너무 많아서 뭐부터 말해야 할지 모르겠는걸. 난 잠시 동안 곰곰이 생각한 뒤에 가장 심각하다고 생각되는 것부터 말을 꺼내기 시작했다.

"늘 제멋대로 행동해서 미안해요."
"……."
"로렌… 우리 아이를 쓸쓸하게 놔둬서 미안해요."
"…그리고?"
"허락도 없이 신하들 빼가서 미안해요."
"……."
"아참. 국고에서 자금도 조금 슬쩍했어요. 많지는 않아요. 한 이백만 골드쯤……."
"끄응……."
"그리고… 황실 무기고에 있던 활과 창들도 서류 조작으로 슬쩍 들고 나왔고……."

털썩.

나를 노려보고 있던 로이드가 내 침상에 걸터앉으면서 손으로 눈가를 가린다. 나… 뭐 실수한 걸까?

"계속해. 계속."

"에… 음… 또 뭐가 있더라……. 아! 북부 도시에 보관되어 있는 군용 곡창들 다 비었을 거예요. 거기도 조금 채워줘야 돼요. 모자라서 민간용 식량 창고도 다 털어갔거든요. 그러고 보니 폐하 이름으로 했구나. 깜빡했네."

"크흠……."

"멋대로 케센 국경을 넘어 로세니아를 친 건 미안해요. 말했어야 하는데, 비밀 협정 중에 포함되어 있었던 거란 말이에요. 잘되면 나중에 보고할 생각이었다고요. 그리고 결과적으로 잘되었잖아요. 안 그래요?"

"하아……."

"그리고……."

난 살며시 입을 다물었다. 이걸 말해야 할까? 더 화낼 거 같은데… 이해해 줄까? 고민된다.

"계속해."

"하지만……."

"계속하라고 했어! 명령을 내려줄까? 응? 대 크레센트 왕국의 국왕 로이드 1세의 이름으로 명한다! 계속해! 됐나?"

"계… 계속할게요."

무… 무서워. 진짜 화난 건가? 로이드가 고개를 끄덕인다. 아아… 이것만은 말하기 싫었는데….

"이번에도 전장 선두에서… 싸… 싸웠어요. 무… 물론! 그러지 말라고 댄… 아니, 워렌 자작이랑 다른 이들 붙여준 건 알아요. 비… 비록 제 부하들이긴 했지만 어쨌든 직위를 받았으니까, 폐… 폐하의 신하들이니까 알고 있었어요. 그래서 저도 참으려고 했었는데… 그게…….''

"후우… 빌어먹을."

"대… 댄도 많이 말렸고 저도 참으려고 했었는데… 그게… 있잖아요! 원래 사령관은 맨 선두에서 싸워야 병사들이 따르는 거잖아요. 안 그래요? 그래서 저도 솔선수범해서……."

"닥쳐!"

움찔. 포… 폭발했다. 로이드가 폭발했다아~ 난 노려보는 로이드의 눈. 내가 그의 의지를 무시하고 그를 배반했을 때 상처받은 채 가라앉은 바로 그 눈과 똑같은 눈초리였다. 무서워.

"후우… 또 없어?"

"이, 이젠 없는… 데… 요."

갑자기 로이드가 벌떡 일어섰다. 그리고 내게 다가온다. 내 앞에 우뚝 선 로이드. 이젠 나보다 더 커버려서 올려다보게 되어버린 내 남편은 잔뜩 찌푸린 얼굴로 나를 내려다본다. 그의 눈동자 사이로 커다란 분노가 보이는 건 내 착각일까?

"입 꽉 물어."

나를 노려보던 로이드가 오른손을 치켜들며 말했다. 맞는다!

"자, 잠깐만요! 잠깐!"

"…뭐야?"

막 내 뺨을 때리려고 움직이던 손이 뚝 멎었다. 난 나도 모르게 감았던 눈을 뜨면서 그의 얼굴에 손을 들이댔다.

"저… 저기… 저 부상자인데요."

"하… 하하……."

내 말에 로이드가 허탈한 듯 웃는다. 그리고는 내 손에 감긴 붕대와 내 얼굴을 번갈아 바라본다.

"이런 걸로 안 죽어! 무서우면 눈감아."

"에에에에……."

이번엔 진짜로 맞는다. 화난 표정으로 나를 노려보는 로이드의 눈빛이 너무 무서워. 나도 모르게 눈이 감겼다. 쉬익… 귓가로 바람 소리가 들려왔다. 움찔.

"……."

"……."

소, 소리가 안 나네? 아프지도 않고. 살며시 눈을 떠보니 로이드의 손

Last Battle 199

이 내 볼 바로 앞에 멈춰 서 있는 게 보였다. 그리고 그의 얼굴로 시선을 돌려보니까 입꼬리를 움직이며 실룩거리고 있는 로이드의 모습이 보였다.

"쿡……."

로이드가 작게 웃으면서 손을 뻗어서 내 볼을 만졌다. 따뜻해. 그의 두 팔이 내 어깨를 타고 스르륵 미끌어진다. 나를 껴안은 로이드는 내 뺨에 자신의 볼을 비비면서 귓가에 대고 속삭였다.

"역시 여자는 못 때리겠어. 아니… 당신은 못 때리겠어. 쿡쿡쿡."

"히에에……."

아… 하아… 아아아…….

"뭐야? 그 괴상한 목소리는?"

"…온몸에 힘 빠지는 소리요."

안도감이 물밀듯이 밀려들어 오자 잔뜩 긴장했던 몸이 저절로 스르륵 풀려 나갔다. 로이드에게 안긴 난 그의 몸에 기대면서 두 팔로 로이드의 목을 껴안았다. 따뜻해.

화해… 라고 할 수 있으려나? 하여간 로이드의 기분이 풀어졌다. 사실 여기까지와서도 당장 로이드를 보러 달려가지 않은 건 혼날 걸 뻔히 알고 있기 때문이었는데… 뭐… 이 정도로 끝난 게 다행이지. 진짜 맞는 줄 알았는데 말이야. 아팠을 거야. 무척 아팠을 거야. 몸도 마음도.

"무슨 생각 하고 있지?"

"에……."

"뭐… 말하기 싫으면 관두고. 내가 왜 화가 났는지 알아?"

"……."

"모르면 잘 들어두라고."

"네에."

"그러니까 말이야. 내가 화난 건… 왜 로렌에게는 미안하면서 나한테는 미안하다는 말 한마디 안 하는 건데? 상식적으로 생각해 봐도 내가 로렌보다 더 걱정했을 거라고 생각 안 해? 응?"

"……."

그런 이유였냐? 겨우 그것뿐? 그것 때문에… 난… 알리지 않아도 될 비리들과 남편 몰래 꿍쳐 둔 비자금에 대해서 불어버린 거야? 와하하하하. 차라리 날 죽여줘. 아니, 때려줘.

"왜 대답이 없지? 아넬리안?"

"미… 미… 미안… 해요."

"거참. 사과 한번 받기 참 힘들군."

크흑. 로이드의 성격으로 봤을 때 보나마나 일 끝나면 오늘 내가 떠벌인 거에 대해서 몽땅 추궁해 올 거야. 아아… 이제 화격단 운영비는 어디서 조달하냐. 내 인생은 너무나 참담해. 참혹해. 불쌍해! 크흑. 내가 통한의 눈물을 흘리고 있을 때 갑자기 로이드가 달려들어서는 번쩍 들어 올렸다.

"웃차."

"꺄… 꺄악! 내… 내려줘요!"

"부상자라면서? 부상자는 부상자에 걸맞게 대우해 줘야겠지?"

"하… 하지만……."

우아아… 로이드 힘 세졌네… 가 아니라! 이 남자는 왜 이렇게 날 안는 걸 좋아하는 거야! 난 바닥에서 발이 떨어지면 불안하다고! 말에 탔을 때는 괜찮지만… 이렇게 남의 품에 안긴 채 들려 가는 건 싫어! 창피해!

"버둥거리지 마! 떨어지면 다친다고!"

양팔로 날 안아 든 로이드는 그렇게 말하면서 날 나무 침상 위에 내려놓았다. 그리고는 내 옆에 반쯤 드러누우면서 나를 내려다보았다.

"화장도 안 하고 전쟁터만 쫓아다녀서 못생겨졌을 줄 알았는데 여전히 예쁘네. 의외로."

"그… 의외라는 건 무슨 뜻이죠? 뭘 기대한 거예요?"

"하하. 역시 이래야 아넬리안이지. 좀 전에는 너무 고분고분해서 내가 사람을 착각한 줄 알았다니까."

"……."

나야말로 당신이 진짜 로이드인지 의심스럽네요. 나의 로이드는… 나의 로이드는… 원래 삐뚤어지고 심통맞았지. 그래도 전엔 순진하기라도 했었는데 이제는……. 슬며시 고개를 들어서 로이드를 올려다보니 그는 무슨 생각을 하는지 골똘히 생각에 잠겨 있다. 분명히 눈은 나를 보고 있는데 그의 머리 속은 다른 곳에 가 있는 게 분명해 보인다.

"무슨 생각을 하는 거예요?"

"아? 아아… 별로. 대단한 건 아니야."

"앞으로의 일에 대해서 고민하시는 건가요?"

"뭐… 그런 거지. 오늘 장군들에게 보고받기로는 더 이상 적은 전쟁을 수행하기 힘들어질 테니 아마도 마지막 결전을 준비하던지 아니면 협상을 하려 할 거라고 하더군. 당신은 어떻게 생각하지?"

"커트렌 그 자식이라면… 절대로 협상 같은 건 안 할 거예요, 폐하."

"…커트렌… 확실히 저쪽 사령관 이름이 바로 그 이름이었지. 노베른 가문의 장자… 가 아니라 이젠 가주라고 해야 할까?"

"그 자식은 절대로 협상 같은 걸 할 놈이 아니에요, 폐하. 만약 협상을 제의해 온다면 다른 꿍꿍이가 있던지 시간을 벌려고 하는 거겠죠."

"하긴… 나도 그렇게 생각해. 젊은 놈이긴 하지만 교활한 놈이니까."

그래도 로이드보다는 나이가 많은 걸로 아는데… 자기보다 어린 사람에게 젊은 놈 소리를 들으면… 아마 분통 터져 죽으려고 하겠지? 풋.

"뭐가 웃긴데?"

"아뇨. 별것 아니에요. 그보다 왕실 안 상황은 어때요?"

"아아~ 꽉 잡았어."

스윽. 로이드가 슬며시 내 머리를 감싸 쥐면서 드러누웠다. 그리고는 내 앞머리카락을 손으로 만지면서 계속 말을 이어 나갔다.

"요 몇 년 동안 계속된 왕위 계승 싸움과 내전, 그리고 이번 전쟁 때문에 영지를 가진 귀족들은 큰 타격을 입었어. 싸움에 직접 연관된 자들은 대부분 죽었고 직접 연관이 되어 있지 않더라도 재정적, 군사적 압박에 시달리고 있지. 쥐어짤 대로 쥐어짜고 있거든. 그렇게 해서야 겨우 북부와 남부를 안정시키고 로세니아 놈들을 몰아낼 수 있을 만큼 전력을 비축할 수 있었으니까. 거기다 지금 군권은 모두 내가 거머쥐고 있다고. 징집병은 물론이고 정규군들까지 모두 내 명령을 듣고 있으니 아무리 간 큰 귀족이라도 내 앞에서는 입을 함부로 놀리지 못해. 실제로 내가 직접 전쟁에 참가한다고 말했을 때도 아무도 반대하지 못했거든. 늙은 대신들이 한 번 찾아와서 넌지시 말을 건네기는 했지만 무시해 버리니까 그 다음부터 안 오더라고. 거기다 정규군 지휘관들과 장교들도 브래드릭 형님이 꽉 쥐고 있어서 더 편하기도 했고."

"헤에… 그럼 이제 반대파는 모두 사라진 걸까요?"

"뭐… 귀족 놈들이 속으로 무슨 생각을 하는지 내가 알 수가 있나? 하지만 그래도 지금 상황에서는 대놓고 내게 투덜거릴 놈은 없지. 전시에 왕의 명령을 어긴다는 건 반란을 일으킨다고 떠들어대는 거나 다름없으니까."

"그렇군요."

"거기다, 워렌 자작이 워낙 기틀을 잘 다져 놔서 말이지. 어디서 구슬

렸는지는 모르겠지만 여러 귀족 파벌에 휩쓸리지 않고 중립을 지키거나 몰락 귀족 출신의 장교들과 관료들을 끌고 왔거든. 크레센트가 세워진 이래로 왕의 권한이 나만큼 강했던 때는 아마 없었을 거야. 원하든 원치 않든 따를 수밖에 없는 상황이랄까? 그런 상황이지."

"잘됐네요, 폐하. 이제 폐하께서 원하시는 대로 나라를 운영하실 수 있을 거예요."

"그것도 이 전쟁이 빨리 끝난 다음에나 가능한 것이고… 그보다 아넬리안, 당신은 이제 어쩔 거지?"

"예?"

"이제 당신의 부대… 화격단이던가? 그 부대도 본대와 합류했잖아. 이제 굳이 당신이 지휘할 필요는 없지 않겠어? 거기다 다치기까지 했잖아. 안 그래?"

"그렇긴 하지만……."

"그러니까, 이제 당신은 왕성으로 돌아가라고."

"예? 하지만요."

"더 이상 여자인 당신이 이곳에서 고생할 필요는 없어. 로렌도 데려왔으니까 로렌과 함께 왕성으로 돌아가. 로렌도 당신을 많이 찾았으니까 이제 아이를 돌보면서 쉬라고. 전쟁 같은 일은 남자들에게 맡겨두고."

"하지만……."

"뭐가 하지만이야?! 내 말 들어! 만약에 싫다고 하거나 내 시야에서 도망치려고 하면 꽁꽁 묶어서 튼튼한 상자에 집어넣은 다음에 왕성으로 보내 버릴 거야! 100m 밖에서도 아주 잘 보일 정도로 커다란 리본을 달아서 말이야!"

"에에엑!"

그거… 무지하게 끔찍하다. 어라? 로이드의 이 말 언젠가 내가 했었던가? 왠지 매우 친숙한… 아냐! 지금 중요한 건 이게 아니야! 어쩌지? 난 그럴 마음이 전혀 눈곱만큼도 없는데! 슬쩍 로이드를 돌아봤지만 그는 완고한 얼굴로 나를 바라보고 있을 뿐이다. 지금은 어떤 말로 설득해도 씨도 안 먹힐 게 뻔해. 안 돼! 그 뺀질뺀질한 댄 자식과 쓰레기와 동급인 내 부하 놈들은 내가 없으면 안 된다고!

"그게… 에……."

"뭐… 지금 당장 가라는 건 아니야. 눈도 오고 하니까 조금 날씨가 풀리면 그때 가서 다시 이야기하도록 하자고."

우아아… 벌써 마음을 정했어! 그래 놓고 뭘 나중 가서 다시 이야기하자는 거야? 망할 남편 같으니라고! 하여간 내가 하는 일에 도움을 줄 생각을 안 한다니까! 우이씨! 그때 막사 밖에서 목소리가 들려왔다.

"폐하."

"누구야? 아무도 들이지 말라고 했을 텐데?"

"왕세자 전하께서 오셨습니다."

"그래? 로렌이, 이 시간에? 자고 있지 않았던가?"

"들여보내! 어서!"

"예!"

휘장이 젖혀지면서 내 허리에도 안 올 만큼 조그마한 아이가 뛰어 들어왔다. 아아~ 로렌. 꿈속에서 몇 번이나 만났지만 실물로 보니까 너무 귀엽고 사랑스럽구나.

"마마!"

"로렌!"

탁.

나를 안고 있던 로이드의 팔을 쳐내고 잽싸게 일어선 난 모피를 뒤집어쓴 건지 움직이는 모피 걸이가 된 건지 분간할 수 없을 만큼 모피에 둘러싸인 로렌에게 달려가서 아이를 꼬옥 안아주었다.
"보고 싶었쪄요! 보고 싶었쪄요!"
"그래. 엄마도 로렌을 많이 보고 싶었다. 내 아기."
울먹거리는 로렌을 번쩍 안아 들었다. 로렌은 내 얼굴을 보자 그동안 꾹꾹 눌러서 참고 있었던 눈물을 줄줄 흘리면서 울었고 난 그런 로렌을 달래주었다. 그리고 고개를 돌려보니 로이드가 '쳇' 하고 툴툴거리면서 얼굴을 돌려 버린다. 풋.
"폐하아~"
"…왜 그러지?"
"세상에서 가장 못난 남편이 어떤 남편인지 아세요?"
"몰라!"
"자기 자식을 질투하는 남편이랍니다. 후훗."
"흥!"
로이드는 콧방귀를 뀌면서 돌아누웠다. 그러면서도 이불을 젖혀주는 걸 보니까 양심은 아직 남아 있나 보네. 후후후. 나를 놀린 벌이다!
"자, 로렌. 오랜만에 엄마랑 같이 잘래?"
"네! 네! 네!"
"쳇……."
저런. 로이드도 아직 너무 어리다니까. 로렌이나 로이드나… 쯧쯧. 이래서야 내가 어린애 둘을 키우는 거나 다름없잖아? 아아~ 난 너무 불행해. 우후훗.
연신 터져 나오는 웃음을 한 손으로 막으면서 로렌의 그 과도한―너무 많이 껴입은―모피 코트를 벗겨준 다음에 아이를 가운데 눕히고 침대 속으로 들어갔다.
"날씨가 춥다. 더 가까이 와."

"네에~"

로렌은 자다가 깨서 쫓아온 건지 자리에 눕자마자 연신 하품을 한다. 졸린 기색이 역력한데도 불구하고 내 손을 꼬옥 붙잡으면서 졸음을 쫓으려고 하는 모습을 보고 있으니 너무나도 귀엽고 사랑스러웠다.

스윽.

나와 로렌의 머리밑으로 로이드의 큰 팔이 지나갔다. 하여간… 말과 행동이 안 맞는 남자라니까, 로이드는.

하아암. 오랜만에 맘 편하게 잤다. 천막 밖이 밝아오는 걸 보니 슬슬 아침이 될 시간인 것 같았다. 고개를 돌려 옆을 보니 로이드와 로렌이 서로 이마를 맞댄 채 쿨쿨 자고 있다. 헤에~ 로이드도 로이드지만 아빠 품에 안겨서 자고 있는 로렌을 보고 있자니 손이 근질근질거린다. 살짝 손을 뻗어서 로렌의 볼을 쿡쿡 찔렀더니 저절로 몸이 배배 꼬일 만큼 귀여운 로렌이 몸을 움찔거린다.

"우우웅."

그리고는 내 손길을 피해서 꼼지락거리면서 제 아버지한테 달라붙는다. 오호홋. 조금만 더 가면 굿모닝 키스도 가능하겠는걸? 푸훗. 쿡쿡.

꾹.

"우웅~"

꼼지락꼼지락. 조막만한 손으로 내 손가락에 찔린 볼을 긁적거리며 로렌은 로이드에게 찰싹 달라붙었다. 그러자 로이드는 고개를 숙이면서 로렌의 키스세례(?)를 이마로 받았고 귀찮은지 몸을 뒤척이면서 로렌에게서 떨어진다. 우훗. 쿡쿡. 쿡쿡쿡. 재미있다.

"우에… 우에엥!"

"어, 어라?"

갑자기 로렌이 눈을 감은 채 울음을 터뜨렸다. 깜짝 놀란 난 급히 로렌을 안아 들어서 무릎 위에 올려주었다. 아이의 울음소리에 눈을 뜬 로이드가 고개만 빼꼼이 든 채 나를 올려다본다. 로이드… 이마가 침투성이야. 머리카락이 찰싹 달라붙어 있다.

"왜 그래?"

"에? 에? 그게… 무서운 꿈이라도 꾸었나 봐요."

"아아……."

로이드는 그렇게 무성의하게 대답하면서 고개를 옆으로 돌려 버렸다. 치이. 너무하잖아! 아이가 우는데 귀찮다고 고개를 돌려 버리다니!

"우엥… 우엥……."

"엄마 여기 있잖아, 로렌. 자~ 뚝. 뚝."

아이의 눈가에 그렁그렁 맺힌 눈물을 닦아주면서 꼭 안아주자 로렌은 내 품 안에서 히끅거리면서 울음을 참는다. 그리고는 제 엄지손가락을 쪽쪽 빨면서 다시 잠이 들었다. 우하~ 갑자기 울 줄은 몰랐다고. 뭐. 일부로 그런 건 절대 아니야. 귀찮게 해서 짜증났던 걸까?

"자~ 로렌아, 엄마랑 코~ 자자?"

"우우웅."

내 품에 안긴 로렌이 작게 옹알거리면서 내 가슴에 몸을 묻고는 비비적거린다. 후훗. 입가에서 미소가 떠나질 않는구나. 아아~ 이 맛에 산다니까 정말.

"자아~ 자자, 로렌."

조심스럽게 로렌을 침대 위에 눕혔다. 그리고 그 옆에 같이 누운 뒤 로렌의 목 위까지 이불을 덮어주자 입을 반쯤 벌리고 눈을 꼭 감은 채 누워 있던 로렌이 조그만 팔을 휘휘 젓다가 내 가슴팍의 옷자락을 양손으로 꼬옥 붙잡고는 내게 매달려 왔다. 난 아이가 깨지 않도록 조심하면서 로렌의 머리에 팔베개를 해준 다음 내 품에 안겨 있는 아이의 머리를 살살 쓰다듬어 주었다.

"우웅."

로렌은 기분이 좋은지 작게 웅얼거리면서 더욱더 내 품에 매달렸고, 떨어지지 않으려는 듯 자는 중에도 가운 옷자락을 두 손으로 꼬옥 쥐고 있었다. 이 녀석 잠든 거 맞아? 어린애면서 왜 이렇게 힘이 좋은 거야. 안 떨어지네. 뭐… 옷 찢어지면 로이드보고 새로 맞춰달라고 하면 그만이지. 우리 아이를 위해서인데 설마 그깟 옷 한 벌 가지고 째잔하게 굴까. 우훗. 난 마치 천사처럼 보이는 로렌의 이마에 살짝 입맞춤을 해주었다.

쪽.

"나도."

"히엑!"

"뭐야, 그 반응은?"

노, 놀라라. 언제 깬 거야, 이 인간은? 고개를 들어보니 로렌과 마찬가지로 목만 이불 밖으로 빼꼼이 내밀고 있던 로이드가 두 눈을 껌뻑이면서 나를 바라보고 있다.

"안 해줄 거야?"

"네?"

"모닝 키스. 여기. 여기."

그렇게 말하면서 로이드는 자신의 이마를 톡톡 친다. 나참. 애냐?! 정말이지 이 남자 올해로 21살—결국 난 22살이 되고 말았다. 슬퍼—된 건장한 청년 맞아? 하는 짓은 완전히 애잖아! 로렌이 보면 얼마나 한심해할까. 이런 남자가 아빠라니. 쯧쯧.

"뭐 해? 빨리 해줘."

"로렌이 깨잖아요."

로이드의 부담스러운 시선을 슬며시 피한 난 내 품 안에 안긴 로렌을 방패로 내세우면서 조심스럽게 거절했다. 그러자 로이드가 갑자가 미간을 찌푸리며 내 품에 안겨서 새근새근거리며 잠들어 있는 로렌의 뒤통수를 노려보다가 꿈지럭거리면서 내게 머리를 들이밀었다. 나참… 이 남자는 뭘 믿고 이렇게 애처럼 구는 걸까? 철 좀 들었으면 좋겠다. 어릴 때의 로이드가 좋았는데. 작게 한숨을 내쉰 난 로렌의 등을 토닥이던 손을 내밀어서 로이드의 목을 끌어안았다. 그리고는 그의 이마에 입을 가져갔다.

쪽.

"이제 됐… 움! 움움!"

망할 남편! 갑자기 덥쳐서 억지로 키스해 버리다니! 고개를 뒤로 빼면서 반항해 봤지만 로이드는 양손으로 내 귓가를 단단히 붙잡고 머리를 움직이지 못하게 만들었다. 우에… 혀 집어넣지 마! 꽉. 내 이 사이를 비집고 들어오는 로이드의 혀를 꽉 깨물었다.

"우웃."

그러자 로이드가 인상을 쓰면서 떨어져 나갔는데 그러고도 정신을 못 차렸는지 날 노려본다.

"흥!"

난 로렌의 몸을 두 손으로 안은 뒤에 몸을 돌렸다. 뒤통수가 따끔거리는 걸 봐서는 로이드는 계속 날 노려보는 듯했는데 의외로 조용하다. 한 번 당하고 나니까 포기한 건가? 시간이 조금 지나자 슬며시 걱정된다. 고개를 슬쩍 돌려서 돌아보니 로이드의 살기등등한 눈이 나를 뚫어져라 노려보고 있었다. 우엣! 황급히 고개를 돌려서 로이드를 외면했다. 전쟁터에서도 저만한 살기를 느껴본 적은 없다고!

뿌득.

등 뒤에서 이 가는 소리가 들려왔다. 으… 등 뒤로 식은땀이 흘러내린다.

"아. 넬. 리. 안."

"네… 네에?"

"이 망할 여편네! 감히 남편의 혀를 깨물어?"

"그, 그러길래! 누… 누가 막 키스하라고 했어요?"

"그래도 꼬박꼬박 대답한다 이거지? 뿌득."

찔끔. 저렇게 이를 갈면서 화내는 걸 보니까… 조금 무섭다.

"저, 저기… 폐… 폐하? 조… 조금 진정하시고……."

"시끄럿!"

"꺅!"

와락. 갑자기 로이드가 뒤에서 나를 껴안더니 억지로 내 고개를 돌리게 하고는 다시 입술을 겹쳐 왔다. 아아앙… 난 몰라. 기분이…….

"우웅? 마마?"

움찔. 나와 로이드의 몸이 동시에 굳어버렸다. 설마… 하는 마음으로 내 가슴팍에 매달려 있는 로렌을 내려다보자 땡글땡글한 두 눈으로 우리를 올려다보고 있는 로렌의 얼굴이 보였다. 아으… 얼굴이 불이 난 것처럼 달아오른다. 그때 갑자기 로이드가 손을 뻗더니 손바닥으로 아이의 두 눈을 턱 하고 가려 버린다. 그리고는 계속 키스를 이어갔다.

"웁! 우웁!"

후엑… 숨찬다고! 아이 앞에서 이 무슨 추태냐고오!! 이 망측한 남편을 밀쳐 버리고 싶었지만 로이드가 로렌을 깔아뭉갤까 봐 손을 뗄 수가 없다. 이런 내 사정을 눈곱만큼도 고려하지 않는지 로이드는 마치 기회라는 듯이 내게 매달려서 키스를 이어갔다. 우우우… 너무해.

"푸하……."

겨우 떨어져 나갔다. 입가가 침으로 번들거려. 우이씨. 로이드 나빠! 내게서 떨어져 나간 로이드는 내가 째려보는데도 불구하고 씨익 웃으면서 몸을 일으키더니 내 품 안에서 바둥거리는 로렌을 들어 올렸다. 그리고는 로렌을 자신의 무릎 위에 세우고는 말했다.

"로렌, 아버지한테 모닝 키스 해야지?"

"네에~ 로렌 잘해요~"

무슨 망측한 소리냐, 로렌. 이 남자가 착하고 귀여운 아이 하나 버려놨어. 흑… 로렌아! 넌 로이드를 닮으면 안 돼!

쪽.

귀엽고 깜찍한 로렌은 로이드의 입술에 쪽 소리 나도록 뽀뽀를 한 다음에 그의 품에 안겨서 볼을 부벼댔다. 아… 귀여워라. 하지만 이런 내 기분은 승리감에 우쭐거리고 있는 로이드의 얼굴을 보고는 박살나 버렸다. 우이씨! 내가 왕성을 비운 사이에 이 남정네가 도대체 뭔 짓을 한 거야?!

"로렌아, 엄마한테도 해줘야지?"

"네에~"

생글거리면서 웃은 로렌은 로이드의 품에서 뛰어 내려오더니 고 작은 얼굴을 내 눈앞에 들이대고는 쪽 하고 뽀뽀를 했다. 그리고 제 아버지한테 했던 것처럼 내 볼에 자기 뺨을 대고는 부벼댄다. 우아아아아!! 너무 귀여워! 역시 내 새끼!

"로렌아!"

"끼액……."

"이봐, 우리 아이를 죽일 셈이야?"

너무 꽉 쥐었다. 우… 난 단지 너무 귀여워서 안아주고 싶었던 건데.

자리를 털고 일어나 침대 위에 앉았다. 그러자 침대 위에서 폴짝거리면서—어느새 기운을 차렸다. 역시 애들은 힘이 넘친다니까—정신 사납게 뛰어다니던 로렌이 내 무릎 위에 털썩 주저앉는다. 그리고 나를 올려다보며 방긋 웃는다.

"에헷~"

아… 현기증 나라. 내 아이라서 하는 말은 아니지만… 정말 천사 같다니까. 몸에서 빛이 나는 것 같아. 내가 머리를 쓰다듬어 주자 로렌은 방실방실 웃다가 뭔가 가지고 놀 게 없나 두리번거린다. 그리고는 내 백금발 머리카락을 한 움큼 쥐더니 그 끝을 가지고 놀기 시작한다.

터억.

어깨에 무거운 게 내려앉는 느낌.

"…무거워요."

"설마~ 당신 힘세잖아? 그리고 설마 내 머리가 로렌보다 무거우려고?"

"나참… 누가 볼까 무섭지도 않아요?"

"훗. 어떤 간 큰 놈이 우릴 엿볼까? 죽고 싶어서 환장했다면 모르지만……"

"에휴."

능글맞아라. 능글맞아라. 이 남자 겨우 몇 년 사이에 왜 이렇게 변한 거야? 음… 만약 로이드가 왕이 안 되었어도 이랬을까? 그럴 것 같기도 하고 아닐 것 같기도 하고… 아~ 모르겠다. 포기했다. 포기했어. 로이드는 원래 이랬었다고 생각하지 뭐. 그게 속 편하겠다. 음음. 로이드는 내가 포기하고 가만히 있자 양팔을 뻗어서 내 목을 감싸면서 내게 찰싹 달라붙었다. 앞에는 로렌, 뒤에는 로이드. 이거야 원… 완전히 애가 둘이잖아. 정말이지 이 나라의 장래가 불안하다. 이러니 내가 가만히 앉아서 놀 수가 없는 거 아니겠어? 뭐… 조금 자기 변명 같기는 하지만 맞는 이야기라고. 음음. 확실히 내가 없으면 안 돼. 로이드도 로렌도. 우훗.

"쉬이~ 착하지. 착하지."

로렌과 로이드의 머리를 토닥여 줬다.

"에헷~"

"…애 취급이냐? 기분 나쁜걸?"

이런이런. 큰 '애'와 작은 '애'의 반응이 정반대인걸? 우훗. 나를 보면서 방실방실 웃던 로렌은 다시 내 머리카락 끝을 잡고 손장난을 치기 시작했다. 그리고 내 어깨에 턱을 걸친 로이드는 로렌처럼 내 머리카락을 쥐고는 슥슥 문질러 본다.

덥석.

"꺄~"

뭐… 뭐야! 이 인간! 갑자기 남의 가슴을 움켜쥐다니! 응큼해! 깜짝 놀란 난 급히 로이드의 양손을 찰싹 때린 다음에 등 뒤로 넘겨 버렸다.

"아프잖아."

"흥!"

하는 김에 아예 내 어깨에 얹혀져 있는 고개까지 뒤로 밀어서 떨궈 버린 난 콩닥콩닥 뛰는 심장 소리가 들킬세라 어깨를 움츠리면서 몸을 둥글게 말았다. 내가 로렌하고만 놀아줘서 삐친 건가? 갑자기 왜 이러는 거야? 사람 당황스럽게.

"쳇. 그렇다면……."

터억. 다시 고개를 내 어깨 위로 올려놓는다. 그리고 이번에는 귓가에 뜨거운 입김을 불었다. 후웃.

"하아……."

부르르. 나도 모르게 몸이 떨려왔다. 찌릿찌릿한 느낌이 등골을 타고 흐른다. 우이잇! 내가 장난감이야! 이 남정네가 정말! 막 화내려고 하는데 갑자기 로이드가 입술 끝으로 귓볼을 꽉 깨물었다. 꺄아아아아아… 머리 속에서 펑~ 하는 소리가 들리는 것 같다. 우우우. 찌릿찌릿해라.

"그만!"

손으로 로이드의 얼굴을 힘껏 밀친 난 로렌을 꼭 안아 든 채 침대 끝으로 기어갔다. 그러자 뒤로 벌러덩 쓰러졌던 로이드가 벌떡 일어서더니 날 쫓아왔다. 입가에 예의 그 능글맞은—마치 빌어먹을 댄 녀석과 같은—미소를 지으면서 말이다. 막 날 덮치려는 로이드를 향해 난 눈을 말똥말똥 뜨고 나와 로이드를 번갈아 보고 있던 로렌을 들이댔다.

"우웃! 비겁해!"

"시끄러워요! 폐하께서 그런 말 할 자격이나 있어요?"

"쳇… 아이를 방패로 삼다니. 치사해졌어, 아넬리안."

에효효효. 투덜거리는 로이드를 보고 있자니 왠지 내 자신이 한심해진다. 하늘이 너무나도 행복한 날 시기한 걸까? 투덜거리는 로이드는 어떻게 해서든 내게 달라붙으려 했지만 그때마다 난 로렌을 들이대면서—미안해, 로렌아! 엄마도 이러고 싶지 않아! 정말 미안해!—그의 돌진을 막았고 이런 대치는 꽤 오래갔다. 내게 반짝 들려 있는 로렌은 이 상황이 재미있는지—아니, 내가 들어줘서인지도 모르겠다—' 에헷~에헷~' 하고 웃었고 달려들려는 로이드의 얼굴을 향해 조막만한 양손을 내뻗어서 나를 도와주었다. 잘한다, 로렌!

그때였다. 나와 로이드 사이에 벌어지던 치열한 신경전이 어느 순간 갑자기 뚝 하고 멈췄다. 막사 밖에서 '와아아아아!!' 하는 커다란 함성 소리가 들려왔기 때문이다.

"…나가봐야겠군."

"직접 나가시게요?"

Last Battle 215

"아아. 전장까지는 아니더라도 지휘관 막사에 얼굴이라도 비춰야지. 난 왕이잖아. 직접 전쟁터까지 나왔는데 전장으로 떠나는 병사들조차 보지 않으면 여기 올 자격이 없잖아?"

"하긴 그도 그렇네요."

로이드는 아쉽다는 표정으로 몸을 돌려서 침대를 벗어났다. 그리고는 바닥과 짐 상자 위에 대충 널려 있는 자신의 옷가지들을 챙겨 입고는 긴 가죽 장화를 신었다. 그리고 로렌을 안고 있는 내게 다가와서 살짝 키스를 했다.

"다음에는 둘이 놀자고. 로렌도 혼자라서 심심해하는 거 같으니까."

"……."

너구리다. 너구리! 로이드는 너구리다! 우아앙. 예전엔 안 그랬는데. 나의 로이드를 돌려줘어어!!

"알았지?"

"…네에."

화끈거리는 얼굴을 숨기기 위해서 고개를 푹 숙인 난 작게 대답하면서 고개를 끄덕였다. 그리고 힐끔 고개를 들어서 로이드를 바라보니 만족한 표정을 하고 있던 그는 웃으면서 막사를 나갔다. 휴우… 정말이지… 조금 오래—조금일까?— 떨어져 있었다고 보자마자 무지막지한 애정 공세를 펼치는구나. 피곤할 정도로 말이야. 그래도 기분이 나쁘지는 않다. 우후훗.

"마마?"

"응? 왜 그래, 로렌? 배고파?"

"아니요. 아니요. 로렌도 기뻐요. 마마가 웃어서 기뻐요."

아우우우우우!! 요 귀여운 것! 세상에 어떤 아이가 우리 로렌처럼 깜찍하고 귀여울 수 있을까? 아~ 행복해. 너무 행복해. 이런 게 바로 가족인가 봐. 하지만… 그전에 나도 이만 나가봐야겠지? 로이드만으로는 조금 불안하니까.

"카렌, 나와."

대답이 없다. 이 망할 꼬맹이가! 점점 반항기가 늘어간단 말이야.

"카렌, 어서 안 나와?!"

"마마?"

"응? 괜찮아. 우리 로렌한테 소리 지른 거 아니야. 카렌! 당장 뛰어나왓!"

난 품에 안고 있던 로렌의 머리를 쓰다듬어 주면서 버럭 소리를 질렀다. 그러자 품에 안겨 있던 로렌이 깜짝 놀란다. 흠흠… 목소리 좀 줄여야겠군. 그나저나 이 꼬맹이 자식! 왜 안 튀어 나오는 거야? 정말 언제 날 잡아서 반 죽을 정도로 패줘야 말을 잘 들으려나? 그런 궁리를 하고 있을 때 침대 밑에서 지익지익 하는 무언가 끌리는 소리가 나더니 곧 이어 내 앞에 흙을 잔뜩 묻힌 붉은머리의 꼬맹이가 튀어나왔다. 녀석! 부르면 당장 뛰쳐나와야지! 하여간 내 부하라는 것들은 왜 다들 이 모양인지 몰라.

"카렌."

"응."

"우리 로렌이랑 잠깐 놀고 있어. 아침 꼭 먹이고. 씻겨주고. 알았지?"

"……."

"대답해."

"…응."

왠지 싫은 기색이 역력해 보이지만 상관없지. 쯧 부하 주제에 말이야. 시키면 시키는 대로 할 것이지. 하여간 요즘 젊은것들은. 젠장 이건 헤쉬 케린 늙은이의 말투잖아! 옳은 건가.

"로렌아, 엄마도 잠깐 나갔다 올게. 여기서 조금만 놀고 있으렴. 알았지?"

"우웅."

그런 슬픈 눈으로 보면 마음이 흔들리잖아, 로렌아. 흐윽… 이게 다 이 엄마가 못나서… 가 아니라 네 아빠가 못나서 그런 거란다. 이 엄마를 용서해 주렴, 사랑하는 로렌아.

"기다리고 있을게요. 딴 데 가지 마세요. 빨리 오세요."

"그래. 우리 로렌 착하지? 여기서 카렌이랑 놀고 있으렴."

"네! 네! 착해요! 착해요! 여기서 놀고 있을게요!"

"그래. 그래."

난 씩씩하게 대답하는 로렌을 꼭 안아준 다음에 급히 일어나서 내 옷가지를 찾았다. 음… 로이드도 왔으니까 오늘은 드레스를 입어볼까? 수수한 걸로 하자. 아무래도 로이드가 있는데 셔츠에 바지 차림으로 돌아다니는 건 좀 그러니까. 상자에서 그럭저럭 쓸 만한 연한 녹색의 드레스를 꺼내 입은 난 즉시 막사 입구로 뛰어가면서 로렌에게 손을 흔들었다.

"로렌아~ 엄마 갔다 올게~"

"다녀오세요~ 마마."

방긋 웃으면서 손을 흔드는 로렌. 아아~ 오늘은 정말 기념할 만한 행복한 날이 될 것 같아. 우훗.

로렌의 웃는 얼굴을 뒤로한 채 막사 밖으로 나왔다. 그리고 야전 진지 정중앙에 있는 커다란 지휘관용 막사로 걸어가고 있을 때 갑자기 지독한 통증이 느껴졌다.

"으읍……."

찌이이이.

얇은 가죽 장갑을 끼고 있던 오른손에서 참기 힘들 만큼 끔찍한 고통이 느껴졌던 것이다. 입술을 꽉 깨물면서 참으려 해봤지만 뒷골이 지끈지끈거릴 정도로 끔찍한 통증은 나를 놔줄 생각을 하지 않았다.

털썩.

나도 모르게 주저앉은 난 왼손으로 오른손 손목을 움켜쥔 채 부들부들 떨었다. 크으윽…….

"아으윽……."

눈앞이 어질어질거릴 정도로 지독한 통증이었다. 어깨까지 떨리는 통증을 겨우겨우 참아가면서 가죽 장갑을 벗어 던졌다.

주르륵.

손바닥에 감고 있던 흰 붕대는 검붉은 피고름이 배어 나오고 있었다. 이럴 줄 알았으면 약을 먹고 나오는 거였는데.

"괜찮으십니까?"

"크으……."

등 뒤에서 들려오는 소리에 미간을 찡그리면서 돌아보니 로렌이 있는 막사 앞을 지키고 있던 병사들 중 하나가 내게 다가와서 손을 내밀고 있었다.

"괘… 괜찮아."

"다치신 것 같은데 군의관을 불러 드리겠습니다."

"됐어."

모처럼의 호의지만 겨우 이 정도 상처에 엄살을 떨어서야 지휘관으로서 면목이 안 서잖아. 일선의 병사들은 팔다리가 잘려 나가고 내장이 부서지는 중상과도 싸우는데 말이야. 겨우 손바닥이 조금 찢어지고 고름이 흘러나온 정도로 약해져서야 안 되겠지. 난 내 옆에 서서 손을 내미는 병사의 호의를 사양한 뒤 이를 악물면서 몸을 일으켰다.

"…응?"

나았나? 아니, 떨림은 그대로인데. 통증이 훨씬 덜하다. 몸을 일으킨 난 제자리에 서서 오른손을 쥐었다 폈다 해보았다. 손목이 부들부들 떨리는 건 여전했지만 손가락들도 잘 움직였고—반응이 좀 느리긴 했지만…—통증도 크지 않았다. 어떻게 된 거지? 음… 모르겠다. 이제 별로 아프지 않으니까 괜찮은 거겠지. 난 아직도 내 뒤에 서서 우물쭈물거리고 있는 젊은 병사에게 손짓으로 가보라고 한 뒤에 바닥에 떨어져 있는 가죽 장갑을 집어 들어 손에 낀 뒤에 다시 로이드가 있을 막사로 향했다.

펄럭.
진지를 가로지른 채 안으로 들어간 내 눈앞에 수많은 서류와 지도가 허공으로 날아다니는 게 보였다.
"와아~"
끝내주게 멋진걸? 두꺼운 책이 파라락~ 거리면서 하늘을 난다. 그리고 둘둘 말려 있어야 정상일 양피지들이 펄럭거리면서 천장으로 솟아오른다.
"폐하! 진정하십시오! 폐하!"
"이 멍청한 것들! 도대체 일을 어떻게 처리하는 거야?! 엉?"
"우선 진정 좀 하십시오! 폐하!"
"닥쳐! 워렌 자작! 지금 내가 흥분 안 하게 생겼나?"
"하나 그렇게 화만 내신다고 될 일이 아니지 않습니까?"
와와~ 뭔지는 몰라도 또 일이 터졌나 보네. 역시 역사는 밤에 이루어지나 봐. 자고 일어났더니 뭔가 일이 터져 있으니 원. 밤에도 잠을 자지 말고 뜬눈으로 지새던지 해야지 어떻게 자고 일어나면 일이 벌어져 있냐.

스윽.

날아오는 두꺼운 책을 슬쩍 피하고 허둥대면서 바닥에 떨어진 서류들을 줍고 있는 행정병을 슬쩍 피하면서 앞으로 걸어나간 난 얼마 지나지 않아서 귀족들과 댄 등에게 둘러싸인 채 고래고래 소리를 지르고 있는 로이드를 찾을 수 있었다. 어차피 목소리가 워낙 커서 눈에 안 띌래야 안 띌 수가 없었지만.

"무슨 일이죠? 밖에서도 다 들릴 정도네요."

"…후우."

내가 다른 이들을 헤치면서 앞으로 나서자 로이드는 길게 한숨을 내쉬면서 의자에 털썩 주저앉았다. 그리고는 한 손으로 눈가를 가리면서 다시 한 번 길게 한숨을 내쉰다.

"휴우우……."

"도대체 무슨 일인데요? 댄? 말해 봐."

"저… 그것이……."

"당신은 알 것 없어. 가서 로렌이나 돌봐."

"싫어요."

로이드의 말을 곧바로 거절하자 그자 고개를 홱 하고 돌리더니 나를 쏘아본다. 이에 나도 지지 않고 같이 마주 쏘아봐 주었다. 잠시간 막사 안에 침묵이 감돌면서 무거운 기류가 흘러내렸다. 누가 질 줄 알고? 난 조금도 위축되지 않은 채 내 남편이자 이 나라의 왕인 로이드를 노려보았다. 그 역시 나를 노려보고 있었지만 이내 고개를 절레절레 젓더니 길게 한숨을 내쉬었다.

"젠장. 하긴 당신이 언제 내 말을 들은 적이 있었나. 멋대로 하라고."

"흐응~ 그렇게 나오신다면 저도 사양하지 않을게요. 댄!"

"예! 마마."

"무슨 일이야? 보고해."

뚱한 표정으로 나를 노려보는 로이드의 시선을 외면한 난 댄에게 고개를 돌렸다. 그러자 댄은 나와 로이드의 시선을 거의 동시에 받고 어쩔 줄 몰라 하는 얼굴로 나와 로이드를 번갈아 보다가 슬그머니 발을 뒤로 뺐다.

꿈틀.

눈썹을 꿈틀거리면서 난 왼손 주먹을 쥐었고 주먹으로 있는 힘껏 나와 댄 앞에 놓인 탁자를 내려쳤다.

타앙! 우직.

또 부서졌네.

"내 말 안 들려? 귀먹었어?"

"다, 다음에 보고서를……."

"워렌 자작!"

"옛! 마마!"

"난 지금! 이곳에서! 보고하라고 명령했다!"

"……."

내 외침에 로이드가 꿈틀거리면서 불편한 심기를 내비쳤지만 과감하게 무시해 버린 난 댄과 그 뒤에 서 있는 귀족들을 노려보았다. 모두들 내 눈길을 피하기 위해서 슬며시 고개를 숙이거나 옆을 돌아본다. 그래도 이것들이 내 질문을 회피해? 술술 불 때까지 두들겨 패볼까? 난 몸을 돌려서 여전히 우물거리면서 어쩔 줄 몰라 하는 댄에게 다가갔고 왼손을 뻗어서 녀석의 멱살을 힘껏 움켜쥐었다. 그리고 댄의 얼굴을 내 코앞까지 끌어당긴 뒤 낮은 억양으로 말했다.

"감. 히. 내 명령을 무시해? 죽여줄까?"

"그, 그게……."

"아넬리안! 지금 그게 무슨 짓이야? 당신은 결혼한 부인이라고! 거기다 왕비이기까지 하면서 그런 몰상식한 짓을 하다니! 당장 떨어지지 못해?!"

"시끄러워요! 이 망할 댄 녀석이 내 명령을 무시하는 것도 다 폐하가 뒤에서 노려보고 있어서 그런 거잖아요!"

"뭐? 다… 당신! 지금 말 다 했어?"

"아직 다 못했어요! 멋대로 하라고 말해 놓고 왜 방해하는 거예요? 네? 남자가 되어서 행동에 일관성을 가져보라고요! 일관성을!"

"뭐라고? 이이……."

난 코앞까지 들이댔던 댄의 면상을 밀쳐 내면서 로이드에게 소리를 질러댔다. 그러자 로이드도 지지 않고 맞받아치다가 할 말이 떨어졌는지 이를 북북 갈면서 나를 노려본다. 그리고는 갑자기 벌떡 일어서더니 귀청이 떠나가라 소리를 질렀다.

"그래! 내가 나가주면 되겠지? 당신 마음대로 하라고! 거기 비켜!"

괜히 눈앞에서 알짱거리다가 로이드에게 한소리를 먹은 귀족들—각 부대의 지휘관들—이 화들짝 놀라서 좌우로 쫘악 갈라진다. 흥. 그러게 왜 나한테 시비를 거냐고. 이기지도 못하면서 말이지. 후후후… 가 아니다! 안 돼! 난 급히 댄과 기타 등등—닐크와 크렌 등등—을 헤치면서 로이드에게 뛰어갔다.

덥석!

로이드의 뒷덜미를 붙잡은 난 앞으로 나가려는 그를 힘으로 막아 세웠다.

"뭐야?"

"잠깐… 잠깐만요, 폐하."

"이거 놔! 어차피 당신은 내가 없어도… 웁! 웁!"

거참 시끄럽네. 정말 남편만 아니었으면 확 몇 대 패주는 건데. 쯧. 내

Last Battle 223

가 왜 이렇게 과격해졌을까. 쳇. 이게 다 댄 같은 뺀질뺀질하고 건방진 부하들을 곁에 둬서 이렇게 된 거라니까. 손을 내밀어서 시끄럽게 떠드는 로이드의 입을 막아버린 난 한 손으로 그의 몸을 번쩍 들어 올려서 다시 제자리로 돌아왔다. 그리고 로이드를 방금 전에 그가 앉아 있던 의자에 털썩 주저앉힌 뒤 손을 떼었다.

"무슨 짓이야?"

"아니… 그냥……."

"가겠어!"

잔뜩 화가 난 로이드는 이마에 핏줄을 세워가면서 내게 소리를 쳤다. 그리고는 다시 의자에서 일어서려고 했지만 난 그런 그의 가슴을 밀쳐서 다시 의자에 주저앉혔다.

"아넬리안!!"

"저 귀 안 먹었어요. 그렇게 소리 안 질러도 돼요, 폐하."

"이게 지금 무슨……."

떽떽거리면서 시끄럽게 구는 로이드. 하지만 난 가볍게 그의 외침을 무시해 준 뒤 두 손으로 치맛자락 중간을 붙잡고 사뿐히 로이드의 무릎 위에 주저앉았다. 그리고는 왼손을 로이드의 목 뒤로 감아서 그의 몸에 찰싹 달라붙었다.

"아넬… 웁푸……."

시끄럽기도 해라. 뺵뺵거리는 로이드의 뒷목을 손바닥으로 붙잡고 내 가슴팍으로 끌어당긴 난 그의 얼굴을 품에 안은 채 댄을 올려다보았다.

"이제 보고해 봐."

"예에… 푸흡……."

웃기냐? 팔목을 확 분질러 버려도 저렇게 웃을 수 있을까? 흠… 한번 해보고 싶은 생각이 물씬 드는걸? 댄 녀석뿐만 아니고 막사 안에 있던 다른 귀족들도 괜히 헛기침을 하거나 몸을 돌린 채 어깨를 들썩이는 걸 보니 나와 로이드의 꼴이 그리 보기 좋지는 않은 것 같다. 하지만 이렇게 안 하면 또 도망가 버릴 테니 좀 보기 흉해도 참지 뭐.

"우웁… 웁웁!!"

내 품에 얼굴을 파묻고 있던 로이드가 양팔을 휘저으면서 버둥거린다. 그리고는 두 손으로 내 몸을 밀면서 빠져나오려고 발악을 해댔다. 슬쩍 힘을 빼면서 그의 얼굴을 놔주니 귀끝까지 새빨개진 얼굴의 로이드가 미간을 찌푸리면서 나를 노려보았다.

"아넬리안. 정말 당신……."

"쉿……."

댄의 보고를 방해하는 로이드를 돌아본 난 한 손으로 그의 귓볼을 살짝 잡고 내 쪽으로 당겼다. 그리고 그의 귓가에 입술을 가져다 댄 뒤에 작게 소곤거렸다.

"가만히 안 있으면 부하들 보는 앞에서 키스해 버릴 거예요. 길고 찐 인~ 하게."

"크윽……."

어머나~ 더 빨개졌네. 더 이상 빨개질 수 없을 것 같았는데 말이야. 이젠 목 아래까지 새빨개졌다. 이러다가 발등까지 빨개지는 거 아닌지 몰라. 우후후훗. 그래도 내 협박이 먹혀들기는 했는지 로이드는 더 이상 말을 하지 않은 채 고개를 돌려서 나를 외면해 버렸다. 로이드의 무릎팍 위에 가지런히 다리를 모으고 앉은 난 치맛자락을 정돈하면서 댄을 올려다보았다. 고개를 돌린 채 쿡쿡거리며 웃고 있던 댄은 내 시선을 느꼈는지 급히 자세를 바로 하면서 헛기침을 몇 번 했다.

"흠흠. 그것이……."

"어서 말해 봐. 무슨 문제야?"

"별로 좋은 소식은 아닙니다, 마마."

"그건 보면 알아. 우리 인자하시고 자상하신 폐하께서 뺀질뺀질거리고 느끼한 얼굴의 댄을 보고 화를 낼 정도면 좋은 일은 아니겠지."

"크흠. 묘사가 조금 잘못되신 것 같……."

타앙!

주먹으로 테이블을 내려치자 목제 테이블이 부르르 떤다. 난 눈을 가늘게 뜨면서 댄을 노려보았다.

"장난은 거기까지. 어서 보고해!"

"예! 마마. 간밤에 왕성에서 전령이 도착했습니다. 왕실 외교부 소속 문서였는데 아리츠반과 모레니안에서 사자가 도착했다는 소식입니다."

"그래서?"

"문제는 두 나라가 모두 저희 크레센트에 선전 포고를 해왔다는 것입니다."

"뭐?"

이 무슨 웃기지도 않는 소리야? 그놈들이 딴마음을 먹지 못하도록 본보기로 아크레닌 왕국을 철저히 박살 냈는데. 그런데 남부의 약소국들 주제에 크레센트에 선전 포고를 해?

"이유가 뭐야? 설마 명분도 없이 그런 짓을 벌이지는 않았을 테고 말이야."

"예. 그것이… 모레니안 왕성에 아크레닌 왕족이 망명을 신청했다고 합니다. 이름은……."

"됐어. 그런 사소한 놈의 이름 따윈. 그 난리통에 죽지 않고 도망친 놈이 있었나 보지?"

"그건 확실치 않습니다. 모레니아 왕실에서 내세운 망명 왕족이 진짜 아크레닌의 왕족인지도 아직 판명나지는 않았습니다만… 하여간 모레니

안 왕국의 주장은 저희가 불법적으로 점거한 아크레닌 영토를 정당한 계승자에게 돌려줄 것과 야만족… 그러니까 쿠레드 족을 말하는 것입니다. 이들을 전 아크레닌 국의 영토에서 몰아내 줄 것을 요구하고 있습니다."

"웃기는군."

보나마나 끔찍하도록 긴 외교 수식어들로 점철된 장문의 항의 문서가 날아왔겠구만. 어차피 놈들도 남의 땅 일에 간섭하는 주제에 마치 자신들이 정의인 양 한껏 미화해서 말이야. 이런 상황이 아니라면 찍소리도 못할 거면서.

"하지만 저희가 아크레닌 왕국을 쳤을 때부터 집중 투입한 스파이들의 보고에 따르면 그간 착실히 군대를 모은 모레니안 왕국의 병력이 국경선을 넘어서 크레센트 남부와 저희가 점령 중인 구 아크레닌 왕국의 영토로 진격 중입니다."

"그에 대한 대응은?"

"정식으로 사절단을 파견하고 외교적으로 엄중히 항의를 한다고 하고 있지만 아마 먹혀들 것 같지는 않습니다."

난 고개를 숙이고 곰곰이 고민했다. 이런 시기에 갑자기 모레니안이 움직인다… 라. 물론 국력 차이나 병력 차이나 다른 여러 가지를 따져 봐도 모레니안에 크레센트 왕국이 멸망하거나 하는 일은 없겠지만… 가뜩이나 장기화되고 있는 전쟁으로 백성들의 고통이 가중되고 있는 상황에서 남부 지방까지 타국의 군대가 약탈하고 다닌다면 전쟁에 승리한다 해도 전쟁 전의 국력을 회복하는 데까지 수십 년은 걸릴 거다. 거기다 이곳 막사 안에 있는 남부 출신 귀족들도 눈에 띄게 동요하고 있다. 하긴 자기 집이 털리게 생겼는데 마음 편할 리가 없겠지. 잘못하면 여기 있는 귀족들이 멋대로 이탈하는 상황이 발생할지도.

"막을 병력은?"

"당장은 없습니다. 우선 남부 귀족 연합의 치안병들과 징집병으로 국경을 지키고는 있지만 실제적인 전력이 되어줄지는 미지수입니다, 마마."

"여기서도 그쪽으로 돌릴 병력 같은 건 없겠지?"

"눈앞에 있는 적을 견제하는 데도 급급하니까요."

"아리츠반 쪽은? 그놈들은 섬 안에나 처박혀 있지 왜 갑자기 날뛰는 거야?"

"그게… 그쪽 요구는 더 황당합니다. 저희 측에서 억류하고 있는 '그'를 당장 돌려달라고 하더군요."

"뭐?"

이건 또 무슨 웃기지도 않는 소리야? 누굴 돌려달라고?

"'그' 라니? 누굴 말하는 건데?"

"그게… 저희 측에서도 아직 누구를 원하는 것인지 파악하지 못했습니다. 아리츠반 측에서는 이틀 뒤까지 자신들이 요구한 중요 인물을 돌려주지 않으면 크레센트 깃발을 단 모든 함선을 무차별적으로 공격할 것이라고 협박해 왔습니다, 마마."

"그러니까, 저쪽에서는 '그' 라는 인물을 돌려달라고 하는데 우리는 그게 누군지도 모른다? 그런 말이야?"

"예… 마마."

"누군지도 모르는 그 인간을 돌려주지 않으면 전쟁도 불사하겠다?"

"…예."

"하!"

기가 막힌다. 이게 무슨 농담 따먹기도 아니고 국가 간의 외교가 무슨 애들 장난이야? 아니면 퀴즈 풀이야? 허참. 로이드가 신경질을 부릴 만하구만.

228 Queen's heart

"그래. 만약 아리츠반이 개입되면 어느 정도의 피해를 입게 되지?"

"급조된 저희 해군력으로는 아리츠반 해군을 이겨내기 힘듭니다, 마마. 아마도 크레센트 남부 해안과 서부 해안 사이에 이어지던 교역로가 막히게 될 것이고 해상을 통한 아리츠반 군의 상륙이 예상됩니다. 이 두 지역 역시 영토를 지킬 병력이 극단적으로 부족한 상태입니다."

"그래서 대책은?"

"그게 아직……."

댄 자식이 우물거리면서 말끝을 흐린다. 빠직! 혈압이 올라가는구나. 아아~ 돌겠다. 이런 멍청하고 무능한 것들이 나라의 요직을 하나씩 꿰차고 있으니 나라 꼴이 이 모양 이 꼴이지. 난 한 손으로 탁자 모서리를 움켜쥐었다.

빠직.

조금 힘을 주자 금세 탁자 모서리가 한 움큼이나 부서져서 내 손에 쥐어졌다.

"아직? 아직? 이 빌어먹을 자식들아! 네놈들이 그러고도 크레센트 귀족들이냐? 그러고도 나라의 중요 관직을 차지하고 앉아 있어?"

로이드의 무릎 위에서 벌떡 일어선 난 손에 쥔 나뭇조각을 댄 자식을 향해 힘껏 집어 던졌다.

피슛.

내 손을 떠난 나뭇조각이 눈에 보이지 않을 정도로 빠른 속도로 날아가 댄 녀석의 볼을 스치고 지나갔다.

퍼억. 지이익…….

댄의 등 뒤에 있는 막사의 벽이 찢어지는 소리를 내면서 좌악 갈라졌다.

휘이잉.

뚫린 구멍을 타고 차가운 바람이 안으로 새어 들어온다. 난 씩씩거리면서 댄을 노려보았고 녀석은 무표정한 얼굴로—늘 실실거려서 몰랐는데 의외로 어울리는 표정이었다—나를 내려다보다가 허리를 깊숙이 숙이면서 말을 했다.

"죄송합니다, 마마. 모두 제 잘못입니다."

"닥쳐! 죄송하다는 말 따위 필요없어! 당장 아리츠반에서 원하는 그 빌어먹을 자식을 찾아! 그리고 놈을 꽁꽁 묶어서 놈의 나라로 던져 버려!"

"예, 마마."

"그리고! 모레니안에 엄중히 항의해! 아니, 경고해! 더 이상 까불면 로세니아가 아니라 녀석들 먼저 칠 거라고!"

"알겠습니다, 마마."

정말이지 눈앞의 전쟁으로도 골치가 지끈지끈 아파오는데 저 먼 곳에 있는 땅덩어리들까지 지켜야 한다니 아주 돌아가시겠다, 돌아가시겠어. 젠장… 또 두통이… 눈앞이 흐릿해진다.

"아……."

구역질이 나올 것만 같은 기분 나쁜 느낌이 들면서 난 중심을 못 잡고 비틀거렸다.

"마마!"

"나… 난 괜찮……."

우앗. 갑자기 등 뒤에서 뻗어 나온 손이 내 양 허리를 붙잡고 끌어당겼다. 비틀거리던 난 그대로 뒤로 딸려갔고 어떻게 해볼 사이도 없이 다시 로이드의 무릎 위에 주저앉고 말았다. 나를 끌어당긴 로이드는 한 손으로 여전히 내 허리를 붙잡고 다른 손으로 내 머리를 쓰다듬으며, 내 어깨 위에 볼을 부비면서 댄을 바라보았다.

"아넬리안이 말한 건 다 들어겠지? 워렌 자작."

"예, 폐하."

"그럼 당장 움직여. 모레니안으로 출발할 사절단에는 내가 친필 서한을 보내도록 하지. 이건 외교관 수준이 아닌 왕의 이름을 내걸고 하는 협박이다. 수틀리면 진짜로 해버릴 거라고 전해. 참고로 거기로 파견되는 사신에게 말해 두도록. 모레니안이 우리 국경을 넘어오면 전면전이다. 살아 돌아오기 힘들 테니 유서라도 써두고 가라고 말이야."

"…예."

"그리고 우리 왕국에 망명한 귀족들 중 아리츠반과 연관이 있는 자들을 모두 잡아들여. 필요하다면 무력 사용도 허가한다. 3대… 아니, 5대 전까지 계보도를 살펴서 모조리 찾아내. 친가뿐만 아니고 외가에도 아리츠반과 연관된 자들이 있는지 확인해 보고. 그리고… 그렇군. 아리츠반에도 스파이망이 아직 유지되고 있겠지?"

"물론입니다. 아르츠반 국은 저희 왕국에 있어서 두 번째로 큰 무역 상대국입니다."

"그랬던가? 흠… 뭐, 상관없어. 모든 스파이와 어쎄신을 동원해서 아리츠반에서 요구하는 '그'가 누구인지 알아내도록. 암살, 납치, 유괴. 필요하다면 병력을 운용해서라도 필히 찾아내도록 해."

"예? 하나… 폐하, 그렇게 되면 치명적인 외교 분쟁을 불러일으킬 수 있……."

"선전 포고까지 받은 마당인데 이 이상 나빠질 수 있을까? 시키는 대로 하게."

"…예."

"좋아. 그럼 모두 나가보도록. 1분 1초가 아까운 상황이니까."

로이드는 능숙하게 내 부하들과 귀족들에게 명령을 내렸다. 그들은 모두 납득한 듯 똑같이 나와 로이드에게 고개 숙여 예를 표한 뒤 뒤돌아서 막사를 나섰다. 그리고 로이드는 높으신 분들이 모두 나갔는데도 불구하고 눈치없이 아직도 막사 안에서 얼쩡거리고 있는 장교들과 행정병들을 돌아보며 물었다.

"자네들은 뭔가?"

"예? 옛? 폐… 폐하… 저… 저희들은……."

장교들 중 가장 나이가 많아 보이는—아마 선임이겠지?—장교가 대표로 로이드에게 대답했다. 더듬더듬거리면서. 로이드같이 높은 사람은 처음 봤나 보지?

"내가 말하지 않았나? 1분 1초가 아깝다고. 왜 아직도 거기서 그러고 있는 건가?"

수염이 텁수룩한 그 장교는 무언가 대답하려는 듯 우물거렸지만 이내 눈치 빠른 다른 장교들에게 붙잡혀서 막사 밖으로 끌려 나갔다. 이어서 뒷정리를 하고 있던 행정병들도 모두 우리의 눈치를 보면서 슬금슬금 밖으로 나가 버려 이내 막사 안에는 나와 로이드만이 남게 되었다.

"저, 저기 폐, 폐하… 이건……."

"왜? 무슨 문제라도 있나?"

문제? 많지? 왜 일 잘하고 있는 인간들을 다 내보낸 건데? 여긴 지휘관용 막사라고. 군 지휘관들이 여기서 나가서 뭘 하라고? 설마 야전까지 뛰어나가서 직접 지휘하라는 거야? 거기다 행정병들까지 모두 내쫓으면 어쩌겠다는 건데? 응? 내 머리 속에 이런 의문점들이 마구마구 피어올랐다. 하지만 로이드는 여전히 느긋한—능글맞은—모습으로 나를 올려다보았다. 왠지 불안해진 내가 슬며시 일어서려고 했지만 여전히 내 허리를 움켜쥔 로이드의 손에 힘이 들어갔다.

"저, 저기 폐하… 이것 좀 놔주시죠?"

"싫어."

"왜 갑자기 이러세요? 애들도 아니고……."

"애들이 아니니까 이러는 거지. 사랑하는 부인이 남들의 눈에도 아랑곳하지 않고 노골적으로 유혹해 주는데 내가 거절하면 얼마나 마음이 아프겠어? 안 그런가?"

"예에?"

"괜찮아. 나도 알 만큼 다 안다고. 언제까지 어린애가 아니야."

그렇게 말하면서 로이드는 한 손으로 내 뒤통수를 감싸 쥐면서 자기 쪽으로 끌어당겼다. 우에에엣… 왜 눈을 감는 건데? 입술 내밀지 마! 이… 이… 이이이!!

쪼옥.

"으흡……."

당했다. 으흐흑…….

음험한 사내의 마수에서 벗어나기 위해 바둥거리던 불쌍하고 가녀린 여인의 공허한 몸부림은 계속되었다. 불쌍하고 가녀린 여인이 누구냐고? 당연히 나지. 난 버둥대면서 내게 달라붙는 로이드를 떼어내려고 했지만 이놈의 남편 녀석. 그동안 운동이라도 했는지 도통 떨어질 줄을 모른다. 그렇게 난 도망가고 로이드는 그런 날 뒤쫓으면서 바둥대고 있을 때 갑자기 막사 밖에서 댄의 목소리가 들려왔다.

"폐하! 폐하! 들어가도 되겠습니까? 폐하!"

"들어오지 마!"

깜짝 놀라서 막사 휘장 쪽을 바라보니 안쪽으로 들어왔던 손이 로이드의 외침에 슬그머니 밖으로 빠져나가는 것이 보였다. 녀석, 그렇지 않아도 미운 털이 단단히 박힌 주제에 아주 말뚝을 박는구나. 로이드는 내가

Last Battle 233

예상한 대로 잔뜩 인상을 찌푸리면서 투덜거렸고 이내 내게서 떨어졌다.
"불쌍한 댄."
"왜? 뭐가 불쌍해?"
"괴롭힐 거잖아요."
"안 괴롭혀! 내가 어린애야?"
"후훗. 보기에는 그래 보이는걸요?"
"시끄러워."
"폐하! 들어가도 되겠습니까?"
"닥치고 기다려! 워렌 자작!"

뭐가 그리 급한지 다시 한 번 재촉하던 댄은 로이드의 고함 소리 한 방에 침몰. 이후 침묵을 지켰다. 하지만 그도 잠시, 갑자기 댄이 안으로 뛰어들어 왔다.

"폐하!"
"꺅!"

까… 깜짝이야! 놀랐잖아!

"이 자식! 누가 멋대로 들어오라고 했나? 엉?"
"어엇… 저… 그게……."
"당장 안 나가?"
"아~ 저는 괜찮아요, 폐하."

허둥대면서 몸을 추스르던 난 발치에 놓여 있던 상자에 다리가 걸렸고 허공을 허우적거리면서 앞으로 볼품없이 쓰러졌다.

쿵.

아이고… 눈앞이 어질어질하다.

"아넬리안! 괜찮아?"
"아… 네. 전… 괜찮아요."

망신이야, 망신. 으흑. 볼품없이 꽈당 하고 넘어지다니. 이 일이 소문 나면 정말로 얼굴 들고 다니기 힘들게 될 거야. 그래도 로이드가 걱정하는데 멀쩡하다는 걸 보여줘야지? 바닥에 얼굴을 처박았지만 눈앞이 조금 어지러울 뿐 특별히 어디 아픈 곳이 있는 건 아니니까. 난 내가 아무렇지 않다는 걸 보여주기 위해서 바닥을 짚으며 벌떡 일어섰다. 아니, 일어서려 했다. 막 몸을 일으키던 난 갑자기 왼쪽 무릎이 풀리면서 그대로 털썩 주저앉았다. 갑자기 왜 이러지?

"아넬리안!"

주르륵… 이마 부근에서 무슨 액체가 흘러내렸다. 땀? 손을 들어 쓰윽 닦아보니 붉은색… 피? 왜? 난 아무렇지 않은데? 전혀 아프지도 않고.

"아넬리안! 정신 차려!"

급히 내게 달려온 로이드가 날 안아 들고 댄 역시 그런 로이드 뒤에서 걱정스러운 표정으로 나를 바라보고 있었다.

"전 괜찮아요. 괜찮……."

"아넬리안!"

"여… 역시 조금 이상하죠? 피가 나는데… 안 아파요. 하나도……."

"이봐! 아넬리안! 정신 차리라고! 워렌 자작! 군의관을! 어서!"

"예! 폐하! 경비! 당장 가서 군의관을 불러와! 급하다!"

막사 밖에서 무슨 소리가 나면서 급히 뛰어가는 발소리가 들려왔다. 로이드의 품에 안긴 채 고개를 숙이니 드레스 자락 사이로 뻗어 나와 있는 내 왼쪽 다리 부근, 그러니까 종아리 부근이 아래서 위로 길게 찢어져 있었다. 그 사이로 붉은 피가 샘솟듯이 흘러나오고 있었지만… 난 아무렇지도 않았다. 손을 들어 피가 나오는 상처 부위를 꾹꾹 눌러봤지만―덕분에 로이드가 기겁을 하면서 나를 붙잡았다―아프긴커녕 마치 남의 다리를 만지는 것 같은 느낌이었다. 이건… 어떻게 된 거지? 조금 이상… 해.

가슴이 답답해. 어깨도 무겁고 눈꺼풀은 더 무거워. 힘겹게 눈을 뜨고 아래를 내려다보니 로렌 녀석이 내 가슴께의 옷자락을 꽉 움켜쥔 채 쿨쿨 자고 있었다. 그것도 침을 흘리면서. 어쩐지 축축하더라니. 하지만 로렌의 눈가에 나 있는 눈물 자국을 보니 차마 아이를 떼어놓을 수가 없었다. 불쌍한 로렌. 우리 로렌. 가엾은 아이. 엄마를 잘못 만나서 한껏 어리광을 부리고 사랑받으며 쑥쑥 자랄 나이에 혼자서 시간을 보내는 법부터 배워야 했던 내 아이. 가엾은 것. 손을 들어서 자고 있는 아이의 머리를 쓰다듬어 주었다. 그건 그렇고… 이 녀석 엄청나게 무거워졌잖아? 숨쉬기도 힘들 정도야. 돌덩이를 가슴에 얹어놓은 것 같다. 으음… 건강한 건 좋지만.

"그건 안 돼!"

"하나 폐하아……."

까, 깜짝이야. 갑자기 옆에서 빽 하고 고함을 지르는 소리에 고개만 돌려서—로렌 때문에 몸을 일으키기도 힘들다—바라보니 로이드가 의자에서 벌떡 일어선 채 군의관과 신관들 앞에서 고함을 치고 있었다.

"절대 안 되니 그렇게 아시오!"

"이대로 방치하면 더욱 악화될 뿐입니다, 폐하."

"저희로서는 더 이상 손써볼 방법이 없습니다."

"찾으시오. 방법이 없으면 만들도록 하고! 난 절대 아넬리안의 팔다리를 자르는 데 동의할 수 없소!"

"벌써 피부 밑까지 썩어 들어가고 있는 상태입니다. 오른손의 상태는 더욱 심합니다, 폐하. 겨울임에도 불구하고 나날이 상처가 곪고 있는 상황입니다."

"약초도 상처 치료 마법으로도, 어떤 것도 통하지 않고 있습니다. 이

대로 계속 방치하다간 결국 목숨을 잃게 되실 겁니다, 폐하."

"손목을 잘라내고 나면? 그 다음에는? 다음에는 팔목을 자를 건가? 아니, 그전에 무릎 아래를 잘라내야겠군? 안 그렇소?"

"으음……."

"그것이……."

늙은 군의관이 반짝이는 대머리를 수건으로 닦으며 고개를 조아린다. 저건 내 몸 상태를 말하는 것 같지? 그렇게 심각했던가? 가끔 참기 힘들 정도로 아프긴 했지만 그래도 몸을 움직이는 데는 별 무리가 없었는데.

"왕비 마마의 육체적 능력 자체가 전체적으로 크게 저하된 상태입니다, 폐하. 이대로는 가벼운 감기만으로도 목숨을 잃으실 정도로 심각합니다."

"그래서? 그런 사람의 몸을 절단한다고? 그게 말이나 되는가?"

"하지만 이대로 놔두면 계속 곪게 되고 화농을 일으킨 부위가 썩어 들어가면서 결국 돌아가시게 될 것입니다. 그나마 조금이라도 목숨을 연장하시려면……."

"듣기 싫소! 모두 물러가시오!"

로이드의 외침에 군의관들과 신관들이 몸을 일으킨 뒤 밖으로 나갔다. 홀로―나와 로렌이 있긴 하지만……―남은 로이드는 길게 한숨을 내쉬면서 손으로 눈가를 짚는다.

"후우~"

"폐하."

"응? 아넬리안! 깼어?"

내 목소리를 듣자마자 로이드가 황급히 내 쪽으로 달려왔다. 그리고는 내게 얼굴을 가까이 들이밀면서 물었다.

"아픈 데는 없어? 불편한 데 없어? 응?"

"물 좀……."

"응! 그래. 잠깐만 기다려."

내 말을 들은 로이드는 급히 몸을 돌려서 물잔을 가지러 갔지만 갑자기 불쑥 튀어나온 카렌이 그를 대신했다. 아무런 기척도 없이 조용히 내게 다가온 카렌은 침대 가에 주저앉아서 내 품에 여전히 매달려 있는 로렌을 떼어내어 옆에 눕힌 뒤 내게 다가와 상체를 일으켜 주었다. 그리고 물잔을 들어서 내게 물을 먹여주었다. 아~ 시원해. 기분까지 행복해지는 기분이야.

"아넬리안, 여기 물 가져……."

…미안해요, 로이드. 욕망을 이기지 못한 이 내가 죄인이에요.

내가 쓰러진 뒤로 사흘이 지났다. 그동안 난 황송하다고 해야 할지 눈물겹다고 해야 할지, 뭐라고 표현하기 힘든 상황에 놓이게 되었다. 내 아이, 사랑하는 로렌은 내가 쓰러진 뒤로 한시도 내 곁에서 떨어질 생각을 하지 않았고 내 식사 시중이며 수발을 들어주겠다고 난리를 부렸다. 덕분에 카렌 녀석만 고생했지만. 그래도 기특하잖아? 우후. 거기다 아들네미에게 질투심을 느끼는 못난 남편 로이드도 덩달아서 내 곁에서 떠날 생각을 안 했다. 왕이 전쟁터까지 나와서 저래도 되는 건가 몰라. 뭐… 로이드도 로렌만큼이나 서툴러서 카렌만 더 고생했지만… 나야 편하지. 손가락 하나 까딱 안 해도 되니까.

로이드가 부드러운 크림 수프가 가득 들어 있는 그릇을 들고 침대 가에 앉았다. 자기가 할 거라고 떼를 쓰다가 결국 제 아버지한테 한 대 맞은 로렌은 침울한 표정으로 침대 가에 주저앉아서 꿍얼거리고 있었고, 카렌은 로이드 뒤에 서서 언제나처럼 무표정한 얼굴로 나와 로이드를 내려다보고 있다.

"자. 아~ 해."

"제가 먹어도 되는데요, 폐하."

"시끄러워. 어서 입 벌려. 아~"

에에… 부끄럽단 말이야! 이런 건… 낯간지러워서 못 참겠다고. 으휴. 언제까지 이래야 하지? 싫지는 않지만… 이런 광경을 다른 놈들이 보기라도 했다간 얼굴 들고 다니기 힘들어질 거야. 자꾸 재촉하는 로이드에게 못 이기는 척 살며시 눈을 감고 입을 벌렸다.

"아~ 음. 음음."

"맛있어?"

"…네."

수프를 목으로 꿀꺽 넘기면서 웃어주었더니 로이드도 씨익 웃는다. 왠지 로이드 성격이 좀……. 그때 갑자기 댄 녀석이 막사 안으로 뛰어들어 왔다.

"폐하!"

안으로 뛰어들어 온 댄은 플레이트 메일을 입고 있는 완전 무장 상태였다. 허리에 롱 소드까지 차고 철제 투구까지 손에 들고 안으로 뛰어들어 온 댄은 로이드를 보며 크게 소리쳤다.

"폐하! 적이 접근 중입니다."

"그래?"

"예! 속히 밖으로……."

"알았다."

고개를 끄덕인 로이드는 내 곁에 수프 그릇을 내려놓은 뒤 몸을 일으켰다.

"금방 다녀오지. 걱정하지 말고 푹 쉬고 있어."

"네, 폐하. 우리 로렌이랑 놀고 있을게요."

"응."

"로렌아? 폐하께서 가시잖아. 인사드려야지?"

"우······."

내가 부르자 귀를 쫑긋거리며 돌아본 로렌은 로이드를 가리키며 그렇게 말하자 싫다는 표정을 짓는다. 풋. 녀석. 나를 바라보던 로렌은 얼굴을 찡그리면서 반항적인 표정으로 로이드를 올려다보았고, 그 맞상대를 해준 로이드는 허리에 손을 얹은 채 거만한 표정으로 내려다본다.

"우우······."

"훗."

당장이라도 심술을 부릴 듯한 표정으로 로이드를 올려다보던 로렌이 먼저 고개를 떨구었다. 그 모습을 내려다보던 로이드는 승리자의 여유를 보여주면서 밖으로 나갔다. 참나 부자지간에 벌써부터 자존심 싸움이라니. 앞날이 걱정된다. 정말 그 아버지에 그 아들이라니까.

아침 식사를 마치고 또 자리에 누워 있었다. 몇 시간이나 지났을까? 자리에 누워서 멍하니―가끔 로렌과 놀아주기도 했지만. 아이는 잠이 많다. 정말로 많다―천장을 바라보고 있으니 시간이 얼마나 지난 건지 짐작도 안 된다. 그리고 밖의 일도 궁금하고.

"카렌."

"···응."

바로 대답하는군. 저 녀석 왜 이렇게 고분고분하지? 맨날 반항하고 까불던 녀석이 고분고분해지니까 왠지 이상해.

"나가서 어떤 상황인지 알아보고 와."

"응."

내 말을 들은 카렌은 순순히 내 곁을 떠나 밖으로 나갔다. 그리고 얼마 뒤에 조용히 돌아와서 내게 말했다.
"이기고 있어."
"그래?"
"…응."
"그렇군."
난 고개를 끄덕인 뒤에 눈을 감았다. 하나, 둘, 셋, 넷… 속으로 숫자를 세기 시작했다. 시간이 얼마나 흘러가는지 알 수가 없으니까. 그렇게 속으로 오백을 센 뒤 난 다시 카렌에게 말을 걸었다.
"카렌, 나가서 상황을 보고 와."
"응."
곧바로 대답한 카렌이 즉시 밖으로 나갔다. 난 눈을 감고 밖에서 들려오는 소리에 귀를 기울였다.
얼마 뒤 돌아온 카렌은 아까와 같은 목소리로 말했다.
"이기고 있어."
"그래……."
카렌의 대답을 들은 난 손으로 침대 바닥을 짚으며 몸을 일으켰다.
"안 돼. 쉬어야 돼."
"닥쳐. 시끄럽게 조잘거리지 말고 어서 가서 내 갑옷이나 가져와."
"하지만……."
"명령이야."
"하지만… 하지만……."
"내 명령을 듣지 않겠다면 내 눈앞에서 사라져. 필요없으니까."
내가 듣기에도 너무나 싸늘한 어조의 목소리가 내 입에서 튀어나왔다. 이 감정은… 분노? 난 화나 있는 건가? 모르겠다. 고개를 들어 돌아보니 카렌 녀석이 놀란 표정으로—그리고 울 듯한 표정으로—나를 내려다보고 있다. 이 녀석이 이렇게나 감정을 표현하는 모습을 얼마 만에 보는 건지 모르겠군.

"카렌, 내 명령에 복종하던가, 내 눈앞에서 사라지던가. 선택해."

"나… 난……."

"어서!"

내가 소리를 지르자 카렌 녀석이 움찔거리면서 한 걸음 뒤로 물러섰다. 곤히 자고 있는 로렌이 깰까 봐 참고 있었는데 저 녀석이 자꾸 우물거리니까 짜증이 나서 나도 모르게 소리를 질러 버렸잖아. 다행히 로렌이 깨지는 않았지만 말이야. 내 외침에 어쩔 줄 몰라 하던 카렌은 결국 고개를 푹 숙이고는 막사 구석에 대충 처박혀 있던 내 갑옷들을 챙기기 시작했다. 그동안 난 헤쉬케린 늙은이에게 받은 약봉지를 집어 들어서 입 안에 털어 넣었다. 텁텁해라.

침대 속에 입고 있던 얇은 슬립을 벗어 던지고 두껍고 거칠거칠해서 착용감이 제로인 마로 된 셔츠와 바지를 껴입었다. 그 다음 정강이부터 엉덩이까지 올라오는 플레이트 아머 하반신 부분을 몸에 붙인 뒤 질긴 가죽끈과 고리로 단단히 고정했다. 질긴 가죽 장갑을 양손에 끼고 팔목과 팔꿈치, 어깨 위까지 덮는 갑옷 파츠를 몸에 달고 가죽 끈을 이용해서 몸통 사이에 고정한다. 그리고 나서 플레이트 아머의 흉갑 부위를 몸에 대고 등을 가리는 백 플레이트 아머를 붙인다. 그렇게 가슴 앞과 등 뒤를 쇳덩이로 가리고 몸에 고정한 뒤 어깨 위부터 팔목 중간과 가슴 일부를 가리는 어깨갑을 고정하고 단단하고 딱딱한—덕분에 착용감은 최저인—강철 부츠를 신었다. 양손에 팔목까지 올라오는 건틀렛을 착용하고 나서 머리 위부터 목 아래까지 덮는 고깃을 쓰고 사각형으로 각이 진 투구를 손에 들었다.

"됐군."

"정말 갈 거야?"

"클레이모어."

손을 내밀자 카렌이 주저주저하면서 내게 클레이모어를 검집째 넘겨주었다. 난 넘겨받은 클레이모어를 뽑아 들어서 무거운 검집을 바닥에 버린 뒤 검을 한 손에 든 채 다른 손에 투구를 쥐었다.

"넌 로렌을 돌보고 있어."

"하지만……."

"또 네 멋대로 날 따라왔다간 그 면상을 후려갈겨 주겠어. 로렌에게 무슨 일이 일어난다면… 용서하지 않을 거야. 알아듣겠지?"

"……."

"대답해. 명령이야."

"으응……."

"그래. 그래야 착한 아이지."

씨익.

난 웃으면서 고개를 푹 숙이는 카렌의 머리를 쓱쓱 쓰다듬어 주었다. 카렌은 암살자로는 상대를 찾기 힘든 강자이지만 난전에는 약할 테니까. 굳이 저 아이를 끌고 갈 만큼 내가 약한 것도 아니고 말이야. 난 우물거리면서 서 있는 카렌을 바라보며 웃어준 뒤 막사를 나왔다.

며칠 만에 갑옷을 입어서 그런지 온몸이 짓눌리는 느낌이다. 아니, 이건 체력이 저하돼서 그런 걸까? 그래도 그럭저럭 참을 만하니까 견뎌봐야겠지.

밖으로 나와서 주변을 돌아보니 시야 내에 흰색 막사들이 한가득 펼쳐져 있었다. 아마도 내가 정신을 잃었던 틈에 본대가 이곳으로 진지를 옮긴 것 같았다. 어디로 가야 하지? 우선 사령부로 가볼까? 전황이 어떻게 돌아가는지도 알아봐야 할 테고… 거기라면 로이드가 있을 것 같으니까.

이런 내 몰골을 보면 또 시끄럽게 잔소리를 늘어놓겠지만 로이드 혼자만 전쟁터로 보내는 건 아무래도 마음이 안 놓이니까.

내 막사 주변에서 경계를 서고 있던 경비병을 앞세워서 사령부로 쓰이는 막사를 찾아가 보니 안에는 서너 명의 장교만이 있을 뿐이었다. 모두 전장으로 나간 건가? 안으로 들어간 나는 주변을 돌아보다가 막사 한구석에 펼쳐져 있는 커다란 전장 지도로 눈을 돌렸다.

"흠······."

지도는 이 주변 지형이 그려져 있는 군사용 지도였는데 지도에 표시되어 있던 헤이츠, 로젠버그 요새에 X 자 표시가 되어 있었다. 그리고 그 북쪽에 있는 빈 요새와 그 주변에 아군을 상징하는 푸른 깃발 표식들이 꽂혀 있었고 그 반대쪽 평원에 적군을 표시하는 붉은 깃발들이 길게 늘어서 있었다. 전장 지도를 보던 난 지나가던 중년의 장교를 불러 세웠다.

"거기, 자네."

"예? 무슨 일입니까?"

"지금 전황이 어떻게 되어가고 있지?"

"전선에서 달려온 전령의 보고로는 팽팽한 접전을 벌이고 있다 합니다. 수적으로는 저희가 우세한 편이지만 병력의 질에서 밀리는 상황이라고 합니다."

"그래? 여기 보니까 군을 세 개로 나누었는데 말이야."

"예. 워렌 자작님과 브래드릭 장군이 이끄는 부대가 각각 좌, 우측을 맡고 있고 국왕 폐하께서 몸소 이끌고 나가신 군이 중앙을 맡고 있습니다. 현재 좌, 우군에서는 교전이 벌어지고 있다고 하고 중군은 아직 대치 중이라고 합니다."

"그렇군. 알았다. 그런데 진지 내에 대기 중인 병력이 있나?"

"예. 지휘관 부재로 출격이 보류된 화격단과 예비대로 돌려진 수도 시민병 1, 2연대, 동부 지방 시민병 제7, 9, 22연대, 남부 귀족 연합 소속 중장보병대 한 개 대대가 대기 중입니다."

"지방 시민병대 소속 22연대는 전선 유지를 위해 20분 전에 전장으로 떠났습니다."

내 앞에 서서 설명을 하던 장교의 말이 끝나자마자 그 옆에 앉아서 무언가 서류를 작성 중이던 행정병이 고개를 번쩍 들면서 대답했다. 난 고개를 끄덕인 뒤에 입을 열었다.

"그렇군. 그럼 화격단과 중장보병대, 그리고 수도 시민병 연대들은 내 휘하로 들어간다. 모두 당장 무장을 갖추고 행군 준비하라고 해. 즉시."

"예? 하나⋯⋯."

"명령이다."

내 외침에 그 장교는 나를 빤히 바라보다가 깜짝 놀라는 표정을 지으면서 곧바로 경례를 했다.

"알겠습니다, 각하! 즉시 준비하겠습니다."

"아, 그리고 내 말. 말 한 마리 필요하니까 준비해 줘."

"예!!"

막사 안에 있는 이들이 깜짝 놀랄 정도로 큰 소리로 답한 그 장교에게 고개를 끄덕여 준 난 이내 발걸음을 돌려 밖으로 나왔다.

야전 진지 내의 넓은 공터 한가운데 서서 잠시 기다리자 투덜투덜거리면서 꾸물꾸물 기어나오는 '내' 병사들의 모습이 보였다. 절도나 군기 따위는 눈을 씻고 찾아볼래야 볼 수 없는 내 부하들은 서너 명씩 혹은 열댓 명씩 무리를 지어서 공터로 나오다가 나를 발견하고는 내 앞으로 뛰어오기 시작했다. 손도끼에 라운드 실드를 든 녀석, 어깨에 헝겊으로 둘둘 말아둔 바스타드를 걸친 채 달려오는 녀석, 가죽 갑옷 대신 체인 메일을 입고 가죽 투구를 쓴 녀석, 양손에 활을 두 개나 들고 뛰어오는 놈. 완전 각양각색에 제멋대로다. 화격단 초기에는 그런대로 장비도 통일하고 복장도 통일하기 위해서 많은 돈을 썼는데 여러 번의 실전을 거치면서 신경을 안 썼더니 꼭 용병단 같은 꼬라지가 되고 말았다. 하긴 저 녀석들도 어떻게 보면 용병단이라고 할 수도 있겠군. 내 개인 사병이나 다름없으니까. 내가 기사이니 기사단 휘하 보병대라고 해줄까? 흠… 화격 기사단이라… 그것도 괜찮겠는걸?

"부대 정렬! 부대 정렬!"

내가 이런 저런 생각을 하고 있는 동안 화격단 소속 병사들이 모두 공터에 모였다. 난 단상으로 쓰일 맥주통 위로 올라가 나를 올려다보고 있는 병사들을 굽어봤다. 몇몇 지친 표정을 짓고 있는 자들도 있었지만 대부분의 화격단 병사들은 지루하던 차에 일거리가 생겨서 기쁘다는 표정들이었다. 대놓고 쓰레기라고 면박 줘도 실실 웃는 놈들인 이 화격단 녀석들에게 싸움과 전쟁을 빼면 아무것도 안 남을 테니 이런 반응은 오히려 당연한 건지도 모르겠다. 난 깊이 심호흡을 한 뒤 가슴을 쭉 펴고 당당한 목소리로 외쳤다.

"들어라!"

"부대 주목!"

"꼼지락거리거나 떠드는 새끼는 골통을 뽀개 버린다! 주목!"

역시 내 부대는 병사들뿐만 아니고 중대장이나 대대장들도 특이하다니까. 후후후. 난 장교들이 병사들을 통제할 시간을 잠깐 준 뒤에 왼손에 들고 있던 클레이모어를 거꾸로 들어서 내가 서 있는 나무통을 쳤다.

퉁퉁.

덕분에 화격단 소속 병사들의 시선뿐만 아니고 그 뒤에 어설픈 모습으로 대열을 이루고 있던 시민병들도 내게 시선을 맞추었다.

"들어라! 자랑스러운 나의 병사들이여!"

쿵.

발을 구르자 빈 나무통이 큰 소리를 낸다. 이러다 부서지는 거 아닌지 몰라. 흠흠.

"오늘! 이 자리에 선 나는! 단 한 가지만 말하겠다! 우리는 지금! 여기! 바로 이곳에! 싸우기 위해서 모였다! 지금 이 자리에 모인 그대들은 아마도 역사상 가장 거대한 전쟁터 속에 서 있는 것이다! 제군들! 내 말 똑똑히 들어라! 한 번만 말할 거니까. 난 두 번 말 안 해."

"와하하하……."

"그대들이 전장으로 떠나기 전 절대적으로 명심해야 할 일이 있다. 그건 바로! 역사에 길이 남을 영광이다! 조국? 잊어라. 국왕 폐하? 나중에 충성해. 가족? 가슴에 묻어둬라! 이것들은 지금 전쟁터로 떠나는 우리에게 아무런 소용도 없다! 우리에게 필요하고, 그리고 우리가 이 두 손으로 획득해야 하는 것은 단 하나! 그것은 바로 승리의 영광이다! 딱 잘라 말하는데 지면 아무것도 없다. 조국도, 왕도, 그리고 너희들의 가족, 친우, 소중한 사람도. 모두 끝이란 말이다! 알겠나? 영광만을 생각해라. 그리고 이겨라! 그러면 모든 걸 손에 넣을 수 있을 것이다!"

"와아아!!"

"나가서 싸운다! 그리고 이긴다! 그것만이 여기 너희들 앞에 서 있는 내가 존재하는 이유이고, 그리고 너희들이 존재하는 이유이다! 너희들의 존재 가치는 승리했을 때만 존재하는 법! 이번 전투에서 승리하면 너희들 모두는 조국 크레센트를 구한 영웅이 되는 것이다!"

"와아아아아아!!"

"크레센트 만세!"

"국왕 폐하 만세!"

"로세니아의 산도적 새끼들을 조져 버리자!"

"죽이자! 죽이자!"

내 연설에 열광하던 병사들이 '죽이자'를 외치면서 발을 구르기 시작했다.

쿵. 쿵. 쿵.

커다란 발소리에 지면이 요동쳤고 병사들이 내지르는 함성 소리가 지평선 너머까지 뻗어 나갔다. 열광하는 병사들을 둘러보며 웃었다. 이들은 너무나 쉽게 흥분하고, 순진하다고 할 정도로 맹목적으로 내 말을 따른다. 남에게 해를 끼치는 해충 취급이나 받거나 있어도 그만 없어도 그만일 정도로 존재감이 없는 별 볼일 없는 자들이 대부분이어서 그런지 믿고 따를 수 있는 존재에 열광한다. 손을 들었다. 흥분한 채 날뛰던 병사들은 곧바로 침묵하면서 나를 바라본다. 부담스러울 정도로 믿음이 가득한 눈으로.

"마지막으로 한마디만 더 하겠다. 살아남아라. 집에서 기다리고 있을… 혹은 앞으로 생길 네 가족을 위해서. 이상!"

탕!

나무통을 발로 힘껏 차면서 도열해 있는 병사들을 한 번 더 돌아본 난 지면으로 내려오면서 손에 들고 있던 투구를 썼다. 그리고 나서 한 병사가 끌고 나온 말 위에 올라탄 뒤 행군을 명했다.

"상황이 급하니 구보로 이동한다!"

"부대 구보로! 대열에서 이탈하지 마!"

"1대대 1중대 이동!"

믿음직스러운 내 부하들이 이동하기 시작했다. 말 배를 걷어찬 난 그 뒤를 따라가면서 말을 몰아갔다.

4천여 명의 화격단 소속 병사들이 구보로 내 뒤를 쫓아왔다. 처음 조직했을 때는 전투원만 1만 명이 넘는 대규모 부대였는데 이젠 그 숫자가 거의 2/5 수준까지 떨어졌다. 가장 위험하고 무모한 작전만 계속 펼쳐 왔으니 이만한 숫자나마 남아 있는 게 더 이상할지도 모르겠다. 그래도 수차례의 대규모 전투를 겪으면서 화격단 병사들은 모두 베테랑으로 탈바꿈해 갔고 전투에 익숙해졌다. 어중이떠중이 산적들과 범죄자들을 끌어 모아 만든 부대가 정예라는 수식을 당연하게 붙일 수 있는 수준이 된 것이다. 그런 화격단 병사들을 이끌고 대략 30분쯤 달리자 평원 저 너머에 우뚝 솟아 있는 깃발들이 눈에 들어왔다. 깃발을 확인한 난 손을 높이 들었다.

"부대 정지!"

내 명령에 따라서 각 지휘관들이 자신이 맡은 부대를 정렬시켰고 행군 대형으로 달려오던 화격단 병사들이 횡으로 길게 늘어서면서 전투 준비를 시작했다. 숨을 고르면서 등이나 허리춤에 메어둔 무기를 손에 쥔 병사들은 장교들의 명령에 따라서 대형을 갖추고 단 몇 분 만에 모든 준비를 마치고 내 명령을 기다리고 있었다. 그런 화격단 소속 병사들을 쓰윽 돌아본 난 낮고 강한 어조로 명령을 내렸다.

"사격 후 돌입한다."

"부대 이동!"

따각따각.

구령도 구호도 없었지만 병사들은 내가 탄 말발굽 소리에 맞춰서 진군을 개시했다. 부대의 맨 앞에서 앞으로 나아가고 있는 내 뒤를 바싹 따라붙으면서 조금씩 발걸음을 빨리했다. 발목까지 올라오는 낮은 풀들을 헤치면서 앞으로 나아갈수록 저 멀리 떨어져 있던 깃발이 점점 커지며 그 밑에서 한데 엉켜 싸우고 있던 인간들이 조금씩 눈에 들어오기 시작했다. 점과 같이 작았던 상대가 이내 손톱만해졌고 얼마 지나지 않아서 새끼손가락만한 크기가 되었다. 앞서서 나가던 내가 말을 멈춰 세우자 각 대대장들이 따로 말하지 않아도 알아서 명령을 내린다.

"사격 준비! 적 후위를 향해 지역 사격을 가한다!"

"세 발! 세 발이다! 발사 후 돌입한다!"

"빨리 활줄 걸어! 이 병신새끼야! 지금까지 뭐 하고 있었냐? 앙?"

"사격 준비이! 사격 준비이!"

횡대로 길게 늘어선 화격단 병사들 중 절반이 화살을 매기면서 활시위를 당겼다. 내가 손을 내리자 곧 이어 발사 명령이 떨어졌다.

"발사아!"

투두두둥.

45도 각도로 솟아오른 화살들이 허공을 가르며 타원형의 곡선을 그린다. 첫 번째 화살이 떠나간 지 몇 초도 되기 전에 두 번째 일제 사격이 이어졌다. 적들의 머리 위로 처음 날아간 화살들이 떨어질 때쯤 세 번째 화살이 일제히 발사되었다. 내 머리 위로 세 번째 화살 무리가 날아가는 걸 확인한 난 클레이모어를 높이 치켜들면서 소리쳤다.

"돌격!"

"부대 돌격!"

"우아아아아아아!!"

말 배를 걷어차면서 가장 먼저 뛰어나갔다. 내 뒤를 따라 커다란 고함 소리가 뒤따르며 말 위에 올라타고 있어도 느껴질 정도로 커다란 발 구르는 소리가 등 뒤에서 들려왔다.

두두두……

저 멀리 떨어져 있던 적들의 측면이 정말 눈 깜짝할 사이에 눈앞으로 다가왔다. 내가 탄 전마는 갑자기 날아온 화살 무더기에 우왕좌왕하고 있는 적들 사이로 뛰어들었다. 투구 사이로 나 있는 구멍을 통해서 앞을 보며 달리던 난 적병의 표정이 또렷하게 보일 때 클레이모어를 높이 치켜들었다가 옆으로 스쳐 지나가면서 힘껏 내려쳤다.

카득.

뼈 부러지는 소리가 나면서 클레이모어의 끝에 둔탁한 느낌이 전해져 왔고 붉은 핏방울이 눈앞을 스치고 옆으로 튀어 나갔다. 창을 들고 뒤로 물러서던 다른 적병을 향해 아래로 내렸던 클레이모어를 다시 위로 쳐올렸다. 검끝이 그 적병의 창대를 가볍게 부수고 그의 턱 부위를 후려쳤다. 검날에 얻어맞은 적은 그대로 뒤로 쓰러지면서 그 자신의 동료들을 깔아 뭉갰다. 고개를 돌려 앞을 바라보자 정면에서 튀어나온―아마도 미처 피하지 못한―적병 하나가 주춤거리며 뒤로 물러서는 게 보였다. 난 머리를 돌리며 옆으로 피하려고 하는 말의 고삐를 힘껏 당기면서 말이 달리던 속도 그대로 그 병사를 들이받았다.

쿵.

진동이 느껴지면서 비명 소리가 아련하게 들려온다. 아직 부족해.

몸을 앞으로 숙이며 클레이모어를 길게 찔렀다. 미늘 갑옷을 입고 있던 적 중장보병의 가슴팍에 클레이모어의 날이 한 뼘이나 파고들었고 검을 옆으로 휘두르자 검날에 꿰인 채 꿈틀거리던 적 중장보병이 그대로 옆으로 날아갔다.

"이야아아!!"

달려오던 속도를 잃고 멈춰 선 내 말 주위로 적병들이 작은 공터를 만들며 둥글게 둘러싸 왔다. 프레일을 들고 있던 적병 중 하나가 고함을 지르며 내 쪽을 향해 달려온다. 난 고삐를 잡고 있던 손을 뻗어서 나를 향해 날아오는 프레일의 끝자락을 움켜쥐었다. 세 갈래로 갈라진 프레일의 끝 부분 중 다른 두 곳이 내 갑옷 위를 후려쳤지만 난 아랑곳하지 않고 손에 쥔 프레일의 끝을 내 쪽으로 잡아당기면서 클레이모어를 아래로 내려쳤다.

빠악!

검날에 적병사의 투구가 두 쪽으로 갈라지면서 붉은 피가 튀어 오르며 그자는 이내 바닥에 털썩 쓰러졌다. 난 빼앗은 프레일을 왼손에 쥐고 오른손에 든 클레이모어를 휘둘러 슬금슬금 다가오는 적병을 견제하면서 말고삐를 힘껏 잡아당겼다. 불안한 듯 이리저리 발을 굴리면서 주춤거리던 말이 '히히힝~' 하고 긴 울음소리를 내면서 말 머리를 돌렸다. 말 배를 힘껏 걷어차자 내가 탄 말은 몸을 움찔거리면서 앞으로 내달리기 시작했다.

"비켜어엇!"

빠아악!

앞으로 달려나가는 말 위에서 프레일을 휘두르자 옆에서 알짱거리던 적병 몇 명이 그대로 피를 토하며 쓰러졌다. 피가 잔뜩 묻은 프레일을 앞으로 내던지면서 말 위에 몸을 찰싹 붙이고 내달리기 시작하자 앞에서 인간 벽을 만들고 가로막던 적들이 화들짝 놀라면서 좌우로 갈라졌. 옆을 지나가는 적들을 향해 마구잡이로 검을 휘둘러 대며 간간이 달라붙는 적들의 머리통을 강철 부츠로 걷어찼다. 그렇게 양 떼 속을 휘젓고 다니는 한 마리 늑대처럼 날뛰면서 말을 몰아가니 전장에 돌입한 화격단 병사들이 하나둘씩 내 눈앞에 나타나기 시작했다.

"돌격! 돌격!"

"멈추지 마라! 적들 사이로 파고들어!"

"우리 땅에 왜 왔냐? 개새꺄!"

"아아악! 아악!"

"몰아붙여! 다 때려 죽여!"

"죽어! 죽어! 죽어!"

나만큼이나 전투에 익숙해진 화격단 병사들은 허둥대면서 물러서는 적들을 향해 미친놈들처럼 달려들면서 쓰러뜨리고 찔러댔다.

퍼억.

내 눈앞에서 화격단 병사가 힘껏 휘두른 배틀 엑스에 목이 잘린 적병이 허우적거리면서 풀썩 쓰러졌다. 바닥에는 발을 내딛기 힘들 정도로 많은 숫자의 시체와 부상자들이 차곡차곡 쌓여가고 있었고, 내가 탄 말 좌우로 무기를 하늘로 치켜든 채 함성을 지르는 화격단 병사들이 우르르 지나갔다.

"와아아아아!"

귓청을 때리는 커다란 함성 소리가 사방에서 들려왔다. 말 위에서 몸을 돌려 뒤를 바라보니 방금 전 내가 지나쳐 왔던 곳으로 화격단 병사들이 비집고 들어가 여기저기서 아군과 적군이 서로 엉켜서 난전을 벌이고 있었다. 난 말 위에서 뛰어내렸다. 이렇게 아군과 적군이 서로 엉켜 있는 상황에서는 말 위에서보다는 밑에서 싸우는 게 더 나을 테니까.

"비켜! 지나가게 비켜!"

막 내가 말에서 뛰어 내려와 자세를 잡고 지면에 내려서는데 장교 복장을 한 부하가 함성을 지르며 뛰어가는 화격단 병사들을 밀치면서 내게 뛰어왔다.

"각하!"

나를 부르는 소리에 돌아보니 반쯤 벗겨진 투구를 고쳐 쓴 밀러 대대장이 내 앞에 서 있었다.

"무슨 일이야?"

"적군이 진행 방향에서 왼쪽으로 틀었습니다. 일부 병력이 우회하여 저희의 측면으로 돌아오려는 것 같습니다."

"그래?"

"워렌 자작께서 전령을 보내왔습니다. 그쪽에서도 정면의 적을 강하게 밀어붙이는 중이라고 합니다, 각하."

"좋아. 그럼 계속해야겠지? 우리도 밀어붙여. 돌아오는 놈들은 알아서 막으라고 해. 적의 정면만 무너지면 그놈들도 더 이상 어쩌지 못할 테니까. 더 이상 까불지 못하도록 강하게 밀어붙여. 잘 알고 있겠지?"

"물론입니다."

툭.

누군가 나와 밀러 대대장의 옆을 치면서 인간 무리 속으로 뛰어들어 갔다. 돌아봐도 다 그놈이 그놈 같아서 어떤 녀석이 내 어깨를 스치고 지나간 건지 확인도 안 되네. 난 내 옆을 지나간 그 병사를 찾는 것을 포기하고는 밀러 대대장의 어깨를 툭툭 치면서 말했다.

"나를 제외한 장교 중 그대가 가장 선임이다. 내 대신 부대 지휘를 맡도록 해."

"예! 각하!"

"그럼 지휘 잘하라고!"

난 그 말을 끝으로 화격단 병사들 사이로 뛰어들어 갔다. 부대 지휘 같은 건 아무래도 영 체질이 안 맞는단 말이야. 역시 전투는 맨 앞에서 싸워야지.

앞을 가로막는 아군 병사들을 밀치고 갑자기 불쑥불쑥 튀어나오는 적들을 후려갈기면서 쓰러뜨리고 앞으로 나아가자 주변에 몇 안 되던 적군의 밀도가 갑자기 몇 배로 높아졌다. 그리고 그런 적들 뒤로 말 위에 올라탄 기사가 고함을 지르고 있었다.

"대형을 갖춰! 흩어지면 죽는다! 물러서지 마라!"

지휘관? 아니면 중간 간부? 어느 쪽인지는 모르겠지만 저놈이 죽으면 이 근방의 적군은 혼란스러워지겠지? 난 양손을 들어 눈가를 가리면서 무작정 앞을 향해 달리기 시작했다.

"이야아아아!!"

"우… 우와앗!"

콰앙!

투구 사이의 작은 틈으로 내다본 적병은 방패를 들어서 나의 돌진을 막으려고 했지만 내가 온몸을 날려 부딪치자 비명을 지르면서 뒤로 쓰러졌다. 그렇게 적군 사이로 뛰어든 난 클레이모어를 두 손으로 강하게 움켜쥐고 온 힘을 다해 횡으로 휘둘렀다.

콰득. 카가각!

내 정면과 오른쪽에 있던 두 적병의 상반신이 뜯겨 나가다시피 하면서 허공으로 튀어 올랐고 붉은 피와 내장이 사방으로 튀었다. 그중 가장 오른쪽에 있던 적병은 오른 손목 중간 부분이 부러져 나갔다. 붉은색으로 물든 뼈를 왼손으로 움켜진 적병이 비명을 질렀다.

"우아아아악!! 내 팔! 내 팔!"

그 병사가 비명을 지르며 풀썩 주저앉자 내 주변에 뭉쳐 있던 적들이 뒤로 물러서면서 공간을 만들었다. 하지만 난 기다려 주고 싶은 생각 따위는 눈곱만큼도 없다고. 다시 발을 놀리면서 앞으로 뛰쳐나간 난 두 손으로 쥔 클레이모어를 가슴 높이로 들어 올린 채 눈앞에 보이는 적병을 향해 강하게 찔렀다.

콰드득.

검날이 적병의 사슬 갑옷을 부수며 그자의 가슴을 뚫어버렸고, 손에 쥔 무기를 놓친 채 내 클레이모어를 두 손으로 움켜쥔 그 적병은 입으로 붉은 피를 내뿜으면서 천천히 쓰러졌다. 놈의 가슴을 밟고 붉은 핏방울이 가득 묻어 있는 검날을 뽑아낸 난 창을 든 채 주저주저하는 적병의 목을 향해 강하게 클레이모어의 날을 뿌렸다. 내게서 멀찍이 떨어지지 못한 그 적병은 목덜미의 살점이 한 움큼이나 뜯겨 나갔다.

"치익……."

혈관이 파열되었는지 뒤로 넘어지는 적 병사의 목 사이에서 핏방울들이 세차게 튀어나왔다.

"그륵… 그르르……."

"후욱… 후욱……."

심호흡을 하면서 주변을 돌아보니 날 둘러싸고 있던 적들이 주춤거리면서 뒤로 물러선다. 아마도 등 뒤에 그들의 동료가 없었다면 당장에 뒤도 안 돌아보고 도망쳤을지도 모르지. 그때였다.

"이야아아아!!"

"끼야아호오!!"

화격단 병사들이 괴성을 지르면서 내가 만들어놓은 공터 사이로 뛰어 들어 왔다. 빠르게 달려온 화격단 병사들은 주춤거리며 뒤로 물러서고 있던 로세니아의 병사들을 향해 달려들었다. 양손에 숏 소드를 들고 내 앞을 지나쳐서 앞으로 뛰어간 화격단 병사는 라운드 실드로 몸을 가리는 적병의 방패 끝을 숏 소드로 강하게 후려친 뒤 벌려진 가슴 사이로 다른 숏 소드를 깊숙이 꽂았다. 그 옆을 돌아보니 뾰족한 날이 여러 개 달려 있는 메이스로 적병의 투구를 후려치고 있는 화격단 병사가 눈에 들어왔고 서넛씩 모여서 한 명의 적을 향해 창을 내지르는 녀석들도 있었다.

"물러서지 마라! 등을 보이면 죽는다! 막아! 막아라!"

누군가 지르는 소리에 고개를 들어보니 내가 찍어났던 바로 그 기사가 고래고래 소리를 지르며 말 위에서 롱 소드를 휘두르고 있는 게 보였다. 난 피로 미끌거리는 클레이모어를 두 손으로 강하게 움켜쥔 뒤 양팔을 위로 들어 올려 검을 등 뒤로 길게 늘어뜨렸다 단숨에 몸을 힘껏 굽히며 손잡이를 놓았다.

부웅. 붕.

"밀리지 마라! 왕국의 미래가… 커어억."

퍼억.

바람 가르는 소리를 내면서 날아간 클레이모어의 검날은 기사의 투구를 부수며 깊숙이 박혔다. 적 기사는 클레이모어를 투구에 꼽은 채로 말 위에서 뒤로 넘어갔다. 그 광경을 바라본 화격단 병사들이 함성을 질러댔다.

"적 기사가 쓰러졌다!"

"우아아아아아!!"

"죽어라! 개자식들아!"

"히익… 히익!"

내 행동에 자극받은 병사들은 마치 미친놈들처럼… 아니, 완전히 미쳐서 날뛰기 시작했다. 단번에 적들이 몰려 있던 진형 속으로 마구잡이로 뛰어들었고 서로 한데 뒤엉켜서 무기를 휘둘러 대기 시작했던 것이다. 나 역시 앞을 가로막는 녀석들을 밀치면서 적 기사가 있던 곳을 향해 뛰었다. 내가 앞으로 나서자 적병들이 알아서 좌우로 갈라졌다. 미처 피하지 못한 채 내 앞에서 알짱거리던 적병을 주먹으로 후려치고 쓰러지는 놈의 가슴을 힘껏 밟으면서—우드득 하는 소리가 났다—앞으로 나아가자 아까 전 그 기사가 타고 있던 말이 보였다. 그 말은 시끄러운 고함 소리와 비명 소리, 그리고 이리저리 부딪치는 병사들 때문에 꽤나 신경질적으로 변해서 날뛰고 있었는데 그 말 엉덩이 부분에 적 기사가 길게 드러누운 채 쓰러져 있었다.

"이아아아아!"

막 그 말을 향해 달려가려는데 갑자기 옆에서 커다란 고함 소리가 들려왔다. 깜짝 놀라 고개를 돌려보니 머리 위로 배틀 엑스를 들어 올린 적의 병사 하나가 나를 향해 뛰어오고 있었다. 몸을 낮춘 난 그 병사가 도끼를 내려치기 전에 먼저 놈의 가슴팍을 향해 뛰어들었다.

쿠웅.

등 뒤로 둔중한 충격이 느껴지면서 몸이 떨려왔지만 다친 것 같지는 않았기에 난 그자의 가슴팍을 움켜쥐면서 바닥을 굴렀다. 그리고 놈이 정신을 차리기 전 그 병사의 가슴 위에 올라타고 앉아서 주먹을 움켜쥐고 강하게 내려쳤다.

뻐억.

"크허헉……."

놈의 입 안에서 피와 함께 희끗희끗한 이빨들이 튀어나왔다. 다시금 주먹을 휘두르니 한 움큼이나 되는 피가 터져 나왔다. 난 부들부들 떠는 적병을 놔두고 몸을 일으켰다.

퉁.

등 뒤에서 무언가가 내게 부딪쳐 왔다. 몸을 낮추며 등을 돌려보니 아직 앳돼 보이는 적 병사가 급히 몸을 돌리다가 나와 눈이 마주쳤다.

"히이익!"

깜짝 놀라며 뒤로 물러서는 그 병사를 향해 달려든 난 피가 잔뜩 묻어 있는 건틀렛을 앞으로 쭈욱 뻗어서 적 병사의 목덜미를 한 손으로 움켜쥐었다. 내가 목을 움켜쥐자 그 병사는 손에 들고 있던 창을 떨구면서 두 손으로 내 팔을 풀려고 버둥거리다 내가 손에 힘을 주면서 위로 들어 올리자 입에 거품을 물면서 괴상한 소리를 냈다.

"끄어… 우어… 그륵……."

손아귀에 좀 더 힘을 주자 우두둑 하는 소리가 나면서 내 손에 잡혀 있던 병사의 몸이 축 늘어진다. 난 좌우를 돌아보다가 적들이 많은 곳을 발견하고 그곳을 향해 손에 들고 있던 병사의 시체를 집어 던졌다.

쿵. 쿠당탕.

대여섯 명의 적이 내가 던진 시체와 한데 엉킨 채 쓰러졌다. 그러자 주변에서 싸우던 화격단 병사들이 우르르 몰려와서는 쓰러진 채 버둥거리는 적병들을 창으로 마구 찔러댔다.

"후우……."

이런 게 익숙해지다니, 나도 앞으로 살아가기 힘들 것 같아. 난 고개를 절레절레 저으면서 신경질적으로 투레질을 하면서 날뛰는 말에게 다가갔다. 그리고는 적 기사의 머리를 반이나 부숴 버린 클레이모어를 힘주어 뽑았다.

히히힝!

"우왓!"

쿵.

이 빌어먹을 말새끼가! 말의 뒷발에 채인 배 부분이 조금 아려온다. 빌어먹을! 말발굽에 걷어채인 갑옷의 배 부분을 내려다보니 갑옷 일부분이 찌그러져 있었다. 전혀 엉뚱한 놈에게 얻어맞았더니 갑자기 화가 머리끝까지 치솟는다. 클레이모어를 집어 들었다. 그리고 나를 걷어찬 뒤에 주변에 대고 펄쩍펄쩍 뛰면서 뒷발을 내지르고 있는 기사의 말을 향해 달려들었다.

"이야아아!"

높이 들어 올린 클레이모어로 또다른 병사의 등을 뒷발굽으로 걷어찬 말의 옆구리를 힘껏 내리찍었다.

퍼억!

키히히히히힝!

붉은 피와 살점이 튀어 올랐다. 내 검에 얻어맞은 말은 그대로 바닥에 쓰러지면서 옆으로 드러누웠고 그러면서도 발버둥을 쳐댔다. 이 정도로는 분이 안 풀려! 난 클레이모어를 바닥에 꽂은 뒤 바닥에 누워 버둥거리며 날뛰고 있는 말을 향해 걸어가 그 말의 목을 양손으로 붙잡은 뒤에 두 발로 바닥을 강하게 짚으며 힘을 썼다. 우두두둑… 뼈가 꺾이는 소리가 나면서 말의 목과 상체가 위로 들어 올려졌다.

"우라압!"

번쩍. 수백 킬로그램이나 되는 육중한 몸집의 말이 내 손에 의해 들려졌다. 몸을 크게 돌리면서 힘껏 내던지자 커다란 말의 몸이 붕~ 하고 하늘로 날아올랐다. 몇 미터나 날아오른 그 말의 몸체는 적들이 몰려 있던 곳에 그대로 떨어져 내렸다.

쿠우웅… 쾅!

"으아악! 아아악!"

"사… 살려줘……."

"어머니이! 아으… 아아악!"

커다란 굉음 소리가 피보라와 함께 터져 나왔다. 피에 젖어 붉은빛을 띠는 흙먼지가 허공으로 튀어 올랐고, 그 주위에 있던 적병들은 그대로 얼어붙은 채 말 시체에 깔려 신음 소리를 내고 있는 동료들을 보며 입을 뻐끔거리고 있다. 난 바닥에 꽂아놓았던 클레이모어를 다시 손에 쥐면서 소리쳤다.

"몽땅 죽여 버려! 한 놈도 남기지 말고!"

"우오오오오!!"

난전이 펼쳐지고 있는 전장 한복판에서 정신을 놓고 있던 적병들 사이로 화격단 병사들이 달려들었고 제대로 반항조차 못한 적들은 피를 뿌리며 바닥에 쓰러지기 시작했다. 비명 소리와 고함 소리, 그리고 신음 소리가 사방에서 울려 퍼졌다.

눈앞에 보이는 적을 후려치고 찌르고 내려쳤다. 미약하게 저항하는 적들이 대여섯에 한둘 정도 있기는 했지만 대부분의 적병들은 마치 사냥개에게 몰리는 사슴처럼 이리 뛰고 저리 뛰면서 내 검날 밖으로 벗어나기 위해서 도망쳐 댔다. 그때 '부우우웅…' 하는 긴 뿔나팔 소리와 함께 전방에서 커다란 고함 소리가 들려왔다.

"적들이 도망친다!"

"와아아아!"

"놈들이 도망간다! 놓치지 마!"

"다 죽여 버려! 싹 쓸어버려!"

미친 듯이 검을 휘두르던 난 그 소리에 정신을 차리고 주변을 돌아봤다. 로세니아 군 소속 병사들이 등을 돌린 채 사방으로 도망치고 있었고 그 뒤를 쫓아 화격단 병사들이 달려들고 있었다. 일부 적들이 무기를 버리고 무릎을 꿇으며 항복해 왔지만 내 부하들은 전혀 아랑곳하지 않고 주저앉은 적병의 가슴에 창날을 박아 넣었다. 자리를 지키며 버티던 적들이 무기를 버리며 도망치기 시작하자 그 뒤를 따라 화격단 병사들도 뛰기 시작했다. 모래성을 단번에 허무는 거센 파도처럼 화격단 병사들은 한 덩이의 물결이 되어서 적군의 후미를 후려쳤다. 나 역시도 그런 화격단 병사들 사이에서 적들을 추격하며 뛰었다.

한참을 적들을 향해 뛰고 있었는데 갑자기 앞에서 뛰던 병사들이 발을 멈췄다. 무슨 일인가 하고 앞을 바라봤더니 높은 장대에 매달려 있는 화격단의 깃발—검과 활이 교차되어 있는 붉은색 깃발—이 좌우로 크게 펄럭이고 있었다.

"부대 정지! 부대 정지!"

"추격 중지다! 그만! 멈추라고! 새끼들아!"
"정지! 정지! 대열을 갖춰라! 그만!"
"개자식들아! 멈추라는 소리 안 들려?!"
 순식간에 사방이 시장통같이 난장판이 되었고 한데 뭉쳐서 우르르 달려가던 화격단 병사들이 좌우로 퍼지기 시작했다. 계속 적병을 쫓으려는 화격단 병사들을 막아서고 부대를 정지시킨 장교들은 흥분한 병사들을 통제하기 위해서 필사적으로 뛰어다녔다. 적들은 엄청난—얼마나 죽었는지는 알 수 없지만 많이 죽었다. 그건 확실하다—피해를 입고 도주했다. 난 클레이모어를 하늘 높이 치켜들었다. 웅성웅성거리면서 장교들의 지시에 따르고 있던 주변 병사들의 시선이 이런 내 행동으로 쏠렸다. 난 투구 사이의 눈구멍으로 그런 병사들의 얼굴을 하나씩 살펴본 뒤에 입을 크게 벌렸다. 그리고 폐가 찢어져라 커다랗게 소리쳤다.
"우아아아아아아아아!!"
 잠잠. 잠시 동안 정적이 이어졌다. 하지만 곧 이어 병사들이 하나둘씩 손에 쥔—피에 절어 있는—무기를 들어 올리기 시작했고 나처럼 고함을 지르기 시작했다.
"와아아아아!!"
"우아아아!!"
 귀청이 찢어질 듯한 커다란 함성 소리가 사방으로 울려 퍼졌다.
 여전히 고함을 지르고 있는 병사들을 헤치면서 앞으로 나아갔다. 저 멀리 사방으로 도망치는 적병들의 모습이 보였고 그 뒤로 한 무리의 기병들이 추격하고 있는 게 눈에 띄었다. 그리고 내 화격단 병사들 옆에서 같이 고함을 지르고 있던 한 무리의 크레센트 병사들이 눈에 들어왔다. 내 부하들 사이에 둘러싸여 있다 보니까 이들이 여기 있다는 걸 까먹었었네. 난 병사들에게서 약간 떨어진 장소에서 여전히 흥분한 채 무기를 두드리거나 바닥을 구르며 환호하고 있는 병사들을 지켜보았다. 그리고 얼마 지나지 않아 병사들이 진정하기 시작하자 크레센트 정규군 소속 병사들 사이에서 댄이 장교들과 함께 뛰어나왔다.

"마마아!"

"아아. 왔어?"

"휴우… 그 몸을 해가지고 또 나오신 겁니까?"

"응."

댄의 한숨 섞인 소리에 대답하면서 그를 바라보니 댄이 입고 있는 플레이트 아머 곳곳에 갈라지거나 금이 간 부분이 보였다. 거기다 은색으로 반짝이는 갑옷 곳곳에는 붉은 피 먼지가 잔뜩 묻어 있다.

"위험했었나 보군."

"예? 아, 예. 생각보다 적의 공격이 거세서 조금 고전하기는 했습니다."

"싸움도 못하는 댄이 그 정도 몰골이라면 더 볼 것도 없겠군."

"솔직히 초반에 좀 밀린 건 사실입니다만……."

"아아, 됐어. 나도 그런 거 따지려고 하는 것도 아니고 말이야. 그보다 어서 부대나 정비해. 여기에는 부상자들 추스를 병력 일부만 남겨놓고 곧바로 이동할 거야."

"병사들이 많이 지쳐 있습니다, 마마. 조금 쉬는 게……."

"본대와 합류한 뒤에 쉬어도 돼."

로이드가 기다리고 있단 말이야. 로이드도 댄처럼 적병의 창날에 노출될지도 모르는걸. 어떻게 마음 편하게 쉴 수 있을까. 어서 빨리 가봐야 하는데… 쯧. 뒤돌아서 내 부하들을 바라보니 대부분 자리에 주저앉아서 물을 마시고 있거나 대충 누워서 쉬고 있었다. 격렬한 싸움 다음이니 피곤하긴 하겠지만… 시간이 없다.

"댄! 아니, 워렌 자작!"

"예! 마마."

"일부 병사들을 데리고 중상자들을 구제해. 나머지 멀쩡한 병사들은 모두 내가 끌고 간다. 부상자들과 함께 진지로 복귀하도록. 알겠지?"

"하나 마마……."

"걱정 마. 난 로렌에게 동생을 안겨줄 때까지 죽을 마음 따윈 눈곱만큼도 없으니까. 화격단! 대대장 이하 장교 전원 집합! 당장 튀어나왓!"

내가 소리를 지르자 병사들 사이에 같이 드러누워 쉬고 있던 몇몇 장교가 투덜거리면서 몸을 일으킨다. 기사라면 절도있게 복창을 하면서 뛰어나올 텐데 말이야. 하여간 산적 놈들이라 그런지 예절이라는 걸 모른다니까. 개중에 그마나 나은 밀러 대대장이 장교들을 인솔하고 내 앞으로 달려왔다.

"10분 휴식 뒤 바로 이동한다."

"각하, 조금 휴식을 취한 다음에 이동하는 것이 나을 것 같습니다. 부하들이 많이 지쳐 있습니다."

"알아. 하지만 시간이 없어. 여기서 얻은 승기를 확실히 다지려면 바로 본대로 이동해야 해. 그래도 거기 가면 조금은 쉴 수 있겠지. 모두 준비시켜."

"알겠습니다, 각하."

내 말에 고개를 끄덕인 밀러 대대장은 다른 대대장과 중대장들에게 몇 가지 명령을 내린 뒤 화격단 병사들 쪽으로 가버렸다.

"좋은 장군이 되겠군요."

"그래? 난 모르겠는걸."

"귀족 출신이었다면 한자리 맡았어도 오래전에 맡았을 겁니다. 아마도요."

"그래 봐야 산적 나부랭이들이야. 하여간 이러고 있는 시간도 아까워. 곧바로 부대 재편에 들어가도록."

"알겠습니다, 마마."

언제나처럼 능글거리는 미소를 입가에 달고 있는 댄은 고개를 끄덕이며 대답한 뒤에 뒤따라온 기사들과 장교들을 데리고 자기 부대로 돌아갔다. 혼자 남은 난 그대로 바닥에 털썩 주저앉은 뒤 아예 풀숲 위에 드러누워 버렸다. 아까 전 말에 걸어차인 배 부위가 따끔따끔거리는 게 조금 걱정되기는 했지만 그런대로 몸은 잘 움직여졌고, 싸우는 내내 걱정이 되던 오른손도 지금은 잘 움직여 주고 있기에 편하게 마음먹기로 했다. 커트렌 그 자식만 죽여 버리고 로세니아 군을 깨부수고 나면 더 이상 내가 앞에 나서서 싸울 일은 이제 없을 테니까. 그때까지만 좀 더 고생하기로 하자. 후우… 조금 피곤하다.

10분이 지났다. 바닥의 차가운 냉기를 받으며 누워 있던 난 시끄러운 소리를 내면서 정렬하는 소리에 몸을 일으켰다. 바닥에서 일어서고 나니 말고삐를 쥐고 서 있는 소년병의 모습이 눈에 들어왔다. 언제 온 거지? 알아채지 못했었는데.

"자작님께서 보내셔서……."

"알았어. 고삐 넘겨주고 가봐."

"예!"

열대여섯 살쯤 되어 보이는 그 소년병은 내 말에 씩씩하게 대답하면서 내게 말고삐를 넘겼다. 그리고 저 멀리 행군 대형으로 정렬하고 있는 병사들을 향해 달려갔다. 힘이 넘치나 보네. 난 멀어져 가는 그 소년병의 뒷모습을 보다가 이내 말 위로 뛰어올라 가 안장에 엉덩이를 걸쳤다. 그리고 육중한 갑옷 무게에 놀랐는지 투레질을 하는 말의 목덜미를 쓸어주면서 진정시켰다.

"쉬~ 착하지?"

푸르릉……

자기는 별로 안 착하다는 듯 고개를 절레절레 저으며 투레질을 하는 말을 달래준 난 살짝 말 배를 걷어차면서 말을 몰아갔다. 화격단 병사들이 있는 곳까지 다가가 보니 이미 선두는 먼저 출발하여 저 앞쪽에서 진군하고 있었고 그 뒤로 병사들이 줄을 이어서 뒤따르고 있었다. 그런 병사들 사이로 끼어든 난 대열의 중간쯤에서 말을 몰면서 로이드가 있을 본대를 향해 나아갔다.

이곳에서 본대까지의 거리는 대략 4km 정도. 아까처럼 구보로 가면 시간을 단축시킬 수 있겠지만 격렬한 전투를 벌인 뒤 제대로 쉬지도 못하고 또 뛰어갔다간 막상 전장에 도착해서 싸울 기력조차 없을 테니 이번에는 행군으로 대체했다. 하지만 그럼에도 가슴이 뛰고 나 혼자라도 빨리 로이드가 있는 본대로 향하고 싶은 마음이 굴뚝같다. 왠지는 모르겠지만 서두르지 않으면 나쁜 일이 벌어질 것 같은 예감이 들어서였다. 여자의 직감이라고나 할까? 서둘러야 하는데… 쯧.

따각. 따각.

오늘따라 말의 걸음걸이가 이렇게 느리게 느껴질까. 고개를 앞뒤로 끄덕이면서 병사들의 뒤를 따라 걷고 있는 말은 답답한 내 마음 따윈 신경쓰지 않는다는 듯이 여유만만한 걸음걸이로 길을 따라 걷고 있었다. 차가운 바람에 흩날리는 말갈기를 내려다보며 앞으로 나아가던 난 고개를 들었다. 눈앞에 어깨를 축 늘어뜨린 채 터덜터덜 걷고 있는 내 부하들이 보인다. 많이 지친 모습들이다. 고개를 돌려 내가 탄 말을 따라오고 있는 뒤쪽의 부하들을 보니 그들도 굉장히 지쳤는지 입으로 연신 하얀 김을 내뿜으면서 따라오고 있었다. 저 멀리 대열 뒤편에서 한 병사가 대열 옆으로 풀썩 쓰러지는 모습이 보였다. 쓰러진 그 병사 곁으로 한 장교가 다가갔다가 고개를 저으며 다시 대열 사이로 들어왔다. 점점 멀어지는 그 병사는 차가운 대지에 몸을 뉘인 채 움직일 줄 몰랐다.

삐이이…….

"큭."

갑자기 귓속에서 참기 힘든 귀울음 소리가 들리면서 지독한 두통이 몰려왔다. 이를 악물며 참아보려고 했지만 두통 다음에는 온몸의 뼈마디가 쑤시는 근육통이 이어져왔다. 크으윽……. 내장이 끊어지는 듯한 통증이 아까 전 말발굽에 채인 아랫배 부근에서 등골을 타고 올라온다. 입 안이 텁텁해. 무, 물이…….

"부대 정지! 부대 정지!"

"선두 제자리!"

타는 듯한 갈증을 참으면서 말안장에 매어놓은 물 주머니를 더듬거리면서 찾고 있는데 갑자기 뒤에서 고함 소리가 들려왔다.

"선두 제자리! 각 중대는 대열을 이탈하지 말고 그 자리에서 휴식한다!"

누구 멋대로 명령을 내리는 거야? 누가… 크으윽…….

"아윽……."

머리가 깨질 듯한 통증이 몰려왔다. 이를 악물며 정신을 차리기 위해 고개를 몇 번 저어봤지만 아무 소용도 없다. 눈앞이 흐릿해지는 게 조금이라도 긴장을 풀면 그대로 기절할 것 같은 기분이 들었다. 야… 약효가 다 된 건가? 끄으윽…….

툭.

손에 걸렸던 무언가가 말안장에서 바닥으로 떨어져 내려간다.

철퍽.

차갑고 단단한 바닥에 떨어진 그것은 바닥을 구르면서 물소리를 냈다. 젠장. 목말라 죽겠는데…….

"각하, 어디 편찮으십니까?"

바로 옆에서 들려오는 목소리에 눈을 비비며 고개를 돌려보니 투구를 쓰고 있는 밀러 대대장이 내 옆에 서서 말을 건네고 있었다.

"괘… 괜찮……."

"안색이 안 좋아 보십니다. 어디 부상이라도 당하신 건…….."

"괜찮다고 했잖아!"

"…죄송합니다."

"그… 그보다, 왜 멈춘 거지? 누가 명령… 을 내렸어?"

"제가 명령했습니다."

"왜? 당장 이동시켜……."

"국왕 폐하께서 계시는 본대까지 10분 거리에 도달했습니다. 방금 정찰병이 도착했습니다, 각하."

"그럼 더……."

"지금… 안 들리십니까?"

"으응?"

무슨 소리야? 난 자꾸 흐려지는—마치 안개가 낀 것처럼 뿌옇게 보이는—시야를 손바닥으로 문지르면서 고개를 들었다. 앞을 바라보니 행군하던 대열 그대로 바닥에 주저앉아 쉬고 있는 병사들의 시선이 한쪽으로 향하고 있었다. 그들이 바라보는 방향을 돌아보니 낮은 둔덕이 눈에 들어왔고 그 옆으로 가물가물하게 보이는 깃발들이 눈에 들어왔다.

"안 들리십니까? 귀가……."

"아냐. 괜찮아."

귓속에 아직도 삐— 하는 귀울림이 들려왔지만 눈을 감고 신경을 귀로 집중하니 두런두런하는 주변 병사들의 소곤거림과 함께 저 멀리서 울려 퍼지는 함성 소리가 들려왔다.

"싸… 싸우는 중?"

"예. 전투 중입니다. 이런 상태로는 도착해 봐야 도움이 못 될 것이라 판단돼서 제 임의로 휴식을 명했습니다, 각하."

"젠장……."

저기서 로이드가 목숨을 걸고 싸우고 있는데 난 여기서 뭘 하고 있는 거야. 어서 빨리 가야 하는데… 가야 하는데…….

"각하, 각하께서도 조금 쉬시는 것이……."

"시끄러워. 물!"

"예? 아… 예."

밀러 대대장이 건네는 물 주머니를 낚아채듯이 받아든 난 부들부들 떨리는 손으로 물 주머니의 마개를 뽑아낸 뒤 입가로 가져갔다.

벌컥. 벌컥.

미지근한 데다가 먼지인지 흙 쪼가리가 들어가서 버석버석 씹히는 맛이 나는 물이었지만 입 안으로 물이 들어오니 조금 살 것 같은 기분이 들었다. 그 다음으로 왼손 건틀렛을 벗기 위해서 묶어놓은 가죽끈을 풀려고 애를 썼다. 하지만 오른손만큼이나 떨리는 왼손은 묶인 매듭을 푸는 데는 아무런 도움도 주지 못했다. 신경질이 난 나는 여전히 내 옆에 서서 나를 바라보고 있는 밀러 대대장에게 왼팔을 내밀었다.

"풀어."

"예?"

"못 들었어? 건틀렛 풀어달라고. 손에 힘이 안 들어가."

"예에……."

댄이었다면 한마디쯤 이죽거리면서 사람 속을 뒤집어놓겠지만 밀러 대대장은 약간 의아한 듯한 표정을 지은 뒤에 내가 시키는 대로 했다. 건틀렛을 풀어낸 난 그 안에 받치고 있던 소맷자락을 잡아당겼다. 크아… 땀 냄새가 풀풀 퍼져 나온다. 안으로 약간 말려 들어가 한 번 접혀 있던 소맷자락을 뒤로 뒤집자 땀에 푹 전 육포 조각 몇 개와 잘 접혀 있는 기름종이 두 개가 나왔다.

"두 개뿐이네."

모자랄지도 모르겠어. 접혀 있는 기름종이를 두 손으로 끌러낸 난 그것을 입가로 가져간 뒤―손이 떨려서 조금 흘렸다―입 안에 털어 넣었다.

텁텁해. 물을 한 모금 마셔서 입가심을 한 나는 두 손으로 말안장을 움켜쥔 채 고개를 치켜들었다. 후우. 약효가 돌려면 조금 시간이 필요하니까… 조금만 쉬자.

조금만 쉬자는 생각으로 눈을 감았다. 하지만 얼마 지나지 않아서 난 눈을 번쩍 떴다. 갑자기 저 멀리서 '쾅' '콰앙' 하는 폭음 소리가 들려왔기 때문이다. 고개를 들어 바라보니 대낮임에도 불구하고 저 멀리 평원 너머에서 번쩍이는 빛들이 또렷하게 눈에 들어왔다.

"무슨 일이지?"

"아마도 폐하와 같이 있던 마법사들이 마법을 사용한 모양입니다, 각하."

"그런가?"

아까는 안 들렸는데. 갑자기 왜? 안 되겠다. 가보면 알게 되겠지. 여기서 약효가 돌 때까지 기다릴 시간이 없어.

"부대 이동한다. 단숨에 가자고."

"예, 각하. 휴식 끝! 대형을 갖춰라!"

"휴식 끝! 일어나! 자식들아!"

"언제까지 궁둥이 붙이고 있을래? 당장 일어났!"
"골통 뽀개지고 싶은 새끼들은 계속 뭉개고 있어라!"
웅성웅성.
밀러 대대장의 외침에 물 만난 물고기처럼 소리를 지르며 뛰어다니는 장교들과 그런 장교들의 친절한 협박에 떠밀린 채 뭉기적대면서 일어서는 화격단 병사들. 난 그런 병사들에게 명령을 내렸다.
"가자. 목적지는 저 둔덕 위. 병사들 무장시켜."
"예. 부대 전투 대형으로!"
화격단 병사들이 분주히 움직이기 시작했다. 겉으로 보기에도 지친 기색이 역력한 내 부하들을 보니 조금 미안한 생각이 들었지만 이내 마음을 고쳐 잡고 말 배를 살짝 걷어찼다. 나를 선두로 화격단 병사들이 내 뒤를 따라오기 시작했다.

눈앞에 있던 둔덕은 경사가 약간 가파르긴 했지만 높이도 수미터 정도로 매우 낮았고 너비도 좁았다. 말을 몰아 그곳으로 올라간 내 눈앞에 수천은 되어 보이는 병사들이 싸우고 있는 모습이 보였다.
"와아아아아!!"
"죽어! 개자식들아!"
"끄아아악!"
둔덕에서 몇 미터 떨어지지 않은 곳까지 양측의 병사들이 한데 엉켜서 싸우는 모습이 보였다. 아군과 적군이 한데 엉킨 채 싸우고 있는 대열은 내 눈앞에서 저 멀리 수백 미터 앞까지 길게 펼쳐져 있었고, 일부 병사들은 그 난전장에서 약간 떨어진 뒤편에서 기다리고 있다가 전장 한쪽을 향해 뛰어가는 게 보였다. 그때 크레센트 왕실기가 높이 세워져 있는 깃발 주변에서 갑자기 불덩어리가 솟아올랐다. 검은 연기를 꼬리에 달고 허공으로 날아오른 불덩어리는 곧 이어 중앙의 난전장 뒤편에서 이동하고 있던 로세니아 군 병사들 사이로 떨어졌다.

콰광!! 콰콰광!!

"크윽……."

쏴아아아…….

폭발음이 울려 퍼지고 먼지와 흙덩어리가 하늘로 날아올랐다가 사방으로 퍼져 나간다. 그리고 몇 초 뒤 내 투구 사이로 후끈하게 달아오른 뜨거운 바람이 스치고 지나갔다. 대… 대단해. 굉장해. 폭발 장소에서 몇몇 적병이 몸에 불을 붙인 채 버둥거리며 뛰어나왔다. 그들은 주변의 동료들에게 도움을 요청하면서 버둥거렸지만 몸에 붙은 불은 쉽게 꺼지지 않았고 이내 하나둘씩 그대로 쓰러지면서 불타올랐다. 지독한 노린내가 날 것 같은 기분이 들었지만 워낙에 피 냄새와 역겨운 시체 냄새가 뒤섞여서인지 아니면 코가 이상해져서인지 아무런 냄새도 느껴지지 않는다. 조금 기분이 나쁘긴 했지만. 그때였다. 내가 불덩이가 폭발한 곳을 바라보고 있을 때 내 옆에 서 있던 밀러 대대장이 내 어깨를 툭툭 치면서 말했다.

"각하, 저쪽을……."

"응?"

그가 가리킨 방향을 바라보니 검은 옷을 입은 자가 대여섯 명이 나와서 머리 위로 무언가를 빙빙 돌리고 있었다.

"슬링?"

돌이나 납탄을 던지는 슬링 줄을 들고 돌리던 그들은 곧 이어 시커먼 무언가를 던졌다. 탄환? 겨우 그런 걸로 뭘 하겠다고…….

파방. 파파파방.

깜짝. 뭐… 뭐지? 갑자기 난전을 펼치고 있던 대열 중간에서 작은 폭음이 들려오면서 무언가가 폭발하였다. 작은 불길들이 사방으로 뻗어 나가면서 주변의 병사들을 불태웠고—아군, 적군 할 것 없이!—난전장 이곳저곳에서 비명 소리와 폭음 소리가 들려왔다. 그리고 그 다음으로 크레센트 병사들이 몰려 있는 전장 한구석에서 갑자기 불길이 바닥에서 치솟았다. 불길이 솟아오른 곳 중앙에 있던 병사들은 단번에 불길에 휩싸였고 그 주변에 있던 병사들도 몸에 불이 붙거나 튀어 오른 불똥에 화들짝 놀라면서 사방으로 흩어졌다. 지면에서 솟아오른 불길은 한곳이 아닌 여러 곳에서 동시 다발적으로 생겨나 그때마다 수명에서 수십 명의 병사들이 불타올랐다.

"이건 대체……"

"적들도 마법사가 있는 것이 아닌지……"

"말도 안 돼! 헤쉬케린. 그 늙은이가 말하길 그가 끌고 온 마법사들 외에 실력있는 마법사는 대륙에 거의 없다고 했어!"

"하나 저런 괴상한 일들을 할 수 있는 자들은……"

"그래, 알아……"

아니, 아니야. 하나 더 있다. 저런 인간의 능력에서 벗어난 힘을 쓰는 자들이!

"신관들! 브리츠의 신관들이 개입한 거구나! 이런 미친놈들 같으니라고!"

"예?"

"모르겠나? 그동안 꽁꽁 숨어 있던 브리츠의 개자식들이 튀어나온 거라고! 젠장! 마법의 힘이라면 어렵지 않게 이길 줄 알았는데… 아니, 최소한 지지는 않을 것이라 생각해서 헤쉬케린 늙은이를 꼬득인 건데……."

초조하다. 어서 빨리 전장에 뛰어들어야 하는데… 안 되겠어. 전투 명령을······.

"어엇?"

아군이 밀리던 전장 한복판의 판도가 갑자기 급변했다. 불기둥과 브리츠의 프리스트들이 던진 괴상한 슬링탄 공격에 형편없이 밀리던 아군 병사들이 갑자기 '와아아아!!' 하고 함성을 지르며 적을 향해 무차별적으로 달려들기 시작했다.

그에 반해 적군은 자신들이 유리한 상황인데도 불구하고 근 백여 명에 달하는 적병이 뒤도 안 돌아보고 도망치고 있었다. 그것도 한 지역에서 싸우고 있던 적들이 말이다. 추가로 투입되던 적병들 중 일부가 도망치는 자들과 마찬가지로 무기를 버리며 도망치기 시작했고, 무너지는 전열을 향해 지원 가던 아군 중장보병대 병사들이 갑자기 방패를 내버리면서 적들을 향해 달려들었다. 적들이 도망쳐 생긴 빈 공터―시체들이 바닥에 가득했지만 비어 있다고 보는 게 맞는―로 중장보병대가 뛰어들었다. 그때 선두에서 달리던 중장보병의 발밑에서 갑자기 불기둥이 치솟았다. 그 뒤로 서너 명의 중장보병이 불 속에 뛰어들어 불타올랐지만 중장보병은 마치 무언가에 홀린 듯 불기둥을 피하며 적들을 향해 그 굼뜬 몸을 이끌고 달려가고 있었다.

"무언가 이상해."

정말 이상해. 뭔가 정상이 아니야. 이 전투는··· 아니, 이걸 전투라고 불러야 할까? 으응? 갑자기 하늘이 어두워졌다. 고개를 들어보니 방금 전까지 맑게 개어 있던 하늘이 어둑어둑해지면서 먹구름이 우리들 머리 위로 몰려들었다. 적군 진영 한가운데를 중심으로 공중에서 빙글빙글 도는 먹구름은 곧 이어 눈발을 동반한 차가운 기류를 사방으로 불어젖혔다. 그리고 그 검은 먹구름들 사이로 빛줄기들이 꿈틀거리면서 움직이고 있었다. 설마···

"설마… 설마……."

"이 괴상한 날씨는 대체……."

번쩍. 꽈르르르릉!

마, 말도 안 돼! 먹구름 사이에서 번개가 지상으로 떨어져 내렸다. 그것도 길게 늘어선 난전장을 뚫고 적군 사령관이 있는 곳으로 달려가고 있던 중장보병대 한가운데로! 강렬한 빛과 함께 떨어져 내린 벼락은 십여 명의 중장보병을 까맣게 태워 버리고도 모자란지 차가운 바닥을 타고 꿈틀거리며 사방으로 퍼져 나갔고, 지면을 강타한 벼락 근처에 있던 병사들이 몸을 부들부들 떨면서 쓰러졌다. 벼, 벼락까지 부린다고? 인간이? 놀랐다. 정말 놀라웠다. 마법사들의 마법이든 신관들의 신성 마법이든 별로 대단할 것 없다고 생각해 왔었는데… 굉장하다는 생각밖에 안 든다. 하지만… 그 다음 로이드가 있는 곳에서 불에 휩싸인—이들은 왜 이렇게 불을 좋아할까?—거인들이 일곱이나 튀어나오는 걸 보고 나자 왠지 내 자신이 초라해지는 기분이 들었다. 불의 거인들은 허공에 둥둥 떠서 적들이 모여 있는 곳으로 날아가 눈발이 휘날리는 와중에 그 커다란 주먹을 휘둘러 적병들을 죽이고 불길을 내뿜어 사방을 불 더미로 만들고 있었다.

"이건 인간이 끼어들 전쟁이 아닌 것 같다는 생각이 드는데……."

"동감입니다, 각하."

"대대장님! 후방에 워렌 자작께서 오시는 중입니다."

응? 댄이? 벌써 왔나? 더 늦을 거라고 생각했는데? 전령의 외침에 고개를 돌려보니 저 멀리 한 무리의 부대가 우리가 왔던 길을 따라 다가오고 있었다. 좋았어, 이제 댄과 함께 적의 측면으로 밀어붙이면…….

"적군이다!"

"기사단! 기사단이다!"

뭣? 누군가 외치는 소리에 깜짝 놀라 다시 앞을 바라보니 적군들 사이에 뭉쳐 있던 적 기사들이 빠르게 말을 가속시키면서 우리 쪽을 향해 달려오고 있었다.

두두두두…….

바닥의 자잘한 흙들이 조금씩 공중으로 튀어 오르면서 적들이 달려오고 있다는 걸 알려주고 있다. 아니, 빨리 대응을 해야…….

"사격 준비! 사격 준비!"

"창병대 앞으로!"

"새끼들아! 한두 번이냐? 어서 빨리 자리잡아!"

"대형 벌려! 붙어 있다간 다 깔려 죽는다! 더 퍼져!"

"새끼들아! 창 든 새끼들이 퍼지면 어떡해? 뒤에 있는 놈들까지 다 죽일 셈이야?"

어라? 뭐야? 이건… 내가 명령하기도 전에 제멋대로 움직이는 거냐? 이 어이없는 상황에 놀란 내가 밀러 대대장을 바라보자 그는 뭔가 의미심장한 표정을 지으면서 고개를 돌렸다. 그리고 내가 뭐라고 말을 꺼내기도 전에 활을 들고 있는 부하들의 사격이 시작되었다.

두두두둥…….

수백 발의 화살이 적 기사들을 향해 날아갔고 곧 이어 제이, 제삼의 사격이 이어졌다.

"온다아!!"

"충격에 대비해! 물러서지 마! 기사 하나가 들어오면 열이 죽는다! 막으면 열 명이 안 죽어!"

우두두두두두…….

말 위에 타고 있는 나도 느낄 정도로 커다란 진동이 온몸으로 느껴진다. 내가 탄 말은 불안한지 고개를 저으며 푸르릉거렸지만 훈련받은 놈이라 그런지 제멋대로 뛰거나 하지는 않았다. 난 안장에 매달아놓았던 클레이모어를 손에 쥐었다. 그리고 엄청난 속도로 오십여 미터까지 달려온 적 기사단과 기병대를 노려보았다.

꿀꺽.

절로 긴장이 되는구만. 세 번째로 날아간 화살들이 적 기사단 사이에 우수수 떨어져 내렸다. 하지만 방패를 머리 높이로 들고 있던 적 기사들은 날아오는 화살들을 튕겨내면서 내 쪽으로 달려오고 있었다.

"각하! 대열 후미로······."

"난 물러서지 않아."

난 그렇게 말하면서 클레이모어를 높이 들었다. 그리고 깊이 숨을 쉬면서 달려오는 적 기사단 선두를 노려보면서 소리쳤다.

"이야아아아아!!"

"와아아아아!!"

내가 고함을 지르자 나를 따라 주변의 병사들이 하나둘씩 함성을 지르기 시작하더니 발을 구르면서 무시무시한 기세로 달려드는 적 기사단에 대항하였다. 적들은 순식간에 이십여 미터까지 달려와 하늘로 치켜들고 있던 창날이 우리 쪽을 향해 내려졌다. 목에 핏줄을 세우면서 고함을 질러대던 병사들의 함성 소리가 커다란 말발굽 소리에 묻혀 버릴 때, 그리고 적 기사의 투구 하나하나의 모습이 눈에 들어왔을 때, 겨우 2~3초면 적들이 나와 내 부하들이 있는 이 둔덕 위까지 뛰어올라 올 수 있는 바로 그때 갑자기 평평했던 대지에 돌벽이 나타났다. 허공에서 뚝 떨어진 것도 아니고 바닥에서 솟은 것도 아니었다. 마치 원래 그 자리에 있었다는 듯 갑자기 생겨났다.

"뭐가······."

꽈광! 쾅! 쿠르릉······.

뭐라 말을 꺼내기도 전에 커다란 광음이 울려 퍼지면서 좌우로 길게 늘어서 있던 돌벽 한 귀퉁이가 뒤로 밀리면서 벽돌집처럼 차곡차곡 쌓여 있던 돌들이 뒤로 주르륵 밀려났고 맨 윗단의 돌 몇 개가 우리 쪽으로 떨어져 내렸다.

히히히히힝!!

히히힝!

찢어지는 말 울음소리. 그 사이사이에 인간의 비명 소리와 무언가가 부딪치는 소리가 바로 코앞에서 들려왔다. 좌우로 길게 뻗은 돌벽 끝으로 적 기병들 중 일부가 통과해 들어왔지만 그들 역시 갑작스러운 이 사태에 놀랐는지 말고삐를 잡아당기며 최고 속도로 달리던 말들을 진정시키기 위해서 노력했다. 그들 중 일부는 같은 동료에 의해서 깔려 버렸지만.

"이건 대체……."

나뿐만 아니고 내 앞에 모여 있던 화격단 병사들도 이 상황이 이해가 안 되는지 놀란 표정으로 멍하니 서 있을 뿐이었다. 그때 머리 위에서 카랑카랑한 고함 소리가 들려왔다.

"뭘 멍하니 있어?! 당장 달려가지 못해! 앙?"

깜짝. 갑작스러운 호통 소리에 놀라서 고개를 들어오니 머리 위에 아르케네스와 헤쉬케린 늙은이가 공중에 떠 있었다. 헤쉬케린 늙은이는 곧바로 내 바로 옆까지 내려왔는데 밧줄로 아르케네스와 허리를 단단히 묶고 있었다.

"뭘 봐?! 사람 날아다니는 거 처음 봐? 저놈들이 정신 차리기 전에 어서 가라고!"

"이 노친네가 누구한테 명령이야?!"

"뭐야? 이 계집애가 기껏 구해줬더니 은인한테 바락바락 소리를 질러?

에잉! 하여간 요즘 젊은것들은… 쯧쯧쯧."
 허공에다 대고 지팡이를 휘두르면서 신경질을 부리는 노친네를 무시한 난 정면을 바라보았다. 좌우로 길게 뻗은 돌벽들 너머의 상황은 별로 상상하고 싶지 않은걸.
 "밀러 대대장!"
 "예! 각하!"
 "알아서 해!"
 "예! 부대 돌격! 돼지들이 발을 멈췄다!"
 "돼지 사냥이다! 모조리 끌어내려!"
 "와아아아아!!"
 고함 소리와 함께 내 부하들이 우르르 앞으로 달려나가기 시작했다. 알아서 반으로 갈라진 화격단 병사들은 돌벽 좌우의 끝을 향해 달려갔다. 마법사가 참가한 이 괴상한 상황에 놀란 적 기병들 몇이 화들짝 놀라면서 말 머리를 돌리는 게 눈에 들어왔다.
 "하여간… 고마워요."
 "뭘… 이런 쓸데없는 살상은 나로서도 별로 반갑지는 않다만… 도와준다고 했으니 도와줘야지. 대신……."
 "물론 일이 끝나면 충분하고도 남을 정도로 보상하죠. 그럼 더 수고해줘요."
 "이런 망할 계집 같으니라고. 기껏 도와줬더니 또 일을 시켜? 에잉… 쯧쯧."
 "이랴!"
 여기 더 있어봐야 늙은이의 잔소리밖에 들을 게 없다고 생각한 난 급히 말 배를 걷어차면서 앞으로 달려나갔다.

화격단 병사들을 헤치면서 넘어간 돌벽 너머의 상황은… 끔찍하다는 말로 표현하기 힘들 정도로 처참한 광경이었다. 돌벽 너머에 말과 기사들이 뒤엉킨 고깃덩어리들이 한 덩어리나 쌓여 있었고 그 밑으로 흐르는 피가 강을 이룬 것처럼 흘러내리고 있었다.

철퍽. 철퍽.

말발굽에 튀는 붉은 피 웅덩이를 넘어서 달려가 보니 선두의 화격단 병사들이 말고삐를 돌리는 기사들과 기병대 뒤에 달라붙어서 창날로 말 위에 탄 상대를 밀쳐 내고 다리를 잡아당기며 떨어뜨린 뒤 도끼나 헤머로 무자비하게 난도질을 하고 있었다.

"비켜엇!"

말을 더욱 빨리 몰면서 소리를 지르자 내 앞에서 한 기사를 둘러싸고 서서 그 기사의 공격을 막고 있던 병사들이 화들짝 놀라면서 좌우로 물러섰다. 그사이로 파고든 난 클레이모어를 꽉 쥐면서 내게 등을 보이고 있는 그 기사의 등판 한가운데를 클레이모어의 검면으로 힘껏 후려쳤다.

콰득.

"끄어어어억!"

뼈 부러지는 소리와 함께 앞으로 튕겨 나간 그 기사는 그대로 앞으로 날아가 다른 기병을 덮쳤고, 말과 함께 두 적병이 바닥에 쓰러졌다. 그러자 주변에 있던 화격단 병사들이 우루루 달려가 도끼와 메이스로 후려쳐 댔다. 이젠 익숙해진 것 같아.

"이대로 적을 밀어낸다! 계속 추격해!"

내가 검을 높이 치켜들며 소리치자 주변에서 싸우고 있던 장교들이 마치 기다렸다는 듯 내 말을 이어받았다.

"달려들어! 놈들이 도망칠 공간을 주지 마!"

"방패를 높이 들라고! 병신새끼들아!"

"다리를 노려, 다리를!"

"우아악!"

퍼석.

내 코앞에서 말 위에 올라타 있는 기사를 향해 달려들던 화격단 병사 하나가 그 기사가 위에서 내리찍은 배틀 헤머에 머리를 얻어맞고 괴상한 소리를 내면서 쓰러졌다. 난 즉시 말을 몰아 그 기사에게 달려갔다. 달려오는 나를 확인한 그 기사는 몸을 크게 돌리면서 나를 향해 배틀 헤머를 휘둘렀다. 쉬익… 머리 위로 그자가 휘두른 배틀 헤머가 큰 소리를 내면서 지나갔다. 그 기사의 옆을 스쳐 지나가며 난 클레이모어의 날을 그 기사의 가슴 쪽을 향해 뻗었다. 말이 달리는 힘과 내가 내지른 힘에 얻어맞은 그 기사는 그대로 말 엉덩이로 쿵 하고 쓰러지면서 축 늘어졌다.

"적들이 도망간다!"

눈앞에 보이는 적 기사와 기병들을 상대하면서 죽죽 앞으로 나가던 내게 누군가 외치는 소리가 들려왔다. 앞을 바라보니 상당히 많던 적들의 숫자가 어느새 눈에 띄게 줄어 있었다. 그리고 평원 저 너머로 도주하고 있는 한 무리의 기병대가 보였다. 놓쳤나. 하긴 두 발로 네 발을 쫓을 수는 없는 법이니까.

"추격 중지! 모두 추격 중지해!"

"추격 중지! 추격 중지!"

적 기병대를 쫓으려는 화격단 병사들을 제지했다. 그리고 병사들의 흥분이 사라지기 전에 또 다른 명령을 내렸다.

"이대로 난전을 펼치고 있는 적군 측면을 강타한다! 대형 따윈 필요없으니까 죽을힘을 다해서 달라가서 놈들의 뒤통수를 갈겨 버려!"

"우오오오오!!"

"가자!"

"우아아아아아아!!"

내가 소리를 지르면서 앞으로 내달리자 병사들이 함성을 지르면서 내 뒤를 따랐다. 이럴 때 할 말은 아니지만… 엄마 오리를 졸졸 따라다니는 새끼 오리들 같아. 전장 한복판에서 이런 생각을 하다니. 웃긴다.

빠르게 말을 몰아 나갔다. 세찬 바람이 내 투구를 스치면서 어깨 너머로 넘어간다.

번쩍.

하늘의 먹구름 사이에서 굵은 번개가 지면을 향해 내리꽂히자 곧 이어 쿠르르릉… 하는 천둥 소리가 들려왔다. 저 멀리 평원 한복판에 떨어져 내린 벼락이 만들어낸 구덩이를 힐끔 바라본 난 말 등에 찰싹 달라붙어서 더욱 빠르게 말을 몰았다. 순식간에 투구 사이로 적들의 모습이 드러났다. 난 클레이모어를 뽑아 들어 높이 치켜들어 나의 접근에 당황한 듯 나를 가리키며 뭐라고 떠들고 있는 적병 중 하나를 노리고 클레이모어를 내려쳤다.

콰득.

"끄아아아악!!"

시끄러운 비명 소리와 함께 놈이 그대로 앞으로 엎어졌다. 나와 내 말은 쓰러지는 적병을 지나쳐 다음 적을 향해 달려들었다. 검끝을 밑으로 내리고 있던 내가 위로 힘껏 휘두르자 클레이모어 검날 중간에 몸에 걸린 적 병사 하나가 공중으로 붕 뜨면서 팔다리를 휘저어댔다. 창날을 내게 겨누는 적병의 머리를 향해 클레이모어를 휘두르고 있을 때쯤 내가 날려 버린 적병의 몸이 바닥에 쓰러지며 주변의 다른 병사들을 깔아뭉갰다. 막 내가 또 다른 적병의 목을 검날로 후려친 뒤 말 배를 걷어차려고 할 때 저 앞에서 수십 명의 창병이 나를 향해 달려오는 게 보였다. 난 즉시 달리고 있는 말의 고삐를 잡아당기며 말을 멈춰 세웠다.

히히히힝!!

"잡아! 놓치지 마라!"

내가 급히 말고삐를 잡아당기며 말을 멈춰 세우자—그래도 7~8m는 끌려갔다—주변의 적병들이 내 쪽을 향해 우르르 몰려왔다. 말고삐를 왼쪽으로 당기며 말 머리를 돌린 난 그사이에 내 곁까지 달려온 적병의 머리를 클레이모어의 육중한 검날로 내리찍었다.

빠악!

상대는 나무 방패를 들어서 내 검을 막으려고 했지만 클레이모어는 가볍게 적의 방패를 부수고 들어가 적병의 투구를 박살 냈다. 힘주어 검날을 뽑아 든 난 검을 휘둘러 검면에 흐르는 피를 털어내면서 말 배를 걷어찼다.

"하아!"

내가 배를 걷어차자마자 내가 타고 있던 말은 즉시 앞으로 내달리기 시작했고 내 몸은 적병들이 둘러싸기 전에 적들의 포위망을 빠져나왔다.

뒤를 돌아보니 적들 진영 안에서 날뛰고 있는 나를 붙잡기 위해서 상당수의 적병이 나를 쫓아서 달려오고 있었다. 그리고 내가 말을 달리고 있는 앞쪽에서는 화격단 병사들이 우르르 달려와서는 난전장 뒤편에서 대기 중이던 적병과 접전을 벌이기 시작했다. 내가 명령을 내리지 않아도 알아서 싸우는 화격단 병사들은 이 내가 있건 없건 상관없이 싸우고 있었다. 클레이모어를 휘둘렀다. 내게 등을 보이고 있던 적병 중 하나가 등을 붉게 물들이면서 앞으로 고꾸라졌다. 동료가 갑자기 쓰러지자 놀라며 뒤돌아봤던 적병의 목마저 반쯤 뜯겨 나가면서 옆으로 날아갔다. 역시 날이 없는 무기는 이런 게 안 좋아.

"하압! 다 죽여 버려!"

"우오!"

Last Battle 283

시끄러운 전장 상황 속에서도 내 말을 들은 화격단 병사들이 구호를 외치면서 더욱더 적들을 몰아붙이기 시작했다. 이내 적군의 측면에서 버티던 적들이 더 이상 견디기 힘들어졌는지 뒷열에 있던 자들부터 하나둘씩 등을 돌리고 도망치기 시작했고, 곧 이어 나와 화격단이 싸우던 전열 곳곳에 크레센트 병사들이 뚫고 나왔다. 적들의 도주는 계속 이루어졌다. 이 혼란스러운 와중에서도 이런 전황은 양쪽 병사들에게 빠르게 전파되었다.

"승리의 함성을 질러라! 우리는 이기고 있다! 다른 모든 병사가 들을 수 있도록!"

"우오오오오오오!!"

그동안 끈질기도록 버티던 눈앞의 적병들 중 일부가 부대 단위로 퇴각하기 시작했다. 한 번 대열이 무너지자 그 주변의 다른 부대들도 영향을 받기 시작했다. 적군 한두 부대가 도망치기 시작하더니 그 도주 숫자는 점점 늘어나 채 10분도 되기 전에 팽팽하게 맞서고 있던 전장의 판도가 급격히 뒤바뀌었다. 전선에 나와 있던 로세니아 군은 한 무리 또는 한 부대 단위로 후퇴를 개시했고 그 뒤를 크레센트의 병사들이 뒤쫓으면서 피해를 확대시키고 있었다.

난 물밀듯이 치고 나가는 크레센트 병사들 맨 선두에 서서 적군 본진을 향해 내달렸다. 화격단 병사들조차 등 뒤에 놔둔 채로. 그렇게 무작정 달리기 시작했다. 적의 깃발이 나부끼는 본진까지 무작정 달렸다, 주변에 아군이 있든 말든 상관없이.

그렇게 무작정 달리다 보니 저 앞에 검은 로브를 입고 있는 대여섯 명의 사제가 눈에 들어왔다. 브리츠의 프리스트. 바로 저놈들 때문에 내 결혼식이 엉망이 되었고, 내 나라가 반으로 갈라졌으며, 전 국왕 폐하가 돌아가셨다. 그래서 솔직히 기뻐. 이제 복수를 할 수 있게 되었으니까.

"우아아아!!"

난 달리는 말 위에서 몸을 일으키면서 클레이모어를 높이 치켜들었고 내가 달려오는 걸 보고는 급히 몸을 돌리는 프리스트들의 등을 노리고 검을 힘껏 내리찍었다.

콰득. 콰직.

내게 등을 돌리고 도망치는 적들을 향해 마구잡이로 클레이모어를 내려쳤다. 검을 내려칠 때마다 브리즈의 프리스트들은 피를 뿌리면서 쓰러졌고 고개를 숙이고 몸을 웅크리는 자를 향해 말 머리를 돌렸다.

우두두둑.

내가 탄 말이 잠깐 비틀거리면서 껑충 뛰었다.

타닥.

뒤를 돌아보니 바닥에 엎드렸던 자는 그대로 바닥에 축 늘어진 채 입으로 피를 뿜고 있었다. 난 놓친 두 명의 적 프리스트를 처리하기 위해서 말 머리를 돌리면서 말을 몰았지만 내가 그쪽으로 다가가기도 전에 어느새 적 본진에 뛰어든 병사들의 창날에 검은 로브를 입은 두 프리스트는 그대로 고슴도치 같은 몰골이 되었다.

"적 대장을 찾아라!"

"와아아아!!"

거센 물결과도 같이 몰아치는 크레센트 군세는 단숨에 적 본진을 지키고 있던 소수의 적병을 몰아내면서 적 대장을 찾는 데 혈안이 되어 있었다. 그때였다.

크아아아앙!!

갑자기 늑대 울음소리와 함께 수십 마리의 웨어 울프가 나와 크레센트 병사들을 향해 달려왔다. 젠장. 이놈들도 있었구나. 여기서 시간 끌면 커트렌 그 자식이 도망가 버릴 텐데…….

"돌파해! 적은 소수다! 포위해서 공격해라!"

불이 있어야 할 텐데. 제길. 우웃. 주변의 병사들에게 고래고래 고함을 지르면서 앞으로 내달리던 내게 갈색 털의 웨어울프가 달려들었다. 난 놈이 휘두른 날카로운 발톱을 클레이모어의 검날로 튕겨내면서 양발에 힘을 주었다. 그리고 다시금 펄쩍 뛰어오르는 웨어 울프의 앞발을 오른쪽 어깨를 받아내면서 놈의 배 부분을 힘껏 가격했다.

가가가각!

어깨 갑옷에서 불똥이 튀면서 귀로 듣기 끔찍한 소리가 들려왔다.

크어어엉……!

공중으로 펄쩍 뛰어올라 내 어깨를 내려쳤던 웨어울프는 그대로 뒤로 날아가면서 비명 소리를 질렀다. 난 즉시 말 위에서 뛰어내리면서 쿵 하는 소리와 함께 바닥에 떨어진 웨어 울프에게 달려갔다. 그리고 클레이모어를 거꾸로 잡은 난 양손으로 클레이모어의 손잡이를 잡고 온 힘을 다해 웨어 울프의 가슴을 내리찍었다.

콰드득.

크어어억…….

놈이 비명을 지르면서 앞발과 뒷발로 내 갑옷을 긁어댔지만 난 개의치 않고 검 손잡이를 힘껏 비틀었다.

우드득.

뼈 부러지는 소리와 함께 그 웨어 울프가 축 늘어졌다. 하지만 그러면서도 팔다리를 꿈틀거리는 걸 보면 또다시 살아날 것 같았기 때문에 난 검날을 꽂은 그 상태로 주변을 돌아보다가 바닥에 떨어진 커다란 배틀 엑스를 발견하고는 그것을 집어 들었다. 손잡이가 피로 물들어 미끌거리는 배틀 엑스를 들어 올린 난 어느새 정신을 차리고 자기 가슴에 꽂힌 클레이모어를 뽑기 위해서 버둥거리고 있는 웨어 울프를 향해 다가갔다.

정말 괴물 같은—아니, 괴물 맞던가?—회복력. 놈은 나를 발견하고는 버둥거리면서 검날에서 벗어나려고 발악했다. 하지만 절반이나 꽂힌 검날은 바닥에 드러누운 채 버둥거리는 웨어 울프의 손으로 쉽게 뽑히지 않았다. 머리 위로 배틀 엑스를 들어 올린 난 아무런 망설임도 없이 온 힘을 다해 놈의 목을 향해 도끼날을 내리찍었다.

퍼억!

단번에 웨어 울프의 목이 잘려 나가면서 바닥을 굴렀고 붉은 피가 주루륵 흘러내렸다.

"후우······."

한 놈을 처치한 난 축 늘어진 웨어 울프의 몸을 왼발로 밟고 두 손으로 클레이모어를 뽑아 들고는 주변을 돌아보았다.

크어어엉!

"우아아악!"

"사, 살려줘!"

"괴물··· 괴물······."

"끄아아악!"

병사들이 학살당하고 있었다. 몸에 검날이며 창날을 대여섯 개나 꽂고 있는 한 웨어 울프는 아군 병사들 사이로 뛰어들어 그 날카로운 손톱으로 병사들의 몸을 갈라 버리거나 바닥에 널브러진 병사들의 시체를 들고 살아 있는—아직 서 있는—병사들에게 휘둘러 댔다. 난 방금 전 웨어 울프의 목을 친 피가 잔뜩 묻어 있는 배틀 엑스를 집어 든 뒤에 병사들을 학살하고 있던 웨어 울프를 향해 힘껏 집어 던졌다.

부웅. 부웅.

바람을 가르는 소리와 함께 날아간 배틀 엑스가 놈의 머리통을 찍었다.

Last Battle

콰직.

끄어어어!!

저런 괴물도 고통은 느끼는지 괴성을 질러댄다. 놈은 머리 속으로 반이나 파고든 배틀 엑스 자루를 붙잡더니 그것을 힘주어 뽑았다.

촤아악.

붉은 피와 함께 희끗한 무언가가 줄줄이 쏟아져 나오는데도 놈은 약간 비틀거릴 뿐 죽을 생각을 하지 않는다. 아니, 오히려 나를 발견한 그놈이 내 쪽으로 달려오기 시작했다.

크르르… 크아아아!!

"시끄럿! 개대가리야!"

난 몸을 숙이면서 나를 향해 휘두르는 두 개의 발톱을 피해낸 뒤에 클레이모어로 놈의 정강이를 힘껏 후려쳤다.

우직.

뼈 부러지는 소리와 둔중한 타격음이 들리면서 놈이 그대로 앞으로 쓰러졌다. 난 쓰러진 놈을 향해 달려가 웨어 울프의 등을 온 체중을 실어서 밟았다.

우두둑.

놈이 축 늘어진다.

"와아아아아!!"

"괴물을 잡았다!"

웨어 울프들에게 고전을 하던 병사들이 무기를 치켜들며 함성을 질러댔다. 바보들이! 아직 안 끝났어!?!

"아직 안 죽었어! 불을 가져와, 불!"

내가 아직 안 죽었다고 외치자 내게 달려오던 병사들이 주춤거리면서 멈춰 섰다. 그 말을 증명이라도 하듯이 내 발밑에 깔려 있던 웨어 울프가 몸을 꿈틀거리면서 내게서 벗어나려고 안간힘을 쓰고 있었다. 그 모습을 본 병사들은 이내 기세가 올랐는지 내 쪽으로 달려와서는 창날로 쓰러진 웨어 울프를 찌르기 시작했다.

푹. 푸욱.

크아악! 크아아…….

"죽어! 죽어! 이 개새끼야!"

"골통을 뽀개 버려, 골통을!"

내가 말리고 자시고 할 새도 없었다. 어느새 우르르 몰려온 병사들은 이 나까지 뒤로 밀쳐 버리면서 쓰러진 웨어 울프에게 달려들었다. 수십 명의 병사에게 일방적으로 찔리고 얻어맞은 웨어 울프는 이내 축 늘어졌다. 그리고 병사들은 웨어 울프의 목을 잘라 높이 치켜들면서 함성을 질러댔다.

"괴물을 잡았다!"

"와아아아!!"

정말이지… 인간들이란……. 뭐 결과가 좋으니까 다 좋은 거겠지. 주변을 둘러보니 아직도 열댓 마리의 웨어 울프가 날뛰고는 있었지만 하나 둘씩 심각한 부상을 입으며 쓰러져 곧 이어 목이 잘려서 창대에 걸렸다. 물론 웨어 울프 하나가 죽을 때마다 수십 명 이상의 사상자가 생기고 있었지만 지금 분위기는 죽거나 다친 자들을 생각할 만한 상황이 아니었다. 후우. 힘들다. 아참!

"커트렌!"

웨어 울프와 싸우느라고 잊고 있었다. 급히 주변을 돌아봤지만 이미 이 주변은 모두 크레센트 병사들만이 득실거릴 뿐이다. …놓친 건가.

허탈했다. 이번에야말로 커트렌 그 빌어먹을 자식을 죽일 수 있을 줄 알았는데. 또다른 전쟁을 벌여야 할 것 같아.

Last Battle 289

그렇게 생각하고 있었고, 또 실제로 다음 전쟁 목표를 생각하고 있을 때였다.

"적 사령관을 붙잡았다!"

"승리다! 우리가 이겼다고!"

"우와아아아아아아!!"

뭣? 무슨 소리야? 그 빌어먹을 자식이 붙잡혔다고? 깜짝 놀란 난 머리 속에 떠다니던 잡생각을 날려 버리고 함성이 들려오는 방향을 돌아보았다. 그곳에는 수백 명의 크레센트 병사가 모여 있었고 검은 준마에 올라 탄 병사―일반 보병 복장이었다―가 손에 쥔 줄을 흔들면서 함성을 질러 대고 있는 병사들 사이를 당당히 걷고 있었다. 정말 잡힌 거야, 그놈이? 이렇게 쉽게?

커트렌이 붙잡혔다는 소식과 함께 전투는 끝났다. 아직도 사방으로 흩어진 적들 중 일부가 저항을 하고 있었지만 그런 잔당쯤은 얼마 지나지 않아서 토벌되거나 자연적으로 소멸될 것이다. 전장은 점차 정리되어 가고 있었다. 뒤를 돌아보니 얼마 전까지 전투를 벌이던 넓은 평원에는 시체들이 빽빽하게 들어차서 발 디딜 틈조차 없어 보였다. 난 내 앞에 도열해 있는 이천여 명의 화격단 병사의 얼굴을 한 번씩 훑어보았다.

"이제……"

"꿀꺽."

누군가 침 삼키는 소리를 낸다. 크게도 들리는구만. 하지만… 남은 내 부하가 이것뿐이라는 생각이 들자 조금 침울해졌다. 잠시 동안 뜸을 들이던 난 헛기침을 몇 번 하며 목소리를 가다듬은 뒤 다시금 말을 이었다.

"이제… 전쟁은 끝났다."

"이예!!"

"와아아… 아아……!!"

몇몇 병사가 환호를 하면서 펄쩍 뛰었지만 푹 처진 채 지쳐 있던 대부분의 병사들은 환호하는 병사들을 무슨 전염병 환자 보듯이 바라보았다. 나 역시 낄 때도 모른 채 환호성을 지른 그 병사들을 노려보았다. 그러자 이내 함성 소리는 잦아들었고, 모두의 시선이 다시 내게 쏠렸을 때 난 계속 말을 했다.

"이제… 젠장! 까먹었잖아! 빌어먹을 너! 그리고 너! 기다리고 있어! 끝나고 보자!"

"와하하하~"

"흠흠. 아무튼 간에 전쟁은 끝났다, 라고 하기에는 아직 이르지만 하여간 더 이상 너희들이 투입될 만한 전투는 많지 않을 거다. 그동안 수고 많았다. 모두들… 정말 고생했다. 그리고 고맙다. 이 말은 꼭 하고 싶었어. 이 나에게 목숨을 맡기고 싸워준 그대들이 정말 자랑스럽다."

그렇게 말하면서 난 병사들에게 고개를 숙였다. 수군수군. 이런 내 태도에 화격단 병사들이 술렁이기 시작했고 내가 고개를 들자 한 병사가 손을 번쩍 들면서 소리쳤다.

"질문있습니다, 각하!"

"뭔가?"

"저희는 모두 잘리는 겁니까?"

"아니. 그런 건 아니야. 자세한 건 밀러 대대장이 말해 줄 거다. 밀러 대대장."

"예, 각하. 여기 있습니다."

밀러 대대장이 병사들 사이에서 걸어나왔다. 머리에 흰 붕대를 감고 있는 밀러 대대장은 피곤이 덕지덕지 붙은 얼굴이었지만 웃고 있었다. 이를 드러내면서 말이다. 그는 내게 다가온 뒤 병사들을 향해 몸을 돌렸다. 그리고 크게 소리쳤다.

"화격단 제군들! 오늘부로 화격단은 해체된다."

"그럼 우리는 어떻게 되는 겁니까?"

"대답해 주십시오!"

웅성웅성. 병사들이 동요한다.

"조용! 조용! 아직 내 말이 끝난 게 아니야! 아무튼 화격단 해체는 벌써 정해진 일이니 번복되는 일은 없다! 그리고 크레센트 왕실 기사단 중 화격 기사단이 새로 재편된다."

이제는 화격단 병사들이 서로를 돌아보면서 떠들어대고 있었다. 이런 소동이 가라앉기를 기다리던 밀러 대대장은 안 되겠다고 생각했는지 장교들을 호출했다.

"중대장들과 소대장들은 병사들을 진정시켜! 뭐 하고 있는 건가?"

"하지만… 대대장님."

"아직 내 말이 안 끝났다고 하지 않았나?"

"조용! 조용히 해!"

"이 새끼들아! 니놈들이 언제부터 계집애들마냥 꽥꽥 되었었냐? 입 닥치지 못해? 앙?"

계집애? 꽥꽥? 저놈 기억해 둘 테다. 반드시 기억해 둔다. 그래도 밀러 대대장이 내린 명령 덕분에 병사들의 동요는 웬만큼 진정되었다. 그리고 밀러 대대장의 말이 계속 이어졌다.

"아까 말한 것처럼 화격단은 해체되고 왕실 기사단 소속 화격 기사단이 새로 신설된다. 이 화격 기사단의 구성원은 구 화격단 병력으로 채울 예정이다. 기사는 물론이고 기병과 중장보병, 궁병과 창병까지 화격단 인원에서 우선적으로 선별할 것이다."

이번에는 소동이 없었다. 아니, 오히려 밀러 대대장의 목소리를 한마다라도 더 들으려고 귀를 귀울이고 있었다. 역시 밀러 대대장이라면 충분할 것 같아.

"그리고 퇴역을 희망하는 병사는 화격 기사단 재편 전까지 나나 각 중대장 등에게 알리도록. 그렇지 않은 병사들은 각 편재와 특기에 따라 화격 기사단 소속으로 바뀐다. 이상."

"질문있습니다, 대대장님!"

"뭔가?"

"지금이랑 뭐가 바뀌는 겁니까?"

"그건……"

난 한 병사의 질문에 말끝을 흐리며 나를 바라보는 밀러 대대장을 대신해서 앞으로 나섰다. 아무래도 이런 건 내가 말하는 게 나을 테니까.

"그건 내가 말하지. 화격단은 사실 내 휘하에 조직된 사설 군대라고 보는 편이 맞다. 이런 저런 수식과 미사여구 다 빼고 까놓고 말해서 내가 없으면 너희들은 그저 숫자 많은 산적 정도로 취급될 뿐이다. 물론 윗선에서 문서 조작을 해둬서 실제로 그런 취급을 받지는 않겠지만 나와 워렌 자작이 일선에서 물러나면 너희들이 설 곳은 없다. 정규군도 아니고 이만한 숫자의 무장한 사병들이 있을 수는 없으니까. 하지만! 너희들이 왕실 소속 화격 기사단으로 신분이 바뀌게 되면 모두 정규군이 된다. 신분, 대우, 그리고 봉급 모두가 정규 기사단 수준이 되고 무장과 보급 등도 정규군 수준으로 격상된다. 마지막으로… 화격 기사단은 너희들 중 우수한 장교나 병사들로 우선적으로 채워지게 되며 물론 기사 작위도 수여되지. 과거에 산적이었든 범죄자였든 농지에서 도망친 농노였든 상관없어! 실력만 있다면 기사가 될 수 있다!"

잠잠. 바늘 떨어지는 소리까지 들릴 정도로 무거운 침묵이 감돌았다. 하지만 그것도 잠시, 이내 흥분된 목소리가 여기저기서 터져 나오기 시작했다.

"우, 우리도?"

"범죄자인 내가 기사가 될 수 있다고?"

"우리는… 우리는……."

난 흥분한 목소리를 내고 있는 화격단 병사들에게 쐐기를 박듯이 선언했다.

"너희들은 더 이상 쓰레기가 아니다! 아니, 이제부터 너희들은 자랑스러운 크레센트 왕국 기사단 소속 병사들이다! 자부심을 가져라! 너희 가족과 자식들에게 자랑스럽게 말해라! 이 나라는 바로 너희들의 손으로 지켜졌다는 것을!"

"…와아아!"

"우와아아아아!"

"와아아아아아!!"

귀가 멍멍할 정도로 커다란 함성 소리였다. 지친 놈들이 목청도 좋네. 후후후. 화격단 병사들은 서로가 서로를 껴안고 얼싸안으면서 펄쩍펄쩍 뛰고 있었고, 몇몇 병사는 고개를 숙인 채 눈물을 줄줄 흘리며 울고 있었다. 보고 있자니 내 가슴이 턱 막힐 정도로 흥분과 기쁨이 전해져 온다.

"크레센트 만세!"

"국왕 폐하 만세!"

"크레센트 만세에에!!"

두 손을 들어 올리고 만세를 부르면서 웃는 내 부하들. 얼굴들은 모두 오갈 데 없는 산적에다가 험악하고 오랫동안 제대로 씻지 못해 지저분하고 냄새 나는 놈들이기는 했지만… 바로 이들이 있어서 로이드를 지킬 수 있었고 이들이 있었기에 전쟁에서 승리할 수 있었다. 화격단은 바로 내 힘의 상징이자 내가 나 자신과 로이드, 그리고 로렌을 위해서 노력한 행동의 결정체였다. 머리 위로 물 주머니를 뿌려대고 화격단 깃발을 흔들어대면서 기쁨을 주체하지 못하고 있는 화격단 병사들이 너무나도 자랑스럽다. 난 흥분한 채 소리를 지르고 있는 화격단 병사들을 향해 크게 소리쳤다.

"기뻐하라! 그리고 지금을 즐겨라! 이건 내가 명령한 대로 살아남아 준 너희들 전원에게 내리는 포상이다!"

"와아아아아!!"

"그리고! 포상금도 하사할 거니까! 너무 기뻐서 잊어먹지 말도록!"

"와하하하핫!"

내 말에 웃어 젖히는 병사들을 향해 씨익 웃어준 난 밀러 대대장에게 뒷일을 맡긴 뒤 로이드가 기다리고 있을 본대로 향했다.

전장 정리와 부상자 구호, 그리고 포로 획득을 위해서 뛰어다니는 일단의 병사들을 헤치면서 본대로 다가가 보니 그곳도 벌써 승리의 기쁨이 흘러넘치고 있었다. 병사들은 병사들끼리, 장교나 귀족들은 귀족들끼리 끼리끼리 모여 앉아서 승리를 축하하고 환호하는 모습들이었다.

"국왕 폐하 만세!"

"크레센트 만세!"

"휘익~"

승리를 자축하는 함성 소리와 휘파람 소리가 여기저기서 들려왔고 진지 곳곳에 모여 앉은 병사들의 얼굴에도 함박웃음이 피어 있었다. 모두들 전쟁에서 이겼다는 것과 이제 집으로 돌아갈 수 있다는 생각에서인지 격렬한 전투 후의 피로감 같은 건 보이지 않았다. 술과 고기만 있으면 완전히 축제겠는걸.

말을 몰아 병사들 사이를 헤치고 지나간 난 로이드가 있을 야전 막사 앞에서 내린 뒤에 경계를 서고 있는 경비병에게 말고삐를 넘겨준 뒤 막사 안으로 들어갔다. 안으로 들어가 보니 각 지방 귀족들이 막사 외각에 서 있는 모습이 눈에 들어왔고 그 앞에 왕관을 쓰고 있는 로이드와 댄 등의 사령관들이 한 사내를 둘러싸고 서 있었다.

"…하여 크레센트 왕국에 끼친 해악이 극심하다고 판단되는 바, 본 국왕은 로세니아의 사령관 커트렌 폰 노베른 공작에게 참수형을 선언한다."

"국왕 폐하의 결정에 반대하시는 분은 의견을 주십시오."

"동의합니다."

"저 역시 동의합니다."

귀족들을 헤치며 앞으로 나아가는 동안 포박을 당한 채 바닥에 무릎을 꿇고 있던 커트렌 자식에 대한 판결이 떨어졌다. 당연히 사형. 거기다 이 막사 안에 있는 귀족들 역시 모두 로이드의 판결에 동의했다.

"아넬리안! 당신!"

"…예?"

커트렌 자식의 일그러진 얼굴을 보기 위해 앞으로 나섰는데 로이드에게 딱 걸려 버렸다. 아차차… 갑옷은 벗고 왔어야 하는 건데…….

"또 날뛴 건가, 아넬리안?"

"에… 뭐. 이겼잖아요. 그러면 된 거죠 뭐."

"정말이지… 후우. 하여간 나중에 다시 이야기하자고. 나중에."

로이드는 골치 아픈 듯이 고개를 좌우로 저으면서 손을 내젓는다. 뭐야, 정말. 남은 전장 한복판에서 죽자고 싸워왔는데 칭찬은 못해줄망정……. 그래도 커트렌 자식을 붙잡았으니 잔소리쯤이야 얼마든지 들어주지 뭐. 후훗.

무릎을 꿇고 있는 커트렌 자식에게 다가간 난 놈의 머리카락을 한 손으로 움켜쥐고 들어 올렸다. 절망감에 빠져 있는 놈의 얼굴을 상상하면서 말이다.

"큭큭큭……."

이놈… 웃고 있잖아?

"갑옷 입은 모습도 예쁜걸? 아넬리안. 큭큭큭."

"이놈이! 이디서 감히 왕비 마마의 성함을!"

빠악.

달려온 기사가 놈의 어깨를 걷어찼다. 발에 채여 데굴데굴 굴러간 커트렌은 바닥에 쓰러진 채로 여전히 웃고 있었다. 기분 나빠. 이 녀석 공포에 미쳐서 돌아버리기라도 한 건가? 지금 상황이 어떤 상황인데…….

"형을 집행하라!"

"자… 잠깐만요, 폐하."

"듣기 싫소. 뭣들 하고 있나. 당장 집행해!"

에엣! 저 자식은 죽을 때까지 고문하고 고문해도 분이 안 풀리는데 이렇게 쉽게 죽여 버리다니! 말도 안 돼! 난 로이드를 말리기 위해서 그를 바라보았지만 로이드는 날 외면하면서 기사들을 재촉했다. 우르르 몰려간 기사들에 의해서 다시 무릎을 꿇고 주저앉게 된 커트렌은 목을 떨구었다. 기사들 중 한 명이 롱 소드를 뽑아 들고 그자의 앞에 섰다. 검을 들어 올린 기사가 로이드의 명령을 기다리며 그를 바라보자 로이드는 마지막으로 선처라도 하듯이 말을 했다.

"마지막으로 하고 싶은 말이 있는가?"

로이드의 말에 천천히 고개를 든 커트렌은 나의 남편이자 이 나라의 국왕인 로이드를 잠깐 바라본 뒤 이내 시선을 돌려—기분 나빠—나를 올려다보면서 내게 말을 걸어왔다.

"여전히 박제로 만들어서 장식하고 싶을 정도로 예쁘군, 아넬리안. 안 그래?"

"닥쳐. 변태자식아."

"하지만 그 나불나불 말이 많은 혓바닥은 뽑아버려야겠군 그래."

그렇게 말하면서 나를 올려다보는 커트렌의 시선에 나도 모르게 몸이 움츠러들었다. 기분 나쁜 느낌이 등골을 타고 올라오는 게 마치 수십 마리의 송충이가 등 뒤를 기어다니는 듯한 끔찍한 기분이 들었다. 그때 로이드가 내 앞을 가리면서 검을 들고 있는 기사에게 소리쳤다.

"처형해!"

"옛! 폐하!"

검을 머리 위로 들어 올리고 있던 기사는 힘차게 대답하면서 단번에 검을 내려쳤다. 곧 이어 커트렌의 목이 잘리며… 카앙. 응? 뭐… 뭣?

"무슨……."

"이런 말도 안 되는……."

검날이 위로 튕겨 올라갔다. 나뿐만 아니고 막사 안에 있던 이들 모두가 놀랐는지 웅성거렸고 검을 내려쳤던 기사는 당혹감을 감추며 다시금 검을 들어 올려 힘껏 내려쳤다.

깡.

"크큭… 다 끝났냐? 그럼 이제 내가 네놈들에게 판결을 내려주지. 판결 사형. 집행은… 온몸을 갈갈이 찢어주마! 크하하하하!!"

뚜두둑.

커트렌 놈의 몸을 묶고 있던 밧줄이 단번에 조각조각 끊겨 나갔다. 말도 안 돼. 말이 안 되는 상황임이 분명한데 그런 상황이 눈앞에 펼쳐지고 있었다. 불길한 예감이 들었다. 기분 나쁜 예감에 몸을 떤 나는 아직도 내 앞을 가로막고 서 있는 로이드를 내 뒤로 밀쳐 내면서 소리쳤다.

"기사들은 폐하를 대피시켜! 뭘 하고 있는 건가! 당장 움직이지 못해?!"

그제야 기사들이 로이드의 주변을 호위하고 밧줄을 끊어버린 커트렌 주변을 둘러쌌다. 하지만 그런 상황에서도 놈은 웃고 있었다. 예의 비틀리고 꼬인 듯한 기분 나쁜 미소를 지으며 기사들이 자신을 포위하는 모습을 보고만 있었던 것이다.

따닥. 딱.

이가 제멋대로 부딪치잖아? 저놈에게서 풍기는 이 기분 나쁜 느낌은… 공포? 마… 말도 안 돼!

"죽어랏!"

한 기사가 커트렌을 향해 발을 내디디며 롱 소드를 내려쳤다.

까앙.

놈의 팔에 막힌 롱 소드는 쇳소리를 내면서 멈추었다. 믿기지 않는다는 듯이 롱 소드를 막아낸 커트렌 자식의 팔과 그자의 얼굴을 보며 당황하고 있던 그 기사의 얼굴을 향해 놈이 손을 뻗었다.

"끄아악……."

우두둑.

커트렌 자식의 손에 잡힌 그 기사의 머리가 터져 나가면서 사방으로 피가 튀어 올랐다. 괴… 괴물.

쿵.

놈의 손에서 풀려나 바닥에 쓰러진 기사의 머리는 투구와 함께 우그러져 있었다. 이런 말도 안 되는 일이 있을 수 있는 거야?

"뭣들 하고 있는 건가! 모두 동시에 공격해!"

댄의 외침에 주춤거리며 서로 눈치만 보던 기사들이 동시에 놈을 향해 달려들었다. 여섯 개의 검날이 커트렌 자식의 몸을 노리고 날아들었지만 이번에도 역시나 까가강… 하는 쇳소리가 나면서 검날이 튕겨 나왔다. 거기다 검을 피할 생각도 하지 않은 채 서 있던 커트렌 자식은 다가온 기사 중 한 명의 가슴을 향해 손을 내뻗었다.

"푸욱.

살이 갈라지는 소리와 함께 플레이트 메일을 뚫고 들어간 놈의 손이 붉은 피가 가득 묻은 채 뽑혀 나왔다.

"끄어억……."

"크크크. 여기 있는 놈들, 모두 죽여주마."

"피, 피해!"

"폐하를 모시고 나가! 빨리!"

"우아악! 살려줘!"

"아넬리안!"

등 뒤에서 누군가가 나를 붙잡아 끌었다. 커트렌에게서 눈을 떼지 못하고 있던 내가 뒤돌아보니 다급한 표정의 로이드가 나를 바라보며 내 팔을 잡아당기고 있었다.

"아넬리안! 어서!"

"폐하, 우선 막사에서 나가셔야 합니다!"

나를 붙잡고 버티던 로이드는 곧 이어 로얄가드들에 의해서 끌려 나갔다. 나 역시 막사 안에서는 불리할 것 같다는 생각에 로이드가 나간 방향으로 뛰어가려고 하는데 갑자기 눈앞에 커트렌 자식이 나타났다.

"어딜 가려고?"

"비켜!"

눈앞에 나타난 놈의 면상을 향해 주먹을 내질렀다. 하지만 살짝 고개를 숙여 피한 커트렌은 내 쪽을 향해 달려오면서 어깨로 나를 들이박았다.

"아아악……."

쿠웅.

끔찍한 고통이 놈의 어깨에 부딪친 가슴께에서 느껴졌다. 찌이이익…
놈에게 채인 내 몸은 두 다리가 지면에서 떨어진 채 뒤로 날아갔고 막사
의 천을 찢으며 밖으로 튕겨 나갔다. 곧 이어 지면이 눈앞에 잠깐 나타났
다가 사라졌다.

콰앙!

크으으으윽!

"아으윽… 아악!"

아파! 너무 아파! 비명 소리조차 제대로 못 낼 정도로 끔찍하게 아파!

삐이익!!

땡땡땡!

호각 소리와 긴급을 알리는 종소리가 마구 울려 퍼지면서 귀청을 시끄
럽게 때려댔다. 지독한 통증에 바닥을 기고 있던 난 힘겹게 몸을 일으키
면서 막사 쪽을 돌아봤다.

"이럴 수가……."

막사 기둥이 허공을 날아다닌다. 커트렌 자식이 막사 기둥을 뽑아 들
어서 기사들과 급히 달려온 병사들을 마구잡이로 학살하고 있었던 것이
다.

"화, 활을 쏴라! 활을!"

누군가의 외침에 몇 발인가의 화살이 놈을 향해 날아갔다. 하지만 커
트렌 자식의 몸에 맞은 화살은 너무나도 허무하게 튕겨 나왔다. 기둥으
로 주변의 기사들과 병사들의 몸을 박살 내고 공중으로 날려 보내던 커
트렌이 갑자기 날아온 화살에 화가 났는지 들고 있던 나무 기둥을 머리
위로 올려 빙빙 돌리다가 힘껏 내던졌다.

휘이이이잉… 콰광!

커다란 먼지 기둥과 함께 그곳에 몰려 있던 궁수들 일부가 비명을 지르며 쓰러졌다.

"으아아악!!"

쿵! 철퍽.

눈앞에 하체가 끊긴 병사의 시체가 떨어졌다. 우읍…….

몸을 일으키려고 노력했지만 힘이 들어가지 않았다. 바닥을 기며 버둥거렸지만 힘이 풀린 몸은 제멋대로 움직이다가 꺾일 뿐이었다. 젠장할.

콰과광!

"끄아아악!"

"괴, 괴물이야."

"히이이익!!"

콰광!

커다란 폭음과 함께 흙먼지가 공중으로 피어올랐다. 그 먼지 사이로 공중에서 허우적거리는 몇몇 병사가 보였고 내가 엎어져 있는 옆으로 대여섯 명의 병사가 무기를 바닥에 내던지면서 달려왔다.

"도망가! 이길 수 없어!"

"저런 괴물 따위를 상대할 수 있을 리가 없잖아!"

"물러서지 마라! 자리를 지켜라!"

저 앞에서 떠들어대는 장교가 피를 토하듯 외치고 있었지만 그의 외침에 응하는 병사들은 얼마 되어 보이지 않았다. 그때 내 눈에 들어온 커트렌 자식의 몸이 변하기 시작했다.

놈의 키가 점점 커지기 시작했고 피부가 검은색으로 물들었다. 거기다 머리카락 역시 짙은 흑색으로 변하며 주변을 둘러보던 놈의 눈이 붉은색으로 변하고 있었다. 괴물 같은 힘을 가진 인간에서 완전히 괴물이 되어

버렸군.

바닥에서 버둥대다가 힘겹게 몸을 일으켰다.

"끄으응……."

간신히 몸을 일으키고 앉은 뒤에 클레이모어를 지팡이 삼아서 간신히 일어서고 나니 저 앞에 검게 변한 커트렌 자식이 웅크리고 있던 몸을 펴고 일어서는 게 보였다. 5m는 넘겠다. 더럽게 크네.

쿠웅.

놈이 움직일 때마다 지면이 작게 요동친다. 저런 거랑 싸워야 한다니 사양하고 싶은데. 젠장할.

"와아아아아!!"

두두두두두.

말발굽 소리다. 고개를 돌려보니 평원에서 정렬해 있던 기사들이 창을 앞세우며 커트렌 자식을 향해 말을 달려가고 있었다. 그래. 저 속도의 기사라면…….

[우매한 인간들 같으니라고. 쿡쿡쿡.]

뭐, 뭐야, 이 머리 속을 울리는 목소리는? 설마……. 갑자기 들려온 목소리에 주변을 돌아보다가 커트렌 자식을 올려다보니 놈이 한쪽 팔을 뻗어서 말 배를 걷어차며 달려오고 있는 기사들을 가리켰다. 그리고 잠시 뒤 놈의 검은 손바닥 주변의 공기가 일그러지는 것처럼 보이더니 곧 이어 무언가 둥근 물체가 놈을 향해 달려가고 있던 기사들을 향해 날아갔다. 아무런 소리도 없었고 빛이 난다거나 하는 것도 없었지만 무언가가 날아가는 건 확실히 느낄 수 있었다.

키히히히힝!!

"우… 우아아악!"

기사단 맨 선두에서 달리던 기사의 말이 갑자기 달리던 속도 그대로 앞발을 바닥에 붙이며 멈추려고 했다. 하지만 그 뒤를 따르던 다른 말이 그 말의 엉덩이를 들이박았고 그 위에 타고 있던 기사는 그대로 공중을 날아가며 허우적거렸다. 그리고 그때 커트렌 놈의 손에서 날아갔던 그 무언가가 지면에 격돌했다.

쿠우우웅!

파밧. 파아앗.

콰아아앙!!

거대한 폭음과 함께 하늘을 가득 메울 듯한 흙먼지가 피어올랐고 그 흙먼지 사이로 말과 기사들이 같이 날아올랐다.

파바밧.

흙먼지를 동반한 강한 바람이 내 몸을 스치고 지나갔다.

"……"

놈의 손에서 날아간 그 무언가에 직격당한 지면은 사람 하나가 들어갈 만한 커다란 구덩이가 파여져 있었고 그 주변에는 엄청난 힘으로 짓눌러 버린 듯한 말과 사람 시체가 어지럽게 널려 있었다. 도대체가 이건…….

도저히 상대가 안 돼. 놈의 발밑에는 아직도 싸우고 있는 일부 병사들이 있었고 곳곳에서 화살이 날아가 놈의 몸을 강타하고 있었지만 그중에서 커트렌 자식의 몸에 상처를 내는 무기는 하나도 없었다. 거기다 놈이 팔을 휘두르거나 발을 들어 구르는 것만으로도 근처의 병사들이 저항조차 하지 못한 채 깔려 죽거나 공중으로 날아올랐고, 그 괴상한 힘이 이곳저곳에 방출될 때마다 커다란 구덩이들이 여기저기서 생겨났다. 안 되겠어. 다른 방법을 찾아야 해. 다른 방법을……. 막 내가 무슨 수를 써야겠다고 마음먹으며 방법을 찾고 있을 때 놈의 주변 곳곳에서 갑자기 번개들이 나타나 커트렌 자식의 몸을 강타했다.

번쩍.

치지직… 치이이이…….
[그어어어어어!!]
통한다? 뭐지? 마법인가?
[이런 괴씸한 인간들! 감히… 감히…….]
놈이 발광하기 시작한다. 하지만 그렇게 소리 지르는 사이에도 주변에서는 불덩어리들과 번개, 그리고 빛나는 화살들이 놈의 몸을 향해 날아들었다. 호오, 대단해.
"뭘 멍하니 보고 있는 게냐? 어서 빨리 도망치지 못해!"
"에?"
뒤에서 들려온 호통 소리에 고개를 돌려보니 헤쉬케린 늙은이가 지팡이를 든 채 지면에 내려서고 있었다.
"하지만 저놈 저렇게 하면 죽일 수……."
"없다! 불가능해! 조금 발을 묶을 수는 있을지 몰라도 저런 놈을 어떻게 막으라는 게냐? 말이 되는 소리를 해라. 멍청한 계집 같으니라고."
"뭐라고요?!"
"귀가 먹었냐? 쯧쯧. 어린것이 벌써부터…….."
"시끄러워요! 닥치고 자세히 설명해요!"
"클클. 보고도 모르겠냐? Cone Of Cold!"
헤쉬케린 노친네의 손에서 빙글빙글 회전하는 얼음 조각들이 거대화된 커트렌 자식을 향해 날아갔다. 원뿔형으로 날아간 헤쉬케린 늙은이의 마법은 커트렌의 왼팔에 직격했고 그곳에 두꺼운 얼음이 끼었다. 와~ 대단…

빠지직… 후두두둑. 쿵.
…하지 않다. 단번에 그 두꺼운 얼음을 깨버리다니……. 히익. 놈이 우리 쪽을 노려…….

"엎드려라! Wall of Force!"

"우왁!"

헤쉬케린 노인네의 외침에 양팔로 머리를 감싸며 주저앉았다. 그리고 잠시 뒤 갑자기 지면이 위아래로 크게 요동을 치면서 흙먼지가 사방에 자욱하게 깔렸다. 후두두둑… 머리 위로 흙더미들이 우수수 떨어져 내린다.

"콜록. 콜록. 젠장. 뭐야, 도대체."

"…크으으윽."

잔기침을 해대면서 먼지가 걷히기를 기다리던 난 내 바로 옆에서 들려온 신음 소리에 깜짝 놀라 손을 더듬으면서 헤쉬케린 늙은이를 찾았다.

"헤쉬케린 경, 어디 있어요? 다친 거예요?"

"쿨럭. 쿨럭. …여기… 다. 쿨럭."

헤쉬케린 노인네의 대답에 급히 바닥을 더듬으며 그쪽으로 기어가 보니 사람 다리가 만져졌다. 그리고 바람에 의해 눈앞에 흙먼지가 걷혀지고 나자 헤쉬케린 늙은이의 모습이 보였다.

"…헤쉬케린 경?"

"쿨럭. 쿨럭. 우욱……."

노인네의 깡마르고 심술궂은 얼굴이 온통 피투성이다. 그의 두 팔은 뒤로 꺾여져 있었고 헤쉬케린 노친네가 언제나 들고 다니던 나무 지팡이는 중간이 부러진 채 바닥을 구르고 있었다.

"저 빌어먹을 자식!"

"가, 가면 안 된다. 가지 마. 지금은… 쿨럭. 쿨럭. 도망치는 것만이… 후우… 살길이다."

"도대체 저놈의 정체가 뭐야?"

"아바타. 신의 화신이지. 클클… 쿨럭. 역시 인간은… 신에게는 안 되는 건가. 후후후. 브리츠의 화신일 게다. 후욱. 후욱. 하지만… 끄응. 놈도 언제까지 저 모습을… 유지할 수는 없을 게야. 그러니… 도망쳐라."

"……."

신… 신의 화신? 저딴 개자식이? 신의 분신이라고? 이런 개 같은 경우가 있을 수 있어? 웃기지 마! 신의 화신이라서 도망친다고? 그렇게 도망만 다니다가 뭘 어쩌라고! 젠장할!

콰아아앙!!

후두두둑.

또다시 머리 위로 흙의 비가 쏟아져 내렸다.

쿠웅!

나와 헤쉬케린 늙은이 옆으로 허리가 옆으로 꺾인 병사 시체가 떨어졌다. 헤쉬케린 노친네를 부축하면서 일어서 보니 어느새 주변에는 아군 병사는 별로 안 남아 있었고 곳곳에 흙구덩이가 파여져 있었다. 으득.

"헤쉬케린 경, 몸을 추스를 수 있겠어요?"

"보고도 모르냐? 쿨럭… 쿨럭. 젊은것이 벌써 눈이 먼 게로군."

"시끄러워요. 그 마법을 쓰던지 해서 알아서 피하라고요."

"…넌?"

"싸워야죠."

"상대는……."

"싸워보면 알게 되겠죠. 개죽음일지, 영웅이 될지. 훗. 원래 인생이라는 게 다 그런 법 아니겠어요?"

"미쳤군. 큭큭큭."

"닥쳐요. 하여간 알아서 도망치라고요. 이봐! 거기 너! 이리로 와! 당장!"

헤쉬케린 노친네의 이죽거림을 되받아쳐 준 난 창대를 내던지고 도망치는 한 병사를 가리키며 소리쳤다. 그 병사는 내 말을 무시하고 도망칠까 아니면 명을 들어야 할까 고민하는 듯했지만 이내 등 뒤에서 커다란 폭음과 함께 흙더미들이 쏟아져 내리자 비명을 지르며 내 쪽으로 뛰어왔다.

"너! 이분을 모시고 도망가! 이건 명령이다! 뒤도 돌아보지 말고 도망치라고! 알았나?"

"예? 예!"

"좋아! 그럼 가!"

내가 도망치라고 외치자 그 병사는 고개를 끄덕인 뒤 헤쉬케런 늙은이의 깡마른 몸을 들쳐 업었다. 그리고 정말로 뒤도 안 돌아보고 뛰어가기 시작했다. 쳇. 그래도 한 번쯤 뒤돌아서 보며 걱정스러운 표정 정도는 보여줘야 하는 거 아니야? 너무하잖아!

아직도 간간이 마법들이 여기저기서 커트렌 자식의 몸을 향해 날아가고는 있었지만 이미 주변 전장은 완전히 황폐화되었고 사방에 시체들만이 널려 있을 뿐이었다. 그 위에서 움직이는 사람은 거의 없었고 커트렌 자식은 손을 내뻗어 도망치는 병사를 움켜쥔 뒤 멀리 내던지고 있었다. 비명을 지르며 날아가던 그 병사는 허공에서 허우적거리다가 흙먼지를 일으키며 지면과 격돌했다.

후우. 저런 건 이제 그만 보자. 그보다 어떻게 싸워야 할지나 생각해야지. 클레이모어는 아까 전 막사 안에서 날아갈 때 잃어버렸으니 새 무기를 얻어야 하는데……. 주변을 둘러보며 쓸 만한 무기를 찾던 내게 육중해 보이는 모닝스타가 눈에 들어왔다. 손잡이에 피가 잔뜩 묻은 모닝스타를 들어 올리니 차르륵 하는 소리와 함께 쇠사슬들이 딸려 올라온다. 난 모닝스타를 들고 놈을 향해 걸어갔다.

쿵. 쿠웅. 쿵.

커트렌 자식이 몸을 움직일 때마다 지면이 울리면서 흙먼지가 피어올랐다. 까마득하게 올려다봐야지만 얼굴이 보일 정도로 높이 서 있는 놈의 근처까지 다가간 나는 저 멀리 마법을 사용하여 놈을 공격하는 마법사를 향해 그 괴상한 공격을 하려고 준비 중인 커트렌 자식의 발치에 서서 모닝스타를 힘껏 휘둘렀다.

붕. 부웅. 붕.

그리고 빠른 속도로 돌아가는 모닝스타로 놈의 무릎 뒤쪽 관절을 향해 힘껏 후려쳤다.

뻐어어억!

[그어어어억!]

놈이 비명을 지르면서 한쪽 무릎을 꿇었다.

쿠웅.

난 그때를 놓치지 않고 모닝스타를 들어 올려 놈의 가슴팍을 다시금 힘껏 후려쳤다.

콰아앙!

모닝스타의 쇠추가 반으로 부서지면서 파편이 내 얼굴로 튀었지만 그래도 내 힘과 모닝스타의 무게가 더해져 놈에게 큰 충격을 주었다. 아니, 준 것 같다. 놈이 내 공격에 뒤로 쓰러졌으니 아마 그렇겠지.

[이 계집이!!]

"시끄러워! 인간도 아닌 놈에게 그 딴 소리 들으면 기분 나쁘다고!"

[크아아아!]

"닥쳐!"

놈이 몸을 일으키려고 양팔로 지면을 짚는 걸 보면서 놈의 가슴팍 위로 뛰어오른 난 무게가 절반으로 줄어든 모닝스타를 놈의 면상을 향해 힘껏 내려쳤다.

퍽! 파삭.
쇳조각이 박살나면서 사방으로 흩어졌다. 젠장. 다른 무기를······.
[놓치지 않는다!]
놈의 외침 소리를 들으면서 바닥으로 뛰어내렸다.
쿵.
무릎이 부러질 듯한 충격을 이를 악물며 참아낸 나는 그 다음으로 바로 바닥을 데굴데굴 굴렀다. 방금 전까지 내가 있던 자리에 커트렌 자식의 검은 손바닥이 날아왔다.
쿵.
우웃. 바닥이 흔들려서 일어서기가 힘들잖아. 그때 갑자기 커트렌 자식의 손바닥이 눈앞에 나타났다. 난 개구리처럼 펄쩍 뛰어오르면서 놈의 손바닥을 피했다. 그리고 지면에 착지하려고 할 때 갑자기 등 뒤에서 강한 압력이 느껴졌다. 지면이 빠르게 내게 다가온다.
콰앙!
"아아아악!! 아아악!"
온몸을 관통하는 끔찍한 고통! 너무나 지독한 고통에 머리 속이 새하얗게 변하면서 눈물이 왈칵 쏟아졌다. 으으윽······.
[큭큭. 잡았다.]
"으으윽··· 이것 놔!"
놈의 손에 붙잡힌 난 힘을 쓰면서 커트렌 자식의 손바닥에서 빠져나가기 위해서 발버둥을 쳐댔다. 하지만 갑자기 놈이 두 손으로 나를 움켜쥐고 힘을 쓰자 온몸에 엄청난 압력이 밀려왔다.
"끄아아아악!! 아아악!!"
[비명 소리도 예쁜데? 안 그래? 아넬리안, 감상이 어때? 큭큭큭.]
우두두둑!

아아악! 아흑. 지독해! 끔찍해! 온몸의 뼈가……
우둑!
"아아악!!"
[크하하하! 울부짖어라! 괴로워해라! 크하하하하!!]

끄으윽……. 흑. 흑. 눈앞이 흐려진다. 커트렌 자식의 붉은 눈이 나를 바라보며 웃고 있는 게 흐릿하게 보였지만… 온몸을 타고 흐르는 지독한 통증은 이를 악물고도 참기 힘들 정도로 엄청난 고통을 내게 주었다. 차라리… 죽여줘.

내가 축 늘어진 채 저항을 하지 못하자 빌어먹을 자식이 힘을 뺐다. 몽롱한 머리 속에서 무언가가 내 팔을 붙잡은 듯한 느낌에 고개를 돌려보니 커트렌 자식이 내 팔을 붙잡고 있는 것이다. 그리고 힘주어 당기기 시작했다.

"꺄아아아악!! 싫어! 그만 해! 아아아악!"
[인형놀이가 싫어? 여자 아이들은 다 좋아하는 줄 알았는데? 큭큭.]
뿌직.

살점이 뜯겨 나가는 소리가 들렸다. 내 오른팔이 어깨 부근부터 뜯겨 나가 있었다. 뜯겨진 살점 사이로 붉은 피가 줄줄 흘러내렸다. 난 멍하게 잘려 나간 내 오른팔을 보고 있었다. 몇 초가 흐른 뒤 다시금 끔찍한 고통이 나를 덮쳤다.

"아아아악!! 아악!"

눈물이 줄줄 흘러내리며 눈앞을 가렸다. 지독한… 혀를 깨물고 싶을 만한 지독한 통증에 비명을 질렀다. 놈의 손에서 빠져나가고 싶어서 발버둥을 치려 했지만 내 몸은 손가락 하나 움직이지 않았다. 아으…….

[겨우 이 정도로 망가지다니. 쯧. 새 장난감을 구해야겠군. 큭.]

몽롱한 머리 속을 파고드는 놈의 말소리에 분노가 잠깐 치밀었지만…

이내 어서 빨리 편하게 해주었으면 하는 생각이 들었다. 놈의 엄지손가락이 내 머리를 향해 다가온다. 천천히… 천천히……. 그리고 이마에 닿은 놈의 엄지손가락으로부터 힘이 가해지기 시작했다.

뚜둑.

고개가 뒤로 젖혀졌고 목 뒤에서 아련한 통증이 느껴졌다. 이렇게… 쉽고 허무하게… 죽는 거야? 싫어!

"아으… 아아아!!"

발버둥이라도 치기 위해서 발악했지만 입에서는 괴상한 신음 소리만 흘러나올 뿐 아무것도 변하지 않았다. 오히려 이런 내 모습에 더 즐거운지 커트랜 이 개자식의 비웃음 소리만… 싫어! 듣고 싶지 않아! 보고 싶지 않아! 눈을 감았다. 주르륵… 볼을 타고 눈물이 흘러내린다. 그때 콰앙! 하는 폭음 소리가 내 귓가를 때렸다.

[크어어어어억!!]

휘청.

놈이 갑자기 비명을 지르며 몸을 흔드는 바람에 눈을 뜬 난 커트렌 자식의 얼굴 가에 불타오르고 있는 불길을 보고 깜짝 놀랐다. 이건? 그때 놈의 머리 뒷편 공중에 검은 로브를 입은 자가 둥둥 떠 있는 게 보였다. 그자의 손에서 여러 가지 빛으로 반짝이는 둥근 구체가 생성되어 커트렌 자식을 향해 날아왔다.

번쩍!

콰아아앙!

파밧. 파밧. 퍼버벙.

커다란 폭음과 함께 놈의 뒷통수에서 번쩍이는 빛덩어리들이 연쇄적으로 폭발을 일으키면서 사방으로 불길을 머금은 바람을 퍼뜨렸다.

[크아아아아!!]

비명을 지르면서 얼굴로 손을 감싼 커트렌 자식은 자기 얼굴에 붙은 불길을 잡기 위해서 발악을 해댔지만 놈의 면상에 붙은 불은 쉽게 꺼질 것 같지 않았다. 그때 갑자기 내 몸이 공중에 붕 떠오르면서 지상으로 추락하기 시작했다.

"웃차. 생각보다 무거우시군요, 레이디."

"……."

누군가 떨어지는 내 몸을 받쳐 주었다. 그리고 조심스럽게 바닥에 착지했다. 그것까지는 좋다. 그런데… 내가 어디가 무겁다는 거얏!

"말을 못할 정도로 당한 건가… 척 보기에도 상태가 안 좋아 보이는군요. 우선… Heal!"

번쩍 그의 손길이 내 이마에 닿고 거기서 푸르른 빛이 뿜어져 나오면서 내 몸을 감싼다. 통증이 잦아들고 어깨에서 흘러내리던 피가 조금씩 지혈되는 느낌이었지만… 아직도 상처는 여전했다.

"역시 저주 때문에 안 듣는 건가. 조금만 참으세요, 레이디."

씨익. 웃는 얼굴이 멋져. 조금 느끼하긴 하지만 그래도 봐줄게, 디온.

어디선가 나타난 디온은 멋지게 나를 받아낸 뒤 내 몸을 안아 들고 뒤로 빠졌다. 그리고는 그와 같은 사제복을 입고 있는 세 사내에게 다가갔다.

"이, 이들은?"

"제 부하들입니다. 첫 번째 손들이죠."

그렇게 말한 디온은 날 그들 사이에 눕힌 뒤 몸을 일으켰다. 그러자 세 사내가 갑자기 한곳에 모이더니 외쳤다.

"휴이!"

"루이!"

"듀이!"

"세 신관이 모여서 신조차 무찌른다! Combine! 합체!"

…바보들. 휴이, 루이, 듀이라는 이름을 가진 세 신관은 나를 중심으로 빙 둘러서더니 서로 손을 잡고 서서 찬양가인지 성가인지를 낭송하기 시작한다. 어라? 몸이 조금 편해지는 느낌인걸?

"…이건?"

"우리 신전만의 독특한 치료 방법이죠, 아름다운 레이디. 훗."

아~ 느끼해. 정말이지… 어라? 이런 생각을 할 정도로 여유가 생긴 걸까?

나를 세 신관에게 넘겨준 디온은 그대로 커트렌 자식과 검은 로브를 입은 사내 쪽을 향해 뛰어갔다. 누워 있던 난 사태가 어떻게 진행되는지 알고 싶어져서 힘겹게 몸을 일으켜—세 사내가 이런 나를 보고 호들갑을 떨다가 성가를 끊어먹었다. 그래서 처음부터 다시 부른단다—커다란 손을 휘두르며 허공에 떠 있는 검은 로브의 사내를 붙잡기 위해서 펄쩍펄쩍 뛰어다니고 있는 커트렌을 바라보았다.

커트렌 자식이 울부짖는다.

[왜! 왜! 네놈들이…….]

놈이 울부짖건 말건 검은 로브의 사내는 새까만 지팡이를 허공에 휘두르면서 공중으로 올라갔다. 분노에 찬 커트렌 자식이 손을 뻗어서 예의 그 공간이 일그러져 보이는 무언가를 날려 보냈지만 그 사내는 가볍게 피하였다. 그리고 잠시 뒤에 아직도 우리들 허공을 잔뜩 메우고 있는 검은 먹구름들이 좌우로 흩어지면서 그 중앙에서 시퍼런 불덩어리가 지면을 향해 떨어져 내렸다.

쉬이이이잉… 콰아아아아앙!!

눈이 아플 정도로 흰 백색광과 함께 귀청이 떨어질 듯한 거대한 폭음이 들려왔다. 왼팔로 눈가를 가리면서 참아내고 나니 그 다음에는 후끈한 열기를 동반한 강한 바람이 세차게 불어닥쳤다.
"크윽……."
얼굴이 달아오르는 강한 열기에 온몸이 익어버리는 듯한 착각이 들었다.
"우와아아악!"
"참아! 듀이! 참는 거다!"
"그러니까 평소에 많이 먹고 뱃살을 늘려놓으라고 했잖아악!"
빠악.
뱃살 늘려놓으라고 나불대던 놈의 이마에 돌덩어리가 직격해 바람에 붉은 핏방울이 흩뿌려진다. 거참…….

흙먼지와 열풍이 사방을 가득 메워서 코앞도 안 보일 정도로 어둑어둑해졌다. 그때 아까와는 다른 시원한 바람이 사방에서 불어닥치면서 공중에 떠다니던 먼지 더미를 치워 버렸다. 그리고 나타난 커트렌 자식의 본체. 놈의 몸도 멀쩡하지는 않았다. 상체에는 아직도 불길이 불타고 있고 놈이 서 있던 장소 주변에는 엄청난 크기의 구덩이가 파여져 있었다.
[끄어어어어어억!!]
비명을 지르며 놈이 몸을 일으킨다. 그때 그 푸른색 불덩어리 때문에 흩어졌던 먹구름이 단번에 요동을 치면서 몰려들더니 그 정중앙에서 엄청난 굵기의 벼락이 놈을 향해 떨어져 내렸다.
쫘르르르릉!
드드득.
지면이 울릴 정도로 어마어마한 폭음과 함께 떨어져 내린 벼락은 커트렌 자식의 몸을 강타했다. 놈의 몸에 붙어 있던 불길이 단번에 꺼질 정도로 강렬한 벼락이 직격하자 놈의 몸이 옆으로 천천히 기울기 시작했다.

[그어어……]

쿠웅!

땅이 울리면서 놈이 그대로 바닥에 주저앉았다. 그리고 쓰러진 놈의 몸에서 얼마 떨어지지 않은 장소에 하늘 위에서 빛줄기가 쏟아져─이 표현 외에는 마땅히 말할 만한 표현이 없다─내리면서 주변을 돌기 시작했다. 그 빛덩어리들이 커트렌 자식의 몸에 닿자 놈은 끔찍한 비명을 질러댔다.

[끄어어어어어어억!! 끄아아악!!]

피잉. 피잉.

귀를 막아도 들려오는 비명 소리에 머리 속이 새하얗게 변할 때쯤 빛줄기가 사라졌고 커트렌 자식의 그 커다란 몸체도 내 눈앞에서 사라졌다. 그리고 잠시 뒤, 주변이 진정되고 난 뒤에 디온과 검은 로브를 입은 사내가 발가벗은 한 사내를 질질 끌고 다가왔다.

쿵.

속옷조차 입지 않은 채 발가벗고 있는 자는 커트렌 그 빌어먹을 자식이었다. 그리고…

"해, 해골?"

"리치라고 해줬으면 좋겠군, 필멸자여."

리, 리치? 그건 또 뭐야? 말하는 해골이라니! 그것도 지팡이를 짚고 서서 입가로 보기에도 차가워 보이는 냉기를 뿜어대는 해골이다. 정말 별일이 다 있네.

"뭐… 아니, 누구신가요?"

"그루질라넥. 여신의 축복과 여신의 저주를 동시에 받은 불멸자라네."

사아아아… 딱딱거리며 이빨을 부딪치며 말하는 해골이 입을 열고 닫을 때마다 차가운 냉기의 기류가 흘러나와 지면을 향해 떨어져 내린다. 그리고 그 해골이 들고 있는 지팡이는 흑요석으로 되어 있는 물건이었다. 괴상한 해골에 괴상한 지팡이.

"끄으으윽……."

갑자기 쓰러져 있던 커트렌 자식이 상체를 일으키면서 신음 소리를 냈다.

"아직 안 죽었어요? 당장 죽여 버려요!"

"놔둬도 됩니다, 레이디. 브리츠의 힘이 빠져나갔으니 얼마 못 가서 죽을 테니까요."

"내가 저 쳐 죽일 새끼 때문에 이 꼴이 되었는데! 못 참아요! 검을 줘요! 검을! 내게… 검… 을……."

끄으윽……. 갑자기 통증이 몰려왔다. 온몸이 뒤틀리는 듯한 기분과 함께 이를 악물고 참아도 눈물이 줄줄 흘러내리는 지독한 통증이었다.

"이런… 역시 빨리 성역으로 돌아가서 치료를 해야겠군요."

"아, 안 돼! 저놈을 죽여야……."

난 내 몸을 안아 올리려는 디온의 손길을 뿌리치면서 악을 썼다. 그러고 있을 때 커트렌 자식이 정신을 차렸는지 기침을 해대면서 고개를 들었다.

"쿨럭. 쿨럭. 크으… 왜 네놈들이… 이 일에 관여한 거지? 이런… 말은 없었어… 쿨럭."

"사아아… 넌 인간들에게 너무 깊숙이 개입했다."

"힘의 사용법조차 터득 못한 주제에 그렇게 날뛰었으니 당연히 이렇게 된 겁니다. 무엇보다 성숙하지도 못한 정신을 가지고 화신으로 변화했으니 어차피 우리들이 개입하지 않았어도 당신은 오늘 해가 지기 전에 붕괴되었을 겁니다."

"쿨럭… 젠장. 그 정도면… 그 정도 시간이면 충분하단 말이야! 대륙도… 여자도… 모든 걸 손에 넣을 수 있었는데… 이 손안에 잡혔었는데……."

놈은 바닥을 긁으면서 흙더미를 거머쥐었지만 떨리는 그놈의 손에서 흙먼지들이 주르륵 흘러내렸다. 그리고 놈의 손에 잡혔던 흙먼지가 모두 떨어졌을 때쯤 커트렌은 고개를 땅에 처박은 뒤 꿈쩍도 하지 않았다.

"이제… 다 끝난 것 같네요."

"겨우 작은 일들 중 하나가 끝났을 뿐이다. 이런 일을 언제까지 해야 할지… 후우……."

한숨을 내쉬는 해골이라니… 푸. 푸훗.

커트렌의 몸이 붕괴되기 시작했다. 피부가 갈라지고 내장이 흘러나오면서 점차 썩어 들어가기 시작하더니 지독한 악취를 풍겨댔다. 그리고 몇 분 지나지도 않아서 새하얀 뼈들만 남긴 채 흙 속으로 사라졌다. 그 뼈들도 바람이 불자 뼛가루가 되어서 흩어졌지만.

사라지는 커트렌의 육신을 바라보면서 입을 다물고 있던 우리 중 그 그루… 어쩌구 했던 지팡이 들고 다니는 해골이 먼저 입을 열었다.

"인간들이 오는군. 난 가겠다."

"좀 더 노시다 가시죠?"

디온… 아무리 말하는 해골이라 해도 말이야, 좀 거부감이 있어야 하는 거 아니야? 이런 내 생각에 동조하는지 말하는 해골도 싱글거리며 웃고 있는 디온을 노려보았다. 그리고는 이내 고개를 돌리면서 한마디 했다.

"너와 난 적이다. 앞으로 볼 일이 없었으면 좋겠다."

"너무 섭하게 그러지 마십시오. 인연이 있어서 이렇게 만난 건데 그냥 친구 하면 되잖아요? 꼭 그렇게 적과 아군으로 나눌 필요가 있겠어요?"

"…다음에 내 눈에 네 면상이 눈에 띄면 네놈의 해골을 내 연구실에 장식해 두도록 하겠다."

"거참~"

어깨를 으쓱이면서 별수없다는 듯 말하는 디온. 그런 디온을 외면한 그 해골은 지팡이를 위로 들어 올리더니 무언가 나직이 중얼거렸다. 그리고 사라졌다. 흔적도 없이. 원래부터 없었던 존재인 것처럼 아무런 기척도 소리도 없이 그냥 사라져 버렸다.

저 멀리서 말발굽 소리가 들려온다. 끙끙거리며 힘겹게 몸을 돌려보니 흰색 백마가 내 쪽을 향해 급히 달려오고 있었다. 얼마 지나지 않아 구덩이와 시체로 가득 찬 평원을 지나쳐 달려온 백마는 내게서 얼마 떨어지지 않은 곳에서 멈춰 섰다. 등 뒤로 수십 명의 말 탄 기사를 달고서 말이다. 백마에서 뛰어내린 사내가 날 향해 뛰어오면서 소리친다.

"아넬리안!"

"폐하! 위험합니다!"

"닥쳐! 아까도 말했지? 내게서 10m 안으로 다가오지 마! 거기 있어! 아넬리안!"

로이드… 나의 로이드… 내 사랑. …이런 장소 이런 상황에서 이런 생각을 하다니… 조금 낯간지럽다. 난 웃었다. 피와 먼지로 범벅이 되어서 예쁘게는 보이지 않겠지만 그래도 조금이라도 사랑스럽게 보이고 싶어서 웃었다. 얼굴 근육이 당겨서 힘들었지만 그래도 참으며 웃었다. 급히 내게로 달려온 로이드는 내 앞에서 손에 손을 잡고 막아서고 있는 신관들을 제치며 들어 올려다가 그 휴이, 루이, 듀이들이 완강하게 저항하자 왕의 체면도 잊고 주저앉아서는 그들 사이를 기어서 내 쪽으로 다가왔다. 그리고 나를 안아주었다.

"아넬리안! 아넬리안… 아넬리안……."

"폐하… 아파요."

"응? 응! 아니! 이게 아니라. 미안!"

황급히 나를 안았던 손을 풀면서 물러선 로이드가 내게 사과를 한다. 그리고 내 몰골을 보고는 울 듯한 표정으로 나를 내려다본다.

"뭐가 미안한데요, 폐하? 후훗. 이제 다 끝났잖아요?"

"하지만… 당신이……."

"괜찮아요. 제가 원한 건걸요."

"그래도… 거기다 당신만 여기 놔두고 나 혼자 도망쳤잖아. 난 정말이지……."

"폐하는 왕이시잖아요. 위험한 상황이 되면 누구보다 먼저 보호를 받으셔야 하는걸요. 당연한 거예요. 그리고 전 폐하의 아내이기도 하지만 폐하께 충성하는 기사예요. 폐하를 위해 이 한목숨을 던질 수 있다면… 제겐 너무나도 커다란 영광인걸요."

"그런 말은 하지 마! 난… 난……."

로이드의 두 눈에서 눈물이 흘러내린다. 손을 뻗어 나를 부드럽게 안아 든 로이드의 손길이 너무나도 따뜻하게 느껴졌다. 이걸로 된 거야. 난 사랑받고 있으니까. 그리고 내 손으로 내 가족과 내 나라를 지켰으니까. 그걸로 된 거야.

"우욱……."

갑자기 목 아래서 뜨거운 무언가가 솟구쳐 올랐다. 목구멍을 타고 튀어 올라온 액체는 내 입에서 뿜어져 나와 로이드의 가슴팍을 적셨다. 피, 피구나. 검붉은 피. 입 안에 작은 고기 조각이 느껴졌다. 주르륵… 입가를 타고 흐르는 붉은 피……. 정신이 몽롱해지면서 로이드의 얼굴이 점점 멀어지는 듯한 기분이 들었다.

"아넬리안! 정신 차려! 이봐! 아넬리안!"

"레이디! 신성력을 집중한다! Heal! 젠장 안 먹히잖아! 약초건 포션이건 있는 건 다 써!"

"휴이!"

"루이!"

"듀… 커억!"

"그 딴 쓸데없는 짓 하지 말고 빨리!"

아아… 마지막 가는 길인데… 사랑하는 남편과 광대들에게 둘러싸여 있다니… 난 행복한 걸까? 불행한 걸까? 아마도… 행복한 거겠지?

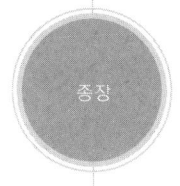

Epilogue

내 인생에 대한 정의? 한마디로 말하자면 내가 나로서 자각한 뒤로 지금까지 난 언제나 현재에 충실했어. 그게 다야. 그것뿐이지 뭐. 별다른 게 있겠어? 하지만… 그래도 난 행복한 삶을 살았던 것 같아. 하긴… 아직 이런 말 하기엔 너무 이른가? 아직 살아갈 날이 지금까지 살아온 날보다 많으니까.

―제2대 황실 서기관이자 궁중 역사학자인 후렌 경이 집필한 '황실 비사' 중.
―영광스러운 크레센트 제국의 황후 마마이신 아넬리안 마마와의 대담 중.
―아주 오래전 황후 마마께 물었던 질문. 이게 왜 이제야 생각났을까?

―대륙력 1012년 봄. 크레센트 제국 수도 크롬발.

짹짹짹.

창밖에서 참새가 우는 소리에 잠이 깨었다.

"으응."

고개를 들어보니 에린 녀석이 의자에 앉은 채 꾸벅꾸벅 졸고 있다. 이 녀석 또 여기서 밤샌 건가? 딸네미가 불량해졌다고 내게 하소연을 하면서 가출했으면 멀리라도 갈 것이지 왜 내 방에서 이러고 있는 건지, 참나……. 하긴 요즘에 수도에서는 여자들이 가출하는 게 유행이라고 하더라. 그게 다 나 때문이라고 하면서 시비 거는 로이드 때문에 가끔은 기분 나쁘기도 하지만… 좋게 생각하면 내가 유행을 주도하는 거잖아? 훗. 그나저나… 이 에린 녀석을 깨워야 할까? 말아야 할까?

꾸벅꾸벅 졸고 있는 에린 녀석을 깨우면 귀찮아질 것 같아서 그냥 조용히 몸을 일으켰다. 그리고 나서 여전히 잠에 빠져 있는 에린 녀석을 지나 창가로 걸어갔다. 굳게 닫혀 있는 창문을 활짝 여니 시원한 새벽 공기가 나를 맞이한다. 하아~ 기본 좋다아~

"중대 앞으로오~ 가! 하나! 둘! 하나! 둘!"

내가 있는 2층 창문에서 내려다보니 왕비궁 외각의 돌길을 따라 달리고 있는 한 무리의 병사들이 눈에 들어왔다. 웃통을 벗은 채 건장한 근육들을 자랑하며 달리는 저들은 이제 왕실 소속으로 지위가 변하여 내가 함부로 부릴 수는 없지만 그래도 아직까지 내 영향력이 크게 작용하는 부대, 바로 제국 화격 기사단이었다. 나와 함께 그 지독한 전투를 치렀던 전 화격단 병사들 중 대부분은 퇴역하거나 전사했지만 아직도 화격 기사단의 기사들이나 고위 장교들 중에는 내 명령을 따르는 이들이 많다. 대부분의 병사들이 20대의 젊은 병사들로 교체되긴 했지만 그래도 여전히 내 명령은 화격 기사단 내부에서 유효했다.

"휘이익~"

몸을 창가로 내민 난 아래쪽을 향해 손을 흔들면서 크게 휘파람을 불었다. 그러자 구령을 붙이며 한 무리의 병사들과 함께 아침 구보를 뛰고 있던 젊은 장교가 고개를 들어 나를 올려다본다. 그리고 깜짝 놀란 표정을 지으면서 소리쳤다.

"황후 마마시다!"

"모두 도망쳐!"

"우아악!! 살려줘!"

일사불란하게 대열을 맞춰 달리던 놈들이 양손으로 가슴께를 가리면서 사방으로 도망친다. 훗. 역시 저번에 가슴털이 마음에 안 든다고 면도날을 들고 웃통 벗은 놈들의 가슴털을 싸그리 밀어준 보람이 있구나. 쯔쯔쯔. 녀석들. 사내놈들이 말이야, 여자한테 가슴털 좀 밀렸다고―깨끗이 밀어주다가 몇 놈은 면도날에 베이긴 했지만―징징 짜면서 밀러 기사단장에게 쪼르르 달려가고 말이야. 쪼잔하긴. 아아~ 아침부터 시끄럽게 꽥꽥대는 녀석들도 쫓아버렸으니 이제 슬슬 준비나 해볼까?

"끄응~ 날씨 좋다아~ 기분도 좋은데 외출이라도 할까나?"

기지개를 펴면서 몸을 푼 난 잠옷 차림으로 방 안을 걸어다니면서 콧노래를 불렀다. 정말 오랜만에 몸 컨디션도 좋고 기분도 상쾌하다.

따사로운 햇살의 기운을 온몸으로 만끽하며 욕탕으로 들어서자 대기하고 있던 시녀들과 하녀들이 우르르 내게 몰려왔다. 시녀들은 내가 손가락 하나 까딱할 필요 없도록 내게 달라붙어 잠옷과 속옷을 벗겨주고는 장미꽃잎이 동동 떠 있는 욕조 속으로 나를 안내했다. 따스한 느낌의 욕조 속에 드러눕자 기분이 날아갈 듯 좋아졌다.

"하아~ 좋구나. 좋아."

5년 전까지만 해도 남들 앞에서 옷을 벗는다는 것 자체를 싫어했었는데 말이야. 이젠 남들에게 보여주고 싶어진다니까. 아~ 이건 로이드에겐 비밀. 정말로 그런 짓을 했다간 잔소리로 끝나지 않을 테니까. 상상만 해야지. 난 오른손을 들어 올려 살펴봤다. 언제 봐도 신기해. 오른손 약지에 끼고 있는 반지 하나 덕분에 이렇게 되다니. 후후훗.

12년 전 그날, 정말 죽는다고 생각했던 그날 어찌어찌 난 살아났다. 신과 이름이 똑같은 프리스트인 줄 알았던 디온이 알고 보니 진짜 신이었다. 반신이자 인간신이라나? 아주 오랜 옛날에는 나와 같은 인간이었는데 어쩌다 보니까 신의 지위에 오르게 되었다고 하더라. 그 덕분인지 신기한 물건을 많이 가지고 있었는데 지금 내가 끼고 있는 이 반지도 바로 그런 것 중 하나다. 재생의 반지(Ring of Regenerate)라고 하던가? 참으로 오래 걸렸지. 음음. 내 오른팔이 재생되고 내 몸에 나 있던 그 많은 흉터들이 모두 사라질 때까지 말이야. 무려 7년이나 걸렸다. 댄 녀석의 잘려진 손목을 재생하는 데는 겨우 일주일 정도 밖에 안 걸렸는데도 불구하고 내 몸이 정상으로 돌아오는 데는 7년이나 걸렸다. 무려 7년! 그동안 참고 살아온 걸 생각하면 정말이지… 눈물밖에 안 난다.

온몸의 뼈마디는 조각조각 부서졌지, 근육은 끊기고 몸은 부어오르지 상처는 곪아 들어가지… 거기다 잘려 나간 오른팔이 때때로 미칠 듯이 가려워져서 정말 돌아버릴 것 같은 생활을 무려 1년이나 해왔다. 몸을 일으키는 건 고사하고 손가락 하나 까딱하지 못하는, 완전히 숨만 쉴 수 있다 뿐이지 시체나 다름없는 생활을 1년이나 해왔다. 그때나 지금이나 내게 걸린 저주는 여전히 유효했고 지금도 난 보통 사람이라면 며칠 만에 나을 만큼 자잘한 상처를 입어도 치명상이 될 수 있다. 하지만 내가 재생의 반지를 끼고 있는 한 그런 일은 일어나지 않을 거라고 한다. 뭐라더라… 그 디온의—신인데 이렇게 말하면 불경죄가 되지 않을까?—말에 의하면 브리츠의 힘이 약화되어서 자신이 걸어놓은 재생의 힘이 효력을 발휘한다던가? 자세한 건 모르겠고 하여간 이걸 끼고 있으면 상처가 낫는다. 오래 걸리긴 하지만 그게 어디야. 음음.

그래도 그런 것들 때문에 편한 것들도 있었지. 로이드는 내가 완전히 나아서 몸을 일으키고 돌아다닐 때까지 정말 매일—매일같이도 아니고 매일!—나를 찾아왔고 내 시중을 드는 시녀의 숫자만 해도 무려 서른 명! 그것도 하루 24시간 3교대로 지키고 서서 내가 불편해하지 않도록 내 시중을 들어주었다. 처음에는 굉장히 귀찮았지만… 지금처럼 목욕을 하고 있을 때건 식사 때건 어디를 가던지 간에 난 정말로 손가락 하나 까딱 안 해도 될 정도로 시중을 들어주어서 솔직히 편하다. 화장실 안까지 쫓아와 주는걸 뭐. 이게 다 내게 관심을 너무 쏟아준 로이드 때문이지만 이젠 꽤나 익숙해지기도 했고 나름대로 편하기도 해서 싫지는 않다.

 목욕을 마치고 나와서 실내용 드레스를 입고 화장대 앞에 앉았다. 내가 앉자마자 우르르 몰려나온 시녀들이 평소처럼 내게 달라붙었다. 한 시녀가 화장대 위에 홍차 잔을 올려놓는다. 그리고 시녀 두 명이 내 긴 백금발 머리를 빗질하느라 정신이 없었고, 다른 시녀들은 거울과 나를 번갈아 보면서 화장을 해주고 있다. 후룩. 흠~ 오늘따라 홍차 맛이 각별한걸?

 준비를 끝마치고 나서 난 아직도 졸고 있는—주변이 소란스러운데도 안 일어나다니! 에린 너 잠자는 기술만 늘었구나!—에린 녀석의 어깨를 툭툭 치면서 녀석을 깨웠다.

 "에린, 일어나. 에린!"

 "예엣?! 마마! 지금 곧 차를 내오겠습니다!"

 까… 깜짝이야. 왜 갑자기 벌떡 일어서면서 소리를 지르는데?!

 "킥."

 "쿡쿡."

 내 시중을 맡고 있던 시녀들이 소리 죽여 웃어댄다. 나참 한심하긴… 정말이지 이 녀석은 어쩜 나이를 먹어도 이 모양이냐. 의자에서 튕기듯 벌떡 일어나서 반사적—혹은 본능적?—으로 대답했던 에린 녀석은 내가 작게 한숨을 쉬면서 노려보고 내 뒤에 서 있던 시녀들이 킥킥거리며 웃어대자 그제야 상황을 파악한 듯 얼굴을 붉히며 우물쭈물거린다. 늦어! 멍청이!

 "정말이지 에린, 넌 나이를 먹어도 변하는 게 없구나."

 "죄, 죄송합니다, 마마."

 "됐다, 됐어. 널 상대하고 있으면 내 머리가 아파와. 부디 부탁이니까 괜히 왕실 시녀들이 뭐 시킨다고 졸졸 따라가서 네 체통 깎아먹는 짓은 하지 말아주렴. 알았어?"

"에… 그게……."

…벌써 그런 짓을 하고 온 게냐? 내가 눈을 치켜뜨며 노려보자 에린 녀석이 우물쭈물하면서 말꼬리를 흐린다. 고개를 홱 돌려서 시녀들을 돌아보니 내 시녀들이 입가에 웃음기를 지우지 못한 채 어쩔 줄 몰라 했다. 그렇게 웃기더냐?

"에린 녀석이 또 사고쳤냐?"

"워렌 공작 부인께서는 어제 하녀들과 함께 빨래터에 계셨습니다."

"주방에서 감자도 깎으셨습니다, 마마."

"별궁 청소도 거들어주셔서 큰 도움이 되었습니다."

하아… 정말이지. 이 멍청하고 또 멍청하며 끝없이 멍청하기만 한 이 녀석은 언제나 돼야 정신을 차릴까. 크레센트 제국 재상의 부인이잖아! 공작 부인! 아아~ 정말이지 이 나라의 앞날이 걱정된다. 걱정돼. 나를 제외한—아직 로렌과 예니가 결혼하지 않았으니까—제국 귀부인 중에서 가장 높은 지위를 가진 녀석이 하녀들과 함께 빨래터에 쪼그리고 앉아서 빨래하고 있었단다. 세상 말세다.

"잘못했어요, 마마."

"시끄럿! 멍청한 데도 한도가 있고 끝이 있지. 정말 너의 멍청함에는 두 손 다 들었다. 두 손 다 들었어. 레오나!"

난 고개를 저으며 길게 한숨을 내쉬었다. 그리고 내 시중을 드는 시녀 중 가장 나이가 많은 아이의 이름을 불렀다.

"예, 마마."

"당장 조사해서 이 멍청한 녀석에게 잡일을 시킨 머저리들에게 징계를 내려! 한 달간 무보수다!"

"마마, 그건 너무 심한 처사가 아닌지……."

"넌 입 닥치고 있어! 에린! 이 정도만 해도 많이 참는 거니까! 생각 같아서는 폼으로 달고 다니는 그 눈들을 몽땅 뽑아버리라 명령하고 싶지만 그나마 네 녀석의 멍청함에 질려서 이 정도로 끝내는 거야! 알아듣겠어? 엉?"

 "네에······."

 내 외침에 에린 녀석이 침울한 표정을 지으며 고개를 숙인다. 쯧. 그러니까 좀 귀족 부인이면 귀족 부인답게 처신을 하란 말이다. 이 답답아!

 멍청한 에린 녀석에서 한바탕 잔소리를 퍼부은 다음에 기분 전환 좀 할 겸 정원으로 나가려고 할 때였다. 내 방문이 기세 좋게 활짝 열리면서 소년과 소녀가 방 안으로 들어왔다.

 "어머니!"

 "오~ 로렌. 여행은 잘 다녀왔니?"

 "네! 어머니. 이번 여행은 정말 재미있었어요."

 이제는 훤칠한 사내 티가 다니는 로렌이 웃으면서 내게 달려왔다. 올해로 열여섯이 된 로렌을 꼬옥 안아준 나는 웃으면서 여전히 귀엽고 사랑스러워 보이는 로렌의 등을 토닥여 주었다. 그때 로렌과 같이 방 안으로 들어온 소녀, 예니가 버럭 소리를 질렀다.

 "엄맛!"

 "까, 깜짝이야. 애, 예니. 왜 그렇게 소리를 지르고 난리야? 응?"

 "엄마! 내가 지금 소리 안 지르게 생겼어? 가출이라니! 그 나이에 가출이라니! 그게 말이나 돼? 내가 집에 돌아갔다가 엄마 가출했다는 소리 듣고 얼마나 놀랐는 줄 알아? 거기다! 가출했으면 멀리라도 가던지. 왜 하필 또 여긴데? 이러면 잡으러 다니는 보람도 없잖아! 엄마! 도대체 지금 나이가 몇이야? 응? 엄마가 열댓 살 먹은 애들이야? 툭하면 삐치고 툭하면 가출하고. 도대체 이번이 몇 느끼는번째냐고!!"

…정말이지 볼 때마다 느끼는 거지만, 예니는 아무래도 에린이 낳은 딸이 아닌 것 같아. 어쩜 저렇게 성격이 정반대일까. 어릴 때는 너무 얌전하고 조용해서 저러다 에린 닮으면 어쩌나 하고 걱정도 조금 했었는데 이젠 에린의 성격 중 조용한 것만—멍청한 건 빼고!—닮았으면 하는 생각도 든다. 난 말싸움을 하고 있는 두 모녀를 보다가 로렌에게 소리 죽여 소곤거렸다.

"로렌아, 예니한테 시달리지는 않았니?"

"뭘요. 제가 하는 말이라면 뭐든지 듣는걸요. 죽으라고 했더니 죽는시늉을 하는 아이인데요 뭐."

"그래? 흐응~ 봄날이로구나. 봄날이야. 오호홋."

역시 내 아들. 벌써부터 꽉 잡아놓는 거로구나. 오호홋. 비록 맹한 에린과 그 느끼한 댄 녀석과 사돈지간이 되는 게 마음에 안 들기는 하지만 공작가겠다, 재력있겠다, 권력도 빵빵하겠다, 뭐 딸리는 게 있어야지. 우리 로렌의 배필감이라면 역시 예니 정도가 딱이지. 음음.

"엄마아! 자꾸 못 들은 척할 거야? 응? 자꾸 그러면 정말 꽁꽁 묶어서 집으로 끌고 간다!"

딴청을 부리며 말을 돌리던 에린 녀석이 자기 딸에게 협박당하고 있다. 예니의 등살에 견디지 못하겠는지 에린 녀석은 갑자기 벌떡 일어서더니 내게 쪼르르 달려왔다. 그리고 내 등 뒤에 숨는다. 후우… 자기 딸에게 쓴소리 좀 들었다고 울상을 지으면서 남에게 매달리는 엄마가 있을까? 있긴 있군. 내 등 뒤에 에린이 있으니까.

"에린아, 그냥 미안하다고 하고 집으로 돌아가지 그래?"

"싫어요! 마마, 저 계속 여기 있을 거예요! 그… 그리고 마마도 책임이 있으시다고요!"

"내가 뭘?"

"우리 예니가 저렇게 불량하게 된 것도 다 마마 때문이잖아요!"

그러니까 내가 뭘. 거참… 안 되니까 나를 걸고넘어지는 거냐? 이 녀석 때려줄까?

"여자애가 남자들처럼 바지를 입고 돌아다니질 않나, 거기다 허리에는 무서운 검까지 차고… 우리 예니는 예전에 저렇지 않았다고요. 이게 다 마마 탓이에요. 흑… 흑흑……."

운다, 울어. 에휴… 내 팔자야. 하나 있는 고향 출신 시녀… 아니지, 동성 친구―정말 많이 격상시켜 줬다―가 이 모양 이 꼴이니 어디 마음 편히 눈을 감을 수나 있을까. 에휴…….

"엄맛! 그걸 지금 말이라고 해? 응? 요즘 여자애들이 바지 입고 롱 소드 차고 다니는 거야 유행이나 다름없다고! 평민 애들도 이렇게 하고 다녀! 요즘은 치마 입고 새침 떠는 여자애들보다 짧은 머리에 긴 바지를 입고 다니는 보이쉬한 소녀들이 인기란 말이야!"

"엄만 그런 거 싫다! 얘 예니야~ 드레스 입어. 응? 엄마 얼굴 봐서 드레스 입어라. 엄마가 구두까지 신으라고는 안 할게. 응?"

"싫어! 무겁고 거추장스러워! 뛰지도 못한단 말이야! 그런 거 입고 어떻게 검술을 연마해?!"

"얘, 여자애가 검술 같은 거 배워서 뭐 하니. 운동은 춤추는 것만 배워도 충분해."

"엄만 춤도 못 추잖아! 그리고 나도 엄마 닮아서 춤에는 소질없으니까 포기해, 포기. 하여간 이제 집에 돌아가자. 아빠가 기다리다 목 빠지겠다."

"싫다! 예니가 드레스 입을 때까지 절대로 싫어!"

"뭐어? 엄맛!"

아아… 정말 들어주는 것만으로도 고역이다. 엔간하면 그냥 참아줄려고 했는데 안 되겠어.

"시끄럿! 둘 다 입 다물어! 감히 누구 앞이라고 언성을 높여? 이것들이 난 눈에 보이지도 않냐? 둘 다 나가! 아니! 내가 나간다! 둘 다 여기서 날 새도록 싸워! 명령이다! 알았냐?"

내가 서슬 퍼렇게 소리를 질러대자 한창 말싸움을 하던 에린과 예니가 찔끔하면서 고개를 숙였다. 난 고개를 치켜들며 두 모녀를 내려다 본 뒤 '흥' 하고 콧방귀를 뀌면서 로렌의 손을 잡고 방 밖으로 나섰다.

방을 나서고 나니 로렌이 걱정스러운 어투로 말했다.

"그냥 놔둬도 괜찮을까요? 어머니."

"괜찮아. 그 모녀가 그러는 게 어디 하루 이틀이니? 그보다 폐하는 만나뵈었어?"

"아니요. 아직이요. 이제 가봐야죠."

"그래? 후훗."

역시 내 아들! 그럼그럼. 맨날 바쁘다고 노래만 부르면서 잘 놀아주지도 않는 아빠보다야 이 엄마가 훨씬 좋은 걸 거야. 그러니까 나한테 먼저 왔지. 우훗. 이건 로이드에게 비밀로 해야지. 보나마나 또 질투할 테니까.

로이드가 있는 집무실로 향해 가는 중 오랜만에 카렌을 만났다. 아르케네스와 또 처음 보는 사내와 함께 셋이서 무언가에 대해서 이야기를 하던 중 복도 중간에서 만난 카렌은 나를 보자마자 대뜸 달려와서는 내게 말했다.

"이거 그만두면 안 돼?"

"안. 돼. 제국 정보부는 이제 겨우 기틀이 잡혀가고 있는데 갑자기 윗사람이 바뀌면 혼선이 빚어지잖아."

"정말 싫어, 이런 일."

"싫어도 할 수 없어. 그냥 해!"
"치잇……."
 이 녀석 매번 안 된다고 말하는데도 불구하고 매번 나를 볼 때마다 그만두면 안 되냐고 묻는다. 일부러 그러는 것 같아. 내가 지쳐서 포기할 때까지. 하지만 크레센트 제국은 제국으로 선포한 지 이제 겨우 7년이 지났단 말이야. 가뜩이나 사람이 부족해서 고양이 손이라도 빌리고 싶은데 공짜로 부려먹을 수 있는 카렌 녀석을 가만히 놔둘 수야 없잖아?
"고양이야."
"응?"
"아니, 아무것도."
 속으로 생각하던 걸 입 밖으로 내버렸네. 뭐 상관은 없지만.
 간절한 눈빛으로 애원하는 카렌 녀석을 외면한 난 로렌을 찾았다. 로렌은 우리에게서 약간 떨어진 곳에 서서 아르케네스와 대화를 나누고 있다. 역시 내 아들! 벌써부터 제국 황실의 실세들과 인맥을 다지고 있구나. 그래. 그래야지. 암암.
"정말 안 돼?"
"안 된다면 안 되는 거야. 미리 말해 두는데 일 내팽개치고 도망칠 생각 하지 마. 명령이야. 알았지?"
"치……."
"그건 그렇고, 넌 결혼 안 할 거야?"
"몰라."
 녀석. 결혼 이야기만 나오면 꽁무니를 빼는구만. 벌써 올해로 서른이나 된 녀석이 말이야. 아아~ 세월이 참 빠르긴 빠르구나. 저 조그맣던 카렌이 벌써 서른 살이라니. 워낙 어려 보여서 겉보기엔 20대 초반으로 보이긴 하지만……. 그나저나 저 녀석에게 대필시켜서 쓰게 만든 러브레

터는 누구한테 보내는 게 좋을까. 어서 빨리 마땅한 상대를 찾아줘야 할 텐데 말이야.

"그런데 저 사람은 누구야? 처음 보는 얼굴인데?"

"몰라. 아르케네스가 데려왔어."

"그래?"

호기심이 동하는걸? 난 그들 쪽으로 걸음을 옮겼다. 내가 다가가자 로렌과 무언가 이야기를 나누고 있던 아르케네스가 나를 보고는 고개 숙여 인사한다.

"황후 마마를 뵙습니다."

"고개 드세요. 오랜만이네요, 아르케네스 경."

"예, 마마."

"그러고 보니 얼마 전이었죠? 고인이 된 헤쉬케린 경의 기일."

"일주일 전이었습니다, 마마."

"내가 몸이 안 좋아서 못 찾아갔었어요. 미안하군요."

"아닙니다, 마마. 이렇게 생각해 주시는 것만으로도 스승님은 굉장히 기뻐할 것입니다."

"벌써 3년이나 되었군요. 헤쉬케린 경이 그렇게 갑자기 돌아가실 줄은 정말 몰랐어요. 이 제국 내에서 저와 말싸움을 할 수 있었던 유일한 상대였는데."

"스승님의 결례에 대해서는 제가 사과드리겠습니다, 마마."

"아니에요. 뭐… 저도 헤쉬케린 경과 대화하고 있으면 즐거웠었는걸요. 이젠 볼 수 없게 되었지만……."

즐겁긴… 성질이 나서 열이 꽉꽉 뻗치는구만. 그놈의 노친네 꽥 하고 죽을 때까지 이죽거릴 줄 알았는데. 어느 날 갑자가 쓰러져서는 그대로 무덤 속으로 들어가 버렸다. 아르케네스의 말로는 67년이나 살았으니 장수한 거라고 하지만… 죽여도 죽을 것 같지 않은 노친네가 어느 날 갑자기 죽어버리니까 기분이 굉장히 심란했었다. 이제는 조금 괜찮아졌지만… 가끔 헤쉬케린 늙은이가 그립다. 말싸움을 할 만한 상대가 없으니까 심심해. 으음… 죽은 사람에게 이런 소리는 실례겠지?

난 고개를 저으며 머리 속에 떠다니는 잡생각을 털어버린 뒤 아르케네스 옆에 서 있는 적갈색 머리카락을 길게 기른 사내를 보며 물었다.

"이쪽은?"

"위글님께서 추천해서 이번에 황실에 들어오게 된 새 식구입니다. 이름은 후렌이라고 합니다, 마마."

"후렌입니다. 뵙게 되어서 영광입니다, 마마."

"만나서 반갑군요. 그런데 위글 경이라면……."

"예, 스승님의 친구 분이십니다."

"그럼 후렌 경도 마법사?"

"아… 아닙니다, 황후 마마. 전 마법에 재능이 없어서……."

"마법에는 큰 재능이 없지만 문장을 만드는 문학적 능력과 멋들어진 외교 문구를 잘 만들어서 이번에 외교부로 들어가게 되었습니다, 마마."

본인 앞에서 저런 소리를 해도 되는 거야? 자기 덩치 믿고서 그렇게 막말하는 건가? 아르케네스, 적이 늘겠어. …라고 생각했는데 이 후렌이라는 녀석은 아르케네스의 말에 황송하다는 듯이 얼굴을 붉히면서 고개를 숙인다. 거참… 세상에는 정말 별별 녀석이 다 있구나. 난 더 이상 시간을 지체할 수 없다고 생각해서 아르케네스와 후렌에게 작별 인사─카렌 녀석은 어느새 사라졌다─를 나눈 뒤 긴 황성 복도를 걸었다.

황성의 내성 정원에 들어섰을 때 정원에서 뛰놀고 있는 쥬리─풀네임은 쥴리아 드 크레센트─가 보였다. 올해로 여섯 살이 된 쥬리는 나를 닮아서인지 활달하고 뛰어놀기 좋아하는 꼬마 숙녀다. 꼬맹이나 어린애 취급을 죽도록 싫어하고 자기 손에 들어온 건 목에 칼이 들어와도 놓지 않는 걸 보면 정말 나랑 꼭 닮았다. 거기다 눈동자 색도 머리 색도 똑같고 얼굴형도 비슷해서 다른 사람에게 특별히 소개시켜 주지 않아도 쥬리가 내 딸인지 다들 알아본다.

녀석, 오늘은 뭘 하고 있을려나? 슬며시 호기심이 인 나는 여동생을 발견하자마자 슬금슬금 뒷걸음을 치던 로렌의 팔을 잡고 질질 끌면서 쥬리가 있는 정원을 향해 걸어갔다. 이러다가 오늘 내로 로이드의 집무실에 도착 못할지도 모른다는 생각이 잠깐 들기는 했지만 뭐… 좀 늦으면 어때. 너무 늦으면 내일 가도 되는걸.

"한다!"

"오오! 힘내세요, 공주 마마!"

"힘내라! 힘!"

"공주 마마는 할 수 있습니다!"

뭐야? 이 괴상망측한 소리는… 뭘 할 수 있다는 건데?

"우라압!"

빠각! 우수수…….

여섯 살 난 여자 아이의 손에서 먼지 가루가 흘러내린다. 저거… 또 자갈을 손으로 뭉갠 거냐? 역시 괜히 준 건가… 그 속바지……. 벌써부터 저렇게 사고 치고 다니니 앞날이 걱정된다, 정말…….

"쥬리는 여전하군요, 어머니."

"으응… 역시 좀 더 큰 다음에 그걸 줄 걸 그랬어. 저렇게 좋아하니 억지로 뺏기도 그렇고 말이야. 정말 걱정이다."

"걱정 마세요, 어머니. 쥬리도 다 컸는걸요 뭘."

"어? 오라버니! 오라버니이이!!"

"으힉!"

우리를 발견한 쥬리가 활짝 웃으면서 이쪽으로 다다다 달려왔다. 이에 기겁한 로렌은 주춤거리며 뒷걸음을 쳤고 난 그런 로렌에게서 멀찍이 떨어졌다.

타앙!

쥬리가 도약을 하면서 힘껏 걷어찬 대리석 바닥에 쩍 하고 금이 갔다. 역시나…….

뻐억!

"오라버니이~ 보고 싶었어요오오오~"

"끄어어어어…….."

불쌍한 로렌. 쥬리의 보디 태클에 비명을 지르며 쓰러진다.

쿵.

저런 쓰러졌다. 정말이지, 로렌은 좀 더 단련을 시켜야 할 것 같아. 제 아빠를 닮아서 그런지 몸이 너무 허약하단 말이야. 10살이나 차이나는 제 동생이 반갑다고 품으로 뛰어든 것만으로 바닥에 대자로 누워서 게거품을 물다니. 쯧쯧쯧.

"까아아악! 어떡해! 오라버니가 죽었어!"

"끄으… 아… 아직 안… 죽…….."

"정신 차리세요! 오라버니! 정신 차려요!"

짜악. 짝.

쥬리의 죄끄만 손바닥이 좌우로 왕복할 때마다 로렌의 고개가 격렬하게 좌우로 움직인다.

짜악!

로렌의 입에서 붉은 피가 좌악~ 하고 터져 나왔다. 결국 또다시 피를 보는구나. 쯧쯧.

"꺄악! 오라버니께서 피를 쏟았어! 어떡해! 어떡해! 오라버니 죽으면 안 돼요! 죽으면 쥬리 너무 슬퍼요! 으아아아앙~"

"끄으……."

쿵. 쿵떡. 쿵.

대자로 쓰러져 있는 로렌의 멱살을 움켜쥔 쥬리가 위아래로 마구 흔들어대면서 울어댄다. 그때마다 로렌의 뒤통수는 단단한 대리석과 서로의 강도를 비교해야 했다. 저러다 진짜 죽이겠다. 이제 말려야겠지? 난 엉엉 울면서 로렌을 살리려고—혹은 확실히 목숨을 끊으려고—난리를 부리고 있는 쥬리에게 다가가서는 녀석의 양 어깨를 두 손으로 붙잡고 위로 들어 올렸다. 무거워라. 이 녀석 언제 이렇게 큰 거야.

"우엥… 우엥… 어마 마마, 오라버니가… 오라버니가……."

"괜찮아, 쥬리. 걱정 마렴. 로렌은 악운에 강해서 이 정도로는 안 죽어."

"훌쩍. 훌쩍. …정말요?"

"응. 보렴. 보통 사람 같으면 열 번은 죽어도 이상하지 않은 이 상황에서도 살아보겠다고 꿈틀대면서 필사적으로 발악하지 않니. 안 그래?"

훌쩍거리는 쥬리를 안아 든 난 여동생에게 얻어맞아서 처참한 몰골로 널브러진 로렌을 발끝으로 툭툭 차면서 말했다. 로렌 녀석 그래도 살겠다고 바닥을 발발 기면서 도망가려고 한다. 그런 로렌 녀석의 등을 지그시 밟아준 난 우리 뒤에 서서 눈치만 보고 있는 세 바보에게 소리쳤다.

"거기 바보들 어서 이리로 뛰어와서 이 바보 녀석 치료해 줘!"

"어… 어머… 니……."

"어머. 어마 마마, 오라버니가 살아났나 봐요. 좀 더 힘껏 밟으세요! 네?"

"그래? 그럴까?"

꾸우우욱.

후후후. 감히 이 나의 허락도 없이 멋대로 6개월이나 여행을 갔다 온 벌이다. 로이드 앞에서 한바탕 하려고 했는데 기회가 왔으니까 그냥 밟아버려야지. 후훗. 난 바들바들 떠는 로렌 녀석의 등짝을 꾹꾹 눌러주면서 아직도 우물거리고 있는 놈들에게 소리쳤다.

"바보 광대들! 어서 안 와?! 죽도록 맞아볼래? 앙?"
"누가 바보입니까? 그런 말씀을 하시면 심히 섭섭합니다! 황후 마마!"
"맞습니다! 저희는 바보가 아닙니다! 휴이!"
"루이!"
"듀이! 셋이 합치면 신조차 무찌른다!"
"무적 용사 그룹! 쥬리와 똘마니들!"
"우오오오!!"

저놈의 바보 짓은 10년을 해도 안 질리냐. 정말. 거기다 이젠 쥬리랑 죽이 맞아서 바보기가 더 늘었어. 나이가 삼십이 넘은 사내놈들이 말이야. 아~ 머리 아파. 골치 아파. 생각하지 말자. 기억 속에서 지워 버리자. 저놈들은 포션이다. 포션. 다리 달린 포션이다. 사람으로 생각하면 안 돼. 그냥 꾹 누르면 상처가 치료되는 물약이 나오는 포션이야. 그래. 그런 거야. 포션이다. 포션이다. 시끄러운 입이 달린 포션이다. 쓸데없는 말만 하는 포션이다.

"시끄러워! 빨리 와서 로렌이나 치료해 주지 못해? 죽여 버린다! 너희들!"

내가 악을 쓰며 협박하자 녀석들이 찔끔하면서 달려와서 늘어져 있는 로렌에게 달라붙었다. 하여간 협박을 해야 말을 들어먹는다니까.

쥬리가 손을 흔든다.
"오라버니! 다음에 또 놀아요!"

"끄으으응……."

사색이 다 된 얼굴로 어색하게 웃으면서 로렌이 쥬리에게 손을 흔들어 주었다. 그리고 돌아서더니 작은 목소리로 투덜거린다.

"정말 죽는 줄 알았다고요. 저 녀석은 왜 맨날 저렇게 활력이 넘치는 거예요?"

"어머~ 넌 안 그랬는 줄 아니? 너야 기억 못할지 몰라도 말이야. 네가 쥬리 나이 때는 더했으면 더했지 덜하지는 않았다."

"설마. 농담이시죠? 전 얌전……."

"전혀! 네가 깨먹은 도자기와 부숴먹은 갑옷과 엉망이 되어서 새로 그린 초상화가 이 황실에 몇 개나 되는 줄 알아? 정말이지 네가 어릴 때만 해도 황실에서 일하던 하인과 하녀들이 너만 보면 아주 이를 갈았다. 너만 날뛰기 시작하면 일거리가 열 배가 넘게 늘어났거든. 마구간에 매여 있는 말들 괴롭혀서 발광하게 만든 것만 해도 몇 번이고, 황성 안을 온통 진흙투성이로 만든 일도 있었지. 그리고 복도에 장식해 놓은 도자기로 복도에다 자기 집 만든다고 쌓다가 몽땅 깨먹은 일도 있었지 아마? 더 할까?"

"그, 그만 하셔도 돼요. 그만……."

고개를 설레설레 젓는 로렌. 그러면서 '내… 내게도 쥬리와 같은 피가 흐르고 있어'라고 조그맣게 중얼거린다. 훗. 그래도 그랬던 로렌이 지금 이렇게 듬직한 사내가 다 되었으니까 쥬리도 좀 더 크면 나처럼 예쁘고 사랑스러운 여자 아이가 될 거야. 음… 자신할 수는 없지만.

로얄가드들이 철통같이 경비를 서고 있는 내성 안으로 들어가 로이드의 집무실 앞에 도착한 난 로렌의 옷차림새를 다듬어주었다. 그리고 안으로 들어가니 언제나처럼 집무실 의자에 앉아서 서류들을 검토하고 사인하고 있는 로이드의 모습이 보였다.

"로렌, 이제야 왔구나."

"오랜만입니다, 아버지."

콧수염을 길게 기른 로이드가 들어오는 우리를 보고는 자리에서 일어서면서 다가온다. 저 콧수염… 좀 밀어버리고 싶은데. 수염이 따끔따끔, 북실북실거려서 키스할 때마다 거슬린단 말이야. 요즘엔 별로 안 했지만……. 남자가 콧수염 좀 깎으라고 잔소리 좀 했다고 삐치다니 말이야. 쪼잔해. 쪼잔해. 매우 쪼잔해! 로이드의 얼굴에 수염은 안 어울린다고! 쭛. 이런 내 속마음을 아는지 모르는지 웃는 얼굴로 우리에게 다가온 로이드는 양팔을 활짝 벌리고는 로렌을 껴안았다. 로이드의 입가에 미소가 감돈다.

"당신도 왔군. 앉지 그래?"

"여전히 바쁘신가 보군요, 폐하."

"여기저기 벌여놓았던 사업들이 한번에 몰려들었거든. 당분간 이렇게 바쁠 것 같아. 그래, 로렌. 여행은 잘 다녀왔냐?"

"예. 아버지께서 배려해 주신 덕분에 편하게 다닐 수 있었죠."

"그래? 보고서에는 네 녀석이 호위 기사들을 따돌리고 한 달간 예니 양과 돌아다녔다고 하던데?"

"그건 아버지가 붙여주신 호위 기사들이 너무 티나게 따라붙으니까 그랬죠. 척 보기에도 나 기사요~ 하는 사람들을 열댓 명이나 데리고 다니면 어딜 가든 편할 리가 없잖아요."

"그래도 네 안전을 위해서 그런 건데 그들을 따돌리는 건 너무하지 않았나 싶다."

"잘 찾아올 수 있도록 흔적도 남겨주었는걸요. 거기다 정보부 요원들이 길 안내와 호위를 맡아주어서 별일없었어요."

"그렇다면 다행이다만… 그래 황성 밖의 상황은 어떻던?"

"이번에 가본 곳은 제국 남부 지방과 동부 지방이었는데요. 남부 지방은 평화롭더군요. 작년에 흉년이 들어서 식량 부족 사태가 벌어지지 않을까 생각했었는데 의외로 물가도 안정되어 있고 식량 수급에도 문제가 없더군요."

"그야 그렇겠지. 요 5년 사이에 새로 건설된 곡창만 해도 전국 각지에 수십 군데가 넘으니까. 그리고 동부 지방은 어떻던?"

"그쪽은… 여전히 민심이 흉흉하고 치안도 안정되지 못했더군요. 각지에 산적이 출몰하고 감옥들에는 도둑과 살인범들이 들끓었습니다. 거기다 로세니아 부흥군이라는 반란 분자들도 지방에서 득세하고 있어서 완전히 엉망이더라고요."

"그런가… 후우. 어렵군 어려워. 벌써 10년이나 지났는데 말이야."

"제가 보기엔 웨스트 게이트 주변에 좀 더 군사력을 보강해야 할 것이라 생각되었습니다, 아버지. 한 개 대대 천 명 내외의 병사를 주둔시킬 수 있는 대형 요새와 그 요새의 보급을 담당할 군사 도시가 시급하다고 생각되더군요. 또한 현재 1만 3천 명 수준인 파견군의 숫자도 2만 명으로 증강시키는 게 좋을 것 같더군요. 현재의 파견군으로는 치안 유지가 고작이라 막상 로세니아 영토 내에서 소요 사태가 발생하면 신속히 대응하기가 힘듭니다."

"하나 그들 입장에서 보자면 우리는 타국인이다. 그걸 기억해야지, 로렌. 너도 이 나라에 다른 나라의 군대가 주둔하고 있으면 기분이 좋을 리가 없지 않겠니?"

두 부자의 토론을 듣고 있던 난 로이드의 말이 끝나자마자 슬며시 입을 열어서 끼어들었다. 심심했거든.

"폐하, 그 말씀은 조금 틀린 것 같네요."

"응? 뭐가? 말해 보시오, 아넬리안."

"로렌은 확실히 저희 크레센트 제국의 황태자이기도 하지만 로세니아 왕국의 왕자이기도 하잖아요. 로렌은 로세니아 왕국 왕위 계승 서열 2위 이니까요."

물론 당연히 1위는 나다. 여자에게 왕위 계승권이 주어지지 않기에 현재 로세니아의 왕 자리는 공석이지만.

"하나 그것과 이것은 다르지 않은가? 로렌이 로세니아의 왕위 계승권이 있다는 건 나도 인정하는 바이지만 그것과는 달라. 아넬리안. 지금 우리는 우리나라에서 파견한 파견군의 숫자를 논의하는 중이니까."

"로렌을 군사령관으로 임명하면 되죠. 물론 직접 로렌이 사령관 자리에 취임해서 부대를 지휘할 필요는 없어요. 그저 명목상으로 최고 사령관이 되어주고 실제 부대 운용은 부사령관에게 일임하면 되니까요. 로세니아 왕국의 안전을 위해서 크레센트 사령관이 된 로렌 왕자라면 명분도 실리도 어렵지 않게 취할 수 있지 않겠어요?"

"안 돼. 로렌은 아직 어려."

"이 애 나이가 벌써 열여섯이에요, 폐하. 남자 나이 열여섯이면 다 컸잖아요. 충분히 한 사람 몫을 하고도 남는다고요. 안 그래, 로렌?"

"당연하죠, 어머니. 아버지! 제게 기회를 주세요, 예?"

"하지만… 그렇지 않아도 가뜩이나 반 크레센트 감정이 고조되고 있는 로세니아에 지금보다 더 많은 수의 병력을 파병한다면 각지에서 폭동과 반란이 이어질 수 있다. 그보다는 좀 더 온건한 방법으로 나아가는 게 낫지 않겠느냐?"

"우리 쪽에서 상업 지원을 하든 로세니아에 부족한 물자를 보내주든 우선 치안이 안정화되어야만 가능하잖아요, 아버지. 현재 로세니아의 자체 치안력은 주요 도시 주변에만 미치고 있는 실정이라서 우선 무력을 통한 치안력 확보가 우선이라고 생각돼요. 민심 안정은 그 후에 천천히 이루어도 충분할 거라고 봅니다."

나를 쏙 빼닮은―쥬리를 상대할 때만은 예외로 로이드를 쏙 빼닮았지만―로렌은 자기 아버지인 로이드에게 강하게 자기 주장을 펴 나갔다. 로렌이 말한 세 요새를 건립하고 주변 치안을 안정화시키면서 로세니아의 주요 도시 주변까지 병력을 주둔시켜 치안력을 확보한다는 계획과 함께 로세니아 왕국에 대한 통제권을 획득하겠다는 이야기였다. 로렌의 일장 연설과 같은 말을 들으며 곰곰이 생각하던 로이드는 이내 고개를 끄덕이면서 말했다.

"좋다. 네가 하고 싶은 대로 해라. 하지만 그전에 우선 서면으로 자세한 계획과 필요 병력, 물자, 소요 비용 등을 첨부한 서류를 워렌 공작에게 확인받은 다음에 가져오려무나. 워렌 공작이 반대하지 않는다면 나도 확인해 보고 허락하겠다."

"예! 지금 바로 시작할게요!"

녀석, 제 아버지가 좋다고 하니까 활짝 웃으면서 뛰어나간다. 저럴 때 보면 완전히 애라니까. 하여간 남자들은 알다가도 모르겠어. 애나 어른이나······.

"후우~ 차나 한잔할까? 아넬리안."

"그거 영광이네요, 폐하. 후훗."

이게 얼마 만이냐. 기뻐라.

집무실과 이어져 있는 작은 방으로 같이 가보니 이미 오후 티타임 시간에 맞춰서 쿠키들과 찻잔이 테이블 위에 놓여 있었다. 우리들이 자리에 앉자 시종 중 한 명이 다가와서는 뜨거운 홍차를 찻잔에 따라준다. 로이드는 손을 들어서 시중을 드는 시종들을 모두 밖으로 내보낸 뒤에 내게 말을 건넸다.

"정말 괜찮겠어, 아넬리안?"

"뭐가요?"

"지금 나나 로렌이 하고 있는 일들은 로세니아에는 치명적이야. 그렇지 않아도 로세니아의 노베른 가가 무너진 뒤에 국론이 분열되고 패전의 타격으로 휘청이는 나라인데, 지금 여기서 더 많은 병력을 파견하여 로세니아의 치안력을 확보하게 된다면 그 나라는 더 이상 자생의 여지가 없어. 안 그래도 워렌 공작의 뒷공작으로 친 크레센트 파들만 로세니아 왕실에 채워 넣고 있지 않은가?"

"전 상관없어요. 폐하 뜻대로 하세요."

"하나… 그래도 그대의 조국이자 고향이 아닌가?"

"아닙니다. 제 고향은 바로 이곳이고 제 조국은 크레센트예요."

"하지만……."

"주인이 사라져 약해진 나라가 주변 강국에게 먹혀 버리는 건 당연한 일이에요. 그게 지금은 로세니아가 된 것뿐이죠. 거기다 우리가 뭐 로세니아 왕국처럼 남의 나라를 침략한 것도 아니잖아요? 반란자들로부터 정당한 왕위 계승권자에게 나라를 되찾아준 거잖아요. 로세니아는 여성에게 왕권을 계승하지 않으니 로렌이 왕이 되는 건 당연한 거예요. 자기 나라에 병사를 얼마를 주둔시키고 요새를 몇 개를 쌓든 그건 로렌의 당연한 권리예요."

"하지만……."

"어차피 나중에 로렌이 지배할 땅인걸요. 폐하께서는 정당한 권리가 없어서 이런 편법을 사용하는 거지만 로렌이 폐하의 뒤를 이어 황제가 되면 로세니아의 국왕 자리도 자연스럽게 돌아오는걸요."

"후우~ 정말이지. 난 당신이 무서워. 그렇게 태연한 얼굴로 그런 무시무시한 음모를 획책할 수 있는 거지?"

"제가 뭐요? 요즘엔 자중하고 있다고요. 저번에 폐하께서 성난 개구리처럼 펄쩍펄쩍 뛴 뒤로 제가 어디 바깥나들이라도 한 적 있던가요?"

"뭐? 개구리? 아넬리안! 세상에 어느 여자가 날씨가 좋다는 이유로 가출을 하냐고! 그런 꼴을 보고 내가 화를 안 내게 생겼어? 응?"

"가출이 아니에요! 단지 기분 전환 삼아서 잠깐 여행 좀 다녀온 것뿐이라고요."

"잠깐? 잠깐이라고? 당신에게는 무려 두 달이 잠깐이야? 그것도 아무에게도 알리지 않고 내게 허락도 없이 말이야! 달랑 시종 하나와 마부 하나 데리고 멋대로 황성을 나간 게 가출이 아니면 도대체 뭐가 가출인데? 응 말해 봐!"

또 화낸다, 또. 요즘 로이드, 너무 신경질적이야. 사람이 좀 느긋하고 긍정적으로 생각해야 하는데 맨날 안 된다, 하지 마라, 라고만 말하니까 내가 이러는 거 아니겠어? 심심하다고.

"후우~ 그래. 좋아, 좋다고. 당신이 언제 내 말을 들은 적이나 있던가. 그건 그렇고 이제 말해 줄 때가 되지 않았나?"

"뭘요?"

"정말로 당신… 로세니아 왕위 계승권자들이 불운한 사고로 죽은 일에 관여한 건 아니겠지?"

"글쎄요~ 전 모르겠는걸요오~"

"확실히 대답해! 지금 로세니아에서 올라오는 탄원서들 중 절반이 로세니아 왕족들의 급작스러운 사고에 대해서 재조사를 벌여야 한다는 의견이라고."

"벌써 몇 년이나 지난 사건을 또 끄집어내는 거예요? 정말 지겹지도 않은가 봐. 아니, 할 일이 없는 건가? 그런 쓸데없는 일에 쏟을 정력이 있으면 국가 재건 사업이나 벌일 것이지. 쯧쯧. 하여간 한심하다니까."

"그런 말 하지 마. 당신도 알다시피 그들도 로세니아를 생각해서 그러는 거 아닌가."

"무슨 로세니아를 위해서예요. 다 자기 권력을 위해서 그러는 거지. 그래서 재조사할 거예요?"

"응? 아아… 어쨌든 형식상으로라도 다시 조사는 해보라고 시켜야지. 이번에도 나오는 건 없겠지만……."

당연하지. 로이드가 시킬 사람이라면 댄밖에 더 있을까. 물론 실제 조사를 벌이는 건 제국 재상으로 취임한 댄 아래에 있는 관료들이 하겠지만 댄에게 조사를 담당시킨다는 것 자체가 웃긴 일이라고. 훗. 탄원서를 올린 놈들이 이 사실을 알게 되면 어떤 표정을 지을까? 궁금해지는걸?

"쓸데없는 일이기는 해도 지방 귀족들의 의견을 대놓고 무시할 수는 없다는 거로군요."

"뭐… 그런 거지. 상대가 타국의 귀족이긴 하지만……."

하아. 로이드는 로세니아가 아직도 남의 땅이라고 생각하나 봐. 어차피 크레센트 제국에 흡수될 게 뻔한데도……. 하긴 원래 이런 성격이니 내가 이해해야겠지. 음. 그때 방 밖으로 나갔던 로렌이 갑자기 문을 세차게 열어젖히면서 안으로 뛰어들어 왔다.

"응? 로렌, 벌써 끝난 거냐?"

"헉… 허억… 어머니!"

"왜 그래? 로렌? 숨 넘어가겠다."

"소, 소식 들으셨어요?"

"무슨 소식?"

"제로 제독이 어젯밤 돌아왔대요! 그것도 엄청 많은 섬들이 모여 있는 새로운 땅을 발견했대요! 제로 제독은 거기를 산호해라고 명명하고 황성에 이를 인가받기 위해서 올라왔대요!"

"뭐? 그게 정말이야?"

Epilogue 349

섬들? 제도? 먼 바다에서? 그것도 산호해라고? 오호~ 신기한데! 가보고 싶다. 내 두 눈으로 직접 보고 싶어지는…

"안 돼! 절대 안 돼! 무조건 반대야!"

"여보오~"

"아버지이~"

"안 돼! 아넬리안 당신! 아직도 무리하면 심하게 앓잖아! 절대 안 돼! 그리고 로렌! 넌 아까 전에 내게 말한 로세니아 왕국에 관한 일들부터 끝내!"

꽉 막힌 로이드. 절대 안 된다고 고개를 마구 내저으면서 인상을 쓴다. 저럴 때의 로이드는 뭐라고 말을 해도 씨도 안 먹히지. 음… 할 수 없지.

"로렌!"

"네! 어머니!"

"아넬리안, 다… 당신! 로… 로렌! 읍… 으읍!!"

로이드에게 달려든 나와 로렌은 영광스러운 크레센트 제국의 황제 폐하를 의자에 꽁꽁 묶었다. 그리고 입에도 손수건을 넣어주었다. 의자에 묶인 채 쿵쿵거리며 발광하는 로이드를 바라보며 나는 미안하다는 표정을 지으며 말했다.

"미안해요, 폐하. 그래도 제가 여보 소리까지 해줬으니까 용서해 주세요. 네?"

"으읍!! 웁웁! 우우웁!!"

로이드가 절대 안 된다는 듯이 눈을 부라리면서 고개를 내저었지만 난 활짝 웃으면서 로이드에게 말했다.

"허락해 주신다고요?! 어머! 기뻐라! 그것도 원하는 건 마음대로 쓰라고요? 정말 기뻐요! 사랑해요, 폐하!"

쪽.

로이드의 볼에 키스를 날린 난 문을 나서면서 윙크까지 해주는 여유를 보여주었다. 내 뒤를 따라온 로렌이 방 안을 향해 소리친다.

"죄송합니다! 아버지! 나중에 돌아와서 한번에 몰아서 혼날게요! 건강하세요!"

나와 로렌은 의아한 얼굴로 우리를 돌아보는 로얄가드와 경비병들을 헤치며 무작정 달리기 시작했다.

내성을 나왔을 때쯤 등 뒤에서 무시무시한 고함 소리가 들려왔다.

"아넬리아아아아안!!"

뒤돌아보면 안 돼. 무서운 괴물이 일그러진 얼굴을 한 채 쫓아올 거야. 절대 돌아보면 안 돼. 나와 로렌은 무작정 달렸다. 마구간 쪽을 향해서.

달리다 보니 쥬리와 바보 삼총사가 여전히 정원에서 놀고 있는 게 보였다. 우리가 달려오는 걸 본 쥬리는 단번에 상황을 파악했는지 우리 쪽으로 달려오면서 소리쳤다.

"어마마마아! 저도요! 저도요!"

"십 년은 일러! 밥이나 많이 먹고 어서 키나 크렴! 엄마 갔다 온다! 아빠랑 집 잘 보고 있어!"

"치이잇. 엄마 미워!"

녀석, 제 아빠처럼 삐쳤다. 하지만… 쥬리야, 넌 아직 먼 여행을 하기에는 너무 어리단다! 좀 더 큰 다음에 같이 다니자꾸나!

그렇게 난 로렌과 함께 마구간을 급습하여 말 두 필을 훔쳐 낸 뒤 옷 갈아입을 새도 없이 말을 내달렸다. 머리끝까지 화가 난 로이드가 황성 문을 모두 닫아걸기 전에 빠져나가야 했기 때문이다.

"이럇!"

Epilogue 351

"하아! 달려라, 달려!"

정원을 질주했다. 그리고 앞을 가로막는 병사들을 무시무시한 기세로 통과한 뒤 성문의 해자가 올라가기 전에 황성을 빠져나올 수 있었다. 이제 달리기만 하면 된다. 와하하핫!

"어머니!"

"왜?"

"돈은 있으세요?"

"……."

"저도 별로 없는데요. 경비는 예니가 다 관리했다고요!"

"괘, 괜찮아. 워렌 공작령 가서 뜯어내면 돼. 거기가 내 개인 금고잖아! 와하핫! 달려라, 달려! 정말 오늘 날씨 좋다!"

로렌이 질렸다는 표정으로 날 바라봤지만 난 그저 웃으면서 말을 달렸다.

이번이 몇 번째 가출인지 모르겠다. 아마 로이드는 알지도 모르겠는데―가출할 때마다 직접 잡으러 왔으니까. 아마 날짜까지 적어놨을 거다―별로 물어보고 싶지는 않아. 하지만 말이야~ 모험이 기다리고 있는데 집 안에 틀어박혀서 가만히 있을 수야 있겠어? 이렇게 날씨가 좋잖아! 안 그래?

그렇게 나와 로렌은 따사로운 햇살의 전송을 받으며 가도를 질주했다. 새로운 모험을 위하여!

〈완결〉